D1738778

오디세우스의 이야기, 모험담의 정전이 되다

오디세이아

오디세이아

오디세우스의 이야기, 모험담의 정전이 되다

초판 1쇄 발행 2007년 12월 30일 ＼**초판 5쇄 발행** 2018년 10월 10일
지은이 호메로스 ＼**엮어옮긴이** 김원익 ＼**퍼낸이** 이영선 ＼**편집 이사** 강영선 김선정
주간 김문정 ＼**편집장** 임경훈 ＼**편집** 김종훈 이현정 ＼**디자인** 정경아
독자본부 김일신 김진규 김연수 정혜영 박정래 손미경 김동욱

퍼낸곳 서해문집 ＼**출판등록** 1989년 3월 16일(제406-2005-000047호)
주소 경기도 파주시 광인사길 217(파주출판도시) ＼**전화** (031)955-7470 ＼**팩스** (031)955-7469
홈페이지 www.booksea.co.kr ＼**이메일** shmj21@hanmail.net

© 서해문집, 2007
ISBN 978-89-7483-330-5 03890
값 13,900원

서해클래식 **016**

오디세우스의 이야기, 모험담의 정전이 되다

오디세이아

호메로스 지음 | 김원익 평역

서해문집

호메로스의 생애와 《오디세이아》 수용사史

호메로스
기원전 800년 무렵, 소아시아의 스미르나 지역에서 태어난 것으로 추정되는 그리스의 대시인 호메로스.

전설로만 존재하는 대시인

고대 그리스의 대시인 호메로스Homeros의 생애는, 한마디로 그의 사후에 만들어진 수많은 전설로만 존재한다. 그가 언제 태어나서 언제 죽었는지 정확히 아는 사람은 없다. 어떤 사람은 호메로스가 기원전 1200년 무렵에 살았다고 하고, 또 어떤 사람은 그가 기원전 600년 무렵 사람이라고 주장한다. 기원전 500년대의 그리스 역사가 헤로도토스는 호메로스가 기원전 900년 사람이라고 말한다. 그러나 학자들은 여러 자료와 역사적 정황을 고찰하여 호메로스의 출생 시기를 기원전 800년 무렵으로 추정한다.

호메로스가 어디서 태어났는지에 대해서도 의견이 분분하다. 소아시아에 있는 무려 일곱 개 도시가 저마다 자기 도시가 호메로스의 고향이라고 주장하는 상황이다. 이 가운데 키오스라는 도시가 맨 먼저 호메로스의 고향임을 자처하고 나섰지만, 학자들은 현재 터키의 이즈미르 지역인 스미르나가 대시인의 고향으로 가장 유력하다고 본다.

또 호메로스가 장님이었다는 설도 있다. 눈이 멀면 기억력이나 감수성이 더욱더 예민해진다는 믿음 때문일까. 이 주장은 아마도 《오디세이아》에 나오는 데모도코스라는 장님 가인歌人을 염두에 두고 만들어진 듯하다. 무사이 여신은 데모도코스의 시력을 빼앗고, 그 대신 그에게 사람의 심금을 울리는 노래를 부를 수 있는 능력을 부여한다. 사실, 호메로스가 장님이었다는 주장은 충분히 근거가 있다. 기원전 460년 무렵에 만들어진 호메로스 상像은 이를 입증이라도 하듯 장님으로 만들어졌다.

호메로스의 작품 《일리아스》와 《오디세이아》에 대해서도 논란이 많다. 어떤 사람들은 《일리아스》는 호메로스가 썼지만, 《오디세이아》는 다른 사람이 썼다고 주장한다. 또 다른 사람들은 이 두 작품 모두 오랜 세월을 거치며 후세 사람들이 고치고 다듬은 것이라고 말한다. 특히 독일의 프리드리히 아우구스트 볼프는 〈호메로스 서설〉에서, 《일리아스》에 시대가 다른 표현이나 내용이 많이 등장하는 것을 보면 긴 시간에 걸쳐 여러 사람이 가필했음이 틀림없다고 주장한다. 그러나 독일의 샤데발트를 비롯한 권위 있는 그리스 문학자들은 《일리아스》와 《오디세이아》가 호메로스의 작품이 틀림없다고 반박한다. 수천 년에 걸쳐 구전되어 온 이야기들이기 때문에 내용상으로나 표현상 틈새가 있는 것이 당연하다는 것이다.

이 밖에 호메로스가 주로 소아시아의 일반 대중들에게 노래를 들려

호메로스와 가이드
호메로스가 장님이었다는 설은 《오디세이아》의 장님 가인 데모도코스와 기원전에 만들어진 호메로스 상이 뒷받침한다. 윌리엄 아돌프 부그로의 1874년 작.

주었다고 하는 주장도 있다. 하지만 《일리아스》와 《오디세이아》에 등장하는 가인 상을 감안하면 이 주장은 설득력이 떨어진다. 《오디세이아》의 데모도코스는 파이아케스의 궁전에서 대중들이 아닌 궁전 귀족들을 상대로 노래를 부른다. 게다가 호메로스는 《일리아스》에서 아킬레우스를 영웅 서사시를 노래하는 가인으로 묘사한다. 아킬레우스는 네스토르와 오디세우스 등이 막사로 찾아왔을 때 포르밍크스●를 연주하며 옛 영웅들의 업적을 노래하고 있었다. 따라서 호메로스가 귀족계급이었는지는 확실하게 알 수 없지만, 귀족계급을 위해 노래를 부른 것만은 틀림없다.

그리스의 민족적 자부심을 일깨우다

그리스 반도에는 두 차례에 걸친 인도유럽어족의 남하南下가 있었다. 첫 번째는 기원전 20세기에 있었던 아카이아 인과 이오니아 인의 이동이다. 이들은 그리스 반도에 소위 미케네 문명을 일으켜 기원전 15~13세기에 전성기를 이룬다. 이들은 수많은 선진 문물을 받아들였던 크레테 문명을 복속시키고 트로이까지 몰락시킨다. 하지만 찬란하던 이들의 문명은 기원전 12세기에 그리스 반도로 이동한 폭력적인 도리아 족에게 철저하게 파괴되고 만다. 바로 두 번째 인도유럽어족의 남하다. 고고학자들의 연구에 의하면, 이후 미케네 문명은 경제적으로나 문화적으로 급속하게 퇴락의 길을 걷는다. 역사가들은 이 시기를 그리스 역사의 암흑기라고 부른다. 기록이나 유적이 모두 파괴되어 남은 것이 거의 없기 때문이다.

하지만 미케네 문명의 전통은 도리아 족의 말살 행위에도 사라지지 않고 끈질기게 살아남아 부흥을 시도한다. 그 주역이 바로 도리아 족의 폭력을 피해 그리스 전역과 소아시아로 피난했던 미케네 문명의 유민들이다. 이들의 노력은 결국 수백 년이 지난 기원전 8세기 무렵부터

● 포르밍크스 오늘날의 기타와 비슷하게 생긴 고대 그리스의 현악기로, 현을 손가락으로 뜯어서 연주했다.

결실을 맺게 된다. 그리스 문화는 이때부터 그 전의 암흑기를 비웃기라도 하듯 또다시 화려하게 꽃피우기 시작한다.

호메로스의 《일리아스》와 《오디세이아》는 이런 그리스 문화의 부흥을 알리는 신호탄이었다. 호메로스는 이 두 작품으로 그리스 인들에게 기원전 12세기 이전 조상들이 이룩한 찬란한 업적을 환기시키며 민족적인 자부심을 일깨웠다. 헤로도토스도 "모세가 유대인들에게 그랬듯, 호메로스는 헤시오도스와 함께 그리스 인들에게 그들만의 고유한 신들을 마련해 주었다."고 말할 정도였다.

호메로스의 작품이 그리스 인들의 공동체 의식 형성에 얼마나 중요한 역할을 했는지는, 그리스에서 5년마다 열린 '범汎아테나 여신 대축제'에서 가인들이 그의 두 작품을 처음부터 끝까지 암송했다는 사실에서 확인할 수 있다. 이후 호메로스의 두 작품은 그리스 인들에게 큰 인기를 끌어 마르세유 본本과 시노페 본을 비롯하여 수많은 필사본이 만들어져 전 그리스 어권으로 퍼지기 시작했다.

월계관을 받는 호메로스
그리스 인들에게 고유한 신을 마련해 주었다는 찬사를 듣는 호메로스가 승리의 여신에게 월계관을 받는 장면을 그렸다. 호메로스 발치에서 칼과 노를 두고 있는 두 여인은 각각 《일리아스》와 《오디세이아》를 상징한다. 장 도미니크 앵그르의 1827년 작.

《오디세이아》와 《일리아스》

《오디세이아》는 《일리아스》가 나온 지 몇십 년 후에 출간된 것으로 보인다. 《일리아스》가 기원전 8세기 후반에 나왔으니 《오디세이아》는 아마 8세기 초나 7세기 말쯤 나왔을 것이다. 두 작품의 저자가 같지 않을지 모른다는 의문은 이미 고대부터 제기되었다. 학문적으로 두 작품의 저자는 동일인으로 결론이 났지만 두 주인공이나 작품의 성격이 확연히 다른 것은 사실이다. 우선 아킬레우스의 운명은 비극적이지만 오디

 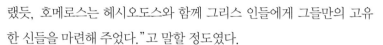

세우스의 운명은 행복한 결말을 맞는다. 두 주인공의 행동양식을 보면 차이는 더 확연하게 드러난다. 아킬레우스는 절대로 실패를 두려워하지 않지만 그렇다고 성공을 기대하는 것도 아니다. 그는 다만 무소불위의 추진력을 발휘하며 살아가며, 그 대가로 일찍 죽을지 모른다는 것을 예감하면서도 그 죽음을 향해 돌진한다. 이에 비해 오디세우스는 모험 중 닥친 위험을 특유의 노련함과 기지로 극복한다. 그는 어떤 최악의 상황에서도 빠져나가는 방법을 알고 있으며 가끔 운도 따라 준다. 그는 바다를 항해하며 수많은 위험과 맞닥뜨리지만 이성적인 성찰을 통해 그것을 벗어난다. 오디세우스는 아킬레우스와는 달리 현대적인 인물인 것이다.

차이는 이것뿐이 아니다. 《일리아스》는 과거 영웅들이 난무하던 시대와 영웅들의 비극적 운명을 묘사하는 데 초점을 맞춘다. 또 《일리아스》의 배경과 인물은 트로이 앞의 좁은 싸움터와 그 공간에서 싸우는 영웅들에 국한되어 있다. 이에 비해 《오디세이아》는 괴물·요정·거인뿐 아니라 왕에서부터 목동과 하인까지 포괄하는 전 사회 계층이 등장하며, 지중해 전체를 그 무대로 삼고 있다. 또 《일리아스》는 트로이의 몰락이라는 역사적 사건을 그 배경으로 하고 있지만, 《오디세이아》는 동화에서나 등장할 수 있는 환상적인 세계가 주를 이루며 트로이 전쟁은 그 서술 대상이 아니라 이미 까마득한 과거의 출발점에 불과하다. 두 주인공이 가인 혹은 서술자의 입장을 취하는 태도에서도 차이점이 드러난다. 아킬레우스는 막사에서 리라를 연주하며 과거 영웅들에 관한 서사시를 노래하는 데 비해 오디세우스는 파이아케스 왕 알키노오스와 그 신하들을 즐겁게 하기 위해 자신이 경험한 다양한 모험을 이야기한다.

오디세우스
기지와 지적 능력이 뛰어난 《오디세이아》의 주인공 오디세우스는 모험 중 닥친 갖은 위험을 극복하고 행복한 결말을 맞는다. 기원전 430~420년경 도기.

오디세우스의 귀환과 방랑에 관한 이야기에는 트로이 전쟁으로는 파악할 수 없는 고대 그리스 인의 일상적인 삶이 생생하게 묘사되어 있다. 우선 여기에는 해양민족으로 막 부상한 그리스 인이 예측할 수 없는 자연과의 싸움에서 겪어야 했던 파란만장한 삶이 아로새겨 있다. 그리스 인들은 기원전 9세기 말에야 비로소 페니키아 인들과 해상무역을 놓고 경쟁하면서 기원전 8세기에는 그들에게 문자와 선진적인 조선술을 배웠다. 이 시기는 또한 무한 경쟁으로 식민지를 개척하는 시대였다. 이런 역사적 상황에서 《오디세이아》는 오디세우스의 모험을 통해 폭풍우와 난파 같은, 당시 그리스 인이 직면하게 된 새로운 위험들을 현실감 있게 그려 내고 있다. 특히 해상무역의 발달로 부수적으로 해적 활동, 유괴, 노예무역도 성행했을 것이다. 《오디세이아》에도 유괴되어 노예로 팔려 온 사람들의 이야기가 몇 나온다. 예를 들어 오디세우스의 충실한 하인인 에우마이오스의 슬픈 사연은 우리의 마음을 아프게 한다. 타국의 왕자던 그는 어린 시절 해적들에게 유괴되어 노예로 팔렸다가 오디세우스의 농장에서 돼지치기로 살아간다.

또 《오디세이아》는 《일리아스》와는 달리 이타케에서 벌어지는 사건을 통해 시골 생활과 농촌 환경을 주로 묘사한다. 《오디세이아》에서 이타케 섬은 가부장적 구조를 지닌 장원으로 오디세우스는 영주로 등장한다. 하지만 아직 엄격한 신분제 사회로 분화된 상태가 아니어서 오디세우스와 하인들 사이에서는 직접적인 친분관계나 친밀도가 사회조직보다 우선한다.

아킬레우스
추진력이 뛰어나고 죽음을 두려워하지 않는 《일리아스》의 주인공 아킬레우스는 전쟁터에서 비극적인 결말을 맞는다. 기원전 460년경 도기.

고향을 동경하다

《오디세이아》에서 전체 사건을 이어 주는 중심 모티프는 모든 유혹과 위험에도 이타케로 돌아가려는 오디세우스의 고향에 대한 동경이다. 《일리아스》에서는 자존심에 상처를 입은 아킬레우스의 분노가 그 역할을 담당했다. 호메로스는 작품 처음부터 아주 교묘하게 독자들의 기대 심리를 부풀려서 그들에게 오디세우스가 과연 어떻게 고향에 돌아갈 수 있을까 하고 궁금증을 불러일으킨다. 그는 오디세우스의 귀향 이유이기도 한 그의 아내 페넬로페가 구혼자들 때문에 극심한 곤경에 처해 있으며, 남편 오디세우스가 귀향을 해야만 그 곤경에서 벗어날 수 있다는 것을 보여 준다. 여기서 고향이라는 것은 지리적인 개념이나 재산 그리고 사회적인 지위만을 뜻하는 것이 아니다. 고향은 무엇보다도 다시 서로 연결되어야만 하는 인간들 사이의 유대관계이자 소속감을 의미하기도 한다. 오디세우스가 아내와 아내의 정부情夫에 의해 살해되는 아가멤논과 자주 비교되는 것도 그 때문이다.●

술책과 기지의 대가

고향이나 가족에 대한 동경이 오디세우스가 온갖 모험을 하는 동안에도 가야 할 방향을 지시해 주는 일종의 나침반이라면 술책, 인내심, 자제는 이런 목적을 달성하기 위한 정신적인 무기다. 오디세우스는 호메로스의 영웅들이 갖고 있던 신체적인 강인함은 보여 주지 못했지만 술책만큼은 아주 뛰어났다. 지능, 탐구 정신, 노련함, 교활함 그리고 폴리페모스의 동굴이나 세이레네스의 섬을 지나갈 때와 같은 아주 급박한 상황에서도 해결책을 찾아내는 그의 기지는 어느 누구도 따를 자가 없었다. 트로이를 몰락시키기 위해 다른 장수들이 10년 동안 막대한 군사력을 쏟아 붓고도 이루지 못한 일을 목마를 만들어 단숨에 해치운 것도 오디세우스였다.

●아가멤논이 트로이 전쟁에 출전한 사이 그의 이내 클리타임네스트라를 취한 아이기스토스가 아가멤논의 아들 오레스테스에게 죽음을 당한다는 이야기는 《오디세이아》 3권에 상세하게 나온다. 호메로스는 《오디세이아》에서 정절을 지키지 못한 클리타임네스트라를 오디세우스의 아내 페넬로페와 자주 비교한다.

호메로스는 오디세우스의 지적인 능력을 그가 거인이나 괴물과 싸우는 모습을 통해서도 보여 준다. 또 광활한 바다와 그것이 품고 있는 수많은 위험은 오디세우스가 맞서 싸워야 할 거친 자연에 대한 알레고리다. 오디세우스를 계속해서 궁지로 몰아넣는 바다의 신 포세이돈과 오디세우스의 수호자 역할을 하는 제우스의 머리에서 태어난 지혜의 여신 아테나는 원시적인 자연의 힘과 정신적인 힘의 대결을 암시하는 신화적 표현이다. 헤르메스가 오디세우스에게 키르케의 마법에 걸리지 않도록 몰리라는 약초를 주는 것도 마찬가지로 해석할 수 있다. 헤르메스는 모든 길을 아는 지혜롭고 영리한 신이다.

아테나와 포세이돈
오디세우스의 귀향을 놓고 신경전을 벌이는 아테나와 포세이돈은 정신의 힘과 자연의 힘의 대립을 비유한 것이다.

순교자 같은 인내심의 소유자

인간이 자연의 폭력에 힘없이 굴복해야 했던 고대에는 인간이 자연과 벌이는 대결이 매우 매력 있는 테마였을 것이다. 오디세우스는 이런 운명과도 같은 자연의 폭력을 어떤 때는 지혜와 기지를 발휘해서, 또 어떤 때는 순교자와도 같은 극기克己를 통해 극복한다. 그는 아무리 배가 고파도 헬리오스의 암소에 손을 대지 말라는 테이레시아스의 경고를 지키지만 부하들은 배고픔을 참지 못하고 소들을 잡아먹고 만다. 오디세우스의 극기는 세이레네스를 만났을 때 한 단계 상승된다. 그는 세이레네스의 노랫소리가 어떤지 알고 싶어 귀를 밀랍으로 막지 않고 그대로 둔 채 부하들에게 자신을 돛대 기둥에 묶으라고 한다. 하지만 그가 최고조의 극기를 보여 주는 것은 마지막 부분에서 가족을 만났을 때다. 그는 20년 만에 가족을 만났지만 흥분을 가라앉히고 모든 위험이 사라질 때까지 자신의 정체를 밝히지 않는다.

방랑 그리고 귀환

《오디세이아》의 구조는 아주 정교하다. 먼저 오디세우스의 아들 텔레마코스의 이야기는 도입부 역할을 한다. 그는 갓 성인이 되어 얼굴조차 모르는 아버지의 행방을 물어보기 위해 필로스와 스파르타로 항해를 떠난다. 그는 항해를 무사히 마치고 돌아와 말로만 듣던 용감무쌍한 아버지의 아들로 판명됨으로써 자신의 정체성을 찾는다. 동시에 독자는 도입부에서 오디세우스의 가족이 처한 현재의 열악한 상황을 알게 되고 오디세우스가 빨리 집으로 돌아와야 하는 현실을 직시한다. 아울러 독자는 그게 언제 그리고 어떻게 이루어질지에 대한 기대에 잔뜩 부풀게 된다. 이런 긴장감은 오디세우스가 귀환하여 모든 방해요인을 제거하고 20년 동안 헤어진 가족들과 결합해야만 비로소 해소된다.

오디세우스가 귀향하는 데 실질적으로 걸리는 시간은 아주 짧고 그러기 위해 거치는 단계도 몇 개 되지 않는다. 오디세우스는 오기기아에서 칼립소와 헤어진 뒤, 타고 온 뗏목이 전복되자 파이아케스 인의 나라 스케리아에 상륙해서 나우시카아 공주를 만나고 궁에 짧게 체류한 다음, 곧바로 이타케에 도착한다. 이 기간은 40일이 조금 넘는다. 그러나 이 기간 중에서도 마지막 5일, 다시 말해 오디세우스가 이타케에 도착하고 난 뒤의 5일 동안 아주 많은 사건이 일어난다. 호메로스는 이 기간을 아주 자세하게 묘사하면서 이 부분에 전체 24권의 반인, 13권에서 24권까지를 할애하고 있다.

오디세우스가 고향에 도착한 이후의 사건은 서술자가 이야기하지만, 방랑하면서 겪는 모험의 대부분은 본인이 직접 서술한다. 그는 파이아케스 인의 궁정에서 트로이의 몰락에서부터 그들 나라인 스케리아 해안에 도착할 때까지 자신에게 일어난 모든 것을 보고한다. 6권에서 12권에 걸쳐서 서술되는 이런 과거에 대한 회상은 몇 가지 기능이 있다. 우선 오디세우스가 칼립소와 작별하고 실질적으로 고향을 향해 떠나기 전에 자신의 모험을 조망할 수 있도록 요약해 준다. 동시에 독자에게는 긴장감을 더하기 위해 서술을 지연시키는 역할을 한다. 또 그런 장치는 다양한 모험을 보여 줌으로써 알키노오스를 비롯한 파이아케스 인에게뿐만 아니라 독자에게도 짜릿한 즐거움을 준다. 더군다나 호메로스는 오디세우스의 이야기를 통해 문학은 궁정에서 다양한 오락거리를 제공해야 한다는 평소 지론을 몸소 실천한다. 파이아케스 인들의 데모도코스나 이타케의 페미오스 등 《오디세이아》에 등장하는 가인歌人들도 모두 궁정의 귀족들을 즐겁게 하기 위해 노래를 부른다.

천부적인 이야기꾼

오디세우스는 가인은 아니다. 그러나 오디세우스가 하는 이야기는 마지막으로 그 자신에게 아주 특별한 기능을 하게 된다. 서술이 바로 오디세우스에게 실존적인 작용을 하기 때문이다. 오디세우스는 포세이돈이 보낸 폭풍우로 뗏목이 전복된 후 파이아케스 인의 나라인 스케리아 해안에 간신히 헤엄을 쳐서 올라간다. 그는 초주검 상태다. 이런 최악의 상태에 그에게 남아 있는 것은 아무것도 없다. 심지어 옷조차도 없이 완전히 발가벗은 상태다. 그는 부하들을 모두 잃었고 손에 쥔 것도 하나도 없다. 그래서 오디세우스가 다시 일어서기 위해서는 그에게 도움을 줄 수 있는 선한 사람이 필요하다. 바로 이 순간 그는 나우시카아 공주를 만나 파이아케스 궁전에 손님으로 받아들여진다. 이들이 오디세우스에게 보이는 환대는 그와 부하들이 괴물들에게서 받은 원초적 위협과 냉대와는 반대되는 속성이다. 하지만 오디세우스가 선한 사람들의 동정심을 통해서만 자신의 가치를 인정받는 것은 아니다. 오디세우스는 자신이 갖고 있는 이야기꾼으로서의 탁월한 능력을 통해서도 자신의 가치를 인정받기 때문이다. 파이아케스 인들은 그의 이야기를 듣고 그의 화술에 감탄하며 그에 대한 신뢰를 높여 간다. 아울러 오디세우스는 이야기를 하면서 스스로 자의식을 느낀다. 그는 지금까지 한 수많은 행위들을 재현해 내서 성찰함으로써 자기에 대한 이해의 폭을

넓히는 것이다. 그의 이야기에는 트로이가 몰락한 이후 그가 한 모든 행위와 고통이 들어 있기 때문이다.

오디세우스가 파이아케스 궁정에서 자신을 인식하게 되는 과정은 세 단계로 요약할 수 있다. 그는 우선 나우시카아 공주의 관심을 받으면서 남자로서 자신의 가치를 새롭게 발견하고, 두 번째로 라오다마스 왕자와의 언쟁에서 정신적인 우월성을 과시하고 이어 벌어진 스포츠 경기에서 육체적인 우월성을 입증한다. 마지막으로 오디세우스는 그 누구도 따라올 수 없는 탁월한 이야기꾼으로서 능력을 발휘하며 자신을 확신한다. 결국 오디세우스는 최악의 상실감에서 벗어나 점점 발전을 거듭하여 마침내 그리스 인들이 말한 최고의 상태인 '아레테arete●'를 만끽한다. 빈털털이던 그가 파이아케스 인들에게 수많은 선물을 받아 이타케로 가져간다는 것은 이것에 대한 반증이다.

주인을 알아보고 반가워하는 아르고스
20년 만에 거지 노인 차림으로 돌아온 주인이지만 아르고스는 바로 알아보고 반가워하다 죽음을 맞는다. 200년경 부조.

침상에 얽힌 일화로 가정을 회복

오디세우스가 파이아케스 인의 나라에서 사회적인 관계를 회복했다면 고향 이타케에서는 인간적인 관계를 회복한다. 오디세우스는 이타케에서 아들 텔레마코스와 아버지 라에르테스와의 만남을 통해 가족 3대 간의 화합을, 서로에 대한 충성심과 배려로 끈끈하게 연결된 하인과 주인과의 관계를, 마지막으로 키르케와 칼립소에게 느낀 애정에도 그리고 구혼자들의 협박에도 20년 동안 변함없이 유지된 자신과 아내 페넬로페와의 사랑을 회복한다.

호메로스는 오디세우스가 이렇게 가족관계를 회복하는 과정을 작품에서 감동적으로 그려 내고 있는데 그중 백미는 아내 페넬로페가 그를 남편으로 인정하는 장면이다.

맨 먼저 오디세우스는 자신이 키우던 개에 의해 주인으로 인정받는

● **아레테** 사람이나 사물이 도달한 최상의 이상적인 상태

다. 오디세우스가 거지로 분장하여 궁전 대문을 들어서자 가축 오물을 쌓아 놓은 대문간에 아무렇게나 방치되어 죽음만을 기다리던 늙은 개 아르고스는 본능적으로 20년 만에 돌아온 주인을 알아보고 혼신의 힘을 다해 꼬리를 흔든다. 오디세우스는 자신의 정체가 탄로날까 봐 눈물을 감추며 개의 시선을 애써 외면하지만 개는 그 순간 그에게 다가오려다가 기쁨에 겨워 그리고 고령으로 죽음을 맞이한다. 아주 감동스런 장면이다.

오디세우스의 흉터로 그를 알아본 에우리클레이아
오디세우스의 유모 에우리클레이아는 오디세우스의 발을 씻겨 주다가 그가 어릴 때 입은 허벅지 흉터를 보고 그가 오디세우스임을 알아본다.

오디세우스는 아들과 늙고 충실한 종들에게는 자신이 오디세우스임을 고백하여 간단하게 각각 아버지와 주인으로 인정을 받는다. 어렸을 적 오디세우스의 유모 에우리클레이아는 페넬로페의 지시로 그의 발을 씻겨 주다가 허벅지 흉터를 발견하고 그를 알아본다. 그녀는 감격한 나머지 페넬로페에게 바로 그 사실을 알리려 하지만 오디세우스의 만류로 그만둔다. 이때부터는 오디세우스가 가족으로 인정받기 위해 인식의 수단이 필요하다.

그는 아버지 라에르테스에게 아들임을 고백하지만 아버지는 그의 말을 의심한다. 그러자 아버지에게 허벅지의 흉터를 내보이며 그것이 삼촌들과 사냥을 하다가 멧돼지 엄니에 받힌 상처가 아물어 생긴 것이라고 말한다. 그래도 아버지가 미심쩍어하자 그는 어렸을 적 아버지에게 선물로 받은 과일나무의 종류와 그루 수를 정확하게 말한다. 그제야 노인은 감격에 겨워 다리와 심장을 떨다가 아들을 와락 껴안는다.

오디세우스에게 육체적으로뿐 아니라 정신적으로도 완벽하게 정절을 지킨 오디세우스의 아내 페넬로페의 의심은 시아버지보다 한술 더 뜬다. 그녀는 유모 에우리클레이아가 남편의 귀환을 알리자 그녀의 정신상태를 의심한다. 그녀의 의심은 남편을 직접 대면하고도 잦아들 줄 모른다. 그녀는 자신 앞에 있는 사람이 구혼자들을 모두 죽였다면 남편 오디세우스임에 틀림이 없다고 생각하면서도 특유의 신중함으로 그를 시험한다. 그동안 돈푼이나 얻어 보려고 거짓으로 남편 소식을 가져왔다는 사람들에게 숱하게 속았기 때문이다. 페넬로페가 오디세우스를 구혼자 중 하나일지 모른다며 계속 냉대하자, 오디세우스는 20년 만에 돌아온 남편에게 이럴 수 있느냐며 아무데서나 잘 테니 침상이나 깔아 달라고 말한다. 그러자 그녀는 유모 에우리클레이아에게 그를 위해 방 안에 있는 침상을 밖에다 깔아 주라고 명령한다. 그때 오디세우스가 깜짝 놀라며 대꾸한다. 자기가 살아 있는 올리브나무로 침상 다리를 만들어 그 주위에 침실을 만들고 집을 지었는데 어떻게 침상을 밖으로 옮길 수 있냐는 것이다. 그 말을 듣고 페넬로페도 시아버지처럼 무릎과 심장을 떨다가 오디세우스에게 달려가 울면서 목을 껴안고 얼굴에 키스 세례를 퍼붓는다.

세이레네스 섬을 지나가는 오디세우스
돛대 기둥에 몸을 묶은 채 세이레네스의 노래를 듣는 오디세우스의 모습을 그린 도기다. 스토아학파는 이때 오디세우스가 보인 절제와 극기를 덕의 이상으로 치켜세웠다.

모험담의 정전, 고대에서 현대까지

《오디세이아》의 영향은 《일리아스》만큼이나 막대하다. 《오디세이아》는 수천 년에 걸쳐 유럽 문학 전체에 실로 엄청난 영향을 끼쳤다. 단테, 셰익스피어, 괴테, 조이스 등이 이 작품을 토대로 작품을 썼다. 문학뿐이 아니었다. 화가들도 일찍부터 오디세우스의 모험에 영감을 받아 오디세우스가 외눈박이 키클로페스의 눈을 멀게 하는 장면이나 세이레네스가 사는 섬을 지나는 장면 등을 꽃병에 그려 넣기도 했다. 음악사상 최초의 오페라 작곡가 몬테베르디는 〈오르페오〉(1607)를 작곡하여 인류 최초의 음악가 오르페우스에게만 관심을 가진 게 아니었다. 그는 오디세우스의 귀향에 관한 이야기도 〈율리시스의 귀환〉(1641)이라는 오페라로 작곡해 냈다.

하지만 오디세우스라는 인물에 대한 평가는 아주 달랐다. 어떤 사람은 그를 동화 같은 모험을 감행한 주인공으로 보았지만, 또 어떤 사람은 모든 것을 경험해 보려는 호기심 많은 현대인의 원형으로 보았다. 다른 사람은 오디세우스가 자유자재로 부리는 계책과 강한 정신력을 근거로 그를 아무리 어려운 상황이라도 침착하게 극복해 나가는 이성적인 인간의 전형으로 보았으며, 또 다른 사람은 온갖 위험을 무릅쓰고라도 사랑을 찾아 귀향하는 사람의 모범으로 보았다. 페늘롱 같은 작가는 1699년에 출간된 교육 소설 《텔레마코스의 모험》에서 오디세우스보다는 그의 아들 텔레마코스에게 초점을 맞추었으며, 괴테를 비롯한 많은 작가들은 오디세우스가 나우시카아 공주를 만나는 장면이나 칼립소의 섬에 머무는 장면과 같은 개별 에피소드를 토대로 작품을 써 냈다.

고대에도 오디세우스에 대한 평가는 다각적이어서, 호메로스처럼 오디세우스에게 철저히 긍정적인 평가를 내린 작품도 있었지만 비록 단편적이지만 오디세우스에 대해 부정적인 시각을 지닌 전승도 있었다. 고대인의 눈에도 오디세우스가 필록테테스를 렘노스 섬에 유폐시킨 일이라든지 아킬레우스의 갑옷을 놓고 아이아스와 싸우는 것은 결코 긍정적으로만 보이지 않았던 모양이다. 소포클레스도 《아이아스》에서는 그를 긍정적으로 보았지만 《필록테테스》에서는 교활한 철권정치가이자 조소嘲笑주의자로 그렸다. 에우리피데스도 《헤카베》와 《트로이의 여인들》에서 그를 인간도살자로, 《아울리스의 이피게네이아》에서는

명예욕에 사로잡힌 음모가로 만들었다. 두 비극작가가 오디세우스에 대해 이렇게 부정적인 평가를 내린 것은 그 당시 정치 환경의 산물이다. 소포클레스와 에우리피데스는 펠로폰네소스 전쟁을 겪으면서 폴리스가 몰락하고 철면피한 정치가들이 생겨나는 것을 목격하였다. 그 당시 그리스 비극은 신화 속 인물만을 소재로 쓰고 있었기 때문에 그들은 신화에서 그런 인물을 찾다가 오디세우스를 찾아냈고, 오디세우스라는 인물을 통해 그 당시 정치가들의 세태를 풍자한 것이다.

로마 인들은 '울릭세스'라고 부르던 오디세우스를 한편으로는 긍정적으로, 또 다른 편으로는 부정적으로 묘사했다. 그리스의 스토아학파는 오디세우스를 그들이 생각한 덕德의 이상에 따라 현자의 상징으로 보았다. 스토아학파의 이념을 이어받은 키케로, 호라티우스, 세네카도 오디세우스를 그렇게 평가했다. 오디세우스는 스토아학파가 현자의 특징이라 생각한 '항심constantia'과 '평정ataraxia'을 절대로 잃지 않은 인물이기 때문이다. 오비디우스도 아우구스투스 황제에 의해 흑해 연안으로 추방당한 뒤, 자신을 고향에 돌아가지 못하고 방황하는 오디세우스와 동일시했다. 베르길리우스는 《아이네이스》에서 호메로스의 영향을 많이 받기는 했지만, 목마를 만들어 트로이를 몰락시킨 오디세우스를 잔인하고 파괴적인 철권정치가로 그렸다. 작품이 로마의 번영과 그 뿌리를 찬양하기 위해 씌어진 것을 감안하면 당연한 귀결이다. 로마인들은 로마를 건국한 로물루스와 레무스가 아이네이아스의 후손으로 트로이가 자신들의 뿌리라고 생각했기 때문이다.

고대 후기에서 중세 말기까지 1000년 동안 호메로스는 잊혀지고 그 대신 베르길리우스가 인구에 회자되었다. 그 영향으로 단테는 《신곡》에서 오디세우스를 목마를 만들어 낸 위대한 발명가가 아니라 트로이를 몰락시킨 사악한 파괴자로 평가했다. 그는 전사로서의 오디세우스만 평가절하한 것이 아니다. 그는 오디세우스를 귀향을 학수고대하는 바다의 방랑자가 아니라 지식과 세상에 대한 호기심에 사로잡힌 자로 보았다. '호기심curiositas'은 교부敎父 아우구스티누스가 《고백》에서 단죄한 이래 기독교 전통에서 근세 초기까지 사악한 것으로 여겨졌다. 호기심이 인간의 마음을 세상, 다시 말해 외적인 것으로 향하게 해서 하느님과 영혼을 구원하는 일로부터 멀어지게 만든다고 생각했기 때문이다. 결국 단테는 오디세우스를 정화의 산 밑 강가에 좌초시켜 죽게 만든다. 단테가 《신곡》에서 오디세우스를 다시 고향을 떠나게 하여 죽게 만드는 것은 귀향으로 완성되는 호메로스의 작품 내용과는 큰 차이를 보인다. 따라서 단테는 호메로스의 《오디세이아》가 아닌 키레네의 에우감몬이 썼다고 알려진 《텔레고니아》와 같은 다른 전승에서 그런 아이디어를 얻은 것처럼 보인다. 《텔레고니아》에 따르면 오디세우스는 고향 이타케에 도착한 뒤 다시 고향을 출발하여 신탁이 정한 장소에서 포세이돈 신에게 제물을 바치고 속죄한 다음 여러 모험을 하고

《트로일러스와 크레시더》 표지
1609년 간행된 셰익스피어의 《트로일러스와 크레시더》 표지

다시 귀향하여 행복한 노후를 즐긴다. 그런데 어느 날 그는 이타케를 침공한 외부 세력과 맞서 싸우다가 적장의 창을 맞고 전사한다. 그 적장은 바로 자신과 키르케 사이에서 태어난 아들 텔레고노스였다. 물론 단테는 오디세우스가 집을 다시 떠나는 이유로 그가 갖고 있는 모험심과 세상에 대한 호기심을 들고 있다. 그가 그 모티프를 사용한 것은 오디세우스를 호기심 때문에 도덕적으로 타락하고 결국 비참하게 죽음을 맞이하는 인물의 전형으로 만들고 싶었기 때문이다. 중세에도 물론 오디세우스에 대한 긍정적인 평가가 없었던 것은 아니다. 중세에는 예수 이전에 일어난 모든 것을 미래의 구원에 대한 역사의 전사前史로 보았다. 중세 교회의 시각에서 보면 구약뿐 아니라 이교도들의 이야기도 신약의 역사를 상징적으로 미리 보여 준다. 이런 시각에 따라 그들은 오디세우스가 돛대 기둥에 묶여 있는 것을 예수가 십자가에 묶여 있는 것을 예시豫示했다고 해석했다.

르네상스 시대가 되자 고대에 대한 새로운 평가가 일어났지만 호메로스가 금방 긍정적인 평가를 받은 것은 아니었다. 르네상스 시대의 시학詩學 교과서인 스칼리제르•의 《시학 7서》(1561)는 호메로스를 다시 평가절하하고 그 대신 베르길리우스를 찬양했다. 그의 엄격한 규범 시학에 따르면 호메로스는 조야하고 표현도 너무 비합리적이다. 그에 의하면 호메로스의 작품은 엄격하게 조직화되어 있지 않다. 그의 신들은 비도덕적이고 영웅들도 덕의 모범이 되기에는 부적합하다.

호메로스에 대한 이런 부정적인 판단에도 오디세우스라는 인물은 이 당시 문학작품에서 계속 소재로 등장한다. 셰익스피어는 1602년 초서의 《트로일러스와 크리세이드》와 마찬가지로 비非 호메로스의 전승에 근거하여 희비극 《트로일러스와 크레시더》를 출간했다. 그는 이 작품에서 오디세우스를 모든 질서가 파괴될 위험에 처해 있는 무의미한

• **스칼리제르** 네덜란드 고전학자(1540~1609). '역사 비평의 아버지'라 불린다.

전쟁에서 이성적으로 행동하는 실용주의적인 정치가로 그렸다. 그의 작품에서 오디세우스는 전투에서 손을 떼 그리스 군을 위기에 빠뜨린 아킬레우스에게, 인간은 누구나 사회에서 자신이 지켜야 할 고정불변의 자리와 해야 할 특정한 의무가 있다고 일장 훈시를 한다.

셰익스피어가 오디세우스에게 그런 말을 하게 한 역사적 배경에는 그 당시 수십 년간 지속되면서 영국을 혼란에 빠뜨린 장미전쟁이 있었다. 튜더왕조는 불안한 정세를 통제하기 위해 질서 이데올로기가 필요했으며 결국 안정된 질서를 최고의 덕으로 삼아 퍼뜨린 것이다. 셰익스피어의 다른 작품에도 자주 엿보이는 질서에 대한 갈망은 르네상스에 팽배하던 개인주의적인 사고와 모순을 이룬다. 개인이 자율성을 가지면 초개인적인 질서가 파괴되고 혼란이 초래된다는 식이다. 셰익스피어가 직접 그런 것은 아니지만 그가 묘사하고 있는 오디세우스는 질서 이데올로기에 사로잡혀 아킬레우스의 행동을 개인주의적이고 따라서 파괴적이라고 비난한다.

로페 드베가°는 《키르케》라는 서사시에서 오디세우스를 덕의 화신으로 묘사한다. 칼데론°도 코미디 《사랑의 마력에 대하여》(1635)에서 오디세우스를 키르케나 칼립소의 유혹에 잠시 빠지기도 하지만 결국 그것을 극복하는 영웅으로 소개한다. 이런 점에서 이 두 작품은 금욕을 이상으로 삼는 스토아학파의 시각을 따르고 있다.

18세기 중반에서 19세기 초까지는 호메로스가 문학의 중심인물이 된다. 특히 독일고전주의는 고대 그리스를 작품의 모범으로 삼았다. 필자가 번역대본으로 삼은 요한 하인리히 포스의 《일리아스》와 《오디세이아》 독일어 번역판이 나온 것도 이 시기였다. 포스는 그리스 어에 능통했으며 호메로스의 두 작품을 원래의 운율인 6운각으로 거의 완벽에 가깝게 번역해 냈다. 당시 독일 문학가 중 특히 괴테는 《오디세이아》에 많

요한 하인리히 포스
독일의 시인(1751~1826). 고전언어학에 조예가 깊어 호메로스의 《일리아스》와 《오디세이아》를 번역한 것으로 명성이 높다.

● **로페 드베가** 에스파냐의 극작가(1562~1635). 1800여 편에 달하는 작품을 남겼다.

● **칼데론 데라바르카** 에스파냐의 극작가(1600~1681). 바로크 시대의 대표적 작가로, 가톨릭교회로의 귀의와 국왕에 대한 충성을 주제로 한 작품을 많이 남겼다. 철학적 종교극 《인생은 꿈》이 널리 알려져 있다.

은 관심을 가졌다. 그는 작품에서 자주 《오디세이아》의 장면을 인용했다. 《젊은 베르테르의 슬픔》에서는 주인공 베르테르를 통해 호메로스의 《오디세이아》의 한 장면을 연상했다. 베르테르는 콩을 불에 볶으면서 페넬로페의 오만불손한 구혼자들이 소와 돼지를 잡고 그것을 잘게 썰어서 불에 굽던 장면을 눈앞에 그려 보았다. 《이탈리아 기행》에서도 괴테는 배를 타고 나폴리에서 팔레르모로 가는 길에 풍랑을 만나자 오디세우스의 모험을 연상했다. 수평선에 보이는 섬을 보고 오디세우스가 표류한 섬 같다고 생각했고, 시칠리아에 도착해서는 파이아케스의 섬을 회상했으며 해안가 근처에서 식물들이 무성하게 우거져 있는 것을 보고는 알키노오스 궁전의 정원을 연상했다. 또 나폴리의 여러 풍경을 보고는 이제야말로 《오디세이아》의 진정한 의미를 깨달았다고 고백했다. 급기야 괴테는 오디세우스가 파이아케스 인의 나라에 체류한 것을 소재로 한 《나우시카아》를 구상했다. 그 작품은 비록 미완에 그치고 말았지만 괴테는 그것을 나우시카아 공주가 죽는 비극으로 만들려고 했다. 괴테의 미완성 작품에서 그녀는 오디세우스가 자신의 아내를 찾아 고향으로 돌아가야 한다는 것을 알고 절망한 나머지 자살한다.

19세기 후반에는 《오디세이아》와 오디세우스라는 인물이 비교적 드물게 문학작품에 반영된다. 물론 예외적으로 독일 작가 구스타프 슈바브의 《고대의 가장 아름다운 전설》은 그 당시 독일 청소년들에게 폭발적인 인기를 끌었다. 하지만 20세기에는 그것을 소재로 한 엄청나게 많은 작품들이 쏟아져 나온다. 특히 독일 자연주의 작가이자 노벨문학상 수상자인 게르하르트 하우프트만은 이 시기에 《오디세우스의 활》을 썼다. 작품의 무대는 오디세우스가 고향에 돌아온 후 이타케의 돼지치기 에우마이오스의 오두막이다. 자연주의적인 관점에 맞게 사회에서 소외된 사람을 통해 사회적인 관점을 드러낼 수 있다고 생각했기 때문이다.

호메로스의 《일리아스》를 희화한 작품은 고대에 벌써 나왔다. 기원전 1세기에 씌어진 《개구리와 생쥐의 전쟁》은 그리스 인과 트로이 인의 전쟁을 우스꽝스럽게도 개구리와 생쥐의 전쟁으로 빗대어 놓았다. 하지만 《오디세이아》를 희화한 작품은 20세기가 되어야 비로소 본격적으로 나온다. 제임스 조이스는 《율리시스》를 통해 오디세우스의 모험을 희화하면서 위대한 모험이 가능하던 고대의 영웅시대와 현대의 소시민 사회의 차이를 묘사했다. 조이스는 이 작품에서 더블린 출신의 소시민 세 명, 즉 블룸·그의 아내 마리온·젊은 선생이자 작가인 스티븐 디덜러스의 행동·생각·상황을 각각 오디세우스·페넬로페·텔레마코스에 빗대어 묘사했다. 바에서 일하는 여자들은 세이레네스로, 비스킷 상자를 던져 대는 열광적인 국수주의자는 외눈박이 폴리페모스로, 창녀는 키르케와 비교된다. 오디세우스가 지하세계를 방문하는 것은 블룸이 공동묘지에 가는 것과 대비된다. 조이스는 이 소설을 통해 한편으로는 전통적인 가치관과의 단절, 모든 사고의 상대성, 세상과 자아의 분열을 묘사함으로써 파편화된 현대의 세계상을 그려 내고 있지만, 다른 한편으로는 《오디세이아》의 인물과 상황이 갖고 있는 원형적인 측면을 강조하려 했다. 호메로스의 《오디세이아》는 현대 작품과 현격한 차이가 있음에도 우리에게 원형적인 틀을 제시하고 있다는 말이다. 조이스가 이런 시도를 한 것은 그 당시 프레이저의 《황금가지》로 촉발된 사고의 원형에 대한 열광적인 관심 때문이었다. 이런 시각에서 보면 예를 들어 세이레네스와 만나는 것은 심미주의의 유혹을, 키르케의 섬에 머무는 것은 쾌락적인 감각주의에 빠지는 것을 암시한다.

니코스 카잔차키스는 1938년 출간된 《오디세이아》에서 조이스와는 아주 다른 시각을 보인다. 그는 호메로스의 오디세우스가 하는 모험을 조이스처럼 전형적인 모델로 간주하지 않는다. 그는 호메로스의 오디세

키르케

《오디세이아》 10권에 등장하는 마녀. 아이아이아 섬에 살며 사람을 동물로 변하게 하는 마법을 부린다. 키르케의 섬에 일 년 동안 머물다 떠나는 오디세우스에게 키르케는 고향에 가려면 지하세계의 테이레시아스의 조언을 얻으라고 알려 준다. 도소 도시(1490?~1542) 작.

● **발터 옌스** 함부르크 출신의 독일 작가(1923~). '47 그룹'의 멤버.

● **귄터 쿠너르트** 구동독 출신의 독일 작가(1929~). 구동독정부가 반체제 시인 볼프 비어만의 시민권을 박탈하자 제일 먼저 이에 항의하며 서명했다.

● **하이너 뮐러** 구동독 출신의 독일 작가(1929~). 브레히트 이후 '가장 의미있는 독일어권 작가'로 평가받는 극작가.

우스를 낡은 고향이 아니라 자유와 새로운 삶의 의미를 찾아 헤매지만 실패하는 완전히 다른 현대적인 인간으로 만들어 낸다. 그의 주인공은 모험으로 점철된 삶을 살다가 폭풍우를 만나 남해의 빙산에서 죽음을 맞는다. 단테처럼 카잔차키스는 비 호메로스적인 전승에 기대고 있다. 그에 따르면 오디세우스는 구혼자들을 죽인 뒤 다시 새로운 모험을 감행한다. 그로서는 이타케가 너무 답답하며, 이렇게 좁은 공간에서는 진정한 삶의 의미를 느낄 수 없기 때문이다.

1930년대 전쟁의 그림자가 짙게 드리워지자 오디세우스라는 인물은 특별한 관심을 받게 된다. 프랑스의 극작가이자 소설가 장 지로두는 《트로이 전쟁은 일어나지 않는다》에서 그리스 장군 오디세우스를 전쟁의 광기에 사로잡힌 세상에서 전쟁을 막아 보려고 하지만 실패하는 비운의 정치가로 묘사했다. 발터 옌스●도 《오디세우스의 유언》에서 지로두와 같은 입장을 취했다. 이 시기에 오디세우스는 때로는 망명자처럼 고향을 잃은 비극적인 인물로, 때로는 교활한 지식인으로, 때로는 패배자로 그려지면서 요하네스 베허, 베르톨트 브레히트, 에리히 아렌트, 페터 후헬 등 독일 작가들이 쓴 수많은 시의 소재가 되었다. 특히 귄터 쿠너르트●는 시와 산문에서 페넬로페와 나우시카아 등 《오디세이아》에 등장하는 여성 인물을 다루었으며 오디세우스와 부하들의 관계를 비판적으로 조명하기도 했다. 하이너 뮐러●도 소포클레스가 《필록테테스》에서 그런 것처럼 자신의 필록테테스 드라마에서 오디세우스를 극도로 부정적인 인물로 묘사했다. 여기서 오디세우스는 조소적인 철권정치가로 나타난다. 그의 시 〈울리스〉에서도 단테가 받아들인 비 호메로스적인 전승에서처럼 주인공 오디세우스가 이타케에서 벌어지는 축제에 신물이 난 나머지 다시 여행을 떠난다. 그는 끊임없이 새로운 목표를 추구하고 발전을 향해 달려가는 인류의 상징이 되지만 결국 불명예스럽게 죽음을 맞는다. 그는 단테처럼 호기심을 도덕적으로 단죄하지는 않지만 그의 주인공은 결국 그 호기심 때문에 파멸한다. 1962년에 나온 에리히 아렌트*의 《오디세우스의 귀환》도 이와 똑같은 주제를 다루었다. 아렌트는 이 작품으로 하이너 뮐러처럼 동독 당국의 비판을 받았다. 그 당시 동독 당국은 그에게 작품의 주인공을 국가이념에 따라 이타케를 다시 떠나지 않고 고향에 정착하여 근면성실하게 살아가는 긍정적인 모습으로 그려 주길 바랐다. 동독 당국은 고향을 다시 떠나는 오디세우스의 모습에서 장벽을 넘어 서독으로 탈출하는 동독인들의 모습을 상상한 것이었다.

독일의 철학자 호르크하이머와 아도르노는 《계몽의 변증법》에서 오디세우스를 현대적인 시각에서 철학적으로 재조명했다. 그들에 의하면 오디세우스는 발전을 대변하는 상징적인 인물로 서양사상 최초의 계몽주의자다. 따라서 《오디세이아》는 '유럽 계몽주의의 원문' 이다. 그것이 계몽의 변증법을 증명하고 있기 때문이다. 《오디세이아》는 신화에 맞서 이성을 갖고 싸우는 한 인간을 그리고 있어 그 속에는 신화와 계몽이 변증법적으로 서로 뒤엉켜 있다는 말이다. 물론 그들은 계몽을 역사적인 개념이 아닌 통시적인 개념으로 보면서 18세기 계몽주의가 이루어 낸 관용, 인권, 자유 등과 같은 성과를 고려하지 않았다. 그들은 계몽주의를 모든 것을 합리화시키는 문명과 같은 개념으로만 파악하면서 오디세우스를 현대문명의 원형으로 보았다.

● **에리히 아렌트** 구동독 출신의 독일 시인(1903~1984). 1933년 스위스로 망명했다가 1950년 다시 동독으로 이주. 1926년 독일공산당에 입당. 1928년 프롤레타리아혁명작가동맹에 가입.

호메로스의 생애와 《오디세이아》 수용사史   4

프롤로그   귀향 이전 오디세우스의 행적   32
　　　　　트로이 전쟁 이후 그리스 군의 귀향   44

제1권   신들이 오디세우스를 고향으로 돌려보내기로 결정하다 ················ 66
　　　　아테나 여신이 멘테스의 모습을 하고 나타나 텔레마코스에게 용기를 불어넣다

제2권   텔레마코스가 이타케 백성들의 회의를 소집하다 ·················· 76
　　　　텔레마코스가 필로스를 향해 떠나다

제3권   필로스의 왕 네스토르가 텔레마코스에게 트로이에서 귀환한 과정을 말해 주다 ······ 84
　　　　네스토르가 스파르타의 왕 메넬라오스를 찾아가 아버지의 행방을
　　　　물어보라고 충고하다

제4권   메넬라오스가 텔레마코스에게 프로테우스의 예언에 대해 말해 주다 ········ 93
　　　　구혼자들이 귀환하는 텔레마코스를 살해하기로 모의하다

제5권   제우스가 칼립소에게 오디세우스를 고향으로 떠나보내라고 명령하다 ········ 108
　　　　포세이돈이 오디세우스를 발견하고 폭풍우를 일으켜 뗏목을 박살내다

제6권   아테나 여신의 계시로 파이아케스의 공주 나우시카아가 강가 빨래터에서
　　　　오디세우스를 만나다 ······································· 117

차
례

제7권   알키노오스 왕이 오디세우스를 고향까지 호송해 주기로 결심하다 ·········· 124
        오디세우스가 아레테 왕비에게 칼립소 섬에서부터 지금까지
        자신에게 일어난 일을 이야기하다

제8권   알키노오스가 오디세우스를 고향까지 호송할 준비를 시키다 ·········· 132
        가인 데모도코스가 연회에서 트로이의 목마에 대해 노래하자
        오디세우스가 눈물을 흘리다

제9권   오디세우스가 알키노오스 왕에게 자신의 신분을 밝히고
        지금까지 겪은 일을 소상하게 이야기하다 ·········· 145
        키코네스 족, 로토파고이 족, 키클로페스 족 폴리페모스 이야기

제10권   오디세우스의 부하들이 아이올로스의 경고를 무시하다 ·········· 156
        오디세우스가 식인종 라이스트리고네스 족에게 열두 척의 배 중 열한 척을 잃다
        오디세우스가 마녀 키르케와 일 년 동안 지낸 뒤 고향으로 돌아가기로 결심하다

● 오디세우스, 지하세계를 방문하다 ·········· 168

제11권   오디세우스가 키르케의 충고로 지하세계를 방문하다 ·········· 172
        오디세우스가 고인이 된 테이레시아스에게 귀환에 필요한 충고를 듣다

제12권   키르케가 오디세우스에게 항해 중 닥치게 될 위험을 일러 주다 ·············· 185
          헬리오스의 분노로 난파당한 오디세우스가 부하를 모두 잃다
          오디세우스가 칼립소의 오기기아 섬으로 흘러 들어가다

제13권   파이아케스 인들이 오디세우스가 잠든 사이 그를 이타케 해안에 내려놓다 ·········· 195
          아테나 여신이 오디세우스에게 구혼자들을 응징하기 위해
          필요한 일을 일러 주고 그를 거지로 변신시키다

제14권   오디세우스가 에우마이오스를 찾아가다 ······················· 203
          오디세우스가 에우마이오스의 충성심을 확인하고 감동하다

제15권   텔레마코스가 구혼자들이 쳐 놓은 덫을 피해 이타케로 향하다 ·············· 212
          이타케에 무사히 도착한 텔레마코스가 에우마이오스의 오두막을 향하다

제16권   텔레마코스가 오디세우스를 알아보다 ······················· 223
          구혼자들이 텔레마코스가 백성들을 선동하기 전에 그를 암살하기로 모의하다

제17권   텔레마코스가 궁전에 도착해 어머니에게 아버지 오디세우스의 귀향을 비밀로 하다 ·· 233
          에우마이오스가 늙은 거지 모습을 한 오디세우스를 집으로 안내하다

●아버지를 찾아서 – 텔레마코스의 아버지 찾기 ····················· 244

제18권 오디세우스가 먹을 것을 놓고 진짜 거지 이로스와 권투 시합을 벌이다 ·········· 248
        거지 오디세우스와 에우리마코스 사이에 설전이 벌어지다

제19권 오디세우스가 자신을 크레테 이도메네우스 왕의 동생으로 소개하며
        페넬로페와 이야기를 나누다 ······························ 258
        오디세우스의 발을 씻겨 주던 유모 에우리클레이아가 흉터를 보고 그를 알아보다

제20권 아테나 여신과 제우스 신이 오디세우스에게 용기를 북돋우다 ·········· 269
        예언가 테오클리메노스가 구혼자들에게 죽음을 예고하지만 무시당하다

제21권 구혼자들이 활 시합을 벌이지만 아무도 활시위를 당기지 못하다 ·········· 277
        오디세우스가 활시위를 당겨 열두 개의 도끼 자루에 난 구멍을 모두 꿰뚫다

제22권 오디세우스가 구혼자들을 몰살하다 ······························ 286
        오디세우스가 불충한 하녀들을 색출하여 처단하다

제23권 페넬로페가 오디세우스에게 침대에 얽힌 비밀을 듣고 남편임을 알아보다 ·········· 296
        오디세우스가 충복 돼지치기 그리고 소몰이와 함께 아버지의 농장을 향해 출발하다

제24권 오디세우스가 아버지 라에르테스와 눈물의 상봉을 하다 ·········· 305
        오디세우스 일행과 구혼자 가족의 싸움이 일어나지만 곧 해결되다

에필로그 그리고 그 후   316

옮긴이의 말 영웅의 모험에 등장하는 여성의 역할   320

‥일러두기

1. 이 책은 독일의 저명한 그리스 문학자 요한 하인리히 포스의 《Homer: Ilias·Odyssee》(München, 2002)를 텍스트 삼아 발췌 번역하였다. 원래는 서사시로 행수가 표시되어 있지만, 이 책에서는 산문으로 풀어 서술하였다.

2. 지명, 인명 등 고유명사의 표기는 원칙적으로 '한글맞춤법'과 '외래어표기법'을 따랐다. 사전(《표준국어대사전》)에 등재되지 않은 경우, 인명은 《그리스로마 신화 사전》(열린책들, 2003)에 준하여 표기하였다. 다만 관용적으로 쓰이는 경우는 관례에 따라 표기하였다.

3. 각 권의 제목은 옮긴이가 단 것이다.

4. ●표기한 주는 옮긴이주이다.

오디세이아

귀향 이전 오디세우스의 행적

《오디세이아》는 '오디세우스의 이야기'라는 뜻이다. 하지만 엄밀히 말해 《오디세이아》는 트로이 전쟁이 끝나고 오디세우스가 귀향하는 과정에서 겪은 모험 이야기다. 《오디세이아》에는 오디세우스의 어린 시절이나 청년 시절 그리고 트로이 전쟁에서의 활약에 대해서는 단편적으로만 언급되어 있다. 따라서 우리는 《오디세이아》를 좀 더 잘 이해하기 위해 귀향하기 이전의 오디세우스의 행적을 살펴보고 트로이 전쟁에서 살아남은 다른 그리스 장수들의 귀환 과정도 짧게 서술하는 것이 필요하다.

오디세우스라는 이름의 의미
오디세우스는 이타케의 왕 라에르테스와 아우톨리코스의 딸 안티클레이아 사이에서 태어난 외아들이다. 오디세우스에게 부정적인 사람들은 그의 어머니 안티클레이아가 라에르테스와 결혼하기 전에 시시포스*에게 납치되어 오디세우스를 낳았다고 주장한다. 그의 교활한 성격은 바로 이 시시포스와 유명한 도둑이던 그의 외할아버지 아우톨리코스에게서 물려받았다는 것이다. 오디세우스가 태어날 무렵 외할아버지 아우톨리코스가 이타케를 방문했다. 그때 딸 안티클레이아는 손자 이름을 지어 달라고 했다. 그러자 노인은 마침 많은 사람들에게 화가 나 있었기 때문에 '화내는 자'라는 뜻의 '오디세우스'로 이름을 지어 주었다. 다른 전승에 의하면 딸이 아닌 유모 에우리클레이아가 이름을 부탁하자 아우톨리코스는 도둑으로 일생을 보낸 자신에 대해 다른 사람들이 품고 있을 증오심을 생각하여 오디세우스라는 이름을 지어 주었다. 이름이 '가증한 존재'라는 뜻의 '오이소마이'를 연상시켰기 때문이다. 아우톨리코스는 자신의 고향인 파르나소스 기슭으로 돌아가면서 아이가 장성해서 자신을 찾아오면 선물을 주겠다고 약속했다. 나중에 오디세우스가 성인이 되어 그를 방문하자 그는 약속대로 손자에게 많은 선물을 주었다. 바로 이때 오디세우스는 삼촌들과 사냥을 나갔다가 멧돼지의 엄니에 물려 허벅지에 깊은 상처가 났다. 그는 이 사건으로 허벅지에 일생 동안 큰 흉터를 갖고 살았다.

청년 시절 얻은 허벅지의 흉터

오디세우스의 청년 시절에 메세네 출신의 가축 도둑들이 이타케에 와서 양 300마리를 훔쳐 가고 양치기들을 유괴해 갔다. 이타케의 왕 라에르테스와 장로들은 오디세우스를 메세네로 보내 가축과 양치기들을 돌려 달라고 요구했다고 한다. 하지만 오디세우스가 양을 돌려받았는지는 전해 오는 이야기가 없다. 다만 아르카디아 인에 따르면 오디세우스는 페네오스라는 도시에서 양이 아닌 잃어버린 암말 몇 마리를 찾았다. 그리고 그때 오르실로코스의 집에 머물다가 이미 고인이 된 오

*●시시포스** 시시포스의 교활한 꾀에 관해 전해 내려오는 일화 중 한 가지는 아우톨리코스와 연관이 있는데, 다음과 같다. 아버지 헤르메스에게 들키지 않고 훔치는 기술을 전수받아 도둑질이라면 일가견이 있는 아우톨리코스가 한번은 시시포스의 가축을 훔쳐 갔다. 하지만 꾀 많은 시시포스는 이미 가축의 발굽에 이름을 새겨 놓았기에 자신의 가축을 찾아낼 수 있었다.

이칼리아의 왕 에우리토스의 큰아들 이피토스를 만났다. 이피토스는 잃어버린 암말들을 찾아 마침 그곳에 왔었다.* 두 사람은 이내 서로에게 호감을 느껴 친구가 되기로 결의하였고 이피토스는 그 기념으로 오디세우스에게 커다란 활 하나를 주었다. 그 활은 바로 궁수로 이름을 날린 자신의 아버지가 사용하던 것이었다. 이 활을 애지중지하던 오디세우스는 전쟁터에도 갖고 나가지 않고 집에 잘 보관해 두었다. 그는 트로이에서 돌아온 뒤에야 비로소 이 활을 구혼자들을 죽이는 데 사용한다.

한때 오디세우스는 화살에 바를 독을 구하기 위해 테스프로토이 족의 나라에 갔다. 그 나라의 왕이 독을 만드는 데 능통한 메데이아의 손자 일로스였기 때문이다. 오디세우스가 독을 달라고 하자 일로스는 신들의 분노기 두려워 그의 부탁을 들어주지 않았다. 그러자 그는 그 이웃인 타포스 인의 나라로 가서 그곳 왕 앙키알로스에게서 독을 얻었다.

헬레네의 구혼자가 되다

그 당시 그리스 도시국가의 젊은 왕자들이 거의 모두 그랬듯이 오디세우스 또한 스파르타의 왕 틴다레오스의 딸 헬레네의 구혼자였다. 그는 젊은 여자들의 성격을 꿰뚫어 보고 있었기 때문에 헬레네가 남편감으로 부자인 메넬라오스를 선택할 것임을 간파했다. 그래서 쓸데없이 그녀의 마음을 사기 위해 선물을 쓰지 않고 틴다레오스와 다른 협상을 벌였다. 틴다레오스는 헬레네가 구혼자들 중 한 명을 선택하면 선택받지 못한 구혼자들이 폭동을 일으킬까 봐 두려워했는데, 오디세우스는 그의 마음을 읽은 것이다. 그래서 만약 틴다레오스가 그의 형제인 이카리오스를 설득하여 딸 페넬로페를 자신의 아내로 주게 한다면 그 골치 아픈 문제를 말끔히 해결해 주겠다고 약속했다. 틴다레오스가 자신의 말에 동의하자 오디세우스는 그에게, 구혼자들을 모아 놓고 헬레네

● 오이칼리아의 왕 에우리토스는 뛰어난 궁수로 아폴론의 아들이라는 평판을 얻기도 했다. 그는 필론의 딸 안티오케와 결혼하여 이피토스를 비롯한 네 명의 아들과 외동딸 이올레를 두었다. 어느 날 에우리토스는 궁술대회를 열어 자신을 이기는 자에게는 딸 이올레를 주겠다고 했지만 헤라클레스가 이기자 약속을 지키지 않았다. 헤라클레스가 분노하며 돌아간 뒤 우연히도 열두 마리의 암말도 사라졌다. 이에 큰아들 이피토스가 아버지의 명령을 받고 헤라클레스를 찾아가 말을 요구하다가 그에게 죽음을 당한다. 다른 전승에 의하면 암말을 훔친 것은 오디세우스의 외할아버지 아우톨리코스였다. 천부적인 도둑이던 그가 말을 훔쳐 헤라클레스에게 맡겼다는 것이다.

의 남편이 정해지면 그 결과를 받아들일 것이며 이후 그녀의 남편에게 불행한 일이 생기면 힘을 합해 도와주겠다는 맹세를 시키라고 조언했다. 구혼자들이 모두 맹세하자 틴다레오스는 이카리오스에게 오디세우스를 사위로 천거했다. 트로이 전쟁이 대규모로 벌어진 데에는 이 맹세도 한몫을 했다. 또 다른 전승에 의하면 이카리오스는 페넬로페를 부상으로 내건 달리기 시합을 개최했는데 오디세우스가 그 시합에 참가해 승리했다.

페넬로페를 아내로

형제 틴다레오스의 중매로 이카리오스는 오디세우스를 사위로 맞이하기로 결심하지만 오디세우스가 자신의 나라인 라케다이몬에 살기를 바랐다. 하지만 오디세우스가 말을 듣지 않자 딸에게 결혼식이 끝난후 제발 자신을 버리지 말라고 부탁한다. 다른 전승에는 오디세우스가 아내를 마차에 태우고 고향을 향해 출발하자 말을 타고 따라가며 딸에게 떠나지 말라고 애걸했다고도 한다. 하여튼 그렇게 이카리오스가 계속 자신과 함께 살기를 강요하자 오디세우스는 페넬로페에게 자신과 아버지 중 하나를 선택하라고 요구했다. 그러자 페넬로페가 대답은 하지 않고 남편을 따라가겠다는 신호로 얼굴을 붉히며 베일로 가렸다. 이카리오스는 하는 수 없이 딸의 결정을 받아들이고 그곳에 부끄러움과 수치의 여신 아이도스에게 바치는 신전을 세웠다.

트로이 전쟁에 참전하기 싫어 부린 잔꾀

오디세우스의 재치 있는 충고로 틴다레오스는 어려움에서 벗어나지만 오디세우스는 곧 난처한 상황에 빠진다. 메넬라오스가 결혼한 지 얼마되지 않아 그의 아내 헬레네가 트로이의 왕자 파리스에게 납치당하는 사건이 벌어진 것이다.

헬레네
스파르타에 온 트로이 왕자 파리스는 메넬라오스가 크레테 왕 카트레우스의 장례식에 참석하러 스파르타를 떠난 사이 남편 대신 손님을 접대하던 헬레네를 납치한다. 단테 가브리엘 로세티의 1863년 작 〈헬레네〉.

메넬라오스는 형이자 미케네의 왕인 아가멤논에게 도움을 요청하고, 아가멤논은 트로이를 정벌할 심산으로 헬레네의 구혼자들에게 전령을 보내 그들이 헬레네의 남편에게 불행한 일이 생기면 도와주겠다고 약속한 맹세를 근거로 출정을 부탁했다. 이때 오디세우스를 찾아간 전령이 바로 메넬라오스와 팔라메데스였다. 하지만 달콤한 신혼생활에 빠져 있던 오디세우스는 귀찮은 의무에서 벗어나 보려고 잔꾀를 부렸다. 그들이 온다는 얘기를 듣고 들판에 나가 미친 시늉을 한 것이다. 그는 어릿광대 모자를 쓰고 말과 황소가 이끈 쟁기로 밭을 갈며 씨앗 대신 소금을 뿌렸다. 하지만 팔라메데스가 오디세우스의 술수를 금방 꿰뚫어 보았다. 그는 오디세우스의 어린 아들 텔레마코스를 쟁기 앞에 갖다 놓으며 당장 속임수를 그만두라고 꾸짖었다. 그러자 오디세우스는 아들을 피해 쟁기를 몰 수밖에 없었고 그의 속임수는 금방 들통이 나고 만다. 다른 전승에 의하면 팔라메데스는 오디세우스 앞에서 아들을 칼로 치려는 시늉을 했다. 그러자 오디세우스가 기겁을 하며 말렸다는 것이다. 계책이 탄로 나자 오디세우스는 어쩔 수 없이 트로이 원정에 동

참했다. 그리고 자신을 전쟁으로 내몬 팔라
메데스에게는 깊은 원한을 품었다. 이렇듯
마지못해 전쟁에 참여한 오디세우스였지만
아가멤논은 모든 동료 장수들 중 그를 가장
미더워했다. 오디세우스는 계책과 꾀에 능
통한 꾀돌이이자 책사였기 때문이다.

아킬레우스를 찾아내다

그리스 장수들이 트로이에 전쟁을 선포하
자 오디세우스는 아킬레우스를 원정대에
끌어들이기 위해 갖은 애를 썼다. 아킬레우

아킬레우스를 찾으러 간 오디세우스
트로이 전쟁에 나가면 아들이 전사할
것임을 안 테티스는 아킬레우스를 리
코메데스 왕에게 보냈고, 리코메데스
왕은 아킬레우스를 여자로 변장시켜
딸들 사이에 숨겨 둔다. 하지만 겉모습
은 변장을 해도 무기에 대한 관심을 숨
길 수는 없었기에 오디세우스는 쉽사
리 아킬레우스를 찾아낸다. 에라스무
스(1607~1678) 작 〈리코메데스 딸들
사이의 아킬레우스〉.

스는 프티아의 왕 펠레우스의 아들로, 헬레네의 구혼자는 아니었지만
신탁에 의하면 트로이 전쟁에서 이기려면 그가 꼭 필요했다. 그러나
아킬레우스는 그 당시 막 소년티를 벗어난 청년에 불과했고 어머니 테
티스 여신도 그를 트로이에 보내려고 하지 않았다. 그녀는 아들이 트
로이에서 전사할 것을 알고 있었기 때문이다. 그녀는 아들을 스키로스
섬의 리코메데스 왕에게 보내 보호를 부탁했다. 오디세우스가 요청하
면 모험심이 왕성한 아들이 전쟁에 참가할 것이 분명했기 때문이다.
리코메데스 왕은 테티스 여신이 부탁하자 아킬레우스를 여자로 변장
시켜 자신의 딸들 사이에 숨겨 놓았다.

하지만 오디세우스는 리코메데스 궁전을 찾아가 전쟁나팔을 불게
해서 그 반응을 보고 그를 찾아냈다. 다른 전승에 의하면 방물장수로
변장한 오디세우스가 공주들에게 접근해서 싸구려 물건들과 함께 무
기를 늘어 놓고는 유난히도 무기에 관심을 보이는 공주를 보고 그를
찾아냈다. 아킬레우스는 오디세우스가 트로이로 함께 떠나자고 권유
하자 흔쾌히 따라나섰다. 아킬레우스는 이때 공주들과 함께 9년을 지

이피게네이아
항해에 필요한 바람이 불지 않아 발이 묶인 그리스 군에게 예언가 칼카스는 아가멤논의 딸 이피게네이아를 바쳐야 아르테미스 여신의 화가 풀리고 그리스 군은 출항할 수 있다는 신탁을 알려 준다. 안셀름 포이어바흐(1829~1880) 작 〈이피게네이아〉.

내면서 그중 하나인 데이다메이아와 사랑을 나누었고 그 결과 네오프톨레모스가 태어났다.

드디어 트로이로 출정

오디세우스는 부하들과 함께 열두 척의 배 그리고 이타케와 케팔레니아, 자킨토스를 비롯한 그 주변에 있는 섬의 청년들로 꾸린 병사를 이끌고 왔다. 그런데 바람이 불지 않아 그리스의 함선들이 아울리스 항에서 꼼짝 못하자 예언가 칼카스가 아가멤논의 딸 이피게네이아를 바쳐 아르테미스 여신의 화를 풀어 주면 바람이 분다는 신탁을 알려 줬다. 아가멤논이 예전에 근처 숲에서 사냥을 하다가 우쭐한 마음으로 자신은 아르테미스 여신처럼 사냥을 잘한다고 떠벌려서 여신의 분노를 샀다는 것이다. 나른 전승에 의하면 아가멤논은 사냥을 하다가 아르테미스 여신이 아끼는 사슴을 잡았다. 아가멤논은 오디세우스와 티데우스의 아들 디오메데스를 미게네로 파견하여 아내 클리타임네스트라를 설득하여 딸을 보내라고 했다. 이때 오디세우스는 클리타임네스트라에게 이피게네이아를 아킬레우스와 결혼시킨다는 거짓말을 만들어 냈다. 그렇게 이피게네이아를 데려와 제물로 바치자 거짓말처럼 바람이 불고 그리스 함대는 마침내 트로이를 향해 출항했다.

그리스 함선들이 크리세 섬에 기항했을 때였다. 말로스의 군대를 이끌던 필록테테스가 불행하게도 풀숲에 숨어 있던 뱀에 물렸다. 그 후 그가 내지르는 신음과 상처에서 나는 악취는 그리스 군을 극심한 고통에 빠뜨렸다. 결국 그리스 군은 필록테테스를 렘노스 섬에 내려놓고 떠났다. 이런 방책을 고안한 것도 바로 오디세우스였다.

트로이 성에 특사로 파견

마침내 트로이 해안에 상륙한 그리스 군은 우선 오디세우스와 메넬라오스를 성으로 파견했다. 그들이 프리아모스 왕에게 헬레네를 돌려 달라고 요구하자 트로이 인들은 그 요청을 일언지하에 거절했고 심지어 사자使者로 온 그들을 죽이려고 했다. 다행히 트로이의 장수 안테노르의 도움으로 간신히 목숨을 건졌다. 트로이가 몰락하고 광란의 대학살이 일어났을 때 이들은 안테노르의 도움을 잊지 않았다.

하지만 오디세우스는 자신을 모욕하거나 마음을 상하게 한 자들은 절대로 용서하지 않았는데 아군에게도 예외를 두지 않았다. 예를 들어 그는 자신의 속임수를 간파하여 전쟁터로 몰아넣은 팔라메데스에게도 철저하게 복수를 했다. 먼저 포로로 잡은 트로이 인들을 위협하여 프리아모스가 팔라메데스에게 보내는 가짜 편지를 쓰게 했다. 그것은 이미 팔라메데스가 프리아모스에게 보내 그리스를 배반할 뜻이 있음을 알린 편지에 대한 답장이었다. 이어 오디세우스는 팔라메데스의 노예를 매수하여 침대 밑에 프리아모스에게 그 대가로 받은 것처럼 보이는 금을 숨기게 한 다음 편지는 아가멤논의 손에 들어가게 했다. 결국 팔라메데스는 반역죄로 체포되어 동료들의 돌 세례를 맞고 억울하게 죽는다.

술수와 웅변에 능통

오디세우스는 용맹성보다도 교활함과 술수 그리고 웅변술로 명성을 날렸다. 호메로스에 의하면 그는 키는 작았지만 이상하리만치 가슴이 넓고 어깨가 떡 벌어졌다. 회의에서 그가 발언권을 잡고 말을 할 때면 처음에는 어눌하고 서툴러 보이지만 잠시 뒤 탄력을 받아 그윽한 목소리가 튀어나오면서 이런 첫인상은 금세 사라지고 이내 청중의 마음을 휘어잡는다. 그가 연설을 해서 소기의 목적을 달성하지 못한 적은 단한 번밖에 없었다. 그것은 아이아스와 포이닉스 노인과 함께 토라진 아킬레우스를 설득하러 갔을 때였다. 아킬레우스는 자신의 전리품으

**분노한 아킬레우스를 달래기 위해
찾은 그리스 사절단**
오디세우스는 전리품으로 받은 여인을
빼앗기고 분노하여 귀향 준비를 하던
아킬레우스를 설득하기 위해 그의 막
사로 찾아간다. 기원전 480년경 도기.

로 받은 브리세이스라는 여인을 아가멤논이 뺏어 가자 분노하여 전투
에서 발을 빼고 귀향할 채비를 하며 막사에 머물러 있었다. 오디세우
스는 이런 아킬레우스에게 아가멤논의 사과와 보상 의사를 전하며 전
쟁에 다시 참가하자고 달래 보지만 단단히 마음이 상한 아킬레우스는
전혀 심경의 변화를 보이지 않았다. 그래도 오디세우스는 트로이 전쟁
중 위기의 순간마다 특유의 술수와 기지를 발휘하여 그리스 군을 위험
에서 구해 줬다.

디오메데스와 짝 이뤄 혁혁한 전공도
물론 오디세우스는 트로이 전쟁 내내 꾀와 계책만 사용한 것이 아니라
아무리 위험한 일이라도 마다하지 않고 자청해서 했다. 그는 자주 디
오메데스와 짝을 이루어 임무를 완수했다. 특히 디오메데스와 함께 정
찰을 위해 그리스 진영을 빠져나와 트로이 진영으로 숨어들어 세운 전
공戰功은 유명하다. 그때 둘은 트로이의 척후병 돌론을 발견하고 트로

이 군의 배치 상태를 알아낸 다음 그를 죽인다. 또 가장 허술한 트로이의 동맹 부대에 잠입하여 잠들어 있던 트라케의 왕 레소스와 부하 열두 명을 살해하고 빼어난 레소스의 말들을 그리스 진영으로 몰고 온다. 오디세우스가 수행한 임무는 이 밖에도 많다.

아이아스의 자살
아킬레우스의 시신을 찾아온 후 그의 갑옷을 두고 벌어진 설전에서 오디세우스가 승리하자 아이아스는 광기에 빠져 자실하고 만다.

아킬레우스의 갑옷을 차지하다

오디세우스는 살라미스의 아이아스와 함께 트로이 군으로부터 아킬레우스의 시체를 구해 오기도 했다. 당시 오디세우스는 아이아스가 시신을 짊어지고 나오도록 용감하게 적들을 막아 냈다. 하지만 나중에 이 둘은 누가 아킬레우스의 갑옷을 차지할 것인지를 놓고 설전을 벌이는 경쟁자가 되어, 각자 자신이 그리스 군을 위해 더 큰 공적을 세웠다고 주장하며 그것을 하나하나 열거했다. 그러나 결국 오디세우스가 월등한 웅변술로 그리스 심판관들의 마음을 사로잡아 아킬레우스 갑옷의 임자로 정해졌다. 다른 전승에 따르면 심판관들은 두 영웅에 대해 이야기하는 트로이 여인들의 대화를 엿듣고 그 의견에 따라 승자를 결정했다. 이에 아이아스는 통한의 수치심을 느끼며 광기에 빠져 자살하고 말았다. 하지만 오디세우스는 아이아스에게 결코 원한을 품지 않았다. 그는 아이아스의 돌발적인 행동에 분노한 그리스 인들을 설득하여 그에게 합당한 성대한 장례를 치러 주게 했다.

트로이의 왕자 헬레노스를 포로로

오디세우스는 프리아모스의 아들 헬레노스를 포로로 잡기도 했다. 트로이 몰락에 대한 비밀을 알고 있던 헬레노스는 그리스 군에게 모두 세 가지 신탁을 전했다. 트로이를 몰락시키려면 첫째, 아킬레우스의 아들 네오프톨레모스가 전투에 참가해야 하며, 둘째 렘노스에 버리고 온 필록테테스가 갖고 있는 헤라클레스의 활과 화살이 있어야 하고,

트로이 성 안으로 옮겨지는 목마
전쟁이 길어지자 오디세우스는 커다란 목마 안에 사람이 들어가 트로이에 잠입하는 방책을 고안해 낸다.

셋째 하늘에서 떨어진 아테나 여신상인 팔라디온을 트로이의 페르가몬 성에서 훔쳐 와야 한다는 것이다. 이 임무를 완수하기 위해 적극 나선 것도 오디세우스였다. 그는 포이닉스와 함께 스키로스로 가서 네오프톨레모스를 데려온 다음 아버지 아킬레우스의 무구를 넘겨주었다. 이어 그는 디오메데스와 함께 필록테테스를 데려오기 위해 렘노스 섬으로 갔다. 또 그는 디오메데스와 함께 야음夜陰을 타 팔라디온 상을 훔쳐 오기 위해 트로이 성으로 잠입해 들어갔다. 이때 오디세우스는 아주 그럴싸하게 거지로 분장했지만 헬레네가 그를 알아보았다. 하지만 그녀는 신고하지 않고 오히려 그를 도와주었다. 트로이가 전쟁에서 패해 나중에 자신이 그리스에 돌아가면 그의 도움이 필요할지 몰랐기 때문이다. 프리아모스의 아내 헤카베도 오디세우스를 알아보았지만 그의 계획을 폭로하지 않았다고 하는데 그 이유는 전해지지 않는다. 오디세우스와 디오메데스는 결국 무사히 팔라디온 상을 가지고 그리스 진영으로 돌아왔다.

목마를 고안하다
오디세우스가 트로이의 몰락에 가장 크게 기여한 것은 목마를 고안한

일이다. 더군다나 그는 목마 안에 직접 들어가
그리스 정예 부대원들의 지휘를 맡았다. 그 후
도시 전체가 파괴되는 혼란의 와중에도 그는 안
테노르에게 진 빚을 결코 잊지 않았다. 그래서
메넬라오스와 함께 약탈하지 말라는 표식으로
표범 가죽을 안테노르의 집 문에 걸쳐 놓았고 안
테노르의 두 아들을 죽음에서 구하기도 했다. 오
디세우스는 부상당한 안테노르의 아들 중 하나
를 전장戰場에서 데리고 나왔다.

　오디세우스는 트로이 인뿐 아니라 그리스 군
이라 할지라도 그리스 군 전체의 안전에 위협이
되거나 해를 끼쳤다는 생각이 들면 그 누구에게
도 동정심을 보이지 않았다. 예를 들어 그는 트
로이 왕자 헥토르의 아들 아스티아낙스를 죽여
야 한다고 주장했다. 후환을 없애려면 프리아모

폴릭세네의 희생

트로이 전쟁이 소강상태로 접어든 어느
날 아킬레우스는 우연히 성 밖 샘물로
물을 길러 나온 트로이의 공주 폴릭세
네를 보고 마음이 끌린다. 그는 프리아
모스에게 전령을 보내 그녀를 아내로
주면 그리스 군을 철군하도록 설득하겠
다고 전한다. 그러자 프리아모스는 샘
물 근처의 아폴론 신전에서 만나 협의
하자고 답장을 보낸다. 그러나 신전으
로 들어서던 아킬레우스는 신전에 매복
해 있던 트로이의 왕자 파리스가 쏜 화
살을 발뒤꿈치에 맞고 죽는다. 폴릭세
네를 아킬레우스의 무덤에서 제물로 바
친 것은 그의 영혼을 달래기 위한 일종
의 영혼 결혼식이다. 조반니 바티스타
피토니(1687~1767) 작.

스의 후손들 중 남자는 하나도 살려 둬서는 안 된다는 것이었다. 또 그
는 프리아모스의 딸 폴릭세네를 아킬레우스의 무덤에 제물로 바쳐 그
의 영혼을 달래자고 제안했다. 그뿐만 아니라 로크리스 출신의 아이아
스가 프리아모스의 딸 카산드라를 아테니 신전에서 끄집어내 겁탈하
자 여신의 분노를 풀어 주기 위해서는 아이아스를 돌로 쳐 죽여야 한
다고도 했다. 하지만 아이아스는 아이러니하게도 아테나 여신의 신전
으로 피신하여 목숨을 구했다. 결국 나중에 오디세우스의 우려는 현실
이 되었다. 그리스 함선 대부분이 여신에 의해 에우보이아의 카파레우
스 만 앞에서 좌초되어 침몰하기 때문이다.

트로이 전쟁 이후 그리스 군의 귀향

진정한 승자란?

두 나라 사이에 전쟁이 끝났을 때 진정한 승자라면 승리의 순간에 패자에게 연민을 보이며 자비를 베푸는 법이다. 만약 승리한 쪽의 지휘관이 스스로 분노를 억제하고 부하에게도 폭력과 약탈을 금지하는 포고령을 내리면 패자로부터 존경심 어린 복종을 받아낼 수 있다. 승자가 아량을 보이면 패자는 진심에서 우러나서 패배를 인정한다. 그것은 공포심에서 어쩔 수 없이 하는 일시적인 굴복이 아니라 진정한 순종이다.

폭력적인 그리스 군

하지만 트로이 전쟁에서 트로이를 점령한 그리스 군은 그렇지 않았다. 그들은 호메로스가 《오디세이아》에서 이야기한 것처럼 패자인 트로이인에게 결코 "사려깊지도 정의롭지도 않았다". 그들은 칠흑 같은 밤을 이용하여 나약한 트로이 인에게 할 수 있는 온갖 범죄를 저질렀다. 그들은 자신들에게 협력한 자들의 집을 제외한 모든 가옥들을 불태우고 파괴했으며 거리에서 눈에 띄는 트로이 인은 남녀노소를 가릴 것 없이 닥치는 대로 도륙했다. 또 부녀자들은 보이는 대로 겁탈했으며 민가뿐 아니라 성스런 신전에도 침입하여 숨어 있는 사람들을 살해하고 귀중품을 약탈했다.

프리아모스를 죽이는
네오프톨레모스
트로이 왕 프리아모스는 그리스 군의 살육을 피해 제우스 신전에 숨지만, 네오프톨레모스에게 발각돼 죽음을 당한다.

사원으로 피신하는 트로이 왕족들

따라서 트로이가 함락되자 왕가의 왕족들은 사원으로 몸을 피했지만 아무 소용이 없었다. 트로이 왕 프리아모스는 제우스 신전으로 피신했지만 네오프톨레모스가 찾아내 제단에서 살해했다. 아테나 신전으로 피신하여 목제 여신상을 붙들고 기도하고 있던 트로이 공주 카산드라는 아이아스가 머리채를 잡고 끌고 나와 겁탈했다. 파리스가 전사한 뒤 헬레네와 결혼했던 데이포보스는 메넬라오스가 잡아 귀와 팔과 코 등을 잘라 죽였다. 날이 밝은 뒤에도 그리스 군은 성에 차지 않은 듯 전날 밤 신전에 숨어 있었지만 찾아내지 못한 사람들을 밖으로 끄집어내 살해했다.

트로이 왕가 여인들의 비극

트로이에 대한 파괴와 살육 잔치가 끝나자 그리스 군은 트로이 왕가의 여인들을 서로 나누어 가졌다. 메넬라오스는 원래의 아내 헬레네를 되돌려 받고, 네오프톨로메스는 폴릭세네 공주를 받지만 그녀의 목을 잘라 아버지 아킬레우스의 무덤에 제물로 바쳤다. 네오프톨레모스에게는 헥토르의 아내 안드로마케도 주어졌다. 카산드라 공주는 아가멤논의 차지가 되었고, 프리아모스의 아내 헤카베는 오디세우스의 몫이 되

카산드라를 끌어내는 아이아스
아테나 신상을 붙들고 있던 카산드라를 신전에서 끌어내어 아테나 여신의 분노를 산 아이아스 때문에 그리스 군의 귀향은 순조롭지 못했다.

지만, 노예가 되느니 차라리 죽음을 택하겠다며 그리스 군을 격렬하게 저주하다가 결국 그들이 던진 돌을 맞고 죽었다. 마지막으로 헥토르의 아들 아스티아낙스는 성벽에서 떨어뜨려 죽였다.

아테나와 포세이돈 신의 분노

이렇듯 그리스 군은 성스런 곳이듯 그렇지 않은 곳이든 트로이의 모든 곳을 더럽히고 파괴했으며 그들의 손에 떨어진 모든 사람들을 죽이거나 노예로 삼았다. 그리스 군의 범죄는 명백했으나 트로이가 몰락한 이상 그들에게 복수할 사람은 아무도 없었다. 그들이 귀향할 때가 되자 비로소 신들이 그들의 죄과를 묻는다. 에우리피데스의 《트로이의 여인들》에서는 아테나 여신이 귀향하는 그리스 군에게 재앙을 안겨 주자고 제안하자 포세이돈이 바닷물을 마구 휘저어 놓겠다고 약속한다. 아테나 여신이 그리스 군에게 분노한 것은 자신의 신전을 더럽힌 아이아스 때문이었다.

그리스 군의 출항이 임박해지자 예언가 칼카스는 아테나 여신의 분노를 상기시켰다. 그러자 오디세우스가 회의를 열어 여신의 분노를 초래한 장본인인 아이아스를 돌로 쳐 죽이자고 제안한다. 그러나 오디세우스의 계획은 실행에 옮겨지지 않았다. 그 이유로는 회의에 참석한 장수들이 아이아스를 벌주는 데 반대했다는 전승도 있고, 아이아스가 아테나 신전으로 도망가 목숨을 건졌다는 전승도 있다.

아가멤논과 메넬라오스

바로 이때 아가멤논과 메넬라오스 형제의 분쟁이 시작되었다. 메넬라오스는 그냥 곧장 출발하려고 했으나 아가멤논은 잠시 출발을 멈추고 아테나 여신에게 제물을 바치고 떠나자고 한다. "바람이 불 때 곧바로 출항합시다." 메넬라오스가 말했다. 그러자 아가멤논이 대답했다. "우선 아테나 여신에게 제물을 바치고 나서 떠나사." 메넬라오스가 그에게 다시 대꾸했다. "우리는 아테나 여신에게 신세진 게 하나도 없습니다. 여신은 트로이 성을 너무 오랫동안 지켜 주었어요." 이렇게 형제들은 서로 불평하며 헤어져서 다시는 만나지 못했다. 아가멤논, 디오메데스, 네스토르는 비교적 수월하게 귀향을 하는 데 비해 메넬라오스는 아테나 여신이 보낸 폭풍우에 걸려들어 다섯 척을 제외하고 배 모두를 잃기 때문이다. 그 후 메넬라오스의 남은 배들은 크레테까지 표류한다. 메넬라오스는 그곳에서 이집트로 가지만 어쩐 일인지 8년 동안이나 정처 없이 바다를 떠돌아다니기만 했지 고향으로 돌아오는 항로를 도무지 찾을 수 없었다. 그는 그 기간 동안 키프로스, 페니키아, 에티오피아, 리비아 등지를 방문했다. 방문한 나라의 왕들은 그를 귀한 손님으로 맞이하고 귀중한 선물도 많이 주었다. 언젠가 그가 파로스에 도착하자 에이도테아 요정은 그에게 자신의 아버지이자 예언 능력이 있는 현자賢者 프로테우스를 잡아 귀향할 수 있는 방법을 물어보라고 충고했다. 아버지만이 메넬라오스가 빠져 있는 마법을 깨고 귀향에 도움이 되는 남풍을 얻을 방법을 알고 있다는 것이다.

메넬라오스와 그의 부하 셋은 곧바로 요정이 건네준 악취가 풍기는 물개 가죽을 뒤집어쓰고 해안에 누워 기다렸다. 점심때가 되자 프로테우스의 물개 수백 마리가 그들 주변으로 모여들었다. 그리고 나서 한참 뒤 마침내 프로테우스가 나타나 물개를 일일이 세어 보더니 그 사이를 비집고 들어가 누워 잠이 들었다. 메넬라오스 일행이 덮치자 그

칼카스
그리스 군의 공식적인 예언자 칼카스는 트로이 전쟁의 중요 순간마다 결정적인 예언을 한다. 아킬레우스가 참전해야 그리스가 승리할 수 있고, 아가멤논이 아르테미스 여신의 분노를 사서 그리스 군의 출항이 지연된다는 등을 알려 준 사람이 바로 칼카스다. 기원전 370년 무렵의 거울.

는 계속해서 사자, 뱀, 표범, 멧돼지, 흐르는 물, 나무로 변했다. 오디세우스 일행은 요정이 알려 준 대로 그를 끝까지 놓지 않고 다른 사람들의 행방과 자신들이 귀향할 수 있는 방법을 알려 달라고 졸랐다. 그러자 프로테우스는 메넬라오스에게 형 아가멤논은 도착하자마자 살해되었으며, 귀향하기 위해서는 다시 한 번 이집트를 방문하여 성대한 제사를 지내 신들을 달래야 한다고 알려 주었다. 그래서 프로테우스가 시키는 대로 한 다음 아가멤논을 위해 강가에 비석을 세우자마자 남풍이 불었다. 결국 그는 헬레네를 데리고 스파르타에 무사히 도착했다. 그날은 우연하게도 아가멤논의 아들 오레스테스가 어머니 클리타임네스트라와 정부情夫 아이기스토스를 죽여 아버지의 복수를 한 바로 그날이었다.

예언가 칼카스

칼카스, 포달레이리오스, 암필로코스는 육로로 콜로폰에 도착했다. 그중 칼카스는 콜로폰에서 신탁대로 자신보다 더 뛰어난 예언가인 몹소스를 만나 죽음을 맞이했다. 몹소스는 아폴론과 테이레시아스의 딸 만토의 아들이었다. 콜로폰에는 열매가 주렁주렁 달린 야생 무화과나무 한 그루가 서 있었는데 칼카스는 창피를 주려고 몹소스에게 이 무화과나무에서 열매를 몇 개나 딸 수 있는지 정확하게 말할 수 있느냐고 물었다.

어림짐작으로 하는 계산보다 자신의 투시력을 믿은 몹소스는 눈을 지그시 감더니 이렇게 대답했다. "우선 10,000개의 열매에다, 1부셸*, 더 정확하게 얘기하면 그러고도 하나가 남네." 칼카스는 한 개가 남는다는 몹소스의 말에 그를 조롱하며 비웃었다. 그러나 나무에서 열매를 다 따 보니 몹소스의 예언은 한 치의 오차도 없었다. "여보게, 자, 이제 그렇다면 천 단위에서 더 작은 단위로 내려가서 한번 시합을 해 보세." 몹소스는 쓸쓸한 미소를 지으면서 말했다. "저기 새끼를 밴 암퇘지의 배에는 도대체 몇 마리의 새끼가 들어 있는지 말할 수 있겠나? 암수는 어떻게 되겠나? 그리고 언제 낳겠나?" "어미의 배 안에는 모두 여덟 마리가 들어 있네. 모두 수컷이고, 9일 안에 낳을 것이네." 몹소스의 물음에 칼카스는 생각나는 대로 아무렇게나 대답하고 자신의 추측이 틀렸다는 것이 드러나기 전에 그곳을 떠나려고 했다. 그러나 몹소스가 다시 눈을 감으며 대답했다. "나는 다른 생각이네. 새끼는 모두 세 마리이고 그중 한 마리만 수컷이네. 그리고 출산 시기는 바로 내일 정오네. 아마 일 분도 더 빠르거나 늦지 않을 걸세." 결과를 보니 다시 몹소스의 말이 옳았다. 화가 난 칼카스가 분에 못 이겨 죽자 그의 동료들이 그를 노티온에 묻어 주었다.

아스클레피오스의 아들 포달레이리오스

포달레이리오스는 형제 마카온과 함께 트로이 전쟁에서 의료를 담당한 장수였다. 마카온은 외과의로 통했고 포달레이리오스는 일반의였다. 둘은 의사로서뿐 아니라 전사로서 중요한 역할을 했으며 특히 활쏘기에 능했다. 포달레이리오스는 아킬레우스를 기리는 장례경기에서 권투를 하다가 크게 다친 아카마스와 에페이오스의 상처를 붕대로 싸매 주었고, 뱀에 물린 필록테테스를 치료해 주었다. 포달레이리오스는 고향에 도착한 후 델포이의 아폴론 신전에 가 앞으로 자신이 어디에

●**부셸** 곡물, 과실 따위의 무게를 잴 때 쓰는 측정 단위. 1부셸은 약 27~28kg 에 해당한다.

정착해야 할지를 물었다. 신탁은 그에게 만약에 하늘이 무너져도 아무런 일을 당하지 않을 안전한 곳으로 가라고 충고했다. 심사숙고 끝에 그는 사면이 산으로 둘러싸인 카리아의 시르노스를 택했다. 그 산의 봉우리라면 아틀라스가 하늘을 어깨에서 내려놓더라도 하늘을 떠받칠 수 있을 것이라고 생각한 것이다.

예언가 암필로코스

암필로코스는 예언가 암피아라오스의 아들로 알크마이온과 형제다. 그는 아버지에게 예언하는 능력을 물려받아 트로이 전쟁에서 예언가 칼카스를 보필했다. 암필로코스는 몹소스와 함께 콜로폰을 떠나 킬리키아로 가 말로스라는 도시를 세웠다. 그런데 암필로코스가 자신의 왕국인 아르고스로 돌아가자 몹소스 혼자 그 나라의 통치가가 되었다. 그러나 아르고스의 정세에 불만을 품은 암필로코스가 12개월 만에 말로스로 돌아와 예전의 자리를 요구하자 몹소스는 그에게 야박하게 그곳을 떠나라고 요구했다. 당황한 말로스 인들이 이 분쟁을 일대일 결투로 해결하라고 제안하자 그들은 서로 싸우다가 둘 다 죽고 말았다.

아테네 시조의 후손 메네스테우스

메네스테우스는 아테네 시를 세운 에리크토니오스의 후손이다. 그는 트로이의 목마에 숨어 들어간 그리스 영웅들 중 하나다. 메네스테우스가 귀향하자 아테네 인들은 그를 열렬히 환영했다. 헬레네가 하녀로 데려간 아테네 왕족 아이트라를 데려왔기 때문이다. 한때 카스토르와 폴리데우케스는 테세우스에게 납치당한 어린 여동생 헬레네를 찾아 아테네를 공격했다. 그들은 결국 테세우스가 페이리토오스와 함께 지하세계로 페르세포네를 납치하러 간 사이 동생 헬레네를 구하고 테세우스의 아들인 데모폰을 권좌에서 밀어낸 다음 아테네를 메네스테우스에게

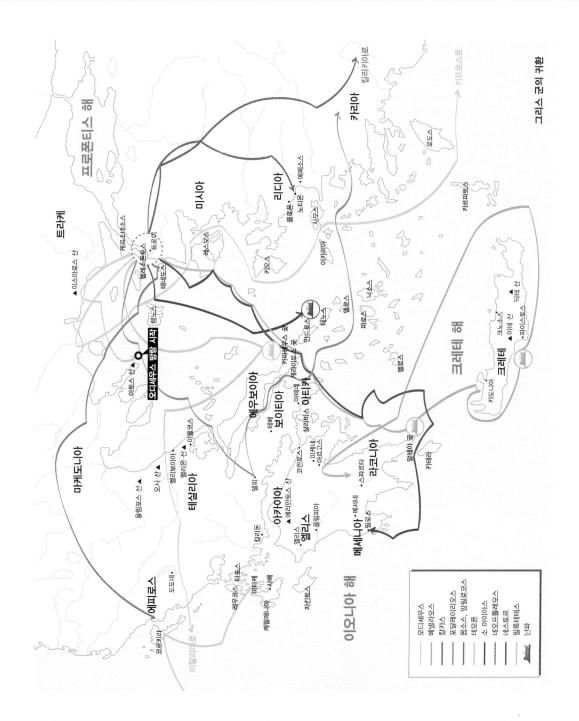

오디세우스 방랑 시작 (렘노스)

그리스 군의 귀환

포로폰티스 해

트라케

미시아

리디아

카리아

마케도니아

테살리아

아카이아

엘리스

펠로폰네소스

라코니아

메세니아

에페로스

에우보이아

아타카

보이오티아

크레테 해

크레테

이오니아 해

	오디세우스
	메넬라오스
	칼카스
	포달레이리오스
	돌소스, 암필로코스
	데모폰
	소 아이아스
	네오프톨레모스
	네스토르
	필록테테스
	난파

주었다. 이때 그들은 아테네 왕족 아이트라를 포로로 잡아다가 헬레네에게 노예로 주었다. 그러자 헬레네는 파리스와 도망할 때 그녀를 함께 데려갔다. 그러나 다른 전승에 의하면 메네스테우스는 트로이가 함락된 이후 아테네로 돌아오지 않았다. 그 대신 그는 키클라데스 군도의 멜로스라는 섬으로 가서 폴리아낙스 왕이 죽자 권력을 넘겨받았다. 또 아이트라도 테세우스의 아들이자 그녀의 손자인 데모폰과 아카마스가 데려왔으며, 데모폰이 메네스테우스의 뒤를 이어 왕이 되었다.

테세우스의 아들 데모폰
데모폰은 테세우스와 파이드라의 아들로 아카마스와 형제다. 그는 아버지 테세우스가 친구 페이리토오스의 신붓감으로 페르세포네를 납치하러 지하세계로 간 사이 아테네를 통치하다가 여동생 헬레네를 구하러 온 카스토르와 폴리데우케스의 공격을 받아 권좌에서 쫓겨난다. 그는 망명지에서 트로이 전쟁에 참전하여 목마에 숨어들기도 한다. 귀향길에는 트라케에 기항하여 필리스라는 공주와 사랑에 빠져 그녀와 결혼하여 그 나라 왕이 되었다. 하지만 얼마 지나지 않아 트라케에 싫증을 느끼고 다시 여행을 떠나기로 결심한다. 필리스는 그를 붙들어 두려 했지만 도저히 그럴 수 없었다. 데모폰은 이렇게 말했다. "나는 아테네로 가서 11년 전에 헤어진 우리 어머니를 만나야만 하오." 그러자 필리스가 울면서 대답했다. "왕위를 물려받기 전에 그것을 생각했어야지요. 당신이 몇 개월 이상 왕좌를 비우면 그것은 우리나라 법도에 어긋나는 것이에요." 데모폰은 올림포스의 모든 신을 걸고 그 해 안에 돌아오겠다고 맹세했다. 하지만 필리스는 남편이 자신을 속이고 있다는 것을 알았다. 그녀는 에네도스라는 항구까지 따라가 그에게 조그만 상자 하나를 주면서 이렇게 말했다. "당신이 나에게 올 수 있는 희망이 전혀 없을 때 그 상자를 열어 보세요!"

하지만 데모폰은 아테네로 가지 않았다. 그는 남서쪽으로 선수船首를 돌려 키프로스로 가 그곳에 정착했다. 약속한 해가 지났는데도 남편이 돌아오지 않자 필리스는 그를 레아● 여신의 이름으로 저주하고 독을 먹고 자살했다. 같은 시간 데모폰은 호기심이 발동하여 아내가 준 상자를 열었다. 그리고 그 안의 내용물을 보자 곧바로 광기에 빠져 말을 타고 공포에 휩싸인 채 질주했다. 결국 그는 자신의 칼을 빼 말머리를 쳤고 말은 비틀거리다가 쓰러졌다. 그 순간 칼이 데모폰의 손에서 빠져나와 허공을 날더니 땅바닥에 거꾸로 박혔다. 그와 동시에 데모폰도 말에서 떨어져 그 칼 위에 엎어져 죽고 말았다.

팔라메데스의 아버지 나우플리오스의 복수

귀향하던 그리스 군의 수많은 배가 에우보이아 해안에서 침몰했다. 이는 오디세우스의 모함으로 아들 팔라메데스를 돌로 쳐 죽인 그리스 군을 응징하기 위해 카파레우스 곶에 횃불을 켜 놓은 나우플리오스 때문이었다. 횃불은 마치 배들을 파가사이 항구로 안전하게 유도하는 것처럼 보였다. 하지만 횃불만 보고 항구로 들어오던 배들은 근처에 있는 기레스라는 커다란 암초에 부딪혀 침몰했다. 제우스는 나중에 그의 범죄를 듣고 나우플리오스도 자신이 그리스 군에 저지른 똑같은 방식으로 죽게 만들었다.

디오메데스와 이도메네우스

억울하게 죽은 나우플리오스의 아들 팔라메데스 사건은 디오메데스의 귀향에도 불행의 그림자를 드리웠다. 팔라메데스의 형제 오이악스가 아르고스로 가 디오메데스의 아내 아이기알레이아에게 남편이 그녀보다 더 좋아하는 여자를 데려온다고 거짓으로 고자질했기 때문이다. 아이기알레이아는 아르고스 인들의 도움으로 디오메데스가 도시로 들어

● 레아 대지大地의 여신. 아들에게 왕위를 빼앗긴다는 예언을 들은 남편 크로노스가 자식을 낳는 족족 잡아먹자 막내아들 제우스를 숨겨서 살려 낸다.

트라케 군을 죽이는 디오메데스
디오메데스는 아내 에우리알레이아의 오해로 고향에서 추방당한 후 이탈리아 다우누스 왕의 나라로 간다. 디오메데스가 트로이 전쟁 당시 트로이 동맹군인 트라케 군을 죽이는 장면을 그린 서기 1세기 도기.

오지 못하게 막았다. 다른 전승에 의하면 그의 아내는 디오메데스에게 상처를 입은 아프로디테의 복수로 남편을 배반한다. 아르고스로 돌아온 그는 아내가 파 놓은 함정 때문에 죽을 위기를 넘기고 헤라 신전으로 몸을 피한다. 그 후 아르고스에서 추방당한 디오메데스는 코린토스에서 재기를 노리다가 이탈리아의 다우누스 왕의 나라에 갔지만 그 왕의 속임수에 속아 죽음을 당했다. 또 다른 전승에 의하면 그는 이탈리아에서 나이 들어 죽었으며 그의 부하들이 새〔鳥〕로 변하는 사이 감쪽같이 사라졌다.

팔라메데스의 죽음이 던진 저주는 이것으로 끝나지 않았다. 나우플리오스는 그리스 장수들에게 아들의 죽음에 대해 보상을 요구했지만 그들은 모두 오디세우스와 함께 아들의 살해에 동조했던 아가멤논의 편을 들어 거절했다. 그러자 그는 크레테로 건너가 이도메네우스의 처 메다를 꼬드겨 레우코스라는 정부情夫를 사귀게 했다. 레우코스는 이어 정권을 차지하고 메다와 이도메네우스의 딸 클레이시테라를 궁전에서 쫓아내고 나중에는 신전으로 피신한 그들을 찾아내 살해했다. 그런 다음 크레테의 열 개 도시를 사주使嗾하여 이도메네우스 왕과 맺은 동맹관계를 깨게 했다.

한편 크레테 근처에 도착한 이도메네우스는 폭풍우로 어려움을 겪었다. 그는 포세이돈 신에게 폭풍우를 잦아들게 해 주면 자신이 상륙하여 처음 만나는 사람을 제물로 바치겠다고 맹세했다. 그런데 그가 만난 첫 번째 사람은 바로 자신의 아들이었다. 다른 전승에는 그의 딸이었다고도 한다. 그런데 이도메네우스가 막 자신의 맹세를 지키려 하는 순간 역병이 그 나라를 휩쓸어 그 희생제를 중단했다. 레우코스는 그것을 구실로 이도메네우스를 추방했다.

그 후 이도메네우스는 코린토스에 정착했다. 그 당시 코린토스에는 디오메데스와 테우크로스도 와 있었다. 디오메데스는 아내의 반란으로 아르고스에서 추방당했고, 테우크로스는 형제 아이아스의 죽음을 막지 못한 벌로 살라미스에서 추방당했기 때문이다. 그들은 코린토스에서 잃어버린 왕국을 다시 찾을 계획을 세웠지만 그 계획은 수포로 돌아갔다. 그리스가 내전에 빠질 것을 두려워한 네스토르가 반대했기 때문이다. 하지만 디오메데스는 이때 축출당한 할아버지 오이네우스의 왕권을 찾아 주기 위해 아이톨리아를 공격했다. 다른 전승에 의하면 디오메데스의 원정이 성공한 이후 이도메네우스도 다시 왕권을 회복했다. 이도메네우스는 메넬라오스와 오레스테스를 초대하여 그들의 화해를 주선했다. 메넬라오스는 전쟁 전 딸 헤르미오네를 오레스테스에게 준다고 약속했다가 전쟁 후 아킬레우스의 아들 네오프톨레모스에게 주어 버렸기 때문에 오레스테스와 사이가 좋지 않았다. 하지만 이미 네오프톨레모스가 죽은 터라 이도메네우스는 메넬라오스에게 딸 헤르미오네를 오레스테스와 결혼시키겠다고 다시 약속하게 했다. 또 이때 이도메네우스는 페니키아에서 빌린 배를 타고 크레테에 기항한 오디세우스를 받아들여 융숭하게 대접했다. 그는 오디세우스에게 직접 부하들과 배를 모두 잃고 난파당한 이야기를 처음으로 들었다. 그 후 이도메네우스는 나우시카아 공주가 텔레마코스와 결혼할 때쯤 크레테에서 죽었다. 또 다른 전승에 의하면 이도메네우스는 디오메데스처럼 권력을 찾지 못하고 이탈리아로 건너갔다.

교만하고 잔인한 소小 아이아스

트로이 전쟁에 참여한 아이아스는 두 명이다. 하나는 로크리스 출신의 소小 아이아스로 그는 교만하고 잔인하며 호전적이었는데 신들에게도 불경했다. 다른 하나는 텔라몬의 아들 대大 아이아스로 그는 아킬레우스 다음가는 용감한 장수로 과묵하고 너그러웠으며 신들을 경외했다.

아이아스의 죽음
아테나 신전에서 불경스러운 짓을 하고도 오만하게 군 아이아스는 결국 신들에 의해 죽음을 당한다. 헨리 세뤼르의 1820년 작.

대 아이아스는 전사한 아킬레우스의 무구가 오디세우스의 차지가 되자 분한 나머지 자살한다.

그리스 장수들은 오디세우스의 제안으로 아테나 여신의 신전을 더럽힌 소 아이아스를 돌로 쳐 죽이려 하지만 그는 자신이 더럽힌 아테나 여신의 신전으로 몸을 피해 목숨을 구한다. 하지만 그는 귀향 중 폭풍우를 만나 결국 목숨을 잃었다. 아테나 여신이 그의 배를 향해 번개를 날려 배가 산산조각이 나자 소 아이아스는 바다에 솟은 암초에 올라갔다. 그러나 포세이돈이 삼지창으로 그 암초를 쳐서 부수어 버리자 소 아이아스는 바다에 빠져 익사하고 말았다.

다른 전승에 의하면 엄청난 폭풍우에 배가 산산조각이 나자 아이아스와 살아남은 몇몇 그의 부하들은 파편에 의지하여 바다를 떠돌아다니다가 한밤중에 아들 팔라메데스의 복수를 하려고 기다리고 있던 나우플리오스의 횃불에 끌려 에우보이아 해안에 솟은 바위에 부딪혀 죽었다.

아킬레우스의 아들 네오프톨레모스

네오프톨레모스는 신들과 아버지 아킬레우스의 혼령에 제물을 바친 다음 포이닉스와 함께 고향으로 떠났다. 그는 자신과 동행한 헬레노스의 충고로 트로이 바로 앞에 있는 테네도스 섬에서 이틀을 쉬고 육로로 몰로시아로 향함으로써 메넬라오스와 이도메네우스를 비롯한 대부분의 그리스 장수들을 덮친 카파레우스 곶의 폭풍우를 피할 수 있었다. 헬레노스는 트로이의 왕자로 그리스 군에게 해로운 일을 하지 않은 공로로 살아남아 그와 절친한 친구가 된 예언가였다. 네오프톨레모스는 몰로시아에서 왕을 죽이고 후임 왕이 된 다음 자신의 어머니 데이다메이아를 그곳에 정착한 헬레노스와 결혼시켰다. 그 후 그는 새 수도를 건설한 다음 아버지의 고향 이올코스로 가 아카스토스의 아들들이 차지했던 자신의 할아버지 펠레우스의 왕국을 되찾았다. 하지만 그는 헬레노스의 충고를 따라 그곳에 정착하지 않고 남아 있는 배를 모두 불태운 뒤 다시 육로로 도도네의 신탁소 근처에 있는 에페이로스의 팜브로티스 호숫가로 갔다. 그는 그곳에서 먼 친척뻘이던 주민의 환영을 받았다. 그곳 주민들은 땅에 박혀 있는 뾰족한 철제 막대기에 걸쳐 있는 천막에 살았는데, 네오프톨레모스는 그것을 보고 일전에 헬레노스가 한 다음과 같은 말이 생각났다. "철제 골조와 나무 벽, 천으로 된 지붕의 집들을 발견하면 그곳에 정착해 신들께 제물을 드리고 도시를 건설하게!" 그는 여기서 전리품으로 받아 트로이에서 데려온 헥토르의 아내 안드로마케와의 사이에서 세 아들 피엘로스, 몰로소스, 페르가모스를 낳고 살았다.

하지만 네오프톨레모스의 종말은 불명예스러웠다. 그는 델포이의 신탁소에 가서 아버지 아킬레우스의 죽음에 대한 보상을 요구했다. 아폴론이 파리스로 분장해서 트로이의 아폴론 신전에서 아버지에게 화살을 날렸다는 것이다. 여사제 피티아가 그의 요구를 냉정하게 거절하자 그는 신전을 약탈하고 불태웠다. 그런 다음 스파르타로 가서 메넬라오스에게 약속대로 딸 헤르미오네를 달라고 요구했다. 메넬라오스는 트로이에서 네오프톨레모스에게 딸 헤르미오네를 주겠다고 했지만 그가 없는 사이 메넬라오스의 장인 틴다레오스는 손녀를 아가멤논의 아들 오레스테스에게 주었다. 네오프톨레모스는 이제 오레스테스가 신의 저주를 받아 복수의 여신 에리니에스의 추적을 받고 있으니 헤르미오네가 자신의 아내가 되는 것이 합당하다고 주장했다. 오레스테스의 항의에도 스파르타 인들은 그의 요구를 받아들여 이어 스파르타에서 결혼식이 거행되었다.

하지만 헤르메오네는 아이를 낳지 못했다. 네오프톨레모스는 다시 델포이로 돌아가서 자신의 방화로 검게 그을린 아폴론 신전에 가서 왜 자신의 아내가 아이를 갖지 못하는지를 물었다. 그러자 신탁은 신들을 달래는 희생제물을 바치라고 명령했다. 제사를 지내는 동안 그는 제단에서 우연히 오레스테스를 만났다. 만약 아폴론이 말리지 않았더라면 오레스테스가 그를 그 자리에서 죽였을 것이다. 아폴론은 네오프톨레모스가 바로 그날 다른 사람의 손에 죽을 것이라는 것을 알고 오레스테스를 만류했다.

제사가 끝나고 사제들이 희생제물의 고기를 챙겼다. 원래 신들에게 바치는 희생제물의 고기는 항상 신전에 종사하는 사제들의 몫으로 돌아가는 것이 관례였다. 그러나 그 사실을 알지 못한 네오프톨레모스는 자신의 손으로 죽인 기름진 황소고기를 자신의 눈앞에서 사제들이 차지하는 것을 보자 참을 수 없어 강제로 막으려 했다. 그러자 사제들의 수장首長 격인 피티아가 이렇게 말했다. "만날 불평만 일삼는 아킬레우스의 아들에게 이젠 넌더리가 나는구나." 이 말을 듣고 포키스 인이던 마카이레우스라는 사제가 제물을 썬 칼로 네오프톨레모스를 찔러 죽였다. 그 후로 어떤 사람이 다른 사람에게 행한 대로 벌을 받는 것을 '네오프톨레모스의 벌'이라고 칭했다. 네오프톨레모스는 신전에서 프리아모스를 죽였는데 자신도 신전에서 죽음을 당하기 때문이다.

네오프톨레모스가 죽자 피티아가 이렇게 명령했다. "그의 시체를 새로 지은 우리 신전의 문지방에 묻어라. 그는 유명한 전사였다. 이제 어떤 공격이 와도 그의 혼령이 우리 신전을 막아 줄 것이다. 그리고 그의 혼령이 아폴론 신을 모독한 것을 진정으로 후회한다면 앞으로 영웅들을 위한 행사나 제사의 주재자가 되게 하리라." 다른 전승에 의하면 네오프톨레모스를 죽인 것은 바로 오레스테스였다. 네오프톨레모스는 죽어가면서 헬레노스에게 안드로마케를 부탁했다고 한다.

헤라클레스의 화살을 갖고 있던 필록테테스

필록테테스는 자신의 고향 멜리보이아에서 일어난 반란으로 테살리아에서 추방당하여 남 이탈리아로 갔고 크로토나 근처에 페텔리아와 마칼라는 도시를 건설했다. 그는 자신이 갖고 있던 헤라클레스의 유명한 활을 크리미사의 아폴론 신전에 바쳤으며 죽은 뒤에는 시바리스 강가에 묻혔다.

페이디포스, 엘페노르의 부하들, 프로테실라오스의 부하들, 틀레폴레모스

페이디포스는 코스 섬 출신의 부하들과 함께 처음에는 안드로스로 갔다가 다시 키프로스로 갔다. 그는 헤라클레스의 손자로 목마에 숨어 있던 그리스의 정예병 중 하나다.

엘페노르의 부하들은 에페이로스의 해안에서 좌초당한 뒤 아폴로니아를 정복했다. 엘페노르는 오디세우스의 부하로 술에 취해 키르케의 궁전 지붕에서 자다가 오디세우스가 지하세계로 떠나기 위해 출발 명령을 내리자 술이 덜 깬 상태에서 잠결에 지붕을 내려오다 떨어져 죽은 인물이다.

프로테실라오스의 부하들도 트라케의 케르소네소스의 펠레네 근처에서 좌초했다. 프로테실라오스는 40척의 함선을 이끌고 트로이 전쟁에 참가했으며 트로이 땅에 맨 먼저 발을 디뎠다가 헥토르에게 가장 먼저 죽음을 당하는 그리스 장수다.

헤라클레스의 아들 틀레폴레모스의 로도스 인들도 이베리아 군도의 한 섬에 좌초하여 정착하였다가 거기서 일부는 서쪽 이탈리아로 이주했다. 그들이 야만적인 루카리아 인들과 싸우자 헤라클레스의 화살을 갖고 있던 필록테테스가 도와주기도 했다.

네스토르

항상 정의롭고, 현명하고, 관대하고, 공손하고, 신을 경외하는 필로스의 네스토르는 안전하고 건강하게 필로스로 돌아가서 행복한 노년을 누렸다. 그는 전쟁 때문에 고통을 당하지도 않았으며 아들들도 용감하고 영리했다.

네스토르
기원전 480년경 도기.

트로이 장수 아이네이아스와 안테노르 등

트로이 인들 중에는 아이네이아스와 안테노르가 살아남는다. 안테노르는 그리스에 협력한 대가로 살아남는다. 전쟁 초기 협상사절로 온 오디세우스와 메넬라오스를 적극 변호하여 살려 줬기 때문이다. 목숨을 건진 안테노르는 북 이탈리아에 정착한다.

아이네이아스는 앙키세스와 아프로디테의 아들로 트로이의 함락이 임박했음을 깨닫고 아버지와 어머니의 충고로 그리스 군에 끝까지 저항하지 않았다. 그는 연로하신 아버지를 업고 아내 크레우사와 함께 어린 아들 아스카니오스의 손을 잡고 추종자들과 함께 트로이 근처의 이데 산으로 피신했다가 불타는 트로이를 탈출하여 카르타고를 거쳐 이탈리아로 건너간다. 카르타고에서는 디도를 만나 유명한 사랑 이야기를 남긴다. 디도는 그가 떠나자 버림받은 신세를 한탄하며 장작더미를 쌓고 그 위에 올라가 스스로 불을 질러 자살한다. 베르길리우스의 《아이네이스》에 의하면 아이네이아스는 트로이 유민을 이끌고 이탈리아에 정착하여 로마를 건설한다. 후에 그는 로마의 시조인 로물루스와 레무스의 조상이 된다. 다른 전승에 의하면 트로이 전쟁이 끝나자 아이네이아스와 안테노르는 트로이의 소유권을 놓고 서로 싸워 안테노르가 승리한다. 그러자 아이네이아스는 트로이를 떠날 수밖에 없었으며 추종자들을 데리고 이탈리아로 갔다.

헬레노스와 카산드라는 아가멤논에게 협력한 대가로 자유의 몸을 허락받는다. 또 헬레노스의 노력으로 아가멤논은 헤카베와 안드로마케에게도 자유의 몸을 허락한다. 다른 전승에 의하면 이들 네 사람은 1200명의 추종자와 함께 트라케의 케르소네소스로 가서 그곳에 정착했다. 또 다른 전승에 의하면 아킬레우스의 아들 네오프톨레모스가 헬레노스에게 헥토르의 아들들과 그리스 장수들이 모아 준 보물로 보상을 해 주었다. 그러나 헬레노스가 에피로스까지 네오프톨레모스를 따라가서 그의 어머니 데이다메이아와 결혼했다는 전승도 있다. 그에 따르면 헬레노스는 데이다메이아가 죽자 네오프톨레모스가 죽을 때까지 첩으로 데리고 있던 안드로마케를 다시 아내로 맞이했다. 헬레노스와 안드로마케는 후에 그곳으로 망명한 아이네이아스와 해후하였다.

트로이를 탈출하는 아이네이아스
트로이 함락이 머지 않았음을 깨닫고 그리스 군에 저항을 포기한 아이네이아스는 아버지를 등에 업은 채 아내와 어린 아들을 데리고 트로이를 탈출한다. 페데리코 바로치(1526?~1612) 작.

오디세우스의 귀환

그렇다면 오디세우스는 어떻게 귀환하였을까. 오디세우스는 아테나 여신의 노여움을 사지는 않았지만 나중에 그 무엇으로도 풀 수 없는 포세이돈의 깊은 분노를 사 수많은 고난을 당했다. 귀향한 그리스의 장수들 중 그처럼 이상하고 위험한 모험을 한 사람은 하나도 없었다. 그가 이끄는 열두 척의 배는 트로이를 출발하여 헬레스폰토스를 거쳐 트라케의 케르소네소스에 도착했다. 거기서 오디세우스가 전리품으로 받아 데리고 간 트로이의 왕비 헤카베는 그곳 왕 폴리메스토르에게 끔찍한 복수극을 행한다.

헤카베는 트로이가 함락되기 전에 자식을 거의 잃자 마지막 남은 폴리도로스를 살려 내기 위해 폴리메스토르에게 맡겼다. 그녀는 그에

헤카베의 복수
아들을 살리기 위해 폴리메스토르에게 맡겼다가 배신을 당한 헤카베는 보물을 미끼로 그를 속인 다음 복수극을 벌인다. 주세페 마리아 크리스피 (1665~1747) 작.

게 많은 보물을 주며 아들의 장래를 위해 보관해 달라고 부탁했다. 그러나 트로이가 함락되고 프리아모스 왕이 죽자 폴리메스토르는 보물을 가로챌 욕심으로 폴리도로스를 죽여 시신을 바다에 던졌다. 시신은 파도에 실려 트로이 해안까지 밀려왔고, 오디세우스의 배에 오르다 운명적으로 아들의 시체를 발견한 헤카베는 분노로 치를 떨었다. 오디세우스의 배가 케르소네소스에 머무는 동안 헤카베는 폴리메스토르에게 하녀를 보내 거짓 정보를 알려 주었다. 그녀는 아들의 죽음을 짐짓 모르는 듯 정복자 그리스 군의 눈을 피해 엄청난 보물이 숨겨진 곳을 알려 주겠다는 전갈을 보냈다. 보물에 눈이 먼 왕이 급히 달려오자 헤카베는 트로이의 포로들과 함께 그가 데리고 온 두 아들을 그가 보는 앞에서 죽인 뒤 눈을 파냈다.

그리스 군은 끔찍한 범죄를 저지른 그녀를 돌로 쳐 죽인다. 그런데 시간이 지난 후 돌 더미를 들춰 보니 그녀의 시체는 어디론가 사라지고 암캐 한 마리가 눈을 이글거리며 웅크리고 있었다. 다른 전승에 의하면 헤카베는 왕의 부하들에게 쫓기다가 암캐로 변신했다. 또 다른 전승에 의하면 그녀는 폴리메스토르에게 끔찍한 복수를 한 다음 암캐로 변신하여 바다로 뛰어들어 자살했다. 그 후 오디세우스의 배는 트라케 키코네스 족의 도시인 이스마로스에 상륙했다. 오디세우스 일행은 그 도시를 점령하고 백성들을 도륙했지만 아폴론의 사제이자 에우안테스의 아들 마론과 그의 아내는 살려 주었다. 마론은 감사의 표시로 오디세우스에게 많은 선물을 주었는데 그 목록에는 나중에 오디세우스가 외눈박이 키클로페스에게 권하는 맛있는 포도주도 들어 있다. 하지만 오디세우스의 부하들은 그곳에 너무 오래 머물지 말자는 오디세우스의 말에 귀를 기울이지 않았다. 그들은 전리품을 챙기고 승리감에 도취하여 먹고 마시느라 많은 시간을 지체했다. 그 틈에 이스마로스 시의 생존자들이 지원군을 데리고 와 오디세우스 일행에게 공격을 가해 왔다. 오디세우스는 열두 척의 배에서 각각 여섯 명의 부하를 잃고 간신히 그곳을 빠져나왔다.

《오디세이아》는 앞서 말한 것처럼 오디세우스가 귀향 중 겪은 모험 이야기다. 따라서 우리는 이 책이 오디세우스가 겪은 모험을 시간 순서대로 배열했을 것이라고, 이야기의 출발점이 위에서 언급한 오디세우스가 귀향 중 처음으로 발을 디딘 케르소네소스일 것이라고 생각한다. 하지만 호메로스는 우리의 예상을 무참히 깨뜨린다.《오디세이아》는 오디세우스가 고향을 떠난 지 20년이 지나 귀향이 임박한 시점에서 시작한다. 그는 이미 칼립소의 섬에서 7년을 보내고 모험에 종지부를 찍게 될 알키노오스 왕이 다스리는 파이아케스 섬으로 막 떠날 참이

칼립소 섬의 오디세우스
《오디세이아》가 시작되는 시점은 바다를 방랑하던 오디세우스가 7년간 칼립소의 섬에 머물면서 고향을 그리워하던 때다. 얀 브뤼겔(?~1569) 작.

다. 궁에서는 오디세우스가 없는 사이 인근 왕국에서 108명의 젊은 왕자들이 페넬로페에게 구혼을 한답시고 몰려와 진을 치고 있다. 그들은 벌써 몇 년째 날마다 오디세우스의 궁에 죽치고 앉아 잔치를 벌이며 그의 가산을 축내고 있다. 남편을 기다리며 굳게 정절을 지켜 오던 페넬로페도 구혼자들의 등쌀을 이기지 못하고 점점 지쳐 간다. 오디세우스가 떠나기 전 어린아이였던 아들 텔레마코스는 이제 어엿한 성인이 되어 그들의 행패를 보고 분노하지만 그들을 대적하기엔 역부족이다.

이즈음 올림포스에서는 오디세우스에게 적대적인 포세이돈이 에티오피아로 제물을 받으러 간 사이 신들의 회의가 열리고 오디세우스를 오래전에 그들이 결정한 것처럼 고향으로 돌려보내기로 결의한다. 제

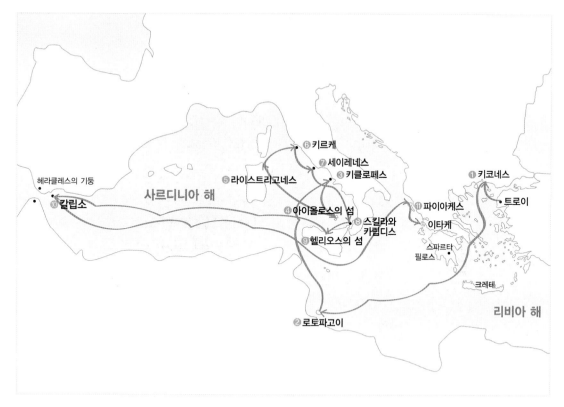

사르디니아 해

헤라클레스의 기둥

⑩칼립소

⑤라이스트리고네스

⑥키르케

⑦세이레네스

③키클로페스

①키코네스

트로이

④아이올로스의 섬

⑧스킬라와
카립디스

⑪파이아케스

이타케

⑨헬리오스의 섬

스파르타
필로스

크레테

리비아 해

②로토파고이

오디세우스의 귀환 행로

우스는 이 회의에서 오디세우스에게 호의적인 딸 아테나의 부탁으로
헤르메스를 칼립소에게 보내 오디세우스를 그만 붙들어 두고 보내 주
라고 명령한다. 동시에 아테나 여신은 텔레마코스에게 담력을 키워 줄
생각으로 이미 귀향한 네스토르와 메넬라오스에게 아버지의 행방을
물어보라며 필로스와 스파르타로 여행을 시킨다. 《오디세이아》 1권은
바로 이처럼 신들이 벌이는 회의와 텔레마코스의 여행 이야기에서 시
작한다.

제1권

신들이 오디세우스를 고향으로
돌려보내기로 결정하다

아테나 여신이 멘테스의 모습을 하고 나타나
텔레마코스에게 용기를 불어넣다

포세이돈이 오디세우스를 괴롭히다가 에티오피아 인들의 제물을 받기 위해 길을 떠난다. 신들이 회의를 소집하여 오디세우스를 칼립소의 섬 오기기아에서 고향으로 돌려보내기로 결의한다. 아테나 여신이 멘테스의 모습을 하고 나타나 텔레마코스에게 용기를 불어넣는다. 여신이 텔레마코스에게 필로스와 스파르타로 가서 아버지를 찾아 함께 구혼자들을 궁전에서 내쫓으라고 충고한다. 텔레마코스가 처음으로 어머니에게 의연한 모습을 보이고 구혼자들에게 불편한 심기를 드러낸다. 텔레마코스가 항해에 대한 걱정으로 밤새 잠을 이루지 못하고 몸을 뒤척인다.

트로이 전쟁이 끝나고 그리스 영웅들은 각각 다른 항로를 택해 귀향길에 올랐다. 그들 중 대부분은 항해 중 폭풍우를 만나 신들의 뜻에 따라 바다에서 비참한 최후를 맞이했지만, 일부는 천신만고 끝에 무사히 고향에 도착했다. 하지만 오디세우스만은 그 누구보다도 고향과 가족에 대한 그리움으로 애를 태웠건만 포세이돈 신의 분노를 사 아직도 바다를 방랑하고 있었다. 오디세우스는 항해 중 잠시 들른 섬에서 감히 포세이돈의 아들 폴리페모스의 하나밖에 없는 눈을 못 쓰게 만들었기 때문이다. 포세이돈은 성질대로라면 오디세우스를 죽이고 싶었지만 그럴 수도 없었다. 그 사건이 있기 전에 이미 다른 신들과 함께 오디세우스를 고향으로 돌려보내기로 결의했기 때문이다. 이런 상황에서 포세이돈이 오디세우스에게 복수할 수 있는 방법은 아주 간단했다. 오디세우스가 고향에 도착할 때까지 끈질기게 그를 괴롭히는 것이었다.

포세이돈은 오디세우스가 폭풍우를 만나 난파당한 채 간신히 혼자 살아남아 칼립소의 섬에 상륙하자 잠시 미루어 둔 일을 하기로 했다. 에티오피아 인의 나라를 방문하기로 한 것이다. 오래전부터 에티오피아 인들은 그에게 성대한 제물을 바치겠다고 했지만 그는 오디세우스를 감시하느라 도무지 틈이 나지 않았다. 그런데 이번에는 오디세우스가 칼립소의 섬에 상당히 오래 머물 것 같았다. 오디세우스를 불사不死의 몸으로 만들어 남편으로 삼고 싶어하는 요정 칼립소가 그를 붙들고 놔주지 않았기 때문이다.

오랫동안 오디세우스의 동태를 살펴보던 포세이돈은 안심이 되는 듯 에티오피아 인의 나라를 향해 길을 떠났다. 제우스는 포세이돈이 에티오피아 인들의 잔칫상에 앉는 것을 확인하자마자 신들의 회의를 소집하여 말문을 열었다.

"인간들은 모든 불행을 우리 신의 탓으로 돌립니다. 그들은 불행이 우리 때문에 생긴다고 말하지만 모든 불행은 인간들 스스로 자초한 것이지요. 아이기스토스를 보세요. 우리가 헤르메스를 보내, 귀향한 아가멤논을 죽이지도 말고 그의 아내 클리타임네스트라에게 구혼하지도 말라고 경고하지 않았던가요. 그런데 우리 말을 듣지 않더니 결국 장

제우스의 머리에서 태어나는 아테나
제우스는 임신한 메티스가 딸을 낳으면 그 다음에 태어나는 아들이 자신의 권좌를 찬탈할 것이라고 하는 소리를 듣고 메티스를 작게 만들어 삼켜 버렸다. 하지만 열 달이 지나자 제우스는 머리가 깨어질 듯 아팠다. 그는 헤파이스토스를 불러 도끼로 자신의 머리를 치라고 했다. 그러자 갈라진 제우스의 머리에서 아테나가 완전무장을 하고 태어났다. 아테나의 탄생을 그려 넣은 기원전 6세기 도기.

성한 아가멤논의 아들 오레스테스의 손에 죽고 말았지요."

아테나는 아버지 제우스 신의 말을 듣고 실망감을 감추지 못했다. 그녀는 제우스 신이 오디세우스의 귀향 문제를 다루기 위해 회의를 소집했다고 생각했다. 살인마 아이기스토스는 아가멤논을 죽이고 그의 아내를 취했으니 죽어 마땅했다. 하지만 오디세우스는 달랐다. 그녀 생각에 오디세우스는 아무 잘못도 없이 고향에 돌아가지 못한 채 몇 년째 바다를 방랑하고 있었다. 더구나 지금 오디세우스는 아틀라스의 딸 칼립소의 마법에 홀려 오기기아 섬에 갇혀 꼼짝 못하는 신세가 되지 않았는가. 칼립소는 오디세우스가 마지못해 자기 곁에 있을 뿐 기회만 있으면 떠날 궁리를 한다는 것을 알면서도 모른 체했다.

아테나는 오디세우스의 딱한 처지를 생각하니 마음이 아팠다. 그녀는 아이기스토스의 죽음은 애석해하면서 오디세우스에게는 냉담한 아

버지 제우스 신이 야속했다. 그래서 제우스가 말을 마치자 퉁명스럽게
물었다. 혹시 오디세우스가 신들에게 제물을 바치는 것을 소홀히 해서
그에게 야박하게 구냐는 것이다. 제우스는 아테나의 질문에 약간 당황
해하며 대꾸했다.

"내 딸아, 내가 어찌 오디세우스를 잊었겠느냐. 오디세우스는 신들
에게 누구보다도 많은 제물을 바쳤지. 그런데 포세이돈이 오디세우스
에게 품은 분노를 풀지 않는구나. 오디세우스가 자신의 아들 폴리페모
스의 눈을 멀게 했기 때문이야. 그 이후 포세이돈은 오디세우스가 계
속해서 정처 없이 바다를 떠돌게 만들고 있다. 하지만 걱정 말아라. 포
세이돈은 오디세우스를 죽이지는 못할 것이다. 혼자서 다른 신들의 뜻
을 거스를 수 없을 테니까. 우리는 이미 오디세우스를 고향으로 돌려
보내기로 결의하지 않았니?"

제우스는 이렇게 딸을 달랜 뒤 이번에는 신들에게 오디세우스를 고
향으로 돌려보낼 방도를 찾아보라고 명령했다. 그러자 아테나의 얼굴
에 화색이 돌았다. 그녀는 나긋나긋한 목소리로 아버지 제우스에게 이
렇게 제안했다.

"오오, 위대한 신들의 왕이시여, 정말 그럴 생각이시라면 지금 당
장 헤르메스를 오기기아 섬의 칼립소에게 보내 우리 신들의 뜻을 분
명하게 전해 주세요. 오디세우스를 당장 고향으로 보내라고 말이에
요. 그 사이 저는 아테네로 가서 오디세우스의 아들 텔레마코스에게
용기를 불어넣겠어요."

이렇게 말하며 아테나는 황금 신발로 갈아 신고 올림포스 산 정상
에서 훌쩍 뛰어내려 오디세우스의 궁으로 향했다. 아테나가 오디세우
스의 궁전 대문에 도착했을 때 구혼자들은 자신들이 잡아먹은 황소의
가죽을 깔고 장기를 두고 있었다. 그들이 데려온 시종들은 포도주를
희석하거나˙ 고기를 듬뿍 올린 안주상을 차리고 있었다.

제우스
제우스는 딸 아테나의 간청에 못 이겨
오디세우스를 빨리 고향으로 돌려보내
기로 결심한다.

● 고대 그리스에서는 포도주를 그냥 마
시면 건강에 해롭고 야만스럽다고 생각
하여 물을 타서 마셨다.

텔레마코스는 구혼자들 사이에 앉아 아버지 오디세우스를 그리워하고 있었다. 그는 무례하기 짝이 없는 구혼자들의 행태를 보며 아버지가 빨리 나타나 그들을 집 안에서 내쫓고 가정의 질서를 찾는 날을 상상하며 분을 삭이고 있었다. 타포스 인의 왕 멘테스의 모습을 한 아테나를 맨 먼저 본 것은 텔레마코스였다. 그는 이방인이 대문에 서 있는 것을 발견하고 다가가서는 반갑게 인사하며 집 안으로 안내했다.

텔레마코스는 구혼자들로부터 약간 떨어진 곳에 의자를 마련하여 이방인을 앉히고 자신도 그 옆에 의자를 끌어다 앉았다. 이방인이 오만불손한 구혼자들의 거친 말소리 때문에 불안해 할까 봐 걱정도 되었고 혹시 그가 아버지의 소식을 갖고 왔을지도 몰랐기 때문이다. 시녀들이 아테나에게 손 씻을 물을 대령한 다음 두 사람 앞에 푸짐한 식탁을 차렸다.

이어 구혼자들 앞에도 식탁이 차려졌고 가인歌人 페미오스가 키타리스*를 연주하며 노래를 부르자 구혼자들은 큰 소리로 떠들며 먹고 마시기 시작했다. 연회가 한창 무르익었을 때 텔레마코스는 혹시 구혼자들이 들을까 봐 조심스럽게 이방인에게 바짝 다가서더니 이름과 고향 그리고 아버지 오디세우스와 언제부터 아는 사이였는지 물어보았다.

아테나 여신은 자신을 타포스 인의 왕 멘테스로 소개하며 아주 오래전부터 오디세우스 가문과 왕래하는 사이라고 대답했다. 할아버지 라에르테스도 잘 안다고 했다. 그녀는 무쇠를 구리로 바꾸려고 항해하던 중 오디세우스가 집에 도착했다는 소문을 듣고 얼굴이라도 보고 가려고 잠깐 들렀다는 말을 덧붙이며 말했다.

"나는 비록 예언자는 아니지만 신들이 내게 계시한 대로 말하겠소. 당신 아버지는 결코 죽지 않았소. 그분은 어딘가에 아직 살아 있고 아마도 어느 섬에 붙들려 있는 것 같소. 아직 그분이 돌아오지 않았다면 신들이 그분의 길을 막고 있기 때문인 것 같소. 당신 아버지는 틀림없

● **키타리스** 포르밍크스와 마찬가지로 오늘날의 기타와 비슷하게 생긴 고대 그리스의 현악기로, 현을 손가락으로 뜯어서 연주했다.

이 곧 고향에 돌아올 거요. 그분은 계책에 능한 분이니 쇠사슬로 단단히 묶여 있어도 능히 풀어내고 돌아올 분이오."

그리고 텔레마코스를 찬찬히 뜯어보고는 진짜 오디세우스를 쏙 빼닮았다고 하며 짐짓 아무것도 모르는 듯 구혼자들을 가리키며 도대체 어떤 사람들이냐고 물었다. 그러자 텔레마코스는 아버지가 트로이에서 돌아오지 않자 이타케와 그 근처의 섬을 통치하는 자들이 자신의 집안을 업수이 여기고 몰려와서 어머니 페넬로페에게 구혼한답시고 죽치고 앉아 날마다 잔치를 벌이며 가산을 축내고 있다고 하소연했다. 이 말을 듣고 멘테스의 모습을 한 아테나 여신은 분노했다. 그리고 처음 만났을 때 용맹스런 오디세우스의 모습을 회상하며 그가 이 자리에 없는 것이 정말 아쉽다고 대꾸했다.

오디세우스는 트로이로 떠나기 전 에피라로 메르메로스의 아들 일로스를 만나러 간 적이 있었다. 자신의 화살에 일로스가 갖고 있는 독을 얻어 바르기 위해서였다. 그러나 일로스는 신들의 분노가 두려워 오디세우스에게 독을 내어 주지 않았다. 실망한 오디세우스는 돌아오는 길에 타포스에 들렀는데 사정을 전해 들은 멘테스의 아버지가 흔쾌히 자신이 갖고 있는 독을 나누어 주었다. 아테나 여신은 당시 투구를 쓰고 방패와 두 자루의 창을 든 오디세우스의 당당한 모습을 떠올리며 텔레마코스에게 만약 지금이라도 그가 나타나면 구혼자들은 뼈도 추리지 못할 것이라고 말하고 이렇게 충고했다.

"내 말을 명심해서 들으시오. 내일 배를 한 척 구해 아버지의 소식을 알아보시오. 먼저 필로스로 가서 네스토르에게 아버지의 행방을 물어본 다음, 그분이 모른다고 하거든 스파르타의 메넬라오스를 찾아가 보시오. 메넬라오스는 그리스 장군 중에서 맨 나중에 귀향했기 때문이오. 만약 아버지가 살아서 고향으로 돌아갔다는 소식을 듣게 되면 아무리 힘들어도 일 년만 더 견디시오. 그러나 돌아가셨다는 소식을 들

울고 있는 페넬로페
그리스 군이 귀환 도중 사고를 당한다
는 내용의 노래를 들은 페넬로페는 슬
픔을 주체하지 못한다. 안젤리카 카우
프만(1741~1807) 작.

으면 즉시 고향으로 돌아와서 아버지를 위해 무덤을 만들어 드리고 어
머니는 결혼을 시키시오.

자, 내일 날이 밝거든 구혼자들을 비롯한 이타케 인들의 회의를 소
집하여 이런 당신 결심을 천명하시오. 그러나 더 중요한 것은 그 다음
일이오. 이 일들을 다 끝마치고 나면 어떻게 해야 당신 집안을 더럽힌
구혼자들을 죽일 수 있을지 심사숙고해 보시오. 이제 더는 어린애같이
행동해서는 안 되오. 당신은 이미 그럴 나이는 지났소. 아버지의 원수
인 살인마 아이기스토스를 죽인 용감한 오레스테스의 얘기를 듣지도
못했소?"

아테나 여신은 말을 마치고 의자에서 일어섰다. 텔레마코스는 마치
아버지처럼 자애롭게 자신의 용기를 북돋워 주는 멘테스에게 깊은 고
마움을 느껴 좀 더 쉬었다 가시라며 아테나 여신의 옷소매를 붙잡았
다. 선물도 드리고 싶다고 했다. 그러나 그녀는 선물은 돌아올 때 가져
가겠다고 말하며 부하들이 기다린다는 핑계로 작별인사를 했다. 대문
을 나선 아테나 여신은 마치 바다독수리처럼 순식간에 사람들의 시야
에서 사라졌다. 텔레마코스는 멘테스가 떠나고 난 뒤, 풀이 죽어 있던
자신이 갑자기 용기백배해짐을 느끼고 놀라움을 금치 못했다. 순간 아
까 만난 사람이 멘테스가 아니라 신이었음을 직감했다. 그는 즉시 보
무도 당당하게 구혼자들을 향해 걸어갔다.

구혼자들 사이에서는 가인 페미오스가 그리스 군이 트로이를 떠나
고향으로 돌아가는 동안 끔찍한 사고를 당할 것이라고 한 아테나 여신
의 예언을 노래하고 있었다. 페넬로페가 이층 자신의 방에서 이 노래
를 듣고 침울한 표정을 지었다. 급기야 그녀는 시녀 두 명을 대동하고
구혼자들이 모여 있는 홀로 내려오더니 가인에게 다가가 그 노래는 그
만두고 다른 노래를 불러 달라고 부탁했다. 그 노래를 들으니 남편 오
디세우스가 더욱 그리워 슬픔이 복받쳐 오른다는 것이었다.

구혼자들을 향해 다가오던 텔레마코스가 어머니의 나약한 말을 듣고 마음이 편치 않았다. 그는 어머니에게 다가가 가인을 탓하지 마시라고 부탁했다. 가인은 원래 자기가 부르고 싶은 대로 부르는 게 소임이며 귀환 중 불행을 당한 사람은 아버지 혼자가 아니라는 것이다. 텔레마코스는 어머니에게 지금은 그런 노래도 들으실 수 있는 용기가 필요한 때라고 주문했다. 이어 바깥일은 이 집의 주인인 자신에게 맡기고 안으로 들어가 시녀들과 집안일을 하시라고 어머니의 등을 떠밀었다.

페넬로페는 예전 같지 않게 당당해진 아들의 모습을 보고 약간 놀랍기도 하면서 한편으로 마음이 뿌듯했다. 그러나 이층 자신의 방으로 들어오자 남편 오디세우스에 대한 그리움이 밀물처럼 몰려왔다. 그녀는 다시 우울해진 나머지 오랫동안 흐느껴 울다가 결국 지쳐 잠이 들었다. 텔레마코스는 어머니가 방으로 들어가는 것을 확인하고서야 구혼자들 앞으로 나가 말문을 열었다.

"오만불손한 구혼자들이여, 가인이 노래를 부를 때는 고함을 치지 마시오. 오늘은 조용히 가인의 훌륭한 노래를 감상하며 맛있는 음식이나 즐기시오. 그리고 내일 아침엔 모두 회의장에 모여 주시오. 우리 이타케 백성이 모두 모인 그 회의에서 나는 당신들에게 우리 집에서 나가 달라고 당당히 요구할 생각이오. 제발 우리 집 가산을 탕진하지 마시오. 탕진하려면 당신네들 것이나 하란 말이오. 그래도 내 말을 듣지 않는다면 나는 제우스 신께 호소할 것이오."

구혼자들은 갑자기 대담해진 텔레마코스의 태도에 놀라는 기색이 역력했다. 그들은 혹시 신이 나타나 텔레마코스에게 용기를 불러일으켰는지 모른다고 생각했다. 특히 구혼자들의 수장首長 안티노오스는 약간 두렵기는 했지만 텔레마코스를 그대로 두면 안 된다고 생각했다. 우선 텔레마코스의 기를 꺾어 놓아야 했다. 그는 구혼자들 사이에서 벌떡 일어나 텔레마코스에게 아무리 기를 써도 제우스 신이 그를 결코 이타케의 왕으로 삼지는 않을 것이라고 외쳤다. 그러자 텔레마코스가 대답했다.

"안티노오스여, 당신 말이 맞을지 모르오. 이타케에는 젊고 유능한 왕들이 많소. 우리 아버지 오디세우스께서 돌아가셨으니 그들 중 하나가 그 뒤를 이어 왕이 되겠지요. 난 그런 것에 관심이 없소. 그러나 우리 아버지 오디세우스께서 나를 위해 마련해 주신 우리 집과 재산에 대해서는 내가 주인이 될 것이오."

텔레마코스의 말을 듣고 이번에는 폴리보스의 아들 에우리마코스가 나섰다. 그는 우선 텔레마코스가 바라는 대로 그의 집과 재산의 주인이 되길 바란다고 말하며 텔레마코스를 위하는 체했지만 속셈은 달랐다. 그는 텔레마코스의 마음을 사, 아까부터 그의 곁에 앉아 서로 귀엣말을 나누던 이방인의 정체를 알아내고 싶었다. 그래서 텔레마코스에게 바싹 다가가더니 이방인에 대해 꼬치꼬치 캐묻기 시작했다.

"그런데 텔레마코스여, 그 이방인에 대해 물어보고 싶은 게 있소. 그 사람은 어디 출신이라고 하더이까? 그가 혹시 당신 아버지 소식이라도 가져왔소? 아니면 개인적으로 무슨 볼 일이 있어서 이곳에 왔답디까? 어디 가문이라고 했소? 생김새로 보아 미천한 출신은 아닌 것 같던데. 직접 물어보려 했지만 너무나 갑자기 떠나는 바람에 그럴 기회가 없었다오."

텔레마코스는 에우리마코스의 말을 듣고 속내를 들킨 것 같아 약간 놀랐지만 이내 평정을 되찾았다. 그리고 에우리마코스의 호기심을 잠재워야겠다고 생각했다. 그래서 조금 전에 만난 이방인이 신이라는 것을 짐작은 했지만, 그의 신분을 그에게서 들은 대로 타포스 인의 왕이자 앙키알로스의 아들 멘테스로 밝혔다. 또 자신은 이제 아버지의 생환은 물 건너갔다고 생각하며 아버지에 관한 어떤 소문도 믿지 않는다고 잘라 말했다. 그래서 어머니가 가끔 어떤 예언자를 데려와 아버지의 안위를 물어도 관심 없다는 것이다. 에우리마코스는 텔레마코스의 말을 그대로 믿는 눈치였다. 그는 이내 구혼자들 사이에 섞여 흥겹게 먹고 마시며 떠들기 시작했다.

캄캄한 밤이 되어 구혼자들이 각자의 집으로 돌아가자 텔레마코스도 눈을 붙이기 위해 자기 방으로 들어갔다. 유모 에우리클레이아가 횃불을 들고 그와 동행했다. 옵스의 딸인 그녀는 소녀였을 때 라에르테스에게 소 스무 마리에 팔려 왔다. 그녀는 시녀 중에서 가장 텔레마코스를 사랑했으며 그를 전담해서 키웠다. 텔레마코스가 옷을 벗어 그녀에게 주자 그녀는 침상 옆 옷걸이에 걸고 밖으로 나가 끈을 당겨 안쪽 문에 빗장을 걸었다. 텔레마코스는 양털 이불 속으로 들어가 잠을 청했지만 아테나 여신이 일러 준 여행을 궁리하느라 밤새 잠을 이루지 못했다.

제2권

텔레마코스가 이타케 백성들의 회의를 소집하다
텔레마코스가 필로스를 향해 떠나다

텔레마코스가 구혼자들을 비롯한 이타케 백성들의 회의를 소집하여 구혼자들에게 필로스와 스파르타로 가서 아버지의 생사를 확인하고 돌아와 어머니의 결혼을 매듭짓겠다고 제안한다. 텔레마코스와 구혼자들의 수장 안티노오스가 격렬하게 설전舌戰을 벌인다. 제우스가 보낸 독수리 두 마리가 회의장에 나타나 서로 심하게 싸우다 사라진다. 예언가 할리테르세스가 불길한 징조라고 예언하지만 에우리마코스는 그를 조롱한다. 멘토르가 구혼자들에게 소극적 태도를 보이는 이타케 백성들을 질책한다. 구혼자 레오크리토스가 멘토르를 꾸짖으며 백성들을 산개시킨다. 실망한 텔레마코스가 혼자서 바닷가에 나와 아테나 여신에게 도와 달라고 기도한다. 아테나 여신이 멘토르의 모습을 하고 나타나 그에게 배를 마련해 주고 동행하겠다고 약속한다. 텔레마코스가 멘토르로 변신한 아테나 여신과 함께 어머니에게 알리지도 않고 필로스로 떠난다.

텔레마코스는 이른 아침에 의관을 갖추고 방에서 나와 전령傳令들을 불러 아테나 여신이 일러 준 대로 이타케 백성들의 회의를 소집했다. 어깨에는 칼을 메고 손에는 청동 창을 든 차림새였다. 구혼자들을 비롯한 백성들이 모두 모이자 텔레마코스는 개 두 마리를 대동하고 회의 장으로 들어섰다. 백성들이 그를 보고 경탄을 금치 못했다. 아테나 여신이 그의 모습에 위엄을 더해 주었기 때문이다. 그가 나타나자 원로들이 길을 비켜 주었고 그는 아버지가 앉던 자리에 앉았다. 원로들 중 아이깁티오스가 말문을 열었다. 그는 아들이 넷이 있었는데 그중 안티포스가 오디세우스를 따라가 폴리페모스의 저녁 먹이가 되었고, 두 아들은 자신의 일을 돕고 있었으며, 마지막 하나는 구혼자들 틈에 끼어 있었다.

"이타케 인들이여, 우리는 그동안 오디세우스가 트로이로 떠난 이후로 회의를 해 본 적이 없소. 그런데 누가 이 회의를 소집했소? 도대체 누가 무엇 때문에 한 건지 참 궁금하오. 혹시 오디세우스가 군대를 끌고 돌아오고 있다는 소식이라도 들었단 말이오? 아니면 무슨 급히 토의해야 할 일이 있소? 하여튼 그게 누구든 회의는 적시에 참 잘 소집한 것 같소."

텔레마코스가 아이깁티오스의 말을 듣고 곧바로 회의장 한가운데로 나섰다. 그리고 회의를 소집한 건 바로 자기라고 밝히고 함께 토의해야 할 일이 있다며 말을 시작했다.

"저는 지금 이중의 불행에 시달리고 있습니다. 아버지를 잃은 것도 가슴 아픈 일인데 구혼자들이 이타케 전 지역에서 몰려와 어머니가 싫다고 하시는데도 추근대고 있습니다. 더구나 구혼자들은 우리 가축을 제물로 바치고 포도주도 마구 마셔 대며 우리 가산을 축내고 있습니다. 모든 게 용맹스럽던 우리 아버님이 집 안에 없기 때문입니다. 힘만 있다면 그들의 행패를 막고 싶지만 전 우리 집의 파멸을 막을 만큼 강

홀을 든 왕의 모습
홀은 과거에 권력자나 장수들이 들고
다니던 막대 모양의 물건으로, 권력과
권위를 나타냈다.

하지 못합니다. 테미스*의 이름으로 구혼자 여러분에게 간청합니다.
제발 우리 아버지가 여러분에게 베푼 선행을 생각하시고 이 모든 짓을
그만두고 떠나가시오. 우리 가족을 제발 내버려 두란 말이오."

텔레마코스는 말을 하면서 억눌렀던 감정이 솟구쳐 올라 손에 쥔
아버지의 홀笏을 땅바닥에 내던지며 울음을 터뜨렸다. 모두 숙연한 분
위기가 되어 아무도 그의 말에 대꾸를 하지 못했지만 안티노오스가 일
어나 그의 말을 반박했다. 잘못은 자신들에게 있는 것이 아니라 시아
버지의 수의를 짠다며 자신들을 속인 페넬로페에게 있다는 것이다.

페넬로페는 날마다 결혼을 하자고 졸라 대는 구혼자들의 압박을 피
해 보려고 기발한 계책을 생각해 낸 적이 있었다. 시아버지 라에르테
스의 수의를 짤 때까지만 기다려 주면 그들 중 하나를 선택해서 결혼
하겠다고 한 것이다. 구혼자들은 희망에 부풀어 이제나저제나 수의가
완성되기만 기다렸다. 그러나 페넬로페는 낮에는 수의를 열심히 짰지
만 밤사이에 그것을 풀었고, 따라서 4년이 흘렀지만 당연히 수의는 완
성되지 않았다. 구혼자들이 이를 이상하게 생각하던 차에 그들과 친한
시녀 하나가 그 비밀을 구혼자들에게 폭로했다. 결국 그녀는 어쩔 수
없이 수의를 완성하지 않을 수 없었다.

안티노오스는 이런 사실을 언급하며 어머니 페넬로페를 외할아버
지 이카리오스에게 보내 새남편을 얻어 주게 하라고 텔레마코스를 압
박했다. 그리고 페넬로페가 계속 그런 술수를 부리는 한 텔레마코스의
집을 떠날 생각이 없다는 사실도 분명하게 밝혔다. 페넬로페가 자신들
중 하나를 택해 결혼하지 않는 한 계속해서 그의 집에 죽치고 앉아 한
치도 물러서지 않겠다는 심보였다. 그러자 텔레마코스는 자신을 낳아
준 어머니를 강제로 집에서 내쫓을 수 없다고 단언하며 다시 한 번 자
기 집에서 나가 달라고 정중하게 부탁했다. 만약 그래도 말을 듣지 않
으면 제우스 신께 기도로 호소하겠다는 말도 덧붙였다.

● **테미스** 그리스 신화에 나오는 정의의
여신으로 양손에 저울과 칼을 들고 있
는 모습으로 묘사된다. 하늘의 신 우라
노스와 땅의 여신 가이아 사이에서 태
어난 열두 명의 티탄 가운데 하나다.

시아버지의 수의를 짜는 페넬로페
페넬로페는 시아버지 라에르테스의 수의가 완성되면 구혼자들 중 한 명과 결혼을 하겠노라고 하고서 낮이면 수의를 짜고 밤이면 풀어 버리면서 4년을 버텼다. 핀투리키오의 1509년 작.

　텔레마코스의 말이 끝나기가 무섭게 제우스 신이 화답이라도 하듯 그에게 독수리 두 마리를 보냈다. 독수리들은 회의장 위를 선회하다가 무서운 눈초리로 회의장에 참석한 모든 사람의 머리 위를 노려보더니 서로 얼굴과 목을 할퀴고는 오른쪽으로 사라져 버렸다. 사람들이 독수리의 행동을 보고 놀라 웅성거리는 사이 새점(鳥占)으로 유명한 할리테르세스가 일어나 말했다.

　"이타케 인들이여, 특히 구혼자들이여 잘 들으시오. 지금 큰 재앙이 몰려오고 있소. 오디세우스가 살아서 가까운 곳에서 이 모든 것을 지켜보고 있소. 당신들 구혼자들에게 죽음을 안겨 주려고 준비하고 있단 말이오. 당신들은 빨리 그 재앙에서 벗어날 궁리를 하는 것이 신상에 좋을 거요. 내가 괜히 이러는 것이 아니라 경험에서 우러나서 하는 말이니 명심하시오. 오디세우스가 트로이로 떠날 때도 나는 그가 모든 역경을 이기고 20년 만에 고향에 돌아올 것이라고 예언하지 않았소? 지금 그 예언이 이루어지려 하고 있소."

에우리마코스가 할리테르세스의 말을 가로막았다. 그는 할리테르세스에게 함부로 지껄이지 말고 집에 가서 자식들에게나 훈계하라고 면박을 주면서 오디세우스는 죽은 게 틀림없다고 주장했다. 이어서 텔레마코스에게는 안티노오스가 말한 것처럼 어머니를 외할아버지 이카리오스에게로 보내라고 충고했다. 그러기 전에는 구혼자들은 절대로 뒤로 물러서지도 다른 여인에게 구혼하지도 않겠다는 것이었다.

이번에는 텔레마코스가 일어나서 그 얘기는 이제 그만두자고 하면서 아테나가 시킨 대로 구혼자들에게 새로운 제안을 했다. 그는 구혼자들에게 배 한 척과 선원 스무 명을 구해 주면 필로스와 스파르타로 가서 아버지의 행방을 알아보겠다고 말했다. 만약 아버지가 살아서 귀환했다는 얘기를 들으면 앞으로 일 년을 더 기다려 볼 것이고, 돌아가셨다는 얘기를 들으면 고향으로 돌아와서 아버지의 무덤을 만들어 드리고 어머니를 결혼시키겠다는 것이었다.

텔레마코스가 말을 마치고 앉자 멘토르●가 일어섰다. 그는 오디세우스의 절친한 친구로 오디세우스가 집을 떠날 때 아버지와 집안의 뒷일을 부탁받았다. 그는 이타케 백성들을 향해 모두 오디세우스의 은공 恩功을 입고도 어려운 처지에 있는 텔레마코스를 도와줄 줄 모르고 구혼자들의 행패를 보고도 침묵으로 일관한다고 비난했다.

그러자 구혼자들 중 에우에노르의 아들 레오크리토스가 일어나 백

● **멘토르** 정신적 스승을 뜻하는 '멘토'는 멘토르에서 유래한다. 아테나 여신이 멘토르의 모습을 하고 텔레마코스를 도왔기 때문이다.

성들을 함부로 부추기지 말라며 멘토르를 꾸짖었다. 그는 오합지졸인 백성들은 물론 설령 오디세우스가 살아 돌아와도 잘 훈련된 전사이자 수적으로 우세한 자신들을 이길 수 없다고 장담하며 백성들을 향해 이제 회의는 끝났으니 모두 흩어지라고 소리쳤다. 레오크리토스는 텔레마코스에게도 결코 계획한 여행은 할 수 없을 것이니 포기하라고 협박했다.

백성들은 뿔뿔이 흩어져 집으로 돌아가고 구혼자들은 다시 오디세우스의 궁전으로 향했다. 그러나 텔레마코스만은 착잡한 마음으로 바닷가로 가서 바닷물에 손을 씻고 아테나 여신에게 기도했다.

"아테나 여신이여, 제 기도를 들어주시옵소서. 어제는 당신께서 저희 집에 오시어 바다를 항해하여 아버지의 행방을 알아보고 오라고 명령하셨습니다. 그러나 이 일을 사악한 구혼자들이 방해하려고 하나이다. 제발 제가 여행을 무사히 끝마칠 수 있도록 도와주소서."

텔레마코스가 이렇게 간절하게 기도하자 아테나 여신이 멘토르의 모습을 하고 그에게 다가와 아버지의 용감한 피를 이어받고 태어났으니 용기를 잃지 말라고 하면서 구혼자들의 협박에 절대로 흔들리지 말라고 위로했다. 구혼자들은 앞으로 단 하루 만에 모두 죽을 운명인데도 그것을 모르고 날뛰고 있다는 말도 덧붙였다. 멘토르는 텔레마코스에게 배도 한 척 마련해 주고 동승하겠다는 약속도 했다.

텔레마코스가 여신의 음성을 알아듣고 안심하고 궁전으로 돌아왔을 때 구혼자들은 마당에서 염소 가죽을 벗기고 있었다. 안티노오스가 그가 들어오는 것을 보더니 다가와 그의 손을 붙잡으며 복잡하고 귀찮은 생각일랑 그만두고 예전처럼 먹고 마시자고 잡아끌었다. 그러면서 배나 선원들은 충성스런 백성들이 마련해 줄 텐데 무슨 걱정이냐며 비아냥거렸다. 텔레마코스가 안티노오스의 손을 뿌리치며 말했다.

"안티노오스여, 그리고 오만불손한 구혼자들이여, 당신들은 그동안 수많은 우리 재산을 탕진하고도 아직 성이 차지 않았소? 당신들이 처음 우리 집에 왔을 때만 해도 나는 어린아이였소. 그러나 이제 나도 사리를 분별할 만큼 충분히 컸고 사기도 충천해 있으니 곧 당신들에게 죽음을 안겨 줄 작정이오. 또 하나 내 분명히 말해 두겠소. 나는 반드시 필로스와 스파르타로 갈 것이오. 배가 마련되지 않으면 남의 배를 타고서라도 갈 것이오."

구혼자들이 이 말을 듣고 모두 텔레마코스를 비웃었다. 일부는 텔레마코스가 필로스에 가서 군대를 데려오거나 에피라에 가서 독약을 만들어 와서 자신들을 죽일지 모른다며 조롱했고, 또 일부는 텔레마코스가 항해하다가 아버지 오디세우스처럼 객사할지 모른다고 놀려 댔다.

텔레마코스는 구혼자들의 비웃음을 뒤로 하고 조용히 궁전 안 깊숙한 곳에 있는 창고 쪽으로 발걸음을 향했다. 그곳에는 황금과 청동이 가득 쌓여 있었고, 옷이나 올리브기름이 들어 있는 궤짝, 포도주가 가득 찬 독 등이 즐비했다. 이 창고의 물건은 오디세우스가 돌아오는 날 쓰기 위해 마련해 둔 것으로 문에는 자물통이 채워져 있었고, 관리하는 사람은 옵스의 딸 에우리클레이아였다. 텔레마코스는 그녀를 불러 이렇게 말했다.

"유모, 자 나를 위하여 항아리에다 포도주를 채워 주시오. 아버지께서 돌아오셔서 드실 것 다음으로 맛있는 것으로 열두 항아리를 채워 밀봉해 주시오. 그리고 가죽 부대에 보릿가루 스무 되만 넣어 주시오. 하시만 이 일은 유모 혼자만 알고 게시오. 짐은 어머님께서 잠이 드시면 옮길 것이오. 나는 필로스와 스파르타로 가서 사랑하는 우리 아버지의 행적을 알아볼 생각이오."

유모는 눈물을 글썽이며 텔레마코스를 만류했다. 주인 어른이신 오디세우스처럼 객사하는 것을 보고 싶지 않다는 것이다. 그녀는 텔레마코스가 떠나자마자 구혼자들이 음모를 꾸며 그를 죽이고 재산을 나눠

가질 것이라고 경고했다. 그러나 텔레마코스는 자신의 계획은 신들의
지시로 이루어진 것이니 걱정하지 말라고 그녀를 안심시킨 다음 다시
한 번 어머니에게 11일이나 12일 동안만 자신의 출항을 비밀로 해 달
라고 부탁했다. 유모가 신들의 이름을 걸고 맹세하자 텔레마코스는 아
무 일도 없다는 듯이 다시 구혼자들 틈에 끼어 그들과 어울렸다.

같은 시간 아테나 여신은 텔레마코스의 모습을 하고 시내를 돌아다
니며 선원들을 모았다. 프로니오스의 아들 노에몬에게서는 배를 한 척
빌려준다는 약속을 받아 냈다. 이어 여신은 오디세우스의 집으로 가서
구혼자들에게 달콤한 잠을 쏟아 부어 모두 곯아떨어지게 만들더니 다
시 멘토르의 모습을 하고 텔레마코스에게 나타나 모든 것이 준비되었
으니 서둘러 출발하라고 재촉했다.

텔레마코스는 배가 정박해 있는 곳에 도착하여 선원들과 함께 에우
리클레이아가 마련해 놓은 물품을 궁전 창고에서 가져다 실은 다음 배
에 올랐다. 멘토르의 모습을 한 아테나 여신이 선미船尾에 앉자 그도
그 곁에 앉았다. 선원들이 노 젓는 자리에 앉자 아테나 여신이 부드러
운 서풍이 불게 했다. 선원들이 텔레마코스의 명령에 따라 돛대 구멍
에 돛대를 끼워 세웠다. 그러자 돛은 한가운데 바람을 듬뿍 안고 부풀
어 올랐고 배는 파도를 헤치며 힘차게 앞으로 나아갔다.

텔레마코스와 멘토르
1699년 간행된 페늘롱의 소설 《텔레
마코스의 모험》에 실린 삽화. 《텔레
코스의 모험》은 오디세우스의 아들 텔
레마코스가 멘토르의 모습을 빌린 아
테나 여신과 함께 아버지를 찾아 여러
나라를 돌아다니는 이야기다.

제3권

필로스의 왕 네스토르가 텔레마코스에게
트로이에서 귀환한 과정을 말해 주다

네스토르가 스파르타의 왕 메넬라오스를 찾아가
아버지의 행방을 물어보라고 충고하다

텔레마코스가 필로스에 도착하자 해안에서 포세이돈에게 제물을 바치던 네스토르가 그들을 발견하고 반갑게 맞이한다. 네스토르가 텔레마코스에게 자신이 어떻게 트로이에서 돌아왔는지와 또 누가 귀환했는지 말해 준다. 네스토르가 텔레마코스의 용기를 북돋우며 메넬라오스를 찾아가 아버지의 행방을 물어보라고 충고한다. 네스토르가 독수리로 변신해 사라진 아테나 여신에게 암소 한 마리를 바치겠다고 약속한다. 텔레마코스가 필로스에서 하룻밤을 묵은 뒤 네스토르의 아들 페이시스트라토스와 함께 마차를 타고 육로로 스파르타로 떠난다.

텔레마코스가 필로스에 도착했을 때 네스토르 왕은 백성들을 거느리고 마침 바닷가에서 포세이돈 신에게 제물을 바치고 있었다. 멘토르로 변신한 아테나 여신이 그쪽으로 텔레마코스를 안내했다. 그녀는 그에게 조금도 위축되지 말라고 재차 용기를 불어넣었다. 네스토르는 매우 현명한 사람이기 때문에 찾아온 용건을 솔직하게 말하면 아버지의 행방을 모르더라도 무슨 좋은 방안을 말해 줄지도 모른다는 것이었다. 텔레마코스는 그래도 걱정스런 얼굴로 네스토르에게 어떻게 말을 걸어야 하는지 물었다. 아테나는 아무 염려 말고 신들이 함께할 것이니 마음속에서 우러나는 대로 말을 꺼내라고 격려했다.

텔레마코스가 제단 근처 연회장으로 가까이 다가오자 맨 먼저 네스토르의 아들 페이시스트라토스가 반갑게 달려와서 그들 둘의 손을 잡으며 자리로 안내했다. 그곳은 페이시스트라토스의 형 트라시메데스와 그의 아버지 곁이었다. 그는 우선 포도주 잔을 멘토르의 모습을 한 아테나 여신에게 건네면서 포세이돈 신에게 헌주獻酒한 뒤 동료에게도 넘기라고 말했다. 그들이 헌주를 하고 기도를 마친 뒤 배불리 먹고 나자 마침내 네스토르가 그들의 고향과 이름을 물었다. 텔레마코스가 용감하게 나서서 대답했다.

"넬레우스의 아들 네스토르시여, 우리는 네이온 산 밑의 이타케 출신입니다. 저는 혹시 당신이 아버님 오디세우스의 행방을 알 수 있을까 해서 이곳에 왔습니다. 아버님께서는 당신과 함께 트로이를 함락시켰다고 들었습니다. 우리는 다른 사람들의 비참한 종말에 대해서는 이미 들어서 알고 있습니다. 그러나 아버님의 죽음은 제우스 신께서 철저히 비밀로 하고 계십니다. 아무도 그분이 어디에서 돌아가셨는지, 육지에서 돌아가셨는지, 아니면 바다의 여신 암피트리테의 너울 사이에서 돌아가셨는지 말해 주지 않기 때문입니다. 혹시 당신은 우리 아버님의 죽음을 목격하셨습니까? 아니면 그분에 관한 소식이라도 들어 보신 적이 있습니까?"

네스토르는 텔레마코스에게 의외의 질문을 받자 그동안 잊고 있던 트로이에서의 일이 주마등처럼 생각났다. 그는 우선 자신의 아들 안틸

암피트리테
암피트리테는 포세이돈의 아내로 바다의 여신이다. 제우스와 마찬가지로 여러 여신 및 여인과 관계한 포세이돈 때문에 분노가 끊이지 않았다고 한다. 조반니 바티스타 티에폴로의 1740년경 작 〈암피트리테의 승리〉.

로코스를 비롯하여 아이아스, 아킬레우스, 파트로클로스 등 수많은 영웅의 죽음을 회상하고 그들을 마음속으로 깊이 애도했다. 그뿐만이 아니었다. 9년 동안 벌어진 전쟁에서 얼마나 많은 일이 벌어졌던가. 아마 몇 년을 얘기해도 끝이 없을 것이다. 만약 그 얘기를 다 풀어 놓는다면 텔레마코스든 누구든 질려 나자빠질 것이다. 네스토르는 이런저런 상념에 잡히며 텔레마코스에게 이렇게 말했다.

"나는 트로이에서 오디세우스와 한 번도 의견을 달리한 적이 없네. 우리는 언제나 한마음이 되어 그리스 군에 조언을 했네. 그러나 전쟁이 끝나고 귀환하는 과정에서 그만 의견이 달라지고 말았지. 고향으로 출발하기 전날 그리스 군 전체가 모여 회의를 벌인 적이 있었네. 이 자리에서 메넬라오스는 날이 밝는 즉시 그리스를 향해 출발하자고 했지만 아가멤논은 아테나 여신께 성대한 제물을 바치고 떠나야 한다고 고집을 피웠네.

이들 형제가 이렇게 의견이 갈라진 것은 트로이를 몰락시킨 후 결코 사려깊지도 정의롭지도 못했던 그리스 군에게 참혹한 귀환을 시키기로 한 아테나 여신의 결심 때문이었네. 그렇게 한참을 다툰 뒤에 나와 오디세우스를 비롯한 메넬라오스 일행은 자리를 박차고 일어나 아침이 되자마자 배를 출항시켰고, 아가멤논 일행은 제물을 바치고 떠날 생각으로 그대로 남았네. 그러나 불화는 그것으로 그치지 않았지. 우리가 테네도스 섬에 도착하여 늦게나마 신들께 제물을 바치고 나자 먼저 오디세우스 일행이 메넬라오스에게 결별을 고하고 떠났고, 나도 뭔지 모를 두려움에 싸여 혼자 길을 나섰으며 디오메데스도 대열을 이탈했네.

그 이후 나는 레스보스에서 메넬라오스 일행을 다시 잠시 만난 적이 있지만 신의 은총으로 키오스 섬, 에우보이아, 게라이스토스를 거쳐 곧바로 필로스에 무사히 도착할 수 있었네. 다른 영웅들에 대해서는 아무 소식도 듣지 못했네. 물론 그 후 궁전에 앉아서 들은 소식은 하나도 빠짐없이 알려 주겠네. 아킬레우스가 이끌던 미르미도네스 족과 필록테테스도 무사히 돌아왔다고 하네. 이도메네우스도 부하들을 하나도 잃지 않고 크레테로 귀환했다고 하네.

아트레우스의 아들 아가멤논에 대해서는 하도 유명한 얘기라 이미 들어 알고 있을 것이네. 그는 고향땅을 밟자마자 아내 클리타임네스트라의 정부情夫 아이기스토스의 손에 죽음을 당했다네. 하지만 아이기스토스는 끔찍한 죗값을 치러야 했지. 아가멤논의 아들 오레스테스가 그를 살해하여 아버지의 원수를 갚았으니 말이야."

텔레마코스는 네스토르에게 오레스테스의 얘기를 듣고는 자신의 신세를 한탄했다. 신들이 자신에게도 오레스테스처럼 어머니를 괴롭히는 구혼자들을 응징하여 아버지의 원수를 갚을 수 있는 용기와 힘을 주셨으면 얼마나 좋았겠냐는 것이다. 네스토르는 텔레마코스의 푸념을 듣고 그의 어머니에게 구혼하는 자들이 오디세우스의 궁전을 찾아와 행패를 부리고 있다는 소문이 생각나서 텔레마코스를 이렇게 위로

아가멤논의 황금 가면
《일리아스》에 따르면 트로이 전쟁의 영웅 아가멤논은 아카이아 군의 최고 지휘관이었는데, 아르테미스 여신의 분노로 그리스 군의 출정에 차질이 생기자 자신의 딸 이피게네이아를 제물로 바쳐 여신의 노여움을 풀었다. 하인리히 슐리만이 트로이 유적에서 발굴해 내어 아가멤논의 것이라 믿었던 기원전 1500～1550년경 가면.

했다.

"좀 기다려 보게. 앞날을 어떻게 알겠나. 자네 아버지 오디세우스가 돌아와 혼자서 혹은 전술 이타케 백성과 함께 구혼자들의 행패를 응징할 날이 있을지 말이네. 나는 트로이에서 아테나 여신이 오디세우스를 얼마나 끔찍하게 생각해 주는지 이 두 눈으로 확인했네. 어떤 신도 인간을 그렇게 사랑하는 것을 본 적이 없을 정도였지. 아테나 여신께서 그만큼만 자네를 사랑하고 돌보아 주기로 마음을 먹는다면 구혼자들은 아마 목숨을 부지하기 힘들 것이네."

텔레마코스는 네스토르의 말을 듣고 깜짝 놀라며 그런 날은 절대로 오지 않을 것이라고 단언했다. 그런 행운은 자신이 아무리 원해도, 그리고 설마 신들이 원한다 해도 일어나지 않는다는 것이었다. 멘토르의 모습을 한 아테나 여신이 텔레마코스에게 말을 함부로 하지 말라고 충고하며 신은 마음만 먹는다면 아무리 멀리 있는 사람도 무사히 귀향시켜 준다는 의미심장한 말을 던졌다. 그러나 텔레마코스는 고집을 굽히지 않고 멘토르의 말을 막았다. 아버지는 이미 돌아가셨으며, 따라서 아버지의 귀향은 이제 현실성이 없으니 거기에 대해서는 아예 언급을 하지 말자는 것이었다. 텔레마코스는 사실 네스토르에게 다른 것을 물어보고 싶었다. 그는 오래전부터 아가멤논이 어떻게 죽었는지, 그리고 아이기스토스가 아가멤논을 죽이는 동안 형제인 메넬라오스는 어디에 있었는지 궁금했다. 그래서 네스토르에게 그들 두 형제의 행적을 꼬치꼬치 캐묻자 네스토르가 그 내막을 털어놓았다.

"자네가 내 아들 같으니 내 모든 것을 자세하게 말해 주겠네. 아트레우스의 아들 메넬라오스가 트로이에서 돌아와 아이기스토스가 궁전에 있는 것을 보았다면 어떻게 되었겠는가? 뻔하지 않겠는가? 아마 그는 단박에 아이기스토스를 쳐 죽여 들개와 새들의 먹이로 만들었을 것이네. 아이기스토스는 정말 엄청난 범죄를 저질렀으니 말이네.

아이기스토스는 우리가 트로이에서 싸우는 동안 아가멤논의 아내 클리타임네스트라를 온갖 감언이설로 유혹했네. 그녀는 물론 처음에는 그의 손을 뿌리쳤다네. 마음씨가 착했을 뿐 아니라 아가멤논이 트로이로 떠날 때 딸려 둔 가인歌人 하나가 그녀를 불철주야 감시했기 때문일세. 그런데 아이기스토스가 그 가인을 외딴섬으로 데려가 새 먹이로 만들어 버리자 그녀는 결국 아이기스토스를 받아들였네.

그 사이 나와 메넬라오스는 트로이에서부터 함께 항해하고 있었네. 그런데 아테네 근처의 수니온 곳에 도착했을 무렵 아폴론 신이 화살을 날려 메넬라오스의 키잡이 프론티스를 죽여 버린 것일세. 메넬라오스는 하는 수 없이 우리와 헤어져 그곳에 잠시 지체하여 키잡이를 장사지내 주었지. 메넬라오스가 다시 항해하여 말레아 근처에 이르렀을 때 제우스 신께서 그에게 더 가혹한 시련을 내려 주셨네. 폭풍우로 엄청난 너울을 일으켜 그의 함선들을 두 무리로 나눈 것일세. 그뿐이 아니었지. 그중 한 무리는 키도네스 족이 사는 크레테로 데려갔는데 선원들의 목숨은 살려 줬지만 배는 바닷가에 돌출한 큰 바위에 부딪치게 하여 박살을 내 버렸네. 또 메넬라오스가 이끄는 다른 함선들은 이집트로 흘러 들어가도록 했네. 하지만 메넬라오스는 그곳을 거점으로 이곳저곳을 항해하며 장사 수완을 부려 수많은 재물을 모았네.

메넬라오스가 오랫동안 낯선 곳을 방랑하는 동안 아이기스토스는 귀환한 아가멤논을 살해하고 미케네를 7년 동안이나 통치했고 백성들

오레스테스에게 죽음을 당하는 아이기스토스
네스토르는 오디세우스에게 아이기스토스를 죽여 아버지의 원수를 갚는 오레스테스의 이야기를 들려준다. 기원전 3~4세기 도기.

도 그의 위세에 눌려 복종할 수밖에 없었네. 그러나 살인사건이 일어나고 8년째 되는 날 아가멤논의 아들 오레스테스가 아테네에서 고향으로 돌아왔고 살인마 아이기스토스와 어머니를 죽여 아버지의 원수를 갚았다네. 그러나 마음 약한 오레스테스는 곧바로 그 두 사람의 장례를 치러 주는 친절을 베풀었네. 그런데 바로 그 장례식 날 메넬라오스도 자신의 재물을 갖고 오레스테스에게 돌아온 것이지."

네스토르는 이렇게 말하며 텔레마코스에게도 주의하라고 신신당부하였다. 너무 오랫동안 궁을 비우면 오만불손한 구혼자들이 작당하여 그의 재산을 나눠 가질지 모른다는 것이었다. 이어 그는 텔레마코스에게 메넬라오스를 찾아가 보라고 충고했다. 메넬라오스는 아무도 살아 돌아오게 되리라고는 생각할 수 없는 곳에서 귀향했기 때문에 혹시 오디세우스의 행방을 알지 모른다는 것이었다. 네스토르는 친절하게도 육로를 원한다면 자신의 아들들을 시켜 스파르타로 가는 길을 안내해 주겠다고 제안했다.

멘토르로 변신한 아테나 여신이 아주 좋은 생각이라고 맞장구를 쳤다. 하지만 벌써 밤이 깊었다. 아테나 여신은 서둘러 신에게 제물로 바칠 동물들의 혀를 잘라 포도주와 함께 올리고 배로 돌아가려고 했지만 네스토르가 그들을 붙잡았다. 누추한 배보다는 자신의 궁전에서 자는 게 좋겠다는 것이었다. 아테나 여신은 자신은 배로 돌아가야 하니 텔레마코스만 궁전에서 재우고 아침에 스파르타로 보내 달라고 대답했다. 자신은 배에 남아 있는 텔레마코스의 동료들을 격려하고, 그들에게 텔레마코스가 스파르타로 가고 없는 사이 할 일을 지시해야 된다는 것이었다. 이어 아테나 여신은 네스토르에게 텔레마코스를 잘 부탁한다는 말을 남기고 쏜살같이 사라졌다.

아테나 여신이 마치 바다독수리처럼 눈 깜짝할 사이에 사라지자 모두 놀라움을 금치 못했다. 네스토르는 그가 아테나 여신임을 직감하여 텔레마코스의 손을 잡고, 신이 동행하시니 아무 걱정하지 말라고 용기를 불어넣어 주었다. 그런 다음 즉시 아테나 여신에게 기도했다. 멍에를 한번도 져 본 적이 없는 암송아지 한 마리를 골라 뿔을 황금으로 감싸 바칠 테니 자신의 아버지에게 해 준 것처럼 자신을 비롯한 가족들에게도 축복을 내려 달라는 것이었다.

아테나 여신에게 제물을 바치는 네스토르

네스토르는 아들 페이시스트라토스를 텔레마코스와 함께 스파르타로 보내기 전 아테나 여신에게 제물을 바치며 가족의 축복을 기원한다. 존 플랙스만의 1805년 《오디세이아》 삽화 .

　텔레마코스를 비롯하여 가족들을 거느리고 궁전에 도착한 네스토르는 11년 된 포도주를 개봉해 물에 희석하여 아테나 여신에게 바치며 다시 한 번 똑같이 간절하게 기도했다. 가족들이 각자의 집으로 돌아가자 네스토르는 총각이라 아직도 자신의 궁전에 머물고 있는 아들 페이시스트라토스 옆에 텔레마코스의 잠자리를 마련해 주었다.

　아침이 되자 네스토르는 잠자리에서 일어나 대문 앞 잘 다듬은 높다란 돌 위에 앉았다. 그의 아버지 넬레우스가 생전에 가족 모임이 있을 때면 앉던 곳이었다. 그가 그곳에 좌정하자 그 주변에 먼저 에케프론, 스트라티오스, 페르세우스, 아레토스, 트라시메데스 등 다섯 아들이 모여들었다. 이어 막내 페이시스트라토스가 텔레마코스를 데리고 오자 네스토르가 말문을 열었다.

　"내 아들들아, 어제 기도하면서 약속한 것처럼 나는 아테나 여신에게 제물을 바치려고 한다. 너희 중 하나는 들판에 가서 소몰이에게 암송아지 한 마리를 몰고 오게 하라. 또 하나는 텔레마코스의 배가 있는 곳으로 가서 선원을 두 명만 남기고 모두 데려오라. 또 하나는 금세공사 라에르케스를 데려오라. 그가 송아지 뿔을 황금으로 감싸게 될 것이다. 나머지는 이곳에 남아 시녀들에게 잔치 준비를 시켜라."

　곧 암송아지를 비롯하여 네스토르가 데려오라고 명령한 선원들과 금세공사가 도착했다. 아테나도 제물을 받으러 왔다. 네스토르가 황금을 건네주자 금세공사가 암송아지 뿔을 정성스럽게 쌌다. 그러자 스트라티오스와 에케프론이 뿔을 잡고 암송아지를 끌고 갔고, 아레토스는 손 씻을 물이 들어 있는 항아리와 보리 바구니를, 트라시메데스는 날카로운 도끼를 들고 따라갔다. 트라시메데스가 기도를 하고 보리를 뿌린 뒤* 송아지 목의 힘줄을 도끼로 내려치자 페이시스트라토스가 목을 잘랐다.

송아지가 피를 뿜으며 쓰러지자 네스토르의 아들들은 고기 해체 작업에 착수하여 넓적다리에서 실한 살점을 발라냈다. 네스토르가 아들들에게 살점을 받더니 기름조각으로 두 겹 싼 다음 다시 그 위에 날고기를 얹어 장작에 태우며 포도주와 함께 아테나 여신에게 바쳤다. 그 후 나머지 고기도 모두 꼬챙이에 끼워 장작불에 올려 구웠다. 그들은 고기가 익자 그 옆에 앉아 마음껏 먹고 마셨다. 텔레마코스도 네스토르 옆에 앉아 고기를 실컷 먹었다. 모두 충분히 아침식사를 했다고 생각하자 네스토르가 아들들을 향해 텔레마코스가 길을 떠날 수 있도록 실한 말들을 골라 마차에 매라고 명했다. 아들들이 마차에 말을 매는 사이에 시녀 하나는 빵과 포도주와 음식을 싸서 마차에 실어 주었다. 이윽고 텔레마코스가 마차에 오르자 네스토르의 아들 페이시스트라토스도 마차에 올라 고삐를 잡았다. 그가 채찍을 휘두르며 말을 몰자 마차는 필로스를 떠나 스파르타를 향해 나는 듯이 나아갔다.

● 고대 그리스에서 신에게 제사를 드릴 때 참가자들은 기도가 끝난 후 제단과 제물에 보리를 던졌다.

제4권

메넬라오스가 텔레마코스에게
프로테우스의 예언에 대해 말해 주다

구혼자들이 귀환하는 텔레마코스를
살해하기로 모의하다

텔레마코스와 페이시스트라토스가 스파르타에 도착한다. 메넬라오스가 두 이방인을 반갑게 맞이한다. 페이시스트라토스가 자신과 텔레마코스의 신분을 밝힌다. 메넬라오스가 아내 헬레네와 함께 오디세우스가 트로이에서 자신들에게 보인 호의를 회상한다. 헬레네가 텔레마코스와 페이시스트라토스의 포도주에 기분이 상쾌해지는 약을 타고 오디세우스의 무훈武勳을 얘기한다. 텔레마코스가 스파르타에서 하룻밤을 묵은 뒤 메넬라오스에게 아버지의 행방을 물어본다. 메넬라오스가 이집트의 프로테우스가 예언한 대로 아카이아 군의 귀환과 오디세우스의 방랑에 대해 말해 준다. 구혼자들이 귀환하는 텔레마코스를 이타케와 사모스 섬 사이에서 살해하기로 모의한다. 전령 메돈이 그 사실을 엿듣고 페넬로페에게 알려 준다. 페넬로페가 아테나 여신에게 텔레마코스를 도와 달라고 기도한다. 아테나 여신이 꿈속에서 페넬로페의 여동생 이프티메의 모습으로 나타나 그녀를 안심시킨다.

텔레마코스와 페이시스트라토스는 스파르타에 도착하자 곧바로 메넬라오스의 궁전으로 마차를 몰았다. 마침 궁전에서는 메넬라오스의 딸 헤르미오네와 아들 메가펜테스의 결혼 피로연이 벌어지고 있었다. 딸은 아킬레우스의 아들 네오프톨레모스에게 시집을 가며 작별인사를 하고 있었다. 메넬라오스는 트로이에서 아킬레우스와 자식들을 서로 혼인시키기로 이미 약속했었다. 아들은 스파르타 출신의 알렉토르의 딸을 아내로 맞이하고 있었다. 그는 메넬라오스와 시녀 사이에서 태어난 늦둥이였다. 메넬라오스의 아내 헬레네는 헤르미오네를 낳은 뒤에는 출산을 할 수 없었다.

이들이 대문 앞에 나타나자 시종 에테오네오스가 제일 먼저 그들을 발견하고 주인에게 가서 범상치 않은 이방인 둘이 찾아왔는데 그들을 손님으로 받아들일지 아니면 다른 집으로 가 보라고 해야 할지 물었다. 그러자 메넬라오스는 그를 꾸짖으며 당장 집 안으로 들이라고 호통을 쳤다. 에테오네오스가 급히 시종 몇을 데리고 나가 텔레마코스 일행의 마차에서 헐떡거리고 있는 말을 풀어 마구간에 묶고 먹이를 준 다음 손님들은 메넬라오스의 옆 자리로 안내했다. 이윽고 시녀 하나가 그들 앞에 손 씻을 물 항아리를 대령하자 이어 진수성찬이 차려지고 술잔도 건네졌다. 메넬라오스가 그들을 환영하며 마음껏 음식을 든 다음 어디서 온 누구인지 알려 달라고 부탁했다. 그는 첫눈에 이들이 귀한 혈통임을 알아보았다.

텔레마코스는 음식을 실컷 먹은 뒤 궁전 홀 안을 장식한 청동, 황금, 호박, 은, 상아 등을 둘러보고 놀라며 남이 들을까 봐 페이시스트라토스의 귀에 대고 제우스 신의 궁전 같다고 속삭였다. 메넬라오스가 우연히 그 얘기를 듣고 텔레마코스에게 제우스 신의 물건은 영원불멸하기 때문에 인간이 가진 그 무엇과도 비교해서는 안 된다고 하며 말문을 열었다.

"나는 이곳저곳을 떠돌아다니며 숱한 고생을 하다가 8년 만에 많은 재물을 모아 집으로 돌아왔소. 그동안 키프로스 인, 페니키아 인, 이집트 인뿐 아니라 에티오피아 인, 시돈 인, 에렘보이 인도 만나 봤소. 심지어 리비아라는 곳에도 가 봤다오. 그곳은 암양이 일 년에 세 번 새끼를 낳고 일 년 내내 치즈와 고기와 젖이 풍성한 곳이지요. 그런데 내가 이들 나라를 돌아다니며 새산을 불리는 동안 고향에서는 어떤 살인마가 우리 형님을 살해하고 말았소. 당신들도 우리 형님에 관한 소식을 들었을 것이오. 나는 재산이 아주 많지만 불쌍하게 죽은 형님만 생각하면 도무지 즐겁지가 않소. 더구나 고향에서 멀리 떨어진 타향 트로이에서 죽은 전우들을 생각하면 가슴이 아려 와 견디지 못하겠소. 특히 오디세우스를 생각하면 잠도 오지 않고 밥도 넘어가지 않는다오. 그리스 인 중 오디세우스만큼 고생한 사람은 아무도 없기 때문이오. 그런데 아직도 그의 생사를 모른다니 가슴 아픈 일이구려. 아마 고향에 있는 오디세우스의 아버지 라에르테스 노인과 아내 페넬로페 그리고 갓난아기 때 남겨 두고 떠난 아들 텔레마코스도 그를 그리며 애통해하고 있을 거요."

아버지 얘기를 듣자 눈에 눈물이 글썽 고인 텔레마코스는 외투를 들어 올려 애써 눈을 가렸다. 그 모습을 본 메넬라오스가 하던 얘기를 계속해서 자연스럽게 그의 신분을 말하게 할지 아니면 텔레마코스에게 곧장 아버지 이름을 물어볼지를 놓고 한참 망설였다. 텔레마코스를 처음 보는 순간 직감적으로 오디세우스와 많이 닮았다는 것을 느꼈기 때문이다.

바로 그때 이들의 대화를 듣고 있던 헬레네가 방에서 나왔다. 그러자 시녀 아드라스테가 의자 하나를 들고 뒤따라 오고 알킵페는 부드러운 양모 깔개를, 필로는 은제銀製 바구니 하나를 가져왔다. 이 은제 바구니는 헬레네가 이집트의 테베에 머물 때 폴리보스의 아내 알칸드레

헬레네
스파르타의 왕비 헬레네는 제우스와 레다의 딸이다. 트로이의 왕자 파리스가 헬레네를 유혹하여 트로이로 데려가자 트로이 전쟁이 일어난다. 이블린드 모건의 1898년 작 〈트로이의 헬레네〉.

가 준 것으로 안에는 곱게 뽑은 실이 가득 들어 있고 그 위에는 실패가 하나 놓여 있었다.

헬레네는 의자에 앉더니 남편에게 집에 온 젊은이가 오디세우스를 빼닮았다고 하면서 그의 출신을 한번 물어보라고 권했다. 그러자 메넬라오스는 아내의 말에 맞장구를 치며 자신도 아까부터 젊은이의 손발이며 모든 게 오디세우스와 흡사해서 놀란 상태라고 대답했다. 메넬라오스는 오디세우스 얘기를 꺼내자 젊은이가 눈물을 훔쳤다는 얘기도 덧붙였다.

그러자 페이시스트라토스가 메넬라오스에게 그들이 예상한 것처럼 텔레마코스가 오디세우스의 아들이며 자신은 아버지의 명령을 받고 그와 동행한 네스토르의 아들이라는 사실을 밝혔다. 그는 아버지가 돌아오지 않자 구혼자들이 몰려들어 온갖 어려움을 겪고 있는 텔레마코스의 현재 딱한 처지를 설명하며 메넬라오스에게 조언을 얻기 위해 왔다고 했다. 메넬라오스는 깜짝 놀라며 이렇게 말했다.

"아아, 역시 자네가 나 때문에 많은 고초를 당한 내 친구의 아들이 맞았네그려. 나는 오디세우스에게 고향에 무사히 도착하면 어떤 그리스 인보다도 그와 더 돈독한 우정을 나누며 살겠다고 약속했네. 만약 우리가 제우스의 은총으로 무사히 귀환했다면 나는 아르고스에 그에게 살 도시를 주고 궁전을 지어 주고 그는 물론이고 가족들과 백성들도 이타케에서 데려왔을 것이네. 그랬더라면 아마 죽음이 우리를 갈라놓을 때까지 누구도 우리를 떼어 놓지 못했을 것이네. 그런데 어떤 신이 그것을 시기하시어 그 친구만이 귀향하지 못한 것 같네."

메넬라오스의 말을 듣고 모두 울음을 참지 못했다. 헬레네도, 텔레마코스도, 메넬라오스도 울었다. 심지어 페이시스트라토스의 눈가에도 눈물이 맺혔다. 그는 트로이에서 죽은 형 안틸로코스를 생각하며 슬픔에 잠긴 것이었다. 그러나 곧 감정을 억제하고 메넬라오스에게 죽은 인간을 그리워하며 우는 것은 명예로운 일이지만 저녁상 앞에서 눈물을 보이는 것은 유쾌한 일이 아니니 삼가자고 했다. 저녁을 더 먹고 슬픈 얘기는 나중에 해도 늦지 않다는 것이었다.

그러자 모두 앞에 차려진 음식에 손을 뻗었다. 그 순간 제우스의 딸 헬레네가 고통과 불행을 잊게 해 주는 약을 옷깃에서 꺼냈다. 먹기만 하면 부모가 죽어도 혹은 혈육이 바로 눈앞에서 죽어도 눈물을 흘리지 않는다는 약이었다. 헬레네는 그 약을 이집트에서 톤의 아내 폴리담나에게서 얻었다. 그녀는 그 약을 포도주에 타서 모두에게 마시게 한 다음 남편에게 오늘만큼은 편안하게 음식을 즐기자고 권했다. 이어 그녀는 오디세우스가 트로이에서 이룩한 전공戰功을 모두 열거할 수는 없지만 그중 자기가 겪은 일 하나만 이야기해 보겠다고 하며 말을 시작했다.

"언젠가 오디세우스가 거지로 변장하고 트로이 성으로 들어온 적이 있었어요. 그는 진짜 거지로 보이기 위해 자기 몸에 직접 심한 매질을 가한 상태였지요. 트로이 군은 그의 술수에 감쪽같이 속아 그를 알아보지 못했지만 나는 그의 정체를 금방 알 수 있었어요. 그래서 집요하게 질문을 퍼부었는데 오디세우스는 끝까지 자신의 신분을 밝히지 않으려 하더군요. 그러다 그리스 함선으로 돌아가기 전까지는 비밀을 폭로하지 않겠다고 내가 맹세하자 비로소 자신의 정체를 밝히고 트로이 성에 온 목적을 털어놓았어요. 그 후 그는 많은 트로이 군을 죽이고 많은 정보를 갖고 아군에게로 돌아갔지요. 이 사건으로 남편을 잃은 트로이 여인들은 대성통곡했지만 나는 마음이 흐뭇했어요. 난 오래전부

트로이 목마
그리스 군은 정예병들을 거대한 목마 안에 숨겨 두고 철수하는 척하자는 오디세우스의 계책으로 철옹성 같은 트로이 성 안으로 들어갈 수 있었다. 트로이 목마 이야기를 새겨 넣은 기원전 675년 무렵 항아리.

터 미망迷妄의 여신에게 홀려 남편과 아이를 버린 내 신세를 한탄하며 고향에 돌아갈 날을 손꼽아 기다리고 있었으니까요."

메넬라오스가 아내의 말을 듣고 다시 맞장구를 쳤다. 그만큼 아내 헬레네의 말은 구구절절 옳았다. 그는 특히 오디세우스의 참을성을 최고로 샀다. 사실 오디세우스와 메넬라오스 등 그리스 군이 목마 안에 몸을 숨기고 트로이 성에 들어갔을 때 오디세우스가 아니었다면 하마터면 발각되어 모두 죽었을 것이다. 그는 그때를 회상하며 말했다.

"목마가 트로이 성 안으로 옮겨지자 당신이 데이포보스와 함께 목마를 보러 온 적이 있었지. 당신은 목마 안에 누가 있는지 알아보기 위해 목마를 쓰다듬으며 큰 소리로 그리스 장수들의 이름을 불러 보았고, 급기야는 장수들 아내의 목소리를 흉내 내어 남편의 이름을 불렀잖소. 그때 나와 티데우스의 아들 디오메데스는 당신이 부르는 소리를 듣고 진짜 아내들의 목소리로 생각하고 대답하거나 벌떡 일어나 밖으로 나가려 했소. 바로 그때 오디세우스가 우리를 제지했소. 이어 안틸로코스가 당신에게 대답하려 하자 오디세우스가 재차 그의 입을 손으로 틀어막아 우리는 간신히 위기를 넘길 수 있었소."

텔레마코스는 메넬라오스의 얘기를 들으니 더 괴로웠다. 메넬라오스의 말대로 아버지가 아무리 용감하고 지혜로우셨던들 무슨 소용이라는 말인가. 아버지는 결국 목숨을 잃고 집에 돌아오지 못하지 않았는가. 그는 메넬라오스에게 이제 좀 쉬고 싶으니 잠자리로 안내해 달라고 부탁했다. 그러자 헬레네가 하녀들을 시켜 객사에 잠자리를 마련해 주었다.

다음 날 메넬라오스는 아침 일찍 궁전 내실에서 나와 텔레마코스가 묵고 있는 객사로 가 그에게 자신을 찾아온 용건이 무엇인지 물었다. 텔레마코스는 메넬라오스에게 구혼자들이 어머니를 괴롭히며 가산을 축내고 있는 현재 자신의 집안 사정을 소상하게 말해 주었다. 이어 그는 아버지의 행방에 대해 들은 게 있다면 사실대로 알려 주면 좋겠다고 말했다. 또 자신을 배려하거나 동정하지 말고 보고 들은 대로 얘기해 달라고도 부탁했다. 메넬라오스가 구혼자들의 행패에 대해 듣고 분노하며 말했다.

"어떻게 겁쟁이인 그자들이 감히 용감무쌍한 오디세우스의 아내를 취하려 할 수 있단 말인가! 어미 사슴이 실수로 갓 태어난 새끼를 사자 굴에 뉘어 놓고 배를 채우러 나간 사이 사자가 돌아와 어미 사슴과 새끼에게 파멸을 안겨 주듯이 오디세우스도 그들에게 치욕스런 파멸을 안겨 줄 것이네."

메넬라오스는 오디세우스가 레스보스의 왕 필로멜레이데스*와 레슬링 시합을 벌여 그를 제압한 일을 언급하며 텔레마코스를 다시 한 번 위로했다. 그리고 다른 말로 속이거나 질문을 피해 답하지 않겠다고 약속했다. 이어 그는 정직한 바다의 노인 프로테우스에게 들은 얘기도 하나도 숨기지 않겠다고 다짐하며 이야기를 시작했다.

"나는 귀향하다가 이집트의 맞은편 파로스 섬에 잠깐 들른 적이 있었네. 잠시 쉬어 가려고 했지만 바람이 불지 않아 20일 동안이나 그곳에 붙들려 있었지. 양식도 거의 바닥이 나 낙심하고 있던 차에 프로테우스의 딸 에이도테아가 수심에 싸여 있는 나를 불쌍히 여기고 다가와 도대체 무슨 생각으로 그렇게 무작정 섬에 머물러 있느냐고 물었네. 나는 떠나고 싶어도 바람이 불지 않아 갈 수 없다고 하소연하며 그 이유가 무엇인지 알려 달라고 부탁했지. 그러자 그녀는 이곳에 자신의 아버지 프로테우스가 자주 나타나시는데 매복해 있다가 붙잡고 물어

● **필로멜레이데스** 레스보스 왕 필로멜레이데스는 자신의 섬에 들어온 사람들에게 자신과 레슬링 시합을 강요하여 패한 사람들은 죽었다.

보면 바다로 나가는 방법뿐 아니라 내가 없는 사이 궁전에서 일어난 일까지도 알려 줄 것이라고 귀띔해 주었네. 내가 인간의 몸으로 어떻게 신을 붙잡을 수 있는지 묻자 그녀는 내게 아버지를 제압할 수 있는 방법을 이렇게 자세하게 알려 주더군.

'아버지가 나타나시는 때는 주로 해가 중천에 뜬 한낮이에요. 아버지는 바다에서 나오셔서 바닷가에 떼 지어 있는 물개 수를 꼭 세어 보신 다음 그 사이에 누워 잠을 주무세요. 따라서 정예병 세 명을 골라 함께 물개 가죽을 쓰고 물개 사이에 섞여 누워 있다가 아버지가 잠이 들거든 붙잡고 물어보세요. 명심할 것은 아버지가 여러 모습으로 변신해도 절대로 놓쳐서는 안 되고, 지쳐 원래 모습으로 돌아오거든 어느 신이 당신의 귀향을 방해하는지 그리고 어떻게 하면 바다로 나갈 수 있는지 물어봐야 한다는 거예요.'

그녀는 이렇게 말하고 바다 속으로 들어가더니 아침이 되자 물개 가죽 네 개를 바다에서 가지고 나와 정예병 셋에게 입힌 다음 바닷가 모래밭에 구덩이 네 개를 파고 그 안에 우리를 뉘었네. 물개 가죽에서 나는 지독한 악취가 우리를 괴롭혔지만 여신이 암브로시아*를 가져와 우리의 콧구멍을 막아 주었네. 이윽고 새벽이 되고 물개들이 바다에서 나타나 한가로이 바닷가에 구덩이를 만들고 눕더군. 그리고 한참이 지나 한낮이 되자 프로테우스 노인이 나타나더니 물개의 수를 세고는 그 사이에서 잠이 들었네. 바로 그 순간을 노려 우리 네 사람은 함성을 지르며 그를 붙잡았지. 노인은 처음에는 수사자로 변신하더니 호랑이, 표범, 멧돼지, 흐르는 물, 거목巨木으로 변신하여 우리의 손에서 빠져나오려 하더군. 하지만 우리는 그의 딸이 일러 준 대로 끝까지 그를 놓치지 않고 귀환할 수 있는 방법을 물었네.

프로테우스 노인은 아무리 발버둥 쳐도 소용없음을 깨닫자 어쩔 수 없이 우리에게 바다로 나갈 수 있는 방법을 알려 주었네. 이집트로 돌

● **암브로시아** 그리스 신화에서 신이 먹는 음식으로 신들을 영생하게 해 준다고 한다.

● **소 아이아스** 그리스 신화에는 아이아스가 두 명 나온다. 텔라몬의 아들 대大아이아스는 트로이 전쟁 때 열두 척의 살라미스 함선을 이끌고 참전한다. 그는 그리스 군에서 아킬레우스 다음으로 용맹스러웠다. 그는 전사한 아킬레우스의 무구를 오디세우스에게 빼앗기자 발광하여 자살했다. 소小 아이아스는 오일레우스의 아들로 트로이 전쟁 때 로크리스의 배 40척을 이끌고 참전했다. 그는 대 아이아스와는 달리 교만하고 호전적이었으며 신들에게도 오만불손했다.

아가서 제우스를 비롯한 신들께 성대한 제사를 지내고 출발하라고 충고하더군. 나는 노인에게 한 가지만 더 알려 달라고 간청했네. 그리스 군 모두가 트로이를 떠나 고향에 무사히 귀환했는지, 그렇지 않고 죽었다면 누가 죽었는지 알려 달라고 부탁했지. 프로테우스 노인은 자기 말을 들으면 마음만 아플 뿐 좋을 일이 없을 것이라고 경고했네. 하지만 내가 계속 고집을 피우자 노인은 말하기를, 많은 그리스 군이 죽었는데, 장수 중에는 두 사람이 목숨을 잃었으며, 제삼의 인물은 살아서 아직도 넓은 바다 어딘가를 헤매고 있다고 했네. 그리고 두 사람이 죽은 이유를 이렇게 설명했지.

'소 아이아스*'가 목숨을 잃은 것은 그의 오만함 때문이었네. 그는 트로이가 함락되고 아테나 신전을 뒤지던 중 그곳에 숨어 있던 트로이 공주 카산드라의 머리채를 잡고 끌고 나왔네. 그 일로 비록 아테나 여신의 미움을 사긴 했어도 그가 좀 겸손했더라면 목숨을 건질 수 있었을 것이네. 그는 돌아오는 중에 기라이 암초에 배가 부딪혀서 난파당했지만 암초에 올라 기적적으로 살아났는데 암초 위에 올라서서 자신은 신들이 아무리

아테나 신전에서 카산드라를 끌고 나오는 아이아스

트로이 함락 후 아이아스는 아테나 신전으로 피신하여 신상을 붙들고 있던 트로이 공주 카산드라를 억지로 끌어내다가 신상마저 끌어내는 신성 모독을 행한다. 그는 결국 귀항 중 여신이 보낸 폭풍우를 만나 죽는다. 솔로몬 J. 솔로몬의 1886년 작 〈아이아스와 카산드라〉.

죽이려 해도 이렇게 살아났다고 오만하게 소리쳤지. 그 말을 듣고 포세이돈 신이 분노를 참지 못하고 기라이 암초를 엄청난 파도로 쳐서 그를 수장水葬시키고 말았네.

또 자네 형 아가멤논은 고향땅에 상륙하자마자 살인마 아이기스토스의 손에 죽고 말았네. 아이기스토스는 아가멤논이 떠난 후 그의 아내 클리타임네스트라에게 접근하여 마음을 산 뒤 트로이 전쟁이 끝났다는 소문을 듣고 파수꾼을 고용하여 일 년 내내 아가멤논이 돌아오는

지 망을 보게 했네. 그리고 파수꾼으로부터 아가멤논이 도착했다는 전갈을 듣자 정예병 스무 명을 선발하여 매복 시킨 다음 그와 부하들을 모두 잔인하게 살해했네.'

프로테우스 노인에게 형 아가멤논이 살해당했다는 얘기를 듣고 나는 사지에 힘이 빠져 모래바닥에 주저앉아 목 놓아 울었네. 그러자 바다의 노인 프로테우스는 나를 달래며 마음을 굳게 먹고 빨리 고향으로 돌아가라고 충고했네. 운이 좋으면 아마도 살인마 아이기스토스를 만나 직접 원수를 갚거나, 조카 오레스테스가 이미 그를 죽여 어머니와 함께 장례식을 벌이는 날 고향에 도착하리라는 것이었지. 나는 결국 아이기스토스가 죽는다는 말을 듣고 다소 마음을 안정시킨 후 다시 프로테우스 노인에게 살아서 바다를 방황하고 있는 제삼의 인물은 누구냐고 물었네. 프로테우스 노인은 머뭇거리지 않고 즉시 그는 바로 라에르테스의 아들 오디세우스라고 말했네. 전에 오디세우스가 칼립소의 섬에 붙들려 오도 가도 못하고 있는 것을 보았다고 하더군. 이 말을 듣고 내가 내 운명에 대해 다소 걱정스러운 표정을 짓자 프로테우스 노인은 나를 안심시켰네.

'자네는 제우스의 사위이기 때문에 절대로 난파당하지 않고, 아르고스에 무사히 도착해서 그곳에서 천수를 누리다가 산 채로 라다만티스가 다스리는 엘리시온*으로 갈 운명이네. 엘리시온은 자네도 알겠지만 사람이 살기에 가장 편안한 곳으로 폭풍과 비도 없고 서풍만 부는 곳이라네.'

프로테우스는 내게 이렇게 말을 하고 바다 속으로 사라졌네. 다음 날 아침 나는 프로테우스가 지시한 대로 배를 몰아 다시 이집트로 돌아가 바닷가에 제단을 쌓고 신들에게 성대한 재물을 바치며 무사귀환을 기도했네. 그러자 거짓말처럼 신들이 내게 순풍을 보내 주어 고향으로 돌아올 수 있었네.'"

● **엘리시온** 시원한 미풍이 끊이지 않으며 기후가 온화한 사후세계의 낙원. 크레테의 왕 미노스의 아들인 라다만티스가 이승의 삶을 끝내고 모이는 영웅들을 다스린다.

메넬라오스는 이렇게 귀향 중 자기가 보고 들은 것을 모두 이야기한 다음 텔레마코스에게 열하루나 이틀 정도 자신의 집에 머물면 자기가 모든 것을 갖춰 고향으로 호송해 줄 테니 기다리라고 했다. 아름다운 술잔 하나와 말도 선물로 주겠다고 제안했다. 텔레마코스는 마음이 급했다. 여기에 있으면서 아버지에 대한 얘기를 듣는 것은 좋았지만 필로스에 있는 자신의 동료들을 마냥 기다리게 할 수는 없었다. 그는 메넬라오스에게 사정을 이야기하고 될 수 있으면 빨리 떠나고 싶으며, 선물은 무엇이든지 받겠지만 말은 사양하겠다고 했다. 염소나 키우기에 알맞은 이타케에서 말은 먹이기 힘들다는 것이었다. 메넬라오스는 텔레마코스의 겸손한 태도에 고개를 끄덕이며 그러면 술잔 대신 포도주 희석용 은제 동이를 주겠다고 제안했다. 이들이 이야기를 나누는 사이 메넬라오스의 시종들은 음식을 나르며 텔레마코스를 위해 성대한 작별 잔치를 베풀 준비를 했다.

한편 오디세우스의 궁전 마당에서는 구혼자들이 원반과 투창 던지기를 하고 있었다. 그들 중에는 당연히 수장 격인 안티노오스와 에우리마코스도 끼어 있었다. 그때 프로니오스의 아들 노에몬이 그들에게 다가오더니 필로스로 떠난 텔레마코스가 도대체 언제 돌아오는지 물었다. 엘리스로 가서 암말 열두 필과 노새를 데려오려면 그에게 빌려준 배가 필요하다는 것이었다. 이 말을 듣고 그들은 깜짝 놀랐다. 텔레마코스가 들판 어딘가에 양치기 혹은 돼지치기와 함께 있을 것이라고 생각했지 필로스에 갔을 것이라고는 꿈에도 생각하지 못했기 때문이다. 다급한 목소리로 안티노오스가 노에몬에게 물었다.

"추호의 거짓도 없이 사실대로 말하시오. 텔레마코스는 언제 필로스에 갔으며 누가 따라갔소? 동행한 이들은 이타케에서 선발된 자들이오, 아니면 삯꾼들이오? 텔레마코스는 강제로 당신에게서 배를 빼앗아

갔소, 아니면 당신이 자진해서 주었소?"

노에몬은 모든 것을 사실대로 털어놓았다. 자신은 자진해서 텔레마코스에게 배를 내주었으며 그와 동행한 자들은 이타케에서 선발된 젊은이들이라는 것이었다. 그런데 텔레마코스의 배에 겉모습이 멘토르인 것 같은 자가 오르는 것을 보았는데 어제 새벽에 멘토르를 시내에서 보았으니 귀신이 곡할 노릇이라는 말도 덧붙였다. 노에몬이 이렇게 말하고 집으로 돌아가자 안티노오스는 화가 머리끝까지 치밀어 경기를 중단하고 구혼자들을 모았다. 그는 분노로 심장이 불타올랐으며 눈도 불꽃으로 이글거렸다. 그가 구혼자들에게 말했다.

"여러분, 텔레마코스가 엄청난 일을 해내고 말았소. 이타케의 건장한 청년들을 모아 필로스로 떠났으니 말이오. 우린 어린아이에 불과한 그가 그런 일을 하리라고 상상도 못했소. 그는 앞으로 우리에게 큰 화근거리가 될 것이 분명하오. 그러니 여러분은 나에게 빠른 배 한 척과 전우 스무 명만 주시오. 내가 이타케와 사모스 섬 사이의 해협에서 매복 있다가 그를 덮쳐 후환을 없애겠소."

안티노오스의 말에 구혼자들 모두가 찬동했다. 전령 메돈이 구혼자들의 음모를 엿듣고는 페넬로페에게 알려 주기 위해 그녀를 찾아갔다. 페넬로페는 메돈을 보자 귀찮은 듯이 이번에는 구혼자들이 도대체 무슨 일을 시키더냐고 물었다. 이어 남편이 당신들에게 베푼 것을 조금이라도 생각한다면 이렇게 그의 재산을 축낼 수 있느냐며 메돈을 원망했다. 그러자 메돈은 재산이 없어지는 것보다도 더 끔찍하고 불행한 일이 벌어지고 있다고 대꾸했다. 구혼자들이 암살대를 조직하여 아버지의 소식을 알아보기 위해 필로스와 스파르타로 떠난 텔레마코스를 없애기 위해 그가 귀환하는 길목에 매복하러 떠났다는 것이다.

페넬로페는 아들이 필로스와 스파르타로 떠났다는 말을 듣는 순간 온몸에 힘이 빠진 나머지 의자에 앉을 힘조차 없어 방문턱에 쪼그리고 앉아 슬프게 울었고 시녀들도 모두 그녀를 둘러싸고 흐느꼈다. 페넬로페는 남편을 잃고 자식마저 잃어버릴 위기에 처한 자신의 신세를 한탄했고 아들이 떠나는 것을 알면서도 자신에게 알려 주지 않은 시녀들을 원망했다. 페넬로페는 계속해서 훌쩍이면서 주위를 둘러보며 말했다.

"누가 서둘러 정원사 돌리오스 노인을 불러오라. 그 사람은 내가 시집올 때 우리 아버지께서 나에게 딸려 주신 충실한 종이다. 나는 그를 시아버지 라에르테스에게 보내 모든 사실을 말씀드리겠다. 혹시 그분은 이 난국을 헤쳐 나갈 계책을 아실지 모른다. 혹시 오디세우스 가문의 씨를 말리려는 구혼자들에게 가셔서 애원이라도 하실지 누가 알겠느냐."

페넬로페의 명령을 듣고 유모 에우리클레이아가 나섰다. 그녀는 쫓겨날 각오를 하고 모든 일을 사실대로 말했다. 그녀는 페넬로페에게 자신은 모든 것을 알고 있었으며 텔레마코스에게 여행에 필요한 물품까지 챙겨 주었다고 고백했다. 그러나 텔레마코스에게 그가 떠난 지 열이틀째가 되기 전까지나, 혹은 어머니가 그의 행방을 물어보기 전에는 절대로 그 사실을 알리지 않기로 맹세했기 때문에 진실을 밝히고 싶어도 그럴 수 없었다고 털어놓았다.

에우리클레이아는 이렇게 말하며 라에르테스 노인에게는 텔레마코스의 출항 소식을 알리지 말라고 충고했다. 가뜩이나 연로하신 분이 그 소식을 들으면 충격 받을지 모른다는 것이었다. 이어 그녀는 아르키시오스 가문은 신들의 미움을 사지 않았으니 그 후손이 그렇게 쉽게 죽지는 않을 것이라고 페넬로페를 달래며 아테나 여신에게 기도하면 분명 도와주실 것이라고 말했다. 곰곰이 에우리클레이아의 말을 듣던 페넬로페는 울음을 그치더니 목욕재개하고 하녀들과 함께 이층 방으로 올라가 아테나 여신에게 이렇게 기도했다.

"아이기스 방패를 지니신 제우스 신의 따님이시여, 제 기도를 들어

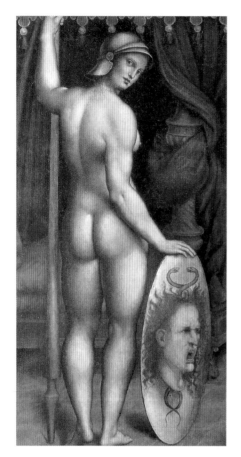

아이기스 방패를 들고 있는 아테나 여신

아이기스는 제우스를 키워 준 염소 아말테이아가 죽자 헤파이스토스가 제우스에게 그 가죽으로 만들어 준 방패 이름이다. 제우스는 그것을 가장 신임하는 아테나에게 맡겼다. 후에 영웅 페르세우스가 메두사의 목을 잘라 바치자 여신은 그것을 방패 한가운데 박았다. 전천후 항공모함 '이지스' 라는 말도 아이기스에서 유래한다.16세기 퐁텐블로 파派 화가의 작품.

주소서. 일찍이 제 남편 오디세우스가 궁전에서 당신에게 제물을 드리는 것에 인색하지 않았다면 사악한 구혼자들로부터 제 아들을 지켜 주시고 구해 주소서."

페넬로페는 기도를 마친 뒤 이층 방에 누워서 저녁도 먹지 않은 채 아들을 걱정하다가 잠이 들었다. 바로 그때 아테나 여신이 환영을 하나 만들어 페넬로페의 꿈속으로 보냈다. 그 환영은 페라이의 에우멜로스에게 시집간 여동생 이프티메의 모습을 하고 있었다. 그녀는 언니 페넬로페에게 신들의 가호로 조카는 틀림없이 돌아올 것이라고 위로했다. 그러나 페넬로페는 동생을 보더니 더욱 슬픔이 복받쳐 올라 자신의 처량한 신세를 한탄했다. 남편을 잃은 것도 모자라 이제는 구혼자들의 음모로 아무것도 모르는 철부지 아들까지 잃게 되었다는 것이다. 이프티메는 재차 이렇게 언니를 달랬다.

"언니, 용기를 내세요. 모든 전사들이 바라마지 않는 아테나 여신이 그와 동행하고 있으니 너무 걱정 마세요. 언니를 위로하라고 저를 보낸 것도 바로 그 여신이에요."

그러자 페넬로페는 동생에게 형부의 소식도 말해 달라고 부탁했다. 하지만 동생은 그 일은 신의 일이지 자신의 일이 아니라며 답을 피하며 사라졌다. 그 순간 이카리오스의 딸 페넬로페는 놀라 잠이 깨었고 점차 마음이 평온해졌다.

한편 구혼자들은 그늘진 홀에서 여느 때처럼 시끄럽게 떠들어 대고 있었는데 그들 중 누군가가 큰 소리로 페넬로페는 아마도 아들의 죽음이 임박한 것도 모를 것이라고 외쳤다. 안티노오스가 그들 사이에 끼어들어 누가 들을지 모른다며 말을 삼가라고 주의를 줬다. 이어 그는 구혼자 중 스무 명을 골라 은밀하게 배가 정박해 있는 바닷가로 데리고 갔다. 그들은 그곳에서 함께 저녁을 먹은 다음 밤이 되기를 기다렸다. 그들은 야음夜陰을 틈타 아무도 모르게 출발할 심산이었다.

이윽고 밤이 이슥해지고 인적이 드물어지자 그들은 무구를 갖추고 배에 올라 닻을 올렸다. 이타케와 사모스 섬 중간에는 아스테리아라는 섬이 있었고 섬 양쪽에는 배가 정박할 만한 포구가 몇 군데 있었다. 그들은 그 포구 중 한 곳에 매복한 채 텔레마코스를 기다렸다.

제5권

제우스가 칼립소에게 오디세우스를
고향으로 떠나보내라고 명령하다

포세이돈이 오디세우스를 발견하고
폭풍우를 일으켜 뗏목을 박살내다

제우스가 칼립소에게 전령 헤르메스를 보내 오디세우스를 고향으로 떠나보내라고 명령한다. 칼립소가 오디세우스에게 뗏목을 만들 재료와 항해에 필요한 물품을 마련해 준다. 오디세우스가 뗏목을 타고 출항한 지 18일째 되는 날 에티오피아에서 돌아오던 포세이돈이 그를 발견한다. 분노한 포세이돈이 폭풍우를 일으켜 오디세우스의 뗏목을 박살내자 레우코테아가 자신이 쓰고 있던 베일을 주어 그를 보호한다. 오디세우스가 구명조끼처럼 베일을 가슴에 두르고 둥둥 떠다니다가 난파당한 지 3일 만에 파이아케스의 섬 스케리아에 도착한다. 오디세우스가 강의 신의 도움으로 강어귀로 들어가 우거진 강변에 올라 빽빽한 덤불 밑으로 기어들어가 잠을 잔다.

새벽의 여신 에오스*가 남편 티토노스 곁을 떠나 신과 인간에게 빛을 가져오자 신들이 모여 다시 회의를 열었다. 오디세우스의 귀향 문제를

● **에오스** 새벽의 여신 에오스는 태양신 헬리오스, 달의 여신 셀레네와 남매지간이다. 그녀는 아폴론의 태양마차가 드나들도록 하늘 문을 열어 주고 장밋빛 손가락을 지닌 여신으로 자주 묘사된다.

매듭짓기 위해서였다. 아테나의 부탁이 있었지만 제우스는 아직 오디세우스를 붙들고 있는 칼립소에게 헤르메스를 보내지 못했다. 텔레마코스를 격려하고 돌아온 아테나가 제일 먼저 자리에서 일어나 오디세우스의 딱한 처지를 언급했다. 오디세우스는 자신의 의지와는 상관없이 아직도 칼립소의 섬에 붙들려 집에 돌아가지 못하고 있으며, 그의 아들 텔레마코스는 구혼자들에게 살해될 위기에 처해 있다는 것이었다. 이어 아테나 여신은 아버지 제우스를 향해 앞으로는 어떤 왕도 선정을 베풀게 하지 말고 폭정을 일삼게 해야 한다고 볼멘소리를 했다. 오디세우스가 백성들에게 아무리 인자하게 대했어도 그 자상함을 기억하는 사람은 아무도 없다는 것이었다.

제우스는 귀엽기만 한 딸의 불평어린 말투에 약간 역정이 났지만 마음이 쓰였다. 딸의 마음을 당장 안심시켜 주고 싶었다. 그래서 그는 예전에 아테나의 제안으로 신들이 오디세우스를 무사히 귀향시켜 구혼자들에게 복수하게 하도록 결정한 사실을 상기시켰다. 이어 텔레마코스도 그녀가 알아서 뱃길을 잘 안내하면 구혼자들의 손아귀에서 무탈하게 벗어날 수 있을 것이라고 말해 주었다. 그런 다음 제우스는 전령 헤르메스를 불러 칼립소를 찾아가서 이런 신들의 뜻을 전하라고 일렀다.

"헤르메스여, 오디세우스를 귀향시키기로 한 신들의 확고한 뜻을 칼립소 요정에게 알려 주라. 그러나 오디세우스는 귀향은 하지만 신이나 인간의 호송은 받지 못할 것이다. 그는 뗏목을 타고 고생하다가 20일 만에 신들과 가까운 파이아케스 족이 사는 스케리아라는 땅에 닿게 될 것이다. 그러면 파이아케스 족이 그를 신처럼 떠받들다가 선물을 듬뿍 주고 빠른 배에 태워 고향에 데려다 줄 것이다."

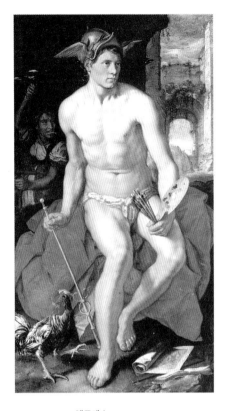

헤르메스
헤르메스는 그리스 신화에서 전령의 신 역할을 하며, 날개 달린 모자와 날개 달린 신발을 갖춘 모습으로 나타난다. 헨드릭 홀치우스의 1611년 작.

바닷가에서 고향을 그리워하는 오디세우스
오기기아 섬에서 칼립소에게 7년간 붙들려 있던 오디세우스는 날마다 바닷가 수평선을 바라보며 고향을 그리워했다. 장 샤를 카쟁의 1880~1884년경 작.

헤르메스는 즉시 황금 비행화를 신고 지팡이를 들었다. 그는 피에리아 산맥을 넘어 바다 위로 뛰어내리더니 갈매기처럼 파도 위를 날아 칼립소의 섬에 도착했다. 칼립소가 사는 동굴 주변은 오리나무·백양나무·삼나무가 울창했고, 네 개의 샘물이 서로 가까운 곳에서 솟아 나와 각기 다른 곳으로 흘러가고 있었으며 온통 제비꽃과 샐러리가 만발한 풀밭이었다. 동굴 입구에는 포도송이가 주렁주렁한 포도 덩굴이 드리워져 있었다.

헤르메스가 주변 경관에 감탄을 금치 못하며 동굴로 들어서자 칼립소는 그를 즉시 알아보았다. 칼립소는 황금 북으로 베를 짜고 있었고 오디세우스는 보이지 않았다. 그는 바닷가에서 눈물을 흘리며 수평선을 바라보며 고향을 그리워하고 있었기 때문이다. 칼립소가 헤르메스에게 의자를 권하며 찾아온 용건을 물었다. 그러자 헤르메스가 오디세우스를 고향으로 보내라는 제우스 신의 명령을 전했다. 칼립소는 실망한 표정으로 그를 비롯한 남신들을 원망했다.

"당신들 남신들은 참 무정하고 질투가 너무 심해요. 당신들은 여신이 인간을 사랑하면 참지를 못해요. 새벽의 여신 에오스가 오리온을 택했을 때도 아르테미스가 화살로 그를 쏘아 죽이게 했고, 데메테르가 이아시온과 사랑을 나눌 때도 제우스 신은 번개를 쳐서 그를 죽였지요. 그러더니 이번에는 내가 한 인간을 사랑하는 것을 견디지 못하시는군요. 나는 난파당해 간신히 살아남은 그를 구해 섬으로 데려와서 돌보다가 그와 사랑에 빠졌어요. 그래서 나는 그를 죽지도 않고 늙지도 않는 몸으로 만들어 내 곁에 영원히 두려 했지요. 그러나 아이기스 방패를 지니신 제우스 신의 명령은 어길 수 없는 법이니 이제 그를 보낼 수밖에 없겠군요. 그렇다고 난 그를 호송해 주진 못해요. 내게는 배도 없고 부하도 없어요. 물론 조언은 아끼지 않을 거예요."

헤르메스는 칼립소의 말을 듣고 나서 안심은 되었지만 다시 한 번

바닷가에서 고향을 그리워하는
**오디세우스를 칼립소가 애처롭게
쳐다보고 있다**
칼립소는 헤르메스에게 신들의 결정을
전해 듣고 마침내 오디세우스를 고향
으로 떠나보내기로 결심한다. 아놀드
뵈클린의 1883년 작 〈오디세우스와 칼
립소〉.

그녀의 다짐을 받아 냈다. 헤르메스가 돌아가자 그녀는 바닷가로 오디
세우스를 찾아갔다. 그는 밤에는 마지못해 칼립소와 잠자리를 같이했
지만 낮에는 바닷가로 나와 눈물을 흘리며 고향을 그렸다. 칼립소가
그에게 다가가 말을 걸었다.

"불쌍한 오디세우스여, 이제 이곳에서 슬퍼하며 귀한 인생을 허송
세월하지 마세요. 저는 이제 당신을 고향으로 보내 드릴 거예요. 저보
다 더 강한 신들의 뜻이니 무슨 도리가 있겠어요. 자, 우선 도끼로 나
무를 베어 넓은 뗏목 하나를 만드세요. 그러면 저는 뗏목에 빵과 물과
포도주를 가득 실어 주고 뒤에서 순풍도 불어 줄게요."

오디세우스는 칼립소의 말이 믿기지가 않았다. 그는 칼립소가 자신을 해치려고 무슨 술수를 부리는 걸로 착각했다. 그래서 해코지를 하지 않겠다는 맹세를 하기 전에는 그 말을 믿을 수 없다고 고집을 피웠다. 칼립소는 하는 수 없이 오디세우스에게 지하세계의 스틱스 강을 걸고 절대로 해코지를 부리지 않겠다고 맹세하고선 서둘러 그 자리를 먼저 떴다. 그제야 오디세우스는 그녀의 뒤를 따라 동굴로 들어섰다. 오디세우스가 헤르메스가 앉았던 의자에 앉자 칼립소는 자신도 그 맞은편에 앉았다. 그들은 아무 말 없이 한동안 앞에 차려진 음식을 먹었다. 한참 만에 칼립소가 먼저 말을 꺼냈다.

"라에르테스의 아들, 오디세우스여, 당신은 정말 고향에 돌아가고 싶으세요? 이제 붙잡지 않을 테니 가고 싶으면 가세요. 당신은 귀향 중 마지막으로 엄청난 시련을 당할 거예요. 그걸 자세히 들으면 아마 당신은 아무리 아내가 보고 싶어도 불로불사의 몸이 되어 내 곁에 머무르고 싶은 마음이 절로 생길 거예요. 나는 아무리 생각해도 이해가 가지 않아요. 당신 아내의 몸매와 외모가 아무리 뛰어나도 여신인 나를 능가하지는 못할 텐데 말예요."

오디세우스는 칼립소가 자기 아내에게 질투심을 품고 있다고 생각했다. 그래서 어떻게 불사의 여신과 유한한 인간을 비교할 수 있겠느냐며 그녀의 마음을 달래면서 그래도 무조건 귀향하고 싶다고 고백했다. 아내가 칼립소보다 몸매나 외모가 더 나아서가 아니라 자신은 어떤 고난이 앞을 가로막아도 무조건 집에 돌아가겠다는 것이었다.

칼립소는 오디세우스를 더 붙드는 것은 의미가 없다는 사실을 깨달았다. 그녀는 그날 밤 오디세우스와 마지막 달콤한 사랑을 불태웠다. 다음 날 아침 칼립소는 오디세우스에게 큰 도끼와 자귀*를 한 자루씩 주고는 그를 아름드리 오리나무, 백양나무, 전나무가 있는 곳으로 안내했다. 오디세우스는 그중 스무 그루를 베어 나무못을 이용하여 뗏목을 만들기 시작했다.

● **자귀** 선 채로 두 손에 쥐고 나무를 깎아 다듬는 연장.

드디어 4일째 되는 날 튼튼한 뗏목 한 척이 만들어졌다. 뗏목에는 키, 돛대, 활대뿐 아니라 여러 삭구素具*를 잘 갖추어 놓았다. 다음 날 칼립소는 오디세우스를 깨끗이 목욕시키고 향기 나는 옷을 입혀 준 다음 뗏목에 태워 떠나보냈다. 가죽 자루에 먹을 것과 마실 것을 충분히 넣어 뗏목에 실어 주는 것도 잊지 않았다.

오디세우스는 칼립소가 일러 준 대로 큰곰자리를 왼쪽에 두고 그 별자리를 쳐다보며 항해를 계속했다. 18일째가 되자 파이아케스 인들이 사는 나라가 거뭇거뭇 보이기 시작했다. 그러나 바로 그때 포세이돈이 에티오피아 인들의 나라에서 돌아오다가 솔리모이 족 산에서 그를 발견하고 분노에 휩싸였다. 그는 자신이 없는 사이 신들이 모여 오디세우스를 서둘러 고향에 돌려보내기로 결의했다고 생각했다. 오디세우스가 파이아케스 인들이 사는 나라에 가면 자신도 더는 손을 쓸 수 없었다.

그는 재빨리 삼지창을 들어 구름을 모으며 파도를 일으켰다. 하늘이 캄캄해지더니 동풍과 남풍이 서로 부딪히고 서풍과 북풍이 서로 교차하며 엄청난 파도가 일어났다. 오디세우스는 갑자기 거대한 폭풍우가 일어나는 것을 보고 칼립소가 한 말이 생각나서 겁에 질린 채 혼잣말로 중얼거렸다.

"나는 노대체 어떻게 되는 것일까? 귀향하기 전에 엄청난 고난을 당하리라는 칼립소의 말이 사실인 것 같구나. 이제 거대한 파도가 일어나 나를 집어삼키려는구나. 이렇게 비참하게 죽어 가는 나에 비하면 트로이에서 죽어 간 전사들은 얼마나 행복한가? 아킬레우스의 시체를 놓고 싸움이 벌어졌을 때 트로이 군이 던진 창에 내가 맞아 죽었더라면 얼마나 좋았을까! 그랬다면 내 장례도 치르고 명성이라도 날렸을 텐데!"

오디세우스가 말을 마치기 무섭게 거대한 파도가 무섭게 돌진해 와

● 삭구 배에서 쓰는 밧줄, 쇠사슬 따위를 통틀어 가리키는 말.

레우코테아

카드모스의 딸 이노는 자매이자 디오
니소스의 어머니 세멜레가 죽자 대신
디오니소스를 키웠다. 그러나 헤라 여
신의 질투로 실성한 이노는 막내아들
멜리케르테스를 끓는 물에 던져 넣어
죽이고 남편 아타마스는 큰아들 레아
르코스를 수사슴으로 생각하고 창으로
찔러 죽인다. 제정신으로 돌아온 이노
는 아들의 시신을 안고 바다에 몸을 던
졌다. 그러자 바다의 신들이 그녀를 불
쌍히 여겨 물보라의 여신인 레우코테
아로 만들어 주었다. 장 쥘 알라쇠르의
1862년 작. (photo copyright ©
Marie-Lan Nguyen/Wikimedia
Commons)

뗏목을 덮쳤다. 뗏목이 빙글빙글 돌자 오디세우스는 손에서 키를 놓치
고 멀리 나가떨어졌다. 오디세우스는 파도 밑에서 한동안 떠오르지 못
했다. 칼립소가 그에게 준 옷이 너무 무거운 탓이었다. 한참 만에 수면
위로 떠오른 오디세우스는 입에서 바닷물을 뱉어 내고 혼신의 힘을 다
해 멀리 떨어져 있는 뗏목을 향해 헤엄쳐 가더니 마침내 그 위에 올라
섰다.

뗏목은 키도 부서지고 돛대도 삭구도 모두 없어진 터라 파도에 이
리저리 쓸려 갔다. 마치 가을날 북풍에 휩쓸리는 엉겅퀴 씨 같았다. 바
로 그때 카드모스*의 딸이자 바다의 여신인 레우코테아가 오디세우스
를 발견하고 불쌍한 생각이 들었다. 그녀는 그에게 뗏목을 버리고 옷
을 모두 벗어 버린 다음 헤엄쳐 파이아케스 족의 나라에 올라서라고
소리쳤다. 그리고 파이아케스의 나라에서 구출될 운명이니 그곳에만
가면 이제 두려워할 것이 없다는 말도 덧붙였다. 그녀는 자신이 두르
고 있던 베일도 하나 던져 주며 말을 이었다. 그 베일을 가슴에 두르고
헤엄을 치면 가라앉지 않을 테니 육지에 오르거든 그것을 풀어 바다에
던져 달라는 것이었다. 여신이 사라지자 오디세우스는 고민에 빠졌다.

"아아, 고민이구나! 여신이 나보고 뗏목을 버리라고 하니 신들 중
한 분이 나에게 음모를 꾸미는 것은 아닐까 의심이 드는구나. 그래, 아
직은 그녀의 지시를 따르지 않는 게 좋을 거 같다. 나의 피난처라고 여
신이 말해 준 그 땅도 아직 멀리 떨어져 있으니 그냥 뗏목에 남아 있
자. 견딜 수 있을 때까지 견디다가 뗏목이 부서지면 그때 여신이 말한
대로 헤엄쳐 가도 늦지는 않을 거야."

바로 그 순간 포세이돈이 또 다시 엄청난 파도를 일으켜 그에게 마
지막 일격을 가했다. 뗏목이 파도의 힘을 견디지 못하자 통나무가 분
리되어 모두 흩어져 버렸다. 통나무들은 마치 바람에 나는 왕겨와 같
았다. 그러자 오디세우스는 경주마에 올라타듯이 통나무 하나에 올라

타고는 칼립소가 준 옷을 모두 벗어 버린 다음 여신이 준 베일을 가슴에 두르고 헤엄을 치기 시작했다.

포세이돈은 그 모습을 보고 이제 이만하면 오디세우스도 혼이 났을 것이라고 생각하여 말을 타고 자신의 궁전이 있는 아이가이로 달려갔다. 이때를 기다렸다는 듯이 아테나 여신이 나타나 모든 바람의 진로를 가로막고 세찬 북풍을 일으켜 오디세우스 앞의 높은 파도를 부숴 버렸다. 오디세우스가 더 쉽게 파이아케스 인의 나라에 닿을 수 있게 하기 위한 배려였다.

오디세우스는 그렇게 이틀 밤 이틀 낮을 헤엄치면서 시도 때도 없이 죽음을 예감했다. 그러다 마침내 셋째 날 바다가 파도 하나 없이 잔잔해지더니 앞에 육지가 보이기 시작했다. 마치 자식들에게 오랫동안 누워 계시다가 병상을 훌훌 털고 일어나신 아버지가 반갑듯이 오디세우스에게도 멀리 보이는 육지와 숲이 반가웠다.

오디세우스는 있는 힘을 다해 육지로 헤엄쳐 다가갔다. 그러나 해안은 절벽으로 되어 있고 그렇지 않은 곳도 날카로운 바위로 이루어져 있어 눈을 씻고 찾아봐도 뭍에 오를 장소가 없었다. 만약에 그냥 바위가 있는 곳으로 오르려다가는 파도에 밀려 날카로운 바위에 부딪혀 죽기 십상이었다. 하지만 다른 방법이 없었다. 그는 비교적 바위가 작은 해안으로 조심스럽게 헤엄쳐 가 간신히 바위 하나를 잡고 몸을 의지했다. 그러나 물러간 파도가 다시 밀려오면서 그에게 덤벼들더니 그를 멀리 내동댕이쳐 버렸다. 그대로 두면 오디세우스는 물속에 잠겨 하마터면 그곳에서 죽었을 것이다. 그러나 아테나 여신이 그에게 정신을 잃지 않도록 힘을 불어넣었다. 그는 가까스로 물속에서 솟아올라 해안 쪽을 따라 헤엄쳤다. 그리고 야트막한 모래톱이나 포구를 찾으려고 갖은 애를 쓰며 두리번거리다가 마침내 바다로 콸콸 물을 토해 내는 강하구를 발견했다. 그곳에는 바위도 없었을 뿐 아니라 바람을 피할 곳

● **카드모스** 소아시아의 왕 아게노르의 아들. 아게노르는 딸 에우로페가 제우스에게 납치되자 카드모스를 보내 찾아오게 한다. 그는 동생을 찾을 수 없다는 사실을 깨닫고 고향으로 돌아가지 않고 그리스를 방랑하다가 테베를 건설한다. 아레스와 아프로디테와의 딸 하르모니아를 아내로 맞이하여 이노를 비롯한 네 딸과 아들 폴리도로스를 낳았다.

도 있었다. 그는 강의 신을 염두에 두고 마음속으로 자신을 불쌍히 여겨 구해 달라고 기도했다.

그러자 강의 신은 그의 기도에 화답이라도 하듯 자신의 흐름을 멈추고 자신이 흘러 들어가던 하구의 바닷물을 잔잔하게 해 주었다. 간신히 뭍에 오른 오디세우스의 두 다리와 억센 손이 축 늘어졌다. 그동안 바다와 싸우느라 사력을 다했기 때문이다. 그의 온몸은 퉁퉁 부어 있었고 입과 콧구멍에서는 바닷물이 쏟아져 나왔다. 그는 기진맥진하여 누워 있었다.

한참 만에 정신이 돌아오자 오디세우스는 여신의 베일을 풀어 바다로 흘러 들어가는 강물에 흘려 보냈다. 큰 파도가 베일을 바다로 날라 가자 레우코테아가 다시 그것을 집어 들었다. 오디세우스는 그것을 확인하고 다시 강 밖 갈대밭에 쓰러져 대지에 입을 맞추고 나서 외쳤다.

"아아, 나는 또 어떻게 되는 것일까? 이렇게 강가에서 밤을 새우다가는 서리와 찬 이슬로 병들까 걱정이 되고, 언덕 위 숲 덤불 속으로 들어가 편히 쉬자니 들짐승의 먹이가 되지 않을까 두렵구나."

고민하던 오디세우스는 아무래도 숲 속으로 들어가 쉬는 것이 좋을 것 같았다. 그래서 강가 언덕 숲으로 들어갔고, 그곳에서 올리브나무 줄기가 뒤엉켜 있는 덤불 하나를 발견했다. 덤불은 아주 빽빽하여 태양이나 바람 심지어 비조차도 들어오지 않을 정도였다. 오디세우스는 그 속으로 기어 들어갔다. 마침 그 속에는 혹독한 겨울 날씨에도 두세 사람이 충분히 덮을 수 있을 정도로 낙엽이 수북이 쌓여 있었다. 오디세우스는 기뻐하며 낙엽 속으로 몸을 깊숙이 숨기고 깊은 잠에 빠져 들었다.

제6권

아테나 여신의 계시로
파이아케스의 공주 나우시카아가
강가 빨래터에서 오디세우스를 만나다

파이아케스 왕 알키노오스의 딸 나우시카아가 꿈속에서 아테나 여신의 계시를 받고 빨래를 하러 시녀들과 강가 빨래터로 나온다. 시끄러운 소리에 잠을 깬 오디세우스가 덤불 밑에서 기어 나와 나우시카아 공주에게 가까이 다가간다. 나우시카아 공주가 놀란 시녀들을 진정시키고 도움을 요청하는 오디세우스에게 입을 것과 먹을 것을 준다. 나우시카아 공주가 오디세우스를 궁전 앞 아테나 여신에게 바친 백양나무 숲까지 동행한 다음 아버지의 궁전을 찾아오라고 권한다.

오디세우스가 덤불 속 낙엽을 이불 삼아 깊은 잠에 곯아떨어져 있는 동안 아테나 여신은 파이아케스 인의 도시로 갔다. 원래 파이아케스 인은 히페레이아에 살았으나 이웃이던 키클로페스* 족이 귀찮게 하자 그 당시 왕 나우시토오스가 백성을 이끌고 스케리아에 정착했다. 그러

● **키클로페스** 그리스 신화에 나오는 외눈박이 거인족(단수형은 키클롭스). 인육을 먹고 양을 기르며 연장 만드는 일에 능하다. 오디세우스가 9권에서 이야기하는 폴리페모스는 키클로페스 족의 일원이다.

나우시카아
아테나 여신은 파이아케스 족 공주 나
우시카아가 오디세우스와 마주치도록
그녀의 꿈에 나타나 강가 빨래터에 나
가라는 계시를 내린다. 프레드릭 레이
턴의 1878년경 작 〈나우시카아〉.

나 이제 나우시토오스는 이미 고인이 되었고 그의 후
계자 알키노오스가 그곳을 통치하고 있었다. 아테나는
우선 알키노오스의 딸 나우시카아가 잠든 방으로 들어
갔다. 그러고는 그녀의 머리맡으로 가서 나우시카아가
좋아하는 뒤마스의 딸의 모습을 하고 말했다.

"나우시카아여, 당신은 왜 이렇게 단정치 못하지
요? 결혼식은 멀지 않았는데 옷은 빨래도 하지 않은 채
여기저기 걸려 있으니 말이에요. 결혼식 날에는 당신
자신도 고운 옷을 입어야 하고 당신을 신랑에게 데려
다 줄 사람들에게도 좋은 옷을 입혀야 하는 법이죠. 자,
그러니 날이 새는 대로 우리 빨래를 하러 가요. 저도 당
신을 도와 드릴게요. 자, 빨리 서두르세요. 파이아케스
의 훌륭한 청년들이 당신에게 구혼하고 있으니 당신이
처녀로 남아 있을 날도 얼마 남지 않았어요. 아침이 되
면 아버지께 옷이나 담요를 실어다 줄 짐수레와 노새
를 부탁하세요. 빨래터는 도시에서 멀리 떨어져 있으
니 그렇게 하는 것이 좋을 거예요."

아테나 여신은 이렇게 말하고 올림포스로 훌쩍 떠나
버렸다. 신들이 거처하는 올림포스는 바람 한 점 불지
않고 비나 눈이 내리는 법도 없으며 항상 맑은 대기가
감돌고 찬란한 광채가 휘감고 있었다. 이윽고 아침이
되었고 나우시카아는 일어나자마자 아버지를 찾아가
짐수레 한 대만 준비해 달라고 청했다. 그러나 그녀는 부끄러운 나머
지 차마 자신의 꿈 얘기는 꺼내지 못하고 아버지와 다섯 오라비들의
밀린 빨래를 해야겠다는 핑계를 댔다.

아버지는 모든 것을 아는 듯 빙그레 웃으며 기꺼이 딸이 부탁한 노

새와 짐수레를 준비해 주었다. 나우시카아가 자신의 방에서 옷과 이불을 수레에 싣자 어머니는 바구니에 갖은 음식을 가득 담아 주고 염소 가죽 부대에 포도주도 넣어 주었다. 심지어 황금 병에 딸과 시녀들이 목욕하고 몸에 바를 올리브기름도 담아 주었다.

나우시카아 공주가 노새를 몰아 강가 빨래터에 도착하자 시녀 중 몇은 노새를 짐수레에서 풀어 주고 강가로 끌고 가 클로버를 뜯게 했다. 다른 시녀들은 수레에서 빨랫감을 내려 물에 담그고 발로 밟아 열심히 빤 다음 해안에 널려 있는 돌 위에 널었다. 일이 끝나자 나우시카아 공주 일행은 목욕을 하고 올리브기름을 바른 다음 점심을 먹었다. 그리고 빨래가 마르기를 기다리며 공놀이를 시작했다.

공놀이를 하면서 나우시카아 공주가 선창하자 시녀들 모두가 그녀를 따라서 노래를 불렀다. 시녀들도 예뻤지만 그녀는 다른 시녀들보다 단연 돋보였다. 마치 타이게토스 산이나 에리만토스 산을 쏘다니며 사냥을 하는 아르테미스 여신이 동행한 어떤 요정보다 뛰어나 보이는 것과 같았다. 이윽고 빨래가 다 마르자 그들은 그것을 개어 수레에 싣고 궁전으로 돌아가려 했다. 바로 그때 한 시녀가 던진 공이 상대방 시녀의 실수로 그만 강물 속 소용돌이에 빠지고 말았다.

이런 돌발 사건이 일어난 것은 오디세우스가 깨어나 어여쁜 나우시카아 공주를 보고 궁전으로 안내를 받게 하기 위한 아테나 여신의 배려 때문이었다. 공이 강물에 빠지자 소녀들이 비명을 질렀다. 그러자 시끄러운 소리에 놀란 오디세우스가 잠에서 깨어 덤불 속에서 기어 나왔다.

그는 아름드리나무에서 잎이 많이 달린 나뭇가지 하나를 꺾어 벌거벗은 몸을 가린 다음 나우시카아 일행을 향해 나아갔다. 그 모습은 마치 숲 속에서 거칠 것 없이 먹잇감을 쫓는 사자 같았다. 바닷물을 많이 먹어 일그러진 얼굴이 험악한 인상을 풍겼기 때문이다. 시녀들은 오디세우스가 다가오자 기겁을 하고 이리저리 도망쳤다.

그러나 알키노오스의 딸 나우시카아는 그 자리에 그대로 서서 오디세우스를 빤히 쳐다보았다. 오디세우스는 순간 그녀에게 가까이 다가가 무릎을 부여잡고 애원을 해야 할지, 아니면 그냥 그대로 떨어져서 부탁을 해야 할지를 놓고 망설였다. 그러다가 그냥 그대로 떨어진 채 무릎을 꿇고 그녀를 향해 정중하게 말했다.

"여신님, 아니 아가씨 제발 저의 청을 들어주십시오. 당신이 여신이라면 추측컨대 분명 아르테미스 여신일 것입니다. 그러나 인간 여인이라면 당신 부모는 참으로 축복받은 분들이고, 당신을 아내로 데려가는 사람은 정말 행복한 인간일 것입니다. 저는 당신과 같은 여인은 이 세상에서 한 번도 본 적이 없기 때문입니다. 저는 언젠가 델로스의 아폴론 제단 옆 바닥에서 어린 야자나무 가지가 돋아나는 것을 보고 무척 놀란 적이 있습니다. 그런 적이 여태껏 한 번도 없었기 때문입니다. 마치 그때처럼 저는 당신을 보고 그저 놀랄 뿐입니다. 저는 혼자서 오기기아 섬을 떠나 20일 동안 바다를 방랑하다가 어제서야 비로소 이곳에 상륙했습니다. 저는 지금까지 어떤 신의 뜻으로 수많은 시련을 겪었고 앞으로도 많은 시련이 남아 있는 것 같습니다. 그러니 아가씨, 저를 불쌍히 여겨 주십시오. 부디 저에게 제 몸을 가릴 수 있는 옷을 주시고 도시로 가는 길을 알려 주십시오."

나우시카아는 오디세우스를 보는 순간 무척 마음에 들어 그에게 최대한 편의를 제공하고 싶었다. 그래서 신들이 인간에게 내린 불행은 참고 견뎌야만 한다고 격려하며 그를 탄원자로 받아들이겠다고 약속했다. 오디세우스가 바라는 모든 것을 해 주겠다는 뜻이었다. 나우시카아는 우선 오디세우스가 서 있는 곳이 파이아케스 인의 나라임을 알려 주고 이곳의 왕 알키노오스가 자신의 아버지임을 밝혔다. 나우시카아 공주는 이렇게 말하고 나서 우왕좌왕하는 시녀들을 나무랐다.

강가 빨래터에서 나우시카아 공주를 만난 오디세우스
나우시카아 일행의 소란스러운 소리에 잠이 깬 오디세우스는 나뭇가지로 몸을 가리고 나우시카아 일행에게 다가간다. 피터 라스트만의 1609년 작 〈오디세우스와 나우시카아〉.

"모두 멈추어라. 너희는 이분을 적으로 여기는 것은 아니겠지. 파이아케스의 나라는 신들의 사랑을 받고 있기 때문에 결코 적의 침입을 받을 수 없다. 그리고 파이아케스의 나라가 비록 외딴 곳에 멀리 떨어져 다른 나라와 교류도 없이 살아도 이분이 바다를 떠다니며 온갖 고생을 하다가 이곳까지 표류해 온 이상 우리는 돌봐 주어야 할 의무가 있다. 모든 나그네와 거지는 제우스 신께서 보내셨기 때문이다. 자, 모두 이분을 강물에 목욕시켜 준 다음 먹고 마실 것을 주어라."

시녀들이 공주의 말을 듣고 오디세우스를 한적한 곳에 데려가더니 공주의 명령대로 진짜 목욕을 시키려 했다. 그는 약간 놀라며 자신이 혼자 할 테니 자리를 비켜 달라고 부탁했다. 여자들 앞에서 목욕하는

죽은 히아킨토스를 안고 있는 아폴론 신

히아신스는 그리스 신화에 나오는 미소년 히아킨토스가 죽은 곳에서 피어났다는 꽃이다. 아폴론이 총애하던 히아킨토스는 아폴론이 던진 원반에 맞아 목숨을 잃었는데, 그 피가 흘러내린 대지에는 핏빛 같은 붉은색 꽃이 피었고, 꽃잎에는 탄식을 나타내는 알파벳 A가 쓰여 있었다고 한다. 장 브록의 1801년 작 〈히아킨토스의 죽음〉.

것이 부끄러웠기 때문이다. 시녀들이 올리브기름을 비롯하여 옷가지 등을 놓고 사라지자 오디세우스는 강물로 몸을 깨끗하게 씻어 내고 온몸에 올리브기름을 발랐다. 그러고 나서 시녀들이 준 옷을 입자 아테나 여신은 그의 머리가 히아신스 꽃처럼 흘러내리게 했고 온몸에 매력이 넘치게 만들었다.

나우시카아 공주가 목욕을 마치고 나타난 그를 보더니 감탄하여 시녀들에게 오디세우스가 결코 신의 뜻을 거슬러 이곳에 온 것이 아니라고 단언했다. 조금 전만 해도 보잘것없던 오디세우스가 이제는 신처럼 기품이 있어 보였기 때문이다. 그녀는 갑자기 오디세우스에게 깊은 호의를 느끼더니 급기야 남편으로 맞이하고픈 생각까지 들었다. 그녀는 시녀들을 향해 오디세우스에게 먹고 마실 것을 갖다 주라고 일렀다.

오디세우스가 시녀들이 가져온 음식을 게걸스럽게 모두 먹어 치우자 나우시카아 공주는 시녀들을 시켜 옷을 개어 수레에 싣게 한 다음 수레에 올라타며 오디세우스에게 자신을 따라오라고 말했다. 그녀는 오디세우스를 사람이 거의 없는 아테나 여신의 원시림까지만 안내할 생각이었다. 갑자기 자신이 직접 이방인을 데려가면 백성들이 뒤에서 입방아를 찧으며 손가락질할지 몰랐기 때문이다. 그녀는 오디세우스에게 이런 자신의 생각을 조용히 털어놓았다.

"우리는 아테나 여신에게 바쳐진 백양나무 원시림까지만 같이 가게 될 것입니다. 당신은 내가 시내로 들어갈 시간이 될 때까지 그곳에 머물러 있으십시오. 그러다가 때가 되었다고 판단되면 시내로 오시어 알키노오스의 궁전을 물으십시오. 궁전은 아주 독특하게 지어서 누구라도 쉽게 찾을 수 있습니다. 궁전에 도착하거든 옥좌에 앉아 있는 우리

아버지보다는 먼저 그 옆에 계신 어머니에게 애원하십시오. 그래야 당신은 고향에 돌아가 가족과 만날 수 있을 것입니다. 우리 어머니는 아마 화롯가에 앉아 실을 잣고 계실 겁니다."

나우시카아는 말을 마치자 채찍으로 노새의 등을 가볍게 쳤다. 그리고 궁전으로 가는 동안 채찍을 드물게 사용했다. 시녀들과 오디세우스가 걸어서 자신을 따라올 수 있게 하기 위해서였다. 해질 무렵 그들은 마침내 아테나 여신의 원시림에 도착했다. 오디세우스는 그곳에 도착하자마자 한적한 곳에 자리를 하나 잡더니 아테나 여신에게 자신이 측은하고 사랑스런 모습으로 파이아케스 인들을 만나게 해 달라고 간절히 기도했다. 아테나는 그의 기도를 들었지만 모습을 드러내지는 않았다. 괜히 포세이돈의 심기를 건드리고 싶지 않았던 것이다.

제7권

알키노오스 왕이 오디세우스를 고향까지 호송해 주기로 결심하다

오디세우스가 아레테 왕비에게 칼립소 섬에서부터 지금까지 자신에게 일어난 일을 이야기하다

나우시카아 공주가 떠난 뒤 오디세우스가 아테나 여신의 안내를 받아 안개에 싸인 채 알키노오스 왕의 궁전으로 간다. 오디세우스가 아레테 왕비에게 고향으로 돌려보내 줄 것을 간청한다. 알키노오스 왕이 원로 에케네오스의 제안으로 그를 고향까지 호송해 주기로 결심한다. 아레테 왕비가 오디세우스가 입고 있는 옷이 궁전 것임을 알아보고 그 이유를 묻는다. 오디세우스가 아레테 왕비에게 칼립소 섬에 상륙해서 파이아케스의 궁전에 도착할 때까지 자신에게 일어난 일을 소상하게 이야기한다.

오디세우스가 원시림에서 아테나 여신에게 기도를 하는 사이 나우시카아는 궁전에 도착하여 대문 앞에 노새들을 세우고 안으로 들어섰다. 오라비들이 수레에서 노새를 풀고 빨래를 안으로 나르는 사이 그녀는 침실로 들어갔다. 아페이레 출신의 늙은 시녀 에우리메두사가 불을 비

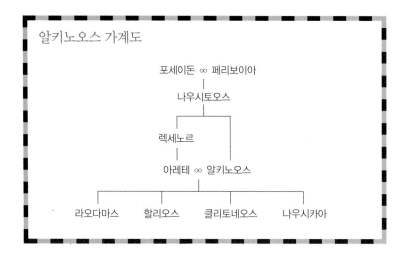

알키노오스 가계도

포세이돈 ∞ 페리보이아
|
나우시토오스

렉세노르
|
아레테 ∞ 알키노오스

라오다마스　할리오스　클리토네오스　나우시카아

쳐 주며 그녀의 시중을 들었다.

이때쯤 오디세우스가 시내를 향해 출발하자 아테나 여신이 그의 주변에 안개를 쏟아 그를 보호했다. 파이아케스 인들이 이방인을 보고 조롱하거나 출신을 캐물을지 몰랐기 때문이다. 오디세우스가 막 시내로 접어들자 아테나 여신이 물동이를 든 소녀의 모습을 하고 그 앞에 나타났다.

오디세우스는 나우시카아 공주가 알려 준 대로 알키노오스 궁전으로 가는 길을 물었다. 소녀는 궁전이 자기 집과 아주 가까운 곳에 있다고 하며 선뜻 길을 안내하겠다고 나섰다. 아테나 여신은 앞장서서 가면서 오디세우스에게 사람들을 쳐다보거나 무엇을 묻지 말라고 주의를 주었다. 하지만 그건 기우杞憂에 불과했다. 오디세우스의 주위를 안개가 싸고 있는지라 사람들이 그를 전혀 알아차리지 못했기 때문이다.

알키노오스 궁전 대문에 도착하자 아테나 여신은 오디세우스에게 왕비 아레테의 출신을 자세하게 설명해 주었다. 그녀에 의하면 포세이돈은 에우리메돈의 막내딸 페리보이아와의 사이에서 나우시토오스를 낳았다. 이후 나우시토오스는 렉세노르와 알키노오스를 낳았는데 렉세노르에게는 아들은 없고 외동딸 아레테만 있었다. 그래서 알키노오스가 아레테를 아내로 맞이하여 딸 나우시카아를 낳았다는 것이다.

아레테는 지상에서 가장 존경받는 아내 중 하나였다. 그녀는 남편과 자식들은 물론 백성들에게도 존경을 한 몸에 받았다. 백성들은 그녀가 지나가면 마치 여신인 것처럼 그녀를 높이 우러러보았다. 특히 그녀는 분별력이 뛰어나 분쟁을 해결해 주는 일이 적지 않았다. 아테나 여신은 이 점을 강조하며 그녀의 마음만 움직이면 고향땅을 밟을 희망이 있다고 귀띔했다.

아테나가 사라지고 오디세우스는 궁전으로 들어서며 그 화려함과 풍족함에 감탄을 금치 못했다. 궁전 건물은 햇빛이나 달빛과 같은 광채에 휩싸여 있었고, 주변은 청동 담으로 둘러쳐 있었으며, 대문과 문고리는 모두 황금으로 되어 있었고, 청동 문턱 양편으로는 은제銀製 문설주가 서 있었다. 대문 앞쪽 양편으로는 헤파이스토스˙가 만든 황금 개들과 은銀개들이 떡 버티고 서 있었다.

궁전 홀 안 여기저기에는 안락의자가 놓여 있고 파이아케스의 왕들은 종종 그 위에 앉아 잔치를 벌였다. 또 몇몇 대좌 위에 세워진 황금 소년상은 횃불을 들고 밤에 궁전에서 벌어지는 잔치를 환히 밝혀 주었다. 궁전에는 모두 50명의 시녀들이 있었는데 그들은 곡식을 빻기도 하고 베를 짜기도 하면서 쉴 새 없이 움직였다. 파이아케스 남자들은 배를 모는 데 누구보다도 뛰어나고 여자들은 아테나 여신의 은총으로 특히 베 짜는 재능이 남달랐다.

궁전 대문 옆으로는 큰 정원이 있었고 그 안에는 배나무, 석류나무, 사과나무, 무화과나무, 올리브나무, 포도나무 등 온갖 과일나무가 즐비해 사시사철 끊이지 않고 꽃을 피워 대며 과일을 공급해 주었다. 이뿐만이 아니었다. 정원 안 포도밭 옆 채소밭에는 갖가지 채소가 자라 왕실의 반찬거리 역할을 충실히 해냈다. 또 정원에는 샘이 두 개 솟아,

˙**헤파이스토스** 불과 대장간의 신으로 신들의 무기와 궁전을 만들었다고 한다. 미의 여신 아프로디테와 부부 사이다.

하나는 정원 안에 있는 전체 식물에 물을 공급했고 다른 하나는 왕실 뿐 아니라 시민들에게도 식수를 제공했다.

오디세우스가 궁전 안으로 깊숙이 들어서니 때마침 알키노오스 왕과 신하들은 잔치를 파하기 전 항상 하듯이 헤르메스에게 헌주를 바치고 있었다. 오디세우스는 헌주가 끝나기를 기다려 안개에 싸인 채 알키노오스와 아레테 왕비 쪽으로 가서는 왕비 앞에 섰다. 바로 그 순간 안개가 걷히자 좌중에 있는 모든 사람이 오디세우스의 모습을 보고 깜짝 놀랐다. 오디세우스는 무릎을 꿇고 왕비의 무릎을 부여잡은 채 천신만고 끝에 파이아케스 인의 나라를 찾아온 불쌍한 자신을 뿌리치지 말고 고향으로 돌려보내 달라고 애원했다.

모두 졸지에 벌어진 일이라 멍해져 있는 사이에 에케네오스가 연장자답게 제일 먼저 말문을 열었다. 그는 언변에 능했고 나라의 과거사도 가장 많이 알고 있었다. 그는 손님을 바닥에 무릎 꿇린 채 내버려 두는 것은 예의에 벗어난다고 생각했다. 그래서 알키노오스 왕에게 그를 일으켜 세워 의자에 앉힌 다음 탄원자들의 수호신 제우스 신께 헌주를 바치자고 제안했다.

알키노오스 왕은 노老 영웅의 말을 알아듣고 얼른 오디세우스를 일으켜 세우더니 자기 옆에 앉아 있던 가장 사랑하는 아들 라오다마스를 일어나게 하고 그 자리에 그를 앉혔다. 그러자 시녀 하나가 손 씻을 물 항아리를 가져왔고, 그의 앞에 빵을 비롯하여 풍성한 음식이 차려졌다. 오디세우스가 음식에 손을 대기 시작하자 알키노오스가 전령에게 명하여 모든 신하에게 제우스에게 헌주할 술을 나누어 주라고 했다. 모두 제우스에게 헌주하고 맘껏 마시고 나자 알키노오스 왕이 열변을 토했다.

"파이아케스의 왕들이여, 모두 내 말을 들으시오. 나는 내 심장이 명하는 바를 여러분에게 밝히겠소. 이제 잔치가 끝났으니 각자 집으로 돌아가 주시오. 하지만 날이 밝는 대로 나는 다시 여러분 원로들을 비롯한 백성들의 회의를 소집하여 이 나그네를 고향으로 무사히 돌려보낼 방도를 강구해 볼 생각이오. 이 사람이 고향에 도착해서라면 몰라도 우리 나라에서 고향으로 돌아가는 도중에는 아무런 불행한 일도 당해서는 안 될 것이오. 이 사람은 어쩌면 우리를 시험하기 위해 하늘에서 내려온 신이실지도 모르오. 우리가 제물을 바칠 때면 신들은 항상 모습을 드러내고 우리와 함께 식탁에 앉아 음식을 드셨으니까 하는 말이오. 가끔 우리가 혼자 길을 가다가 신을 만나더라도 신은 자신의 신분을 결코 숨기신 적이 없었소. 우리는 키클로페스 족이나 기간테스* 족과 마찬가지로 신과 아주 가까운 사이이기 때문이오."

오디세우스는 알키노오스의 말이 끝나기가 무섭게 식사를 중단하고 자신은 절대로 신이 아니며 인간이라는 사실을 분명히 밝힌 다음 인간으로서 자신이 지금까지 겪은 고난을 얘기하라면 얼마든지 이야기할 수 있지만 지금은 우선 저녁을 먹고 좀 쉬게 해 달라고 부탁했다. 그는 사실 아까부터 무척 배가 고파 무슨 말을 하려 해도 도무지 아무런 생각이 나지 않았기 때문이다. 모두 오디세우스의 말에 고개를 끄덕이며 그에게 충분히 먹고 마시고 쉴 시간을 준 다음 내일 회의에서 그의 귀환 문제를 다루기로 합의했다.

밤이 이슥하여 모두 집으로 돌아가고 궁정 홀에는 이제 오디세우스와 알키노오스 왕 그리고 그의 아내 아레테만 남았다. 시녀들이 빈 그릇을 치우고 나자 아레테가 먼저 말문을 열었다. 그녀는 아까부터 오디세우스가 입은 옷을 유심히 바라보다가 그 옷이 자기가 시녀들과 함께 만든 것임을 알아보았다. 그녀는 오디세우스에게 도대체 어디서 온 누구냐고, 이 옷은 누구에게 얻었냐고 물었다. 그러자 원기를 회복한 오디세우스가 막힘없이 말을 쏟아 냈다.

"왕비님, 제가 겪은 고난을 다 열거하기는 어렵습니다. 신께서 제게

● **기간테스** 그리스 신화에 나오는 거인 족(단수형은 기가스). 대지의 신 가이아 의 자식들로, 하늘의 신 우라노스가 아 들 크로노스에게 생식기를 잘렸을 때 흘러나온 피가 땅에 스며들어 생겨났 다. 영어 '자이언트(giant)'가 유래한 말 이기도 한다.

내린 고난은 헤아릴 수도 없이 많으니까요. 하지만 왕비님이 물으시니 간략하게 말씀드리겠습니다. 이곳에서 아주 멀리 떨어진 바다 한가운데에 오기기아라는 섬이 있는데 그곳에는 아틀라스의 딸 칼립소가 살고 있습니다. 그녀는 무서운 여신이어서 신이나 인간 모두 그녀와 가까이하지 않습니다. 그런데 불행하게도 제가 그녀와 함께 지내게 될 줄이야 어떻게 알았겠습니까? 트로이에서 귀향하던 저는 헬리오스[●] 신의 미움을 받아 난파당한 채 부하들을 모두 잃고 배 파편에 의지해 열흘 동안이나 떠돌아다니다가 간신히 그곳에 흘러 들어가게 되었습니다.

칼립소는 섬에 도착한 저를 지극 정성으로 섬기고 보살펴 주었습니다. 그리고 저에게 불로불사의 몸으로 만들어 줄 테니 자기와 영원히 같이 살자고 설득했습니다. 하지만 고향으로 돌아가려는 제 마음은 바꿀 수 없었습니다. 저는 그녀와 함께 지내는 동안 하루도 눈물을 흘리지 않은 날이 없습니다. 8년째가 되자 칼립소는 지쳐서 그랬는지 아니면 제우스 신의 명령으로 그랬는지 갑자기 저에게 집으로 돌아갈 준비를 하라고 명령했습니다. 그녀는 뗏목을 하나 만들게 하더니 포도주와 양식뿐 아니라 많은 선물도 함께 실어 주며 저를 떠나보냈습니다.

뗏목을 타고 항해하기를 18일째 되던 날 드디어 멀리에서 당신의 나라가 희미하게 보이기 시작했습니다. 하지만 제 고난은 여기서 끝날 운명이 아니었습니다. 원래부터 저를 탐탁지 않게 여기던 포세이돈 신이 에티오피아에서 돌아오시다가 저를 발견하고 폭풍우를 일으켜 뗏목을 산산조각 내버렸기 때문입니다. 저는 젖 먹던 힘을 다해 헤엄을 쳐서 위험한 바위투성이 해안가를 피해 가까스로 어떤 강어귀에 도착했습니다. 그리고 뭍에 오르자마자 기진한 나머지 의식을 잃고 쓰러졌습니다. 한참 만에 정신을 차린 저는 주변을 살펴보다가 언덕 위 비교적 안전한 덤불 속에 낙엽을 깔고 깊은 잠에 빠져 하룻밤을 지

● 헬리오스 그리스 신화에 나오는 태양신. 천체를 의인화한 신으로, 매일 아침 동쪽 궁전을 나와서 하늘을 가로질러 저녁이면 서쪽 궁전으로 들어가며, 다시 새벽녘까지 동쪽으로 이동한다고 전해진다.

오디세우스가 나우시카아 공주에게 무릎을 꿇고 도움을 간청한다
강가 빨래터에서 갑자기 오디세우스가 나타나자 시녀들은 혼비백산하여 도망가지만 나우시카아 공주는 동요하지 않고 침착하게 그의 딱한 사정을 듣고 옷과 음식을 제공한다. 피터 라스트만의 1619년 작 〈오디세우스와 나우시카아〉.

냈습니다.

　아침이 되자 밖에서 시끄러운 여자들의 비명이 들렸습니다. 잠에서 깨어 나가 보니 나우시카아 공주님의 시녀들이 마침 그곳으로 빨래하러 나왔다가 공놀이를 하면서 내는 소음이었습니다. 나우시카아 공주님은 시녀들 사이에서 단연 돋보여 마치 여신과도 같았습니다. 저는 당연히 그분에게 탄원을 하였고 공주님은 친절하게도 허기지고 목마른 저에게 빵과 포도주를 충분하게 주었을 뿐 아니라 강에서 목욕도 하게 해 주셨습니다. 제가 입고 있는 바로 이 옷도 공주님께서 주신 것입니다."

　알키노오스가 오디세우스의 말을 듣더니 이상하다는 듯이 물었다. 왜 공주가 곧바로 그를 궁전으로 데려오지 않았냐는 것이다. 그러자 오디세우스는 공주를 나무라지 말라고 하면서 자신이 공주보다 한발 늦게 궁전에 도착한 것은 이방인과 공주가 함께 가는 것을 보면 백성들뿐 아니라 왕께서도 이상하게 생각할까 봐 걱정이 되신 공주님이 내신 묘안이라고 설명해 주었다. 알키노오스는 오디세우스의 이야기를 듣다 보니 점점 그의 인품에 매료되어 이렇게 말했다.

"당신처럼 훌륭한 사람을 내 사위로 삼아 곁에 두면 얼마나 좋을까요. 당신이 자진해서 이곳에 머물기만 하신다면 나는 당신에게 집과 재산을 줄 것이오. 그러나 우리 파이아케스 족 어느 누구도 당신 의사를 무시하고 당신을 붙잡는 일은 없을 테니 걱정 마오. 자, 그럼 우선 당신을 안심시키기 위해 내일을 호송할 날짜로 정하겠소. 당신은 그냥 눈을 붙이고 계시기만 하면 되오. 당신이 깨어났을 때면 내 부하들이 당신을 벌써 고향에 데려다 놓았을 것이오. 우리 부하들은 예전에 라다만티스를 가이아의 아들 티티오스에게 데려다 줄 때도 당일 임무를 완수하고 돌아왔소. 티티오스가 사는 섬이 이곳에서 가장 멀다는 에우보이아보다도 멀리 떨어져 있었는데도 말이오. 게다가 그들은 고국으로 돌아와서도 피로한 기색을 보이지 않았소. 당신은 곧 내 부하들이 얼마나 뛰어난 뱃사람인지 알게 될 것이오."

오디세우스는 알키노오스의 말을 듣고 기쁨을 감추지 못했다. 그는 제우스에게 알키노오스에게는 축복을 내려 주고 자신은 무사히 고향에 가게 해 달라고 기도했다. 이들이 이렇게 이야기를 나누는 사이 아레테 왕비는 시녀들을 시켜 객사에 오디세우스의 잠자리를 보게 한 뒤 그를 데려가게 했다.

제8권

알키노오스가 오디세우스를 고향까지 호송할 준비를 시키다

가인 데모도코스가 연회에서 트로이의 목마에 대해 노래하자 오디세우스가 눈물을 흘리다

아테나 여신이 알키노오스의 전령 모습으로 시내를 돌아다니며 백성들의 회의를 소집한다. 알키노오스가 운집한 백성들에게 이방인을 고향으로 돌려보내자고 제안한다. 알키노오스가 오디세우스를 고향까지 호송할 선원들을 선발하여 출항 준비를 시킨다. 이어 경기가 벌어지고 오디세우스가 원반 던지기 시합에 참여한다. 가인 데모도코스가 포르밍크스를 연주하며 아레스와 아프로디테의 사랑에 대해 노래한다. 알키노오스를 비롯한 열세 명의 파이아케스 왕들이 오디세우스에게 푸짐한 선물을 준다. 데모도코스가 연회에서 트로이의 목마에 대해 노래한다. 오디세우스가 데모도코스의 노래를 듣고 눈물을 흘리자 알키노오스 왕이 그 이유를 물어본다.

다음 날 아침 알키노오스는 오디세우스를 데리고 회의장으로 가서 나란히 앉았다. 아테나 여신은 꼭두새벽부터 알키노오스의 전령 모습으로 시내를 돌아다니며 사람들을 회의장으로 유도했다. 그녀는 행인들에게 어서 회의장으로 와서 신과 같은 모습을 한 이방인이 누구인지 확인해 보라고 외쳤다. 회의장은 금세 파이아케스 백성들로 북새통을 이루었다. 사람들은 오디세우스의 멋진 모습을 보고 놀라움을 금치 못했다. 아테나 여신이 그를 예전보다 더 돋보이게 만들었기 때문이다. 알키노오스 왕은 백성들이 모두 모이자 목청을 돋우어 말했다.

"파이아케스 백성들이여, 나는 여기 있는 이 이방인이 누구인지 그리고 어디서 왔는지 모른다. 이 사람은 여기저기를 떠돌아다니다가 우리에게 와서는 고향으로 데려다 주기를 간청하고 있다. 그러니 언제나 그랬듯이 그 청을 들어주자. 우리 나라에 와서 도움을 요청하는 사람은 누구나 그 보답을 받아야 할 의무가 있기 때문이다.

우선 배 한 척을 포구에 띄워 놓고 정예병사 52명을 선발하여라. 병사들은 배가 출항할 수 있도록 만반의 준비를 해 놓고 우리 궁에 와서 식사를 하게 될 것이다. 나는 그들을 위해 먹고 마실 것을 풍족하게 내놓을 것이다.

그리고 당신들 홀笏을 지닌 왕들은 우리 집에 가서 이방인을 위해 잔치를 베풀어 주시오. 아무도 거절하지 않기를 바라오. 전령은 가인歌人 데모도코스도 불러오라. 그는 노래에 정말 재능이 많은 자다. 마음만 먹으면 언제 어디서든지 사람들의 흥을 돋우어 주니 말이다."

알키노오스가 이렇게 말하고 앞장서 가자 홀을 가진 왕들이 그 뒤를 따랐고 전령 폰토노오스는 가인 데모도코스를 데리러 갔다. 52명의 정예 병사들도 재빨리 출항 준비를 마치고 성대한 잔치가 벌어지는 왕의 궁전으로 갔다. 잠시 후 전령과 함께 가인 데모도코스도 도착했다. 무사이* 여신은 그에게 시력은 앗아 갔지만 사람들의 심금을 울릴 수 있는 노래를 부를 능력을 주었다. 전령이 사람들 한가운데 큰 기둥에 안락의자 하나를 대 놓고 가인을 앉힌 다음 기둥의 못에 포르밍크스를

● **무사이** 그리스 신화에 나오는 학예學藝의 여신(단수형은 무사). 영어식 명칭은 뮤즈라 하고 현재에는 시나 음악의 신이라 하지만, 고대에는 역사·천문학을 포함한 학예 일반의 신이었다. 제우스와 므네모시네 사이에서 아홉 명이 태어났다.

걸어 놓은 다음 그에게 그것을 내리는 방법을 알려 주었다. 또 그 앞에 음식과 포도주도 갖다 놓았다. 잔치가 한창 무르익을 즈음에 가인이 포르밍크스를 연주하며 노래를 불렀다.

가인 데모도코스가 노래한 대목은 트로이 전쟁 때 오디세우스와 아킬레우스 사이에 생긴 불화에 대한 것이었다. 두 사람은 전쟁 막바지에 벌어진 어느 흥겨운 잔칫상에서 격렬하게 싸운 적이 있었다. ● 아가멤논은 그 싸움을 보고 이상하게도 대단히 흡족한 표정을 지었다. 그는 그리스와 트로이 사이에 전쟁의 그림자가 드리웠을 때 피토의 아폴론 신전에 가서 언제 트로이를 함락시킬 수 있는지를 물었다. 그러자 신탁은 두 장수가 싸우면 그게 바로 그리스 군이 승리하는 신호탄이라고 대답했다.

사람들은 가인의 노래를 듣고 즐거워했으나 오디세우스만은 그렇지 않았다. 그는 가인이 노래를 부를 때면 울음을 참으며 커다란 손으로 겉옷을 들어 얼굴을 가렸다가, 잠시 노래를 쉬면 그 사이에 흘러내린 눈물을 훔쳐 냈다. 다른 사람은 그가 우는 것을 몰랐으나 알키노오스 왕만은 그것을 알아차렸다. 왕은 오디세우스의 기분을 전환해 주기 위해 갑자기 모두에게 이렇게 말했다.

"자, 파이아케스의 왕들이여, 내 말을 들으시오. 이제 나는 포르밍크스 소리에 싫증이 났소. 이번에는 밖으로 나가서 권투와 레슬링 그리고 멀리뛰기와 달리기 시합을 한번 합시다. 그래야 이 이방인이 고향에 돌아가서도 우리가 그 방면에도 얼마나 뛰어난 재능을 가졌는지 말해 줄 수 있지 않겠소."

알키노오스가 이렇게 말하고 아까 백성들이 모였던 회의장을 향하자 모두 그를 따라갔다. 수많은 젊은이들이 시합에 참가하겠다고 일어섰다. 그중에는 전쟁의 신 아레스처럼 용감하고 외모도 준수하고 몸매도 뛰어난 에우리알로스, 알키노오스의 세 아들 라오다마스, 할리오

● 아킬레우스가 트로이 군의 장수 헥토르를 죽인 후, 아킬레우스와 오디세우스는 트로이를 함락시키는 방법에 대한 의견이 엇갈렸고, 용기를 내세우는 아킬레우스와 지략을 내세우는 오디세우스 사이에 말다툼이 벌어졌다.

스, 클리토네오스도 있었다. 맨 먼저 벌어진 것은 달리기 시합이었는데 클리토네오스가 우승했고 이어 벌어진 레슬링, 멀리뛰기, 원반던지기, 권투에서는 각각 에우리알로스, 암피알로스, 엘라트레우스, 라오다마스가 승리했다.

모두 시합에 열중해서 흥겨워하는 사이 알키노오스의 아들 라오다마스가 일어나 큰 소리로 이방인에게도 어떤 운동을 배웠는지 한번 물어보자고 제안했다. 넓적다리나 장딴지 그리고 목덜미 등 체격이 보통이 아닌 걸 보면 운동을 했음에 틀림이 없다는 것이었다. 에우리알로스가 그의 말에 맞장구를 치며 오디세우스를 향해 조롱하듯이 배운 운동이 있으면 한번 해 보라고 은근히 그의 성질을 건드렸다.

오디세우스는 약간 불쾌한 목소리로 자신은 여행으로 지친 몸이라 시합을 할 마음이 없다는 뜻을 내비쳤다. 에우리알로스가 기다렸다는 듯이 그를 비난하며 나섰다. 보아하니 오디세우스는 운동이나 시합에는 소질이 하나도 없어 보이고 장사나 거기에서 얻는 이익에나 관심이 있어 보인다는 것이었다.

오디세우스는 그 말을 듣고 화가 치밀어 올라 시합을 하겠다고 벌떡 일어났다. 그러고는 가장 크고 무거운 원반을 집어 빙빙 돌리더니 날려 보냈다. 원반은 윙윙거리는 소리를 내며 멀리 날아 지금까지 던진 사람들의 표식을 훌쩍 넘어갔다. 오디세우스는 의기양양해서 선수로 나선 파이아케스의 젊은이들을 향해 외쳤다.

"파이아케스 젊은이들이여, 내가 던진 원반을 따라잡아 보시오. 조금 후에 나는 또 하나를 던질 것이오. 그것은 아마 먼저 던진 것보다 더 멀리 날아갈 것이오. 누구든지 나와 겨루어 볼 사람이 있으면 나서 보시오. 권투든 레슬링이든 달리기든 가리지 않겠소. 라오다마스만 제외하고 누구든지 나오시오. 라오다마스는 나의 주인이기 때문에 그와는 겨루지 않겠소. 자기를 손님으로 맞아 준 주인에게, 그것도 낯선 나라에서 도전을 하는 바보가 어디 있겠소. 나는 활도 잘 다룰 줄 아오. 트로이에서 나를 능가하는 전우는 필록테테스*밖에 없었소. 나는 헤라클레스*나 에우리토스* 등 옛날 영웅들과는 비교하지 않겠소. 그들은 신과 재주를 겨루던 사람들이기 때문이오. 그러나 이 세상 사람 중에는 아마 내 활솜씨를 능가하는 자가 없을 것이오. 나는 창도 보통 사람들이 활을 쏘는 것보다도 멀리 던질 수 있소. 하지만 달리기는 당신들 파이아케스 젊은이들 중 나를 능가하는 사람이 몇 있을 것이오. 나는 그동안 숱한 파도와 싸우면서 두 무릎이 많이 망가지고 말았기 때문이오."

좌중이 갑자기 찬물을 끼얹은 듯 조용해지고 아무도 더는 그의 말

● **필록테테스** 필록테테스는 극심한 고통에 시달리던 헤라클레스가 화장을 원할 때 화장단에 불을 붙여 주어 헤라클레스의 활과 화살을 받는다. 당시 받은 화살로 트로이 왕자 파리스를 쏴 트로이 함락을 앞당긴다.

● **헤라클레스** 그리스 신화의 영웅으로 제우스와 알크메네의 아들. 여신 헤라의 저주로 광기에 사로잡힌 상태에서 아내와 자식들을 죽이게 된다. 그 죗값을 치르기 위해 사촌 에우리스테우스의 명을 받아, 하계의 개 케르베로스 잡아오기 등 열두 가지 과업을 수행한다.

● **에우리토스** 오이칼리아의 왕. 어린 헤라클레스에게 활쏘기를 가르쳤다. 아폴론에게 받은 활을 아들 이피토스에게 물려주었고, 이피토스는 그 활을 오디세우스에게 주어, 훗날 오디세우스가 구혼자들을 처단하는 데 사용한다.

에 토를 달지 못했다. 그러자 알키노오스가 사태를 수습하고 나섰다. 그는 오디세우스를 달래며 이제 아무도 그의 대단한 재주를 무시하지 못할 것이라고 치켜세운 뒤 부디 고향에 돌아가거든 파이아케스 인들의 남다른 재주도 가족들에게 말해 달라고 부탁했다. 이어 그는 파이아케스 인들은 훌륭한 레슬링 선수도 아니고 권투 선수도 아니지만 날쌘 달리기 선수이고 유능한 뱃사람들이자 춤과 노래에 정통한 사람들이라고 자랑했다.

그는 오디세우스에게 파이아케스 인들의 춤 솜씨를 보여 주기 위해 춤에 능한 젊은이 아홉 명을 선발하더니 데모도코스를 불러오게 했다. 그리고 춤출 장소를 물색하여 원을 긋고 평평하게 땅을 골랐다. 데모도코스가 그 한가운데에 서서 포르밍크스를 들고 노래를 부르자 젊은이들이 그를 에워싸고 발로 땅바닥을 구르며 춤을 추기 시작했다. 오디세우스는 그들의 현란한 발 솜씨에 감탄을 금치 못했다. 이때 데모도코스가 포르밍크스를 연주하며 부른 노래가 바로 아레스가 헤파이스토스의 아내 아프로디테와 벌인 애정행각에 대한 것이었다.

아레스는 아프로디테에게 많은 선물을 주고 그녀와 헤파이스토스의 침상을 더럽혔다. 헬리오스가 하늘에서 그것을 보고 헤파이스토스에게 고자질했다. 헤파이스토스는 그 소식을 듣고 분노를 삭이며 자신의 대장간에서 보이지도 않고 자기 아니면 그 누구도 절대로 풀 수도 부술 수도 끊을 수도 없는 쇠 그물을 만들었다. 그는 이것을 자신의 침대 주위와 천정에 쳐 놓고는 렘노스의 대장간에 볼일이 있다며 집을 나섰다. 아레스가 그 기회를 놓칠 리 없었다. 그는 헤파이스토스가 떠나는 것을 확인하고 그의 궁으로 찾아가서 아프로디테에게 사랑을 나누자고 말했다. 이윽고 그들이 침대에 오르자마자 사방에서 쇠 그물이 덮쳤고 그들은 꼼짝할 수가 없었다. 망을 보던 헬리오스가 렘노스로

쇠 그물에 걸린 아프로디테와 아레스
가인 데모도코스는 애정 행각을 벌이다 신들의 우세거리가 된 아프로디테와 아레스에 대해 노래한다. M. 반 헴스케르크의 1536년경 작.

가던 헤파이스토스에게 이 사실을 다시 알렸다. 헤파이스토스가 비통한 마음으로 돌아와서 모든 신을 찾아다니며 말했다.

'신들이여, 모두 우리 집에 와서 구경 좀 하십시오. 내 아내 아프로디테가 나를 절름발이라고 놀리며 항상 업신여기더니 아레스와 정분이 났습니다. 그자는 잘생기고 힘도 좋지만 나는 허약하고 절름발이기 때문입니다. 아, 부모님께서 저를 낳지 않았으면 얼마나 좋았을까요. 자, 어서 우리 궁에 오셔서 쇠 그물에 갇힌 채 내 침대에 엉겨 붙어 있는 자들을 보십시오. 이 쇠 그물은 내가 아프로디테에게 구혼기념으로 만들어 준 선물을 돌려받을 때까지 그들을 묶어 둘 것입니다.'

헤파이스토스가 이렇게 말하자 여신들을 제외한 남신들이 그의 궁으로 몰려왔다. 여신들은 불륜 장면을 보기가 부끄러웠다. 남신들은 헤파이스토스의 침대에서 벌어진 장면을 보고 계속 히죽거렸다. 이 자리에서 아폴론이 헤르메스에게 물었다. 아레스처럼 저렇게 쇠 그물에 걸려 우세를 당해도 아프로디테와 한번 잠자리를 하고 싶으냐는 것이었다. 그러자 헤르메스는 자신은 이보다 더한 쇠사슬로 묶이고 여신들마저 와서 자신을 비웃어도 아프로디테와 잠자리를 하고 싶다고 대답했다. 신들이 헤르메스의 대답을 듣고 박장대소를 터뜨렸다. 하지만 포세이돈만은 웃지 않은 채 헤파이스토스에게 자꾸만 아레스를 풀어 주라고 부탁했다. 아레스는 틀림없이 간통에 대한 벌금을 지불할 것이며 만약 그가 약속을 지키지 않으면 자신이 대신 물어 주겠다는 것이다. 헤파이스토스는 포세이돈이 계속해서 부탁하자 마지못해 아레스와 아프로디테를 묶고 있는 쇠 그물을 풀어 주었다. 그물에서 풀려나자마자 아레스는 트라케로 도망치듯 달려갔고 아프로디테는 키프로스의 파포스로 돌아갔다. 키프로스는 아프로디테의 성역聖域으로 그녀의 신전이 있었기 때문이다. 아프로디테가 도착하자 카리테스 여신들은 그녀를 목욕시켜 주고 불멸의 기름을 발라 준 다음 옷을 입혀 주었다.

이상이 가인이 부른 노래의 내용이었다. 모두 가인의 노래를 듣고 즐거워했다. 알키노오스가 이번에는 자신의 아들 할리오스와 라오다마스에게 춤을 추라고 명령했다. 춤이라면 누구도 그들을 능가할 수 없었다. 더구나 이들은 폴리보스가 자주색 털실로 정교하게 만든 공을 갖고 놀면서 춤을 췄다. 한 사람이 높이 공을 던지면 다른 사람이 높이 뛰어올라 발이 땅에 닿기 전에 그 공을 잡아 내려와 춤을 추는 식이었다. 오디세우스가 그들의 빼어난 춤 솜씨를 보고 찬사를 아끼지 않았다. 그 모습을 보고 알키노오스가 말했다.

"파이아케스의 왕들이여, 제 말을 들으시오. 이 이방인은 참 지혜로

운 사람인 것 같습니다. 우리 이 사람에게 그에 걸맞은 멋진 선물을 줍시다. 이 나라에는 훌륭한 왕 열두 명이 있는데 저는 열세 번째입니다. 그러니 각자 외투 그리고 웃옷 한 벌씩과 황금 1탈란톤[●]씩을 이방인에게 줍시다. 그리고 에우리알로스는 이방인의 마음을 상하게 하는 말을 했으니 그에게 선물을 주고 화해를 하라."

열두 명의 왕은 알키노오스의 말에 고개를 끄덕이며 선물을 가져오도록 각자의 집으로 전령을 보냈다. 에우리알로스는 그 자리에서 청동 칼 한 자루를 오디세우스에게 내밀며 화해를 청했다. 그 칼은 손잡이는 은이고 칼집은 상아여서 언뜻 보기에도 기품 있어 보였다. 오디세우스가 화해를 받아들인다는 표시로 칼을 받아 어깨에 차며 덕담을 건넸다.

● **탈란톤** 고대 그리스의 화폐 단위이자 무게 단위다. 1탈란톤의 무게는 소 한 마리 값에 해당하는 금이나 은의 무게로, 26킬로그램쯤 된다고 한다.

얼마 지나지 않아 전령들이 선물을 알키노오스의 궁으로 가져왔다. 알키노오스의 아내 아레테가 가장 좋은 궤짝 하나를 골라 그 안에 선물을 차곡차곡 넣고 묶은 다음 오디세우스를 불러 직접 매듭을 지으라고 말했다. 귀향 도중이나 후에 도난당할 위험을 미연에 방지하기 위해서였다. 오디세우스는 예전에 키르케에게 배운 적이 있는 누구도 풀수 없는 매듭을 맺다.

바로 그때 시녀가 와서 오디세우스에게 목욕물을 데워 놓았다고 말했다. 오디세우스는 그 소리를 듣자 무척 반가웠다. 칼립소의 섬을 떠난 이후로 한 번도 제대로 목욕을 못했기 때문이다. 시녀들이 목욕을 시켜 준 다음 기름을 발라 주고 멋진 옷을 입혀 주자 오디세우스는 아주 딴사람처럼 보였다. 나우시카아 공주가 지나가는 오디세우스의 모습을 보고는 감탄을 금치 못하며 고향에 돌아가서도 생명의 은인인 자신을 잊지 말아 달라고 부탁했다. 오디세우스는 그녀의 말을 듣고 자신이 만약 고향에만 돌아갈 수 있다면 그곳에서도 그녀를 잊지 않을 것이며 신들에게처럼 그녀에게도 기도를 하겠다고 약속했다.

오디세우스가 목욕을 마치고 알키노오스 옆자리에 자리를 잡자 전령이 가인 데모도코스를 데려와 사람들 한가운데 있는 기둥에 기대어 서게 했다. 오디세우스가 돼지 등심을 한 토막 자르더니 전령을 불러 그에게 마음의 표시이니 갖다 주라고 했다. 데모도코스는 기쁜 표성을 지으며 그것을 받았다. 모두 한창 먹고 마시는 중에 오디세우스가 데모도코스를 향해 말을 던졌다.

"데모도코스여, 그대에게 영감을 불러일으키신 분이 무사이 여신이든 아폴론 신이시든 나는 당신을 무척 존경하오. 당신은 그리스 군이 트로이에서 행한 일과 당한 불행을 마치 그 장소에 있었던 것처럼 아주 생생하게 노래했기 때문이오. 자, 이번에는 트로이의 목마에 대해 노래해 주시겠소? 에페이오스가 아테나의 도움으로 목마를 만들자 오디세우스가 정예 병사를 뽑아 그 안에 숨기고 성 안으로 숨어 들어간 적이 있었지요? 당신이 이번에도 그 상황을 제대로 이야기해 준다면 모든 사람에게 신이 선사하신 당신의 예술적 영감을 입에 침이 마르도록 자랑하고 돌아다닐 것이오."

이 말을 듣고 데모도코스가 신의 영감을 받아 노래하기 시작했다. 노래는 트로이 해안에 정박해 있던 그리스 함선들이 거짓 퇴각하고 목마가 트로이 성 안으로 들어간 대목부터 시작되었다.

트로이 인들은 목마를 놓고 세 무리로 나뉘었다. 하나는 목마를 도끼로 무자비하게 부숴 버리자고 했고, 또 하나는 산꼭대기로 가져가 산 아래 바위에 던져 버리자고 했으며, 마지막은 성 안으로 가져가 전승기념물로 남겨 두자고 했다. 이때 트로이 인들은 신들이 예정한 대로 마지막 의견을 좇아 멸망의 길로 접어들었다.

데모도코스는 또 그리스 정예병들이 목마 속 은신처에서 나와 트로이의 성문을 열어 주는 장면과 퇴각한 그리스 군이 돌아와 트로이 성을 함락시키는 장면 그리고 오디세우스가 메넬라오스와 함께 데이포보스* 집에 찾아가서 아테나 여신의 도움으로 그와 싸워 이기는 장면을 노래했다.

데모도코스가 노래를 마치자 다시 오디세우스의 눈시울이 붉어지더니 금세 눈물이 두 볼을 적셨다. 마치 침공한 적에 맞서 싸우던 남편이 장렬하게 전사하자 아내가 그 위에 쓰러져 오열하듯 오디세우스의 눈에서 눈물이 쏟아져 내렸다. 아무도 그가 눈물을 흘리는 것을 보지 못했지만 다시 알키노오스만은 그 사실을 알아챘다. 오디세우스 바로 옆에 앉아 있어서 그가 울음을 참으며 내는 신음 소리를 들을 수 있었기 때문이다. 알키노오스가 좌중을 돌아보며 말했다.

"파이아케스의 왕들이시여, 내 말을 들어 보시오. 자, 데모도코스는 포르밍크스 연주를 중단하라. 데모도코스의 노래가 모든 사람을 즐겁

● **데이포보스** 트로이 왕자 데이포보스는 트로이 전쟁에서 혁혁한 공을 세우고 파리스가 전사한 뒤 헬레네를 차지했다. 하지만 트로이 함락 후 오디세우스와 메넬라오스가 그를 찾아가 살해하고 시신을 토막냈다고 한다.

트로이 성으로 들어가는 목마
그리스 군은 오디세우스가 고안한 목마로 지리한 전쟁을 끝내고 트로이 성안으로 잠입할 수 있었다. 조반니 도메니코 티에폴로의 1775~1785년경 작.

게 해 주는 것은 아닌 것 같소. 우리가 저녁식사를 하면서 그가 노래하기 시작한 때부터 우리 이방인이 계속해서 울고 있으니 하는 말이오. 아마도 이방인에게 엄청난 슬픔이 엄습한 것 같소. 자, 그러니 가인은 연주를 중단하는 것이 좋을 것 같다. 사실 우리가 여기에 모여 연회를 연 것도, 그를 고향으로 호송해 주기로 한 것도, 선물을 준 것도 모두 저 이방인을 위한 것이 아니겠소. 그는 탄원자로서 우리의 형제나 마찬가지니까 말이오. 그리고 당신도 이제 내가 묻는 말에 솔직하게 대답해 주시오. 당신의 이름은 무엇이오? 또 당신의 고향 도시 이름은 무엇이오? 그것을 알아야 우리가 당신을 고향으로 데려다 줄 수 있을 것 아니오.

우리 파이아케스 족의 배에는 키도 없고 키잡이도 없소. 우리 배는 스스로 인간의 생각과 마음을 읽기 때문이오. 우리 배는 이 세상 어느 배보다도 빠르고, 어느 도시든 모르는 곳이 없으며, 한 번도 파선을 당해 본 적도 없소. 물론 나는 전에 아버지 나우시토오스 왕에게 포세이돈 신이 우리에게 굉장히 유감을 갖고 있다는 얘기를 들은 적은 있소. 우리가 누구든지 안전하게 호송해 주기 때문이오. 그래서 언젠가 파이아케스의 배가 누군가를 안전하게 호송하고 돌아오는 날 포세이돈 신이 그 배를 부쉬 버리고 우리 도시를 거대한 산으로 둘러쌀 것이라 하오.

우리 아버님께서 이런 얘기를 하셨지만 당신은 아무튼 내가 묻는 말에 솔직하게 대답해 주시오. 당신은 어느 나라를 다녀오셨소? 또 어느 나라 사람들이 당신에게 야만적으로 굴었고 어느 나라 사람들이 친절하게 대했소? 당신은 왜 그리스 군의 불행과 트로이의 운명을 듣고 눈물을 흘리며 그토록 슬퍼하시오? 혹시 당신의 친척이 트로이에서 전사했소? 아니면 절친한 전우가 전사했소?"

제9권

오디세우스가 알키노오스 왕에게
자신의 신분을 밝히고
지금까지 겪은 일을 소상하게 이야기하다

키코네스 족, 로토파고이 족, 키클로페스 족
폴리페모스 이야기

오디세우스가 알키노오스 왕에게 드디어 이름을 밝히고 트로이에서 시작된 자신의 방랑에 대해 이야기한다. 그는 타고난 전사 키코네스 족에게 부하들을 잃은 일, 말레아 근처에서 북풍에 밀려 로토파고이 족이 사는 낯선 땅에 들어가 겪은 일, 외눈박이 키클로페스 족이 사는 섬에 상륙한 일, 그곳에서 포세이돈의 아들 폴리페모스를 만나 부하 여섯을 잃고 잠자는 그의 눈을 찔러 실명시키고 도망한 일, 또 분노한 폴리페모스가 던지는 돌에 하마터면 배가 전복될 뻔한 일 등을 말한다.

알키노오스 왕이 오디세우스에게 가인이 부르는 트로이의 노래를 듣고 우는 이유를 묻자 그는 이렇게 대답했다.

    "알키노오스 왕이시여, 저는 백성들이 즐거워하는 것보다 보기 좋

키코네스 족
트로이를 떠나 맨 처음 도착한 이스마로스에서 오디세우스 일행은 키코네스 족의 습격을 받는다. 테오도르 반 튈더 (1609~1669)의 《오디세이아》 삽화.

은 것은 없다고 생각합니다. 백성들은 지금 진수성찬을 차려 놓고 가인의 노래를 들으며 즐거워하고 있습니다. 그런데 이 기쁜 날 당신은 제 슬픈 이야기를 물으시는군요. 하도 많은 고초를 당해서 무슨 말부터 꺼내야 할지 모르겠습니다.

우선 제 이름부터 말씀드리겠습니다. 저는 라에르테스의 아들 오디세우스입니다. 제 고향은 이타케 섬으로 그 중앙에 네리톤 산이 우뚝 솟아 있고 그 옆으로 둘리키움, 사메, 자킨 토스 섬이 이어져 있지요. 이타케는 바위투성이 섬이지만 저에게 더할 나위 없는 마음의 안식처입니다. 칼립소 여신과 키르케가 저를 남편으로 삼아 영원히 곁에 붙들어 두려 했지만 고향으로 돌아가려는 제 마음을 설득할 수가 없었지요. 자기 고향보다 더 편안한 곳은 없는 법이니까요.

저는 트로이를 떠나 맨 먼저 키코네스 족의 나라인 이스마로스에 도착했습니다. 저는 그곳을 약탈하고 전리품을 부하들과 똑같이 나눈 다음 그들에게 빨리 떠나자고 했습니다. 하지만 부하들은 제 말을 듣지 않고 술을 마음껏 퍼마시다가 다시 세력을 규합한 키코네스 족의 기습을 받았지요. 우리는 수적 열세에도 불구하고 용감히 맞서 싸웠으나 결국 배 한 척당 여섯 명의 부하를 잃고 퇴각하지 않을 수 없었습니다.

전사한 부하들 생각에 풀이 죽어 항해하던 우리는 엎친 데 덮친 격으로 큰 폭풍우를 만나 거의 모든 배가 난파당할 뻔했습니다. 하지만 다행히 큰 손실 없이 근처 육지로 상륙해 지친 몸과 마음을 달래며 이틀 밤을 보냈습니다. 다음 날 폭풍우가 잦아들어 우리는 다시 출항하였고 그대로만 순항했다면 고향에 도착했을 겁니다. 하지만 말레아 근처에서 다시 거센 폭풍우를 만나 우리는 9일 동안이나 바다를 떠니 다가 로토파고이 족의 나라에 상륙했지요.

저는 부하 두 명과 전령 한 명을 선발하여 이곳 주민들이 어떤 사람들인지 알아보도록 보냈습니다. 하지만 부하들은 아무리 기다려도 돌아오지 않았습니다. 그들은 로토파고이 족이 주는 연꽃을 먹고 귀향은 잊어버리고 그곳에 살고 싶어한 것이었습니다. 우리는 로토파고이 족을 찾아가 막무가내로 버티는 부하들을 강제로 배에 싣고 떠나올 수밖에 없었습니다.

항해를 계속하던 우리는 이번에는 거만한 키클로페스 족의 나라 근처에 닿았습니다. 키클로페스 족은 천성이 게을러서 아무것도 경작하지 않고 양과 염소에 의지해 살았습니다. 또 그곳에는 제우스의 은총으로 과일을 비롯해서 모든 것이 풍성했습니다. 그들은 회의장도 없고 법규도 없이 각자의 동굴 속에 살면서 자신의 아내와 자식들에게만 법규를 정해 주고 서로 간섭하지 않고 살았습니다.

로토파고이 족
오디세우스는 로토파고이 족의 나라에서 그들이 준 연꽃을 먹고 귀향할 마음을 잊어버린 부하들을 억지로 끌어내온다. 테오도르 반 튈더(1609~1669)의 《오디세이아》 삽화.

그런데 이들이 사는 섬에서 그리 멀지 않은 곳에 숲이 우거진 섬이 또 하나 있었습니다. 그 섬은 무인도로 수없이 많은 야생 염소가 떼 지어 돌아다니며 평화롭게 풀을 뜯어 먹는 곳이었지요. 키클로페스 족이 의지만 있었다면 그리고 배만 있었다면 그 섬을 그들의 부속 섬으로 만들 수 있었을 겁니다. 그 섬도 키클로페스 족의 섬처럼 철 따라 모든 것이 풍성하게 나는 곳이었고 적당한 포구도 있었기 때문이지요.

우리는 키클로페스 족의 섬이 아니라 야생 염소의 천국인 바로 그 무인도로 배를 몰고 갔습니다. 하룻밤을 해안에서 묵고, 아침이 되어 우리는 활과 창을 들고서 섬을 돌아다니며 염소 사냥을 시작했습니다. 우리 배를 포함해서 총 열세 척의 배에 각각 사냥한 염소 여덟 마리가 배분되었고 저는 제 몫으로만 열 마리를 골랐습니다. 우리는 그날 해가 질 때까지 달콤한 포도주와 염소고기로 신나게 잔치를 벌였습니다. 그런데 저 멀리 키클로페스 족의 섬에서 연기가 피어오르는 것이 보이고 양 떼와 염소 떼의 울음소리가 들려왔습니다.

다음 날 아침 저는 부하들을 소집해 놓고 건너편 키클로페스의 섬에 가서 그들이 어떤 사람들인지 알아보겠다고 한 다음 일부 병력을 이끌고 출발했습니다. 우리가 그 섬 가까이 닿았을 때 해안에서 가까운 곳에 늘어진 월계수 가지로 가려진 동굴 하나가 보였습니다. 동굴 입구 주변에는 돌, 전나무, 참나무 등으로 울타리가 쳐져 있었습니다. 동굴에는 엄청나게 큰 키클로페스 족 하나가 살면서 가축을 기르고 있었습니다. 그는 다른 주민들과 어울리지 않고 혼자 떨어져 살면서 온갖 불법을 저질렀습니다. 그는 마치 사람이 아니라 산맥에 우뚝 솟은 산봉우리 같았습니다.

저는 그 섬에 상륙하여 정예 병사 열두 명만 데리고 그의 동굴로 향했습니다. 그때 포도주가 든 염소 가죽 부대를 하나 들고 갔는데, 그 포도주는 키코네스 족인 에우안테스의 아들 마론에게 선물받은 것이었습니다. 저는 키코네스 족을 도륙할 때 아폴론 신전의 사제이던 그와 가족들은 살려 주었습니다. 그때 마론은 감사의 표시로 제게 황금을 비롯해서 많은 선물을 주었는데 포도주도 그중 하나였습니다. 그는 항아리 열두 개에 포도주를 가득 담아 주었습니다. 우리는 그 맛을 보고 놀라움을 금치 못했습니다. 신의 손으로 빚은 술이라고 해도 가히 손색이 없었습니다. 마론 집안에서 이 포도주를 담그는 비법을 아는 사람은 마론 자신과 아내 그리고 충직한 시녀 셋뿐이었습니다. 저는 알 수 없는 예감에 사로잡혀 바로 이 포도주를 가죽 부대에 담아 가지고 갔습니다.

동굴에 도착했을 때 주인은 집을 비우고 없었습니다. 아마 가축에게 풀을 먹이러 나간 것 같았습니다. 우리는 동굴로 들어가서 안을 자세하게 살펴보았습니다. 광주리는 치즈로 가득 차 있었고 우리에는 새끼 양과 새끼 염소가 우글거렸습니다. 부하들은 치즈를 꺼내 새끼 양과 염소들을 데리고 빨리 배로 돌아가자고 제게 간청했지만 저는 그러고 싶지 않았습니다. 동굴의 주인이 어떤 자인지 꼭 알고 싶었기 때문입니다. 그래서 우리는 신들께 제물을 바치고 치즈를 먹으며 그가 돌아오기를 기다렸습니다.

이윽고 저녁때가 되자 동굴 주인이 마른 장작을 동굴 입구에 부리는 소리가 들렸습니다. 우리는 쿵 하는 소리에 놀란 나머지 동굴 맨 안쪽으로 몸을 숨겼습니다. 동굴 주인은 가축 중 수컷은 동굴 입구 마당에 그냥 놔두고 암컷만 안쪽으로 들이더니 입구를 엄청나게 큰 돌문으로 막아 버렸습니다. 이어 입구를 등지고 암양의 젖을 짠 뒤 하나씩 새끼들에게 데려다 주더니 짠 양젖을 응고시켜 반은 바구니 안에 넣고 나머지 반은 저녁 식사로 먹으려고 그릇에 담았습니다. 남은 집안일을 모두 끝낸 뒤 동굴 안에 불을 피우기 위해 화덕 쪽으로 오던 그는 우리를 발견하고 소스라치게 놀라며 어디서 무엇을 하러 왔는지 물었습니다. 모두 그의 우렁찬 목소리에 겁을 집어먹어 어쩔 줄 몰라했지만 저는 침착하게 대답했습니다.

폴리페모스
이마 한가운데 눈이 있는 키클로페스족. 키클로페스란 이름은 '눈이 둥근 족속'이란 뜻이다. 사진은 키클로페스족의 일원인 폴리페모스의 두상.

'우리는 그리스 인으로 트로이에서 오는 길입니다. 우리는 귀향하기를 간절히 원했지만 폭풍우로 그만 항로에서 벗어나 바다를 표류하다가 이곳까지 오게 되었습니다. 바라건대 우리를 손님으로 받아들여 주시고, 제우스 신을 두려워하신다면 항해에 필요한 물품을 마련해 주셨으면 합니다. 제우스 신께서는 탄원자와 이방인의 수호자이시기 때문입니다.'

그는 제 말을 듣고 버럭 화를 내며 자신은 제우스 신이든 누구든 두려워하지 않는다고 콧방귀를 뀌었습니다. 자기는 마음만 먹으면 나를 포함해서 부하들도 모두 가만두지 않을 수도 있다는 것이었습니다. 그러면서 은근히 배를 어디에다 정박시켜 놓았는지 물었습니다. 그러나 저는 그의 의도를 알아차리고 우리 배는 이 섬 근처에서 암초에 부딪혀 산산이 부서져 버렸다고 둘러댔습니다. 그러자 그는 다짜고짜 제 부하들에게 다가오더니 두 명을 손에 움켜쥐고는 마치 힘없는 강아지를 다루듯이 땅바닥에 내리쳤습니다. 부하들의 피와 골수가 흘러내려 땅바닥을 흥건히 적셨습니다. 이어 그는 부하들을 토막 내어 사자가 짐승을 잡아먹듯이 저녁거리로 하나도 남김없이 먹어 버린 다음 가축 사이에 대자大字로 뻗더니 이내 코를 골며 잠이 들었습니다.

그 순간 저는 그를 덮쳐 가슴에 칼을 꽂을 생각도 했습니다. 그러나 곰곰이 생각해 보니 그랬다가는 입구를 막고 있는 엄청난 돌을 치울 수 없어 큰 낭패를 당할 것 같았습니다. 그래서 화를 삭이고 공포에 떨며 동굴에서 하룻밤을 보낼 수밖에 없었습니다.

다음 날 아침이 되자 동굴 주인은 불을 피우고 양과 염소의 젖을 짠 뒤 다시 내 부하 둘을 어제저녁과 똑같은 방식으로 잡아먹었습니다. 아침식사를 마치자 그는 돌문을 치우고 양과 염소를 동굴 밖으로 몰더니 마치 화살 통 뚜껑을 닫듯이 돌문을 다시 가볍게 닫은 후 가축을 몰고 산으로 가 버렸습니다.

저는 동굴 속에 하루 종일 갇혀 지내며 그를 혼내 주고 도망칠 궁리를 했습니다. 마침 동굴 안에는 커다란 올리브나무 막대기 하나가 서 있었습니다. 아마 동굴 주인인 폴리페모스가 나무가 마르면 몽둥이로 쓰려고 한 것 같았습니다. 저는 그것을 적당하게 잘라 부하들을 시켜 끝을 뾰족하게 만들었습니다. 그리고 활활 타오르는 불에다 달군 다음 동굴 한구석에 쌓여 있는 가축 배설물 속에 감추어 두었습니다.

저녁이 되자 동굴 주인은 양과 염소를 데리고 다시 동굴로 돌아왔습니다. 이번에는 가축을 한 마리도 밖에 남겨 두지 않고 모두 안으로 몰아넣은 다음 동굴 입구를 돌문으로 막았습니다. 이어 암양과 염소의 젖을 짜고 새끼들에게 젖을 물려 준 다음 이번에도 제 부하 두 명을 짐승처럼 잡아 저녁을 먹기 시작했습니다. 저는 그 기회를 놓치지 않고

포도주가 든 염소 가죽 부대를 들고 그에게 다가가 건네면서 반주飯酒로 마셔 보라고 권했습니다. 그는 그것을 받아 마신 후 신들이 먹는 암브로시아와 넥타르●같이 맛이 환상적이라고 격찬하며 두 번이나 더 달라고 해서 먹은 후 제 이름이 무엇이냐고 물었습니다. 포도주에 대한 답례를 하겠다는 것이었습니다. 제가 우티스라고 말해 주자 그는 저를 맨 나중에 잡아먹겠다고 말하고서는 뒤로 벌렁 자빠져서 코를 골기 시작했습니다.

● 넥타르 그리스 신화에서 신들이 마시는 음료. 넥타르와 신들의 음식 암브로시아를 먹으면 죽지 않는다고 한다. 우리나라에서도 한때 과일 캔을 '넥타'로 불렀다.

폴리페모스의 눈을 멀게 하는 오디세우스 일행
폴리페모스가 술에 취해 잠든 사이 오디세우스는 끝을 뾰족하게 하여 불로 달군 막대기로 하나밖에 없는 그의 눈을 찌른다. 기원전 6세기 도기.

바로 그때 저는 짐승의 배설물 속에 숨겨 놓은 막대기를 꺼내서 다시 불에 달군 다음 부하들에게 용기를 불어넣어 그 자의 눈을 찌르게 하고 저는 그 위에 매달려서 막대를 돌렸습니다. 뜨거운 막대기 주위로 피가 흘렀습니다. 막대기에서 나는 열기가 그의 눈까풀과 눈썹을 모조리 태워 버렸고 안구도 불타면서 피시식 하는 소리를 냈습니다. 그 소리는 마치 대장장이가 도끼나 자귀를 담금질할 때 나는 소리 같았습니다. 그는 단말마의 비명을 지르기 시작했습니다. 우리가 놀라 도망치자 그는 안구에서 막대기를 뽑고는 괴로워 버둥대면서 근처에 사는 다른 키클로페스 동료를 큰 소리로 불렀습니다. 동료들이 그의 동굴 주위로 몰려들더니 물었습니다.

'폴리페모스여, 도대체 무엇 때문에 이 한밤중에 비명을 지르는가? 도저히 시끄러워 잠을 잘 수가 없네. 누가 자네 가축을 빼앗아 가려고 하는가? 아니면 누가 자네를 죽이려 하는가?'

그러자 폴리페모스는 그들에게 우티스가 자신을 죽이려 한다고 외쳤습니다. 동료들은 폴리페모스의 얘기를 듣고 그가 돌았다고 생각했습니다. 우티스는 '아무도 아니다.'라는 뜻이기 때문에 '우티스가 나를 죽이려 한다.'는 말은 결국 '아무도 나를 죽이려 하지 않는다.'는 뜻이기 때문입니다. 동료들은 그의 아버지인 포세이돈 신께나 도와 달라고 하라면서 뿔뿔이 흩어졌습니다.

폴리페모스는 하는 수 없이 괴로움에 몸을 비틀면서도 두 손으로 더듬어 돌문을 치우고 문간에 앉아 두 팔을 벌리고 있었습니다. 우리가 양과 염소를 데리고 도망가면 잡기 위해서였습니다. 저는 그곳을 탈출하기 위해 온갖 꾀를 생각하다가 좋은 방법을 떠올렸습니다. 저는 버들가지로 숫양을 세 마리씩 묶어 가운데 양의 배엔 부하들을 매달

고, 그중에서 가장 큰 우두머리 숫양의 배엔 내 몸을 매달고 밤을 보냈
습니다.

아침이 되자 동굴 주인은 고통에 시달리면서도 가축들을 밖으로 내
보내기 시작했습니다. 그는 양과 염소의 등을 손으로 일일이 직접 확인
했지만 우리가 양의 배에 매달려 있는 줄은 꿈에도 생각하지 못한 것
같았습니다. 부하들은 가운데 양의 배에 매달린 채 양쪽 양의 호위를
받으며 무사히 빠져 나가고 마지막으로 제 차례가 되었습니다. 폴리페
모스는 양의 등을 만져 보더니 우두머리 숫양이 맨 마지막에 동굴을 빠
져나가는 것을 의아하게 생각하며 중얼거렸습니다.

'사랑하는 우두머리 숫양이여, 왜 너는 이렇게 맨 마지막에 동굴을
나서느냐? 전에는 선두에 서서 맨 먼저 강가에 도착해서 풀을 뜯지 않
았느냐? 저녁이 되어서도 너는 언제나 맨 먼저 우리로 돌아왔는데 이
번에는 맨 꼴찌로구나. 너는 분명 도륙당한 네 주인의 눈을 슬퍼하고
있는 게로구나. 내 눈은 우티스라는 작자가 포도주로 내 정신을 빼놓

고는 부하들과 함께 아주 못쓰게 만들어 놓았단다. 아, 네가 나처럼 말할 수 있어 그 자가 지금 동굴 속 어디에 숨어 있는지 말해 주면 좋으련만!'

폴리페모스는 이렇게 말하며 마지막으로 우두머리 숫양을 동굴 밖으로 내보냈습니다. 동굴 밖으로 나온 우리는 양의 배에서 얼른 몸을 풀고 양과 염소를 몽땅 몰고 배가 있는 곳으로 달려갔습니다. 해안에서 사람의 고함 소리가 들릴 만큼 배를 몰고 나아갔을 때 저는 폴리페모스를 향해 그가 벌을 받은 것은 제집에 온 손님을 잡아먹는 엄청난 잘못을 저질렀기 때문이며 사람을 얕보았다가는 큰코다친다는 것을 명심하라고 외쳤습니다. 그러자 폴리페모스는 제 말을 듣고 분기탱천하여 큰 산봉우리에 있는 커다란 바위 하나를 뜯어내어 소리가 들리는 쪽을 향해 던졌습니다. 물론 다행히 우리 배를 맞추지는 못했지만 바로 선수船首 앞에 떨어진 바위의 압력으로 생긴 엄청난 파도에 밀려 배가 금방이라도 다시 출발한 곳으로 되돌아갈 기세였습니다. 다급해진 저는 부하들을 열심히 독려해서 마침내 배가 예전보다 두 배만큼 해안에서 멀어졌습니다. 저는 다시 한 번 폴리페모스를 향해 누가 하나밖에 없는 눈을 멀게 했는지 물으면 라에르테스의 아들 오디세우스라고 말하라고 외쳤습니다. 부하들은 아까 폴리페모스가 돌을 던질 때 하마터면 죽을 뻔했다고 저를 원망하며 말렸지만 제 고집을 꺾을 수 없었습니다. 폴리페모스는 제 말을 듣고 탄식하며 이렇게 대답했습니다.

'아아, 이제야 내가 들은 예언이 실현되었구나. 예전에 이곳에는 텔레모스라는 아주 용한 예언자 한 분이 살고 계셨다. 그는 에우리모스의 아들인데 언젠가 나에게 오디세우스라는 사람의 손에 시력을 잃게 될 것이라고 예언했지. 그래서 나는 그가 키도 크고 용맹스런 사람일 거라고 생각하고 기다렸는데 너 같은 애송이가 오디세우스였다니 믿기지 않는구나. 하여튼 잘 들어라. 내가 너에게 나를 이렇게 만든 것에 대한 대가를 톡톡히 치르게 하겠다. 나는 포세이돈 신께 부탁해서 너를 호송하시게 할 것이다. 그분은 나의 아버지이시니 내 기도를 들어주시고 내 눈도 치료해 주실 것이다.'

제가 다시 포세이돈 신도 그의 눈을 고쳐 주지는 못할 것이라고 비웃자 그는 자기 아버지 포세이돈 신에게 곧바로 이렇게 기도했습니다.

'포세이돈 신이시여, 제 기도를 들어주소서. 제가 정말 당신의 아들이라면 라에르테스의 아들 오디세우스가 귀향하지 못하게 해 주소서. 그러나 그가 귀향하여 가족을 만날 운명이라면 나중에 부하들을 다 잃고 남의 배를 타고 가게 해 주시고 귀향해서도 고초를 당하게 하소서.'

기도를 끝낸 폴리페모스는 다시 처음 것보다 훨씬 큰 바위를 들어 빙빙 돌리다가 우리 쪽을 향해 던졌습니다. 이번에도 바위는 우리를 맞추지 못했지만 선미船尾 바로 뒤에 떨어져 그 압력으로 생긴 파도로 배는 더욱 빨리 앞으로 나아갔습니다. 우리는 곧 부하들이 기다리고 있는 맞은편 섬의 해안에 도착했고 데려온 양과 염소를 똑같이 나누었습니다. 저는 제게 할당된 우두머리 숫양을 잡아 제우스 신께 제물로 드리며 무사귀환을 빌었습니다. 우리는 그날 해가 질 때까지 고기와 술과 포도주로 마음껏 잔치를 벌이다 잠이 들었습니다.

제10권

오디세우스의 부하들이
아이올로스의 경고를 무시하다

오디세우스가 식인종 라이스트리고네스 족에게
열두 척의 배 중 열한 척을 잃다

오디세우스가 마녀 키르케와 일 년 동안
지낸 뒤 고향으로 돌아가기로 결심하다

바람의 지배자 아이올로스가 다른 바람은 마법 자루에 넣고 항해에 유리한 서풍만 불게 하여 오디세우스를 고향으로 돌려보낸다. 이타케에 거의 도착했을 무렵 부하들이 보물이 들어 있는 줄 착각하고 그 자루를 열어 본다. 자루에서 온갖 사나운 바람이 튀어나와 그들을 아이올로스의 섬으로 회항시킨다. 분노한 아이올로스가 심하게 그들을 질책하며 쫓아낸다. 라이스트리고네스 족이 오디세우스가 끌고 간 열두 척의 배 중 열한 척의 배를 침몰시킨다. 오디세우스가 탄 배 한 척만이 아이아이아 섬에 상륙한다. 키르케가 오디세우스 부하의 반을 돼지로 변신시킨다. 오디세우스가 헤르메스의 도움으로 마녀 키르케의 사랑을 얻고 부하들을 구출한다. 오디세우스가 일 년 동안 키르케 곁에 머문 뒤 그녀에게 고향에 돌아가겠다고 말한다. 키르케가 오케아노스 강가 지하세계의 출구를 알려 주며 고인이 된 테이레시아스를 찾아 고향으로 돌아갈 방법을 물어보라고 충고한다.

아침이 되어 다시 배에 올라 항해를 계속하다가 우리는 이번에는 아이올리아 섬에 도착했습니다. 그곳에는 바람의 지배자 아이올로스가 열두 자녀와 함께 살고 있었습니다. 그의 자식은 아들이 여섯 명, 딸이 여섯 명이었는데, 아이올로스는 여섯 딸들을 아들들에게 아내로 주었습니다. 그들이 날마다 잔치를 벌여 궁전은 언제나 맛있는 음식 냄새가 진동했습니다.

아이올로스
아이올로스는 항해를 방해하는 바람은 자루에 넣고 항해에 도움이 되는 서풍만 불어 주어 오디세우스 일행을 이타케 쪽으로 보내 준다. 테오도르 반 튈더(1609~1669)의 《오디세이아》 삽화.

　아이올로스는 우리가 도착하자 손님으로 받아들이고 한 달 동안이나 저를 환대하며 트로이의 몰락과 그리스 인들의 귀향에 대해 자세하게 물었습니다. 저는 그에게 모든 것을 친절하게 설명해 주었습니다. 그러던 어느 날 제가 그에게 고향까지 호송해 달라고 부탁하자 그는 흔쾌하게 그 청을 받아들였습니다. 그는 아홉 살배기 황소의 가죽을 벗겨 자루 하나를 만들고 그 안에 해로운 바람은 다 넣어 은으로 만든 끈으로 배 안에 단단히 묶은 다음 서풍만 불게 하여 우리의 항해를 도왔습니다.

　10일 동안 역풍도 만나지 않고 항해를 한 끝에 우리는 그리운 고향 땅이 멀리서 아스라이 보이는 곳까지 갔습니다. 그 순간 저는 항해하는 내내 돛을 손수 조정하느라 지친 탓인지 긴장이 풀려 그만 깊은 잠에 빠지고 말았습니다. 그런데 불행은 제가 잠든 바로 그 사이에 일어났습니다. 부하들은 아이올로스가 선물로 준 자루에 황금과 은이 가득 들어 있으며 그것을 제가 혼자 독차지하는 걸로 오해를 했습니다. 그래서 마침내 자루를 풀었고 그 안에서 튀어나온 온갖 해로운 바람이 배를 다시 아이올리아 섬으로 몰고 갔습니다.

　저는 전령과 부하를 한 명씩 데리고 궁전으로 아이올로스와 그의 가족을 찾아갔습니다. 그들은 저를 보더니 놀라며 어찌된 영문인지 물었습니다. 제가 사정을 말하자 아이올로스는 냉정하게 돌아가라고 대답했습니다. 신에게 미움 받는 자들은 고향까지 호송할 이유도 의무도 없다는 것이었습니다.

우리는 하는 수 없이 힘들게 노를 저어 가며 항해를 계속했습니다. 그렇게 밤낮으로 노를 저어 7일 만에 드디어 라이스트리고네스 족이 사는 텔레필로스에 도착했습니다. 그곳 포구는 입구가 좁고 좌우로 가파른 절벽으로 길게 둘러싸여 안으로 들어오면 파도가 전혀 일지 않는 천혜의 조건을 갖추고 있었습니다. 부하들은 그 포구 안에 배를 정박해 놓았지만 저는 불길한 예감 때문에 포구로 들어가지 않고 포구 밖 절벽의 끄트머리 바위에 밧줄로 배를 묶어 두었습니다. 그리고 전령을 포함하여 부하 셋을 선발하여 그곳 사람들이 어떤 종족인지 알아오도록 정탐을 보냈습니다.

정찰대는 배에서 내려 신작로를 따라가다가 물을 긷던 한 소녀를 발견하고는 다가가 누가 이곳의 왕인지 물었습니다. 소녀는 멀리 보이는 지붕이 높다란 자기 집을 손가락으로 가리키며 가 보라는 시늉을 했습니다. 부하들이 그 집에 들어서자 혐오스러워 보일 정도로 몸집이 큰 아낙네가 그들을 맞이했습니다. 그녀는 부하들을 보더니 하인을 보내 회의장에 가 있는 남편 안티파테스를 불렀습니다. 아내의 전갈을 받고 부리나케 집으로 돌아온 안티파테스는 다짜고짜 부하 중 한 명을 점심으로 먹기 위해 잡아 메쳤습니다. 그걸 보고 나머지 부하들이 기겁을 하고 정박해 있는 배를 향해 도망치자 안티파테스가 크게 함성을 질러 동료들을 불렀습니다. 그러자 라이스트리고네스 족이 사방에서 절벽 주위로 새까맣게 몰려들더니 엄청난 돌덩이를 정박해 있던 배를 향해 던졌습니다. 그들은 인간이 아니라 거의 기간테스 족 같았습니다. 배가 부서지는 소리와 내 부하들의 비명 소리가 뒤엉켜 포구는 한순간에 아수라장으로 변해 버렸습니다. 부하들이 전멸하자 라이스트리고네스 족은 그들을 점심으로 먹기 위해 마치 물고기를 운반하듯이 작살로 꿰어서 가져갔습니다. 이러는 사이 저는 칼을 뽑아 바위에 묶어 둔 배의 밧줄을 끊고 부하들을 독려하여 간신히 그곳을 벗어날 수 있었습니다.

우리는 제 배를 제외한 모든 배와 부하들을 잃어 비통한 마음 금할 수 없었지만 구사일생으로 살아난 것을 기뻐하며 항해를 계속하였습니다. 그러다 이번에는 아이아이아 섬에 도착했습니다. 이 섬에는 키르케라는 마녀가 살고 있었습니다. 키르케는 오케아노스의 딸 페르세이스와 헬리오스 사이에서 태어난 딸로 콜키스의 왕 아이에테스의 누이였습니다. 우리는 그곳 해안에 상륙해서 이틀 동안 아무것도 하지 않고 쉬며 피로를 풀었습니다. 사흘째 되는 날 저는 창과 칼을 들고 근처 언덕에 올라가 섬을 살펴보았습니다. 그러자 저 멀리 숲 속에 키르케의 궁전이 보이고 그곳에서 연기가 피어올랐습니다.

저는 직접 그곳에 가서 누가 사는지 알아보려다가 아무래도 부하들을 보내는 것이 좋을 것 같았습니다. 그렇게 이런저런 생각을 하며 언덕을 내려오다가 운이 좋게도 큼직한 살찐 사슴 한 마리를 발견하고 추격 끝에 붙잡았습니다. 그리고 그 사슴을 가져다가 부하들에게 실컷 먹였습니다. 우리는 밤늦도록 먹고 마시며 흥겨운 잔치를 벌이다가 그 자리에 누워 잠이 들었습니다. 이윽고 다음 날 아침이 되어 저는 부하들을 모아 놓고 이렇게 말을 했습니다.

'병사들이여, 내 말을 잘 들어라. 우리는 도대체 지금 어디에 있는지 알 수가 없다. 우리에게 빛을 가져다주는 헬리오스가 어디서 뜨고 어디서 지는지도 알 수가 없다. 그러니 이제 우리가 어떻게 하면 좋을 것인지 궁리를 한번 해 보자. 나도 답답해서 근처에 있는 언덕에 올라가 보니 이곳은 망망대해에 둘러싸인 섬이었다. 그런데 섬 한가운데 우거진 숲에 궁전이 하나 보이고 연기가 피어오르고 있었다.'

부하들은 제 말을 듣고 공포 어린 얼굴을 하며 웅성거렸습니다. 그들

라이스트리고네스 족
식인 풍습을 지닌 라이스트리고네스 족의 왕 안티파테스는 오디세우스의 부하들을 보자마자 다짜고짜 잡아먹기 위해 메쳤다. 존 플랙스먼의 1805년 《오디세이아》 삽화.

은 제가 무슨 일을 하려는지 지레 짐작을 하였기에 라이스트리고네스족과 키클로페스의 만행을 회상하고는 몸서리를 쳤습니다. 부하들은 눈물을 흘리며 그곳에 가지 않으려고 했지만 누가 제 고집을 꺾을 수 있겠습니까. 저는 인원을 세어 보고 두 팀으로 나누어 하나는 제가 맡고 나머지는 에우릴로코스에게 지휘를 맡겼습니다. 그 다음에 궁전으로 갈 팀을 정하기 위해 저와 에우릴로코스의 이름을 써 넣은 제비를 청동 투구에 넣고 흔들었고, 그러자 에우릴로코스의 제비가 튀어나왔습니다.

에우릴로코스는 울며 가지 않으려는 부하 스물 두 명을 이끌고 키르케의 궁전을 찾아갔습니다. 궁전 주변에는 늑대와 사자들이 어슬렁거리며 돌아다니고 있었습니다. 그들은 키르케의 마법에 걸려 짐승으로 변한 선원들로 그들 일행에게는 덤벼들지 않고 꼬리를 흔들며 곰살궂게 굴었습니다. 마치 주인이 잔치에서 돌아오면 그 주위에서 꼬리를 흔들며 아양을 떠는 개들과 같았습니다.

궁전 정문에 들어서자 안에서 키르케가 베를 짜면서 고운 목소리로 노래 부르는 소리가 들렸습니다. 폴리테스의 제안에 따라 그들이 큰 소리로 주인을 부르자 곧바로 그녀가 나와 그들을 반갑게 맞이하며 안으로 안내하였습니다. 모두 그녀를 따라 들어갔지만 에우릴로코스만은 불길한 예감이 들어 뒤에 처져 있었습니다. 그녀는 그들을 등받이 의자에 앉히더니 치즈, 보릿가루, 꿀, 포도주를 섞은 음료수를 건네주었습니다. 음료수 안에는 고향을 잊게 하는 이상한 약이 이미 들어 있었습니다. 부하들이 음료수를 다 마시자 키르케는 갑자기 지팡이로 그들을 쳐서 돼지로 변신시키더니 우리 안에 가두었습니다.

에우릴로코스는 밖에 숨어서 모든 것을 지켜보고는 재빨리 궁전을 빠져나와 제가 있는 곳으로 달려왔습니다. 그는 너무 놀란 나머지 말을 하고 싶어도 말문이 막혀 말이 나오지 않는 상태였습니다. 한참 만에야 정신을 가다듬은 그는 제게 부하들이 키르케의 마법에 걸려 돼지

**오디세우스에게 이상한
약이 들어 있는 음료수 컵을
건네는 키르케**
사람을 동물로 변하게 하는
능력을 가진 마녀 키르케는
오디세우스의 부하들을 돼지
로 만들어 버린다. 존 윌리엄
워터하우스의 1891년 작.

헤르메스

헤르메스는 오디세우스에게 키르케의 마법을 피할 수 있는 '몰리'라는 약초를 건네준다.

로 변한 채 우리에 갇혀 있다는 충격적인 얘기를 들려주었습니다. 저는 즉시 활을 어깨에 메고 칼을 들고서 에우릴로코스에게 키르케의 궁전으로 가는 길을 안내하라고 명령했습니다. 그러자 에우릴로코스는 겁에 질린 상태로 다시는 그곳에 가고 싶지 않으며 우리도 그런 일을 당하지 않으려면 부하들을 버리고 그냥 달아나자고 애원했습니다. 저는 그에게 가고 싶지 않으면 배에 있으라고 말한 뒤 혼자 길을 나섰습니다. 그런데 제가 막 키르케의 궁전에 도착하려는 순간 갑자기 헤르메스 신이 한창 젊을 때의 모습을 하고 나타나서 말했습니다.

'안타깝구나. 도대체 너는 이곳 지리도 모르면서 어디로 가느냐? 돼지로 변해 키르케의 우리에서 살고 있는 부하들을 풀어 주려 가느냐? 내 분명 말하지만 이대로 갔다가는 너도 부하들처럼 돼지로 변해 우리에 갇혀 돌아오지 못할 것이 뻔하다. 내가 이곳에 온 이유는 너를 그 위험에서 구해 주기 위해서다. 자, 이 약초를 갖고 가거라. 이 약초가 너를 키르케의 마법에서 구해 줄 것이다. 키르케는 네가 오면 반갑게 맞이하고 의자에 앉힌 다음 이상한 약을 넣은 혼합음료를 건넬 것이다. 그러나 걱정할 필요 없다. 이 약초가 그 약의 효능을 없애 줄 것이다. 네가 무엇을 해야 할지 더 자세히 말해 주겠다. 음료수를 다 마신 뒤 키르케가 지팡이로 너를 치려고 할 때 칼을 빼어 죽일 듯이 키르케에게 덤벼들거라. 그러면 아마 그녀는 겁이 나서 너에게 같이 사랑을 나누자고 할 것이다. 부하들을 살리려면 그 요구를 거절해서는 안 된다. 그 대신 너는 그녀에게 신들의 이름을 걸고 다시는 마법을 쓰지 않을 것이며, 알몸이 되었을 때도 너에게 다른 술수를 부리지 않겠다고 맹세하게 하라.'

헤르메스는 이렇게 말하며 주위 풀밭을 두리번거리더니 약초 하나를 골라 뽑아 제게 주고 올림포스로 돌아갔습니다. 그 약초는 뿌리가 검고 꽃은 우유처럼 하얀빛으로 몰리라고 부르는데 인간들은 발견하기 어렵지만 신들은 쉽게 찾아냅니다. 저는 몰리를 가슴에 품고 키르케의 궁전 대문에 도착하여 그 앞에서 그녀를 불렀습니다. 그러자 그녀는 반갑게 저를 맞이해서 안락의자에 앉힌 뒤 헤르메스 신이 말한 혼합음료를 마시라고 주었습니다. 제가 그 음료를 다 마시자 그녀는 지팡이로 저를 치면서 돼지우리로 가서 누우라고 주문을 걸었습니다. 바로 그때 저는 칼을 빼어 키르케에게 덤벼들었습니다. 그러자 키르케는 비명을 지르며 제 무릎을 부여잡고 울면서 말했습니다.

'당신은 누구시며 어디서 오셨나요? 고향은 어디이며 부모님은 누구시죠? 당신이 내 약을 먹고도 마법에 걸리지 않다니 놀라울 뿐이에요. 저는 이 약을 마시고도 이겨 낸 사람을 지금까지 본 적이 없어요. 당신 가슴속에 선천적으로 마법에 걸리지 않는 힘이 있는 것 같아요. 당신은 분명 오디세우스임에 틀림이 없어요. 언젠가 헤르메스 신이 제게 말씀하셨지요. 오디세우스라는 영웅이 트로이에서 고향으로 돌아갈 때 제 섬에 들르게 될 것이라고요. 자, 칼을 칼집에 도로 넣으세요. 이제 우리 서로 믿고 침대에 올라 사랑을 나누어요.'

그녀가 말을 마친 후 저는 헤르메스가 시킨 대로 그녀에게 이제 다시는 마법을 쓰지 않겠다고 그리고 제가 알몸이 되었을 때도 다른 술수를 부리지 않겠다고 신들의 이름을 걸고 맹세하기 전에는 침대에 오르지 않겠다고 말했습니다. 그러자 그녀는 의외로 순순히 그러겠다고 맹세를 했습니다. 그제야 나는 침대에 올라 그녀와 사랑을 나누었습니다.

한참 후에 시녀 하나가 세발솥에 물을 데워 놓고 저를 데리러 왔습니다. 시녀는 저를 욕조에 앉히고 세발솥에서 퍼 온 물에 찬물을 적당히 섞어서 머리와 두 어깨에 부으며 저를 씻겨 주었습니다. 그녀는 제몸에 그동안 겹겹이 쌓인 피로를 말끔히 가시게 해 주었습니다. 목욕 후에는 올리브기름을 발라 주고 귀한 옷으로 갈아입히더니 안락의자에 앉혔습니다. 그러자 다른 시녀 하나가 손을 씻도록 황금 항아리에

키르케의 마법
오디세우스가 돼지로 변한 부하들 생각에 음식이 목에 넘어가지 않는다고 하자 키르케는 마법을 풀어 본모습을 돌려준다. 안토니오 템페스타(1555~1630) 작.

물을 갖고 와 은대야에 부어 주었고 또 다른 시녀 하나는 제 앞에 식탁을 갖다 놓고 진수성찬을 차려 놓았습니다.

하지만 저는 돼지로 변한 부하들 생각으로 음식에 손을 댈 수 없었습니다. 제가 음식도 먹지 않고 수심에 싸여 있는 것을 보고 키르케가 무슨 일이냐고 물었습니다. 자신이 또 마법을 걸까 봐 두려워서 그러냐며 한 번 맹세를 한 이상 절대 그런 일은 없다고 저를 안심시켜 주었습니다. 저는 그녀에게 우리에 갇힌 부하들이 풀려서 본모습으로 돌아오기 전에는 음식이 목으로 들어가겠느냐고 반문했습니다. 그러자 키르케는 곧바로 부하들을 풀어 주고 본모습대로 돌려 준 다음 제게 배가 정박해 있는 곳으로 가서 배 안에 있는 재물과 삭구를 해안 근처 동굴에 보관해 두고 부하들을 모두 궁전으로 데려오라고 말했습니다.

제가 배가 있는 해안에 도착했을 때 부하들은 배 안에서 애처롭게 울고 있었습니다. 그들은 저를 보자 기뻐 울면서 제 주위로 몰려들었습니다. 마치 바깥에서 풀을 실컷 뜯다가 축사로 돌아온 어미 소 떼를 보고 기뻐 날뛰며 그 주위로 몰려드는 송아지들 같았습니다. 그들은 제가 죽은 줄로만 생각한 것이었습니다. 그러나 다른 동료들이 안 보이자 곧 다시 슬픔에 젖어 걱정스럽게 동료들의 안부를 물었습니다. 저는 동료들은 키르케의 궁전에서 아무 탈 없이 잘 있으니 걱정하지 말라고 하면서 모든 재물과 삭구를 근처 동굴에 보관하고 함께 키르케의 궁전으로 가자고 말했습니다.

모두가 제 말에 복종했으나 에우릴로코스만은 부하들까지 제지하며 완강하게 가지 않으려 했습니다. 그때까지 키르케의 궁전에서 받은 충격에서 벗어나지 못한 것이었습니다. 그는 부하들을 향해 폴리페모스에게 당한 때를 회상시키며 오디세우스를 따라가면 그때처럼 모두 목숨을 잃을 것이라고 경고했습니다. 저는 순간적으로 모욕감을 느껴 그의 목을 베려고 칼에 손을 갖다 댔지만 부하들이 사방에서 말리며 그를 배에 남겨 두고 우리끼리만 가자고 제안했습니다. 그러나 막상 우리가 떠나자 에우릴로코스도 하는 수 없이 우리를 따라왔습니다. 나중에 저에게 받을 질책을 두려워 한 것이었습니다.

한편 키르케는 제가 없는 사이 궁전에서 제 부하들을 목욕시키고 기름을 발라 준 다음 진수성찬을 마련하여 잔치를 벌이고 있었습니다. 제가 데려온 부하들과 키르케의 궁전에 남아 있던 부하들은 서로를 알아보고 부둥켜안은 채 오랫동안 기쁨의 눈물을 흘렸습니다. 한참 후에 키르케가 제게 와서 이제 슬픔일랑 잊어버리고 즐겁게 먹고 마시며 그동안 숱한 고생으로 바닥난 기력을 회복시켜야 한다고 충고했습니다.

이후 저는 키르케의 섬에서 꼬박 일 년 동안 날마다 고기와 술로 잔치를 벌였습니다. 그러던 어느 날 부하들이 저를 부르더니 꼭 돌아가고야 말겠다던 고향 이타케는 벌써 잊었냐고 비난했습니다. 저는 그들의 말을 듣고 가슴을 쥐어뜯으며 깊이 반성했습니다. 그날도 여느 때처럼 하루 종일 거하게 잔치를 벌였지만 마음이 내내 불편했습니다. 이윽고 키르케와 동침할 밤이 되자 저는 그녀의 무릎을 잡고 고향에 보내 주겠다던 약속을 지켜 달라고 애원했습니다. 저뿐 아니라 부하들도 그녀만 없으면 저를 잡고 집에 보내 달라고 한다는 말도 덧붙였습니다. 그러자 제 말을 조용히 듣던 키르케가 말했습니다.

'라에르테스의 아들 오디세우스여, 저는 이제 당신을 억지로 내 궁전에 붙들어 두지 않겠어요. 그러나 당신은 귀향하기 전에 다른 여행을 해야 해요. 먼저 하데스와 페르세포네의 궁전에 가서 지금은 고인이 된 눈 먼 테이레시아스의 혼령을 만나 물어봐야 해요. 보통 사람은 죽은 뒤에는 허깨비처럼 살아가는데 페르세포네는 그에게만은 살아

페르세포네
제우스와 데메테르의 딸인 페르세포네는 지하세계의 왕이자 죽은 자들의 신인 하데스에게 납치되어 그의 아내가 된다. 하지만 어머니 데메테르가 강력히 항의하자 제우스의 중재로 3분의 1은 지하세계에서 나머지 기간은 지상에서 보내게 되었다. 단테 가브리엘 로세티의 1874년 작 〈페르세포네〉.

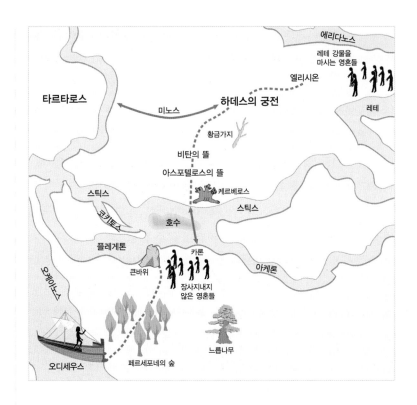

있을 때의 예언력을 빼앗지 않았지요.'

저는 키르케의 말을 듣고 그만 온몸에 힘이 빠지고 말았습니다. 이제 귀향도 불가능한 것처럼 보였습니다. 지하세계를 어떻게 가야 할지도 막막했고 설령 갈 수 있어도 돌아올 수 있을지를 기약할 수 없었기 때문입니다. 저는 키르케에게 누가 내 길잡이가 될 수 있겠느냐고 다급하게 물었습니다. 그러자 키르케가 즉시 이렇게 대답했습니다.

'라에르테스의 아들이여, 지하세계로 당신을 안내하는 길잡이가 없다고 걱정하지 마세요. 당신은 그냥 배를 타고 앉아만 있으면 돼요. 북풍이 당신 배를 밀고 그곳까지 데리고 갈 테니까요. 그러나 당신 배가 백양나무와 버드나무가 서 있는 페르세포네의 원시림에 닿거든 지체없이 배에서 내려 지하세계로 가세요. 그곳은 플레게톤 강과 스틱스 강의 지류인 코키토스 강이 아케론 강으로 흘러드는 곳이에요. 그런데 이 두 강이 만나는 곳에 큰 바위 하나가 있어요. 바로 그 바위 근처에 사방 1큐빗*씩 구덩이를 파고 그 주위에 죽은 자들을 위해 처음에는 꿀을 탄 우유를, 두 번째는 포도주를, 세 번째는 물을 붓고 그 위에 보릿가루를 뿌리세요. 그런 다음 당신이 귀향하면 죽은 자들에게는 새끼를 배어 본 적이 없는 암소 한 마리를, 테이레시아스에게는 어린 가축 중에서 가장 좋은 검은색 수컷 한 마리를 바치겠다고 약속한 뒤 숫양 한 마리와 검은 암양 한 마리를 잡아 제물로 바치세요. 이때 제물의 머리는 에레보스*로 향하게 하고, 당신은 강 쪽을 향해 얼굴을 돌려야 해요. 그러면 얼마 지나지 않아 수많은 혼령이 당신에게 다가올 거예요. 바로 그 순간 당신은 칼을 빼어 들고 테이레시아스의 혼령이 제일 먼저 제물에서 떨어진 피를 맛볼 때까지 혼령들이 가까이 오지 못하도록 쫓아내야 해요. 그러면 그 후 곧 테이레시아스가 나타나 당신에게 귀향 과정과 방법을 알려 줄 거예요.'

이야기를 나누는 사이 시간은 어느덧 아침이 되었습니다. 저는 키르케가 입혀 준 옷을 입고 온 궁전을 돌아다니며 부하들을 깨워 출발 준비를 시켰습니다. 바로 그때, 술에 취해 궁전 지붕에서 자다가 전우들이 내는 시끄러운 소리에 놀라 잠이 깬 엘페노르라는 자가 비몽사몽간에 사다리를 타고 내려오는 것을 잊고 지붕에서 내려오던 중에 그만 땅바닥으로 떨어져 즉사하고 말았습니다. 저는 안타까운 마음을 뒤로한 채 부하들을 모아 놓고 고향으로 가기 전에 지하세계로 테이레시아스를 만나러 가야 하는 사정을 말해 주었습니다. 부하들은 절망감에서 울음을 터트렸지만 아무 소용없는 짓이었습니다. 우리가 배를 타러 가는 사이 키르케는 이미 우리를 앞질러 가서 배 안에 제물로 쓸 숫양 한 마리와 검은 양 한 마리를 묶어 두었습니다.

● 큐빗 고대의 길이 측정 단위. 팔꿈치에서 가운뎃손가락 끝까지의 길이로 약 43센티미터~53센티미터에 해당한다.

● 에레보스 지하세계의 칠흑같은 어둠을 가리키는 말.

오디세우스, 지하세계를 방문하다

1. 선택받은 자의 지하세계 방문

사자死者들의 나라인 지하세계를 여행하는 신화가 만들어진 것은 산 자에게는 입장이 허용되어 있지 않으며 사후에 들어간 뒤로 지금까지 한 번도 되돌아온 적이 없는 미지의 세계에 대해 알고 싶어하는 인간의 욕구 때문이다. 신화에서는 반신 반인半神半人의 영웅이나 특별히 은총을 받은 인간만이 그런 여행을 할 수 있는 행운을 얻는다. 이런 선택받은 자들에게는 죽음의 법칙을 깨뜨리고 지하세계를 방문한 뒤 지상에 돌아와서 동시대 사람들에게 끔찍한 저승의 모습을 알려 줄 수 있는 특권이 주어진다. 헤라클레스를 비롯한 그리스 신화 속 영웅들은 거의 모두 약속이라도 한 것처럼 지하세계를 방문한다. 《오디세이아》 11권도 오디세우스가 테이레시아스를 만나러 지하세계를 방문하여 본 것을 묘사한 내용이다.

고대 동양의 이중적 세계관으로 보면 지하세계 방문은 빛의 힘이 어둠의 힘과 싸우는 것과 관계가 깊었다. 고대 그리스와 로마는 동양의 종교가 갖고 있던 이중적 세계관을 몰랐다. 그들은 세상을 하늘, 바다, 지하세계로 3등분하여 각각 제우스, 포세이돈, 하데스 3형제에게 배분하여 올림포스와 하데스가 지배하는 지하세계의 대립을 극복하였다. 하지만 고대 그리스와 로마에서도 시간이 흘러감에 따라 점점 동양의 세계관의 영향을 받아 타르타로스가 지옥으로 변하고, 그곳의 지배자인 하데스는 악마와 같은 인물로 변한다.

사람들은 이 하데스에게 가는 길이 깊은 동굴을 이용하는 방법을 비롯하여 여러 가지가 있다고 생각하였다. 그리고 지하세계에는 죽은 자들이 반드시 건너야 되는 스틱스 강이 흐르고, 뱃사공 카론이 죽은 자들을 배에 태워 그 강을 건네주며, 강 건너편에는 케르베로스라는 머리가 셋 달린 개가 혼령이 다시 지상으로 돌아가지 못하도록 지키고

케르베로스
지옥의 문을 지키는 하데스의 개. 머리가 세 개고, 꼬리는 뱀 모양으로 묘사된다. 윌리엄 블레이크(1757~1827) 작.

있다고 상상했다. 또 저승의 재판관 미노스에 의해 선하다고 인정받은 혼령은 엘리시온으로 들어가지만 범죄자들은 지하감옥 타르타로스에 갇힌다고 믿었다. 타르타로스는 불의 강 플레게톤 강에 둘러싸여 있고 삼중으로 청동 울타리가 쳐져 있다.

2. 시대에 따른 지하세계 방문

고대에는 영웅들의 지하세계 방문이 주로 죽은 자를 데려오거나 미래의 일을 알아보기 위해 이루어진다. 혹자는 고대 신화 속 영웅들의 지하세계 방문을 일종의 성인식처럼 통과의례로 본다. 영웅다운 영웅이 되기 위해서는 지하세계와 같은 혹독한 시련을 겪어야 한다는 식이다. 그리스 신화의 많은 영웅들이 주로 이 두 가지 목적으로 지하세계를 방문한다.

예수가 죽었다가 사흘 만에 다시 살아나는 것도 일종의 지하세계 경험이라고 볼 수 있다. 중세에는 예수의 지하세계 방문 경험을 토대로 많은 이야기들이 만들어진다. 그중 한 이야기에서는 예수가 죽어 지하세계의 지옥으로 내려가 그곳 지하감옥에 갇혀 있는 영혼들을 구한다.

같은 중세라도 세속문학에서는 이 모티프가 갖고 있는 모험적인 측면이 부각된다. 어떤 이야기에서는 기사 랜슬롯 경이 지하세계로 내려가 그곳에 유괴되어 있는 귀네비어 왕비를 구해 온다.

르네상스 시대가 되자 고대의 지하세계 방문 이야기를 그대로 모방한 이야기들이 유행한다. 지하세계가 비교적 종교적 선입관 없이 있는 그대로 묘사된다.

바로크 시대에도 고대 신화의 지하세계 방문 모티프가 작품에 많이 사용되지만 기독교적으로 해석된다. 예를 들어 오르페우스와 에우리디케의 이야기는 하와와 예수의 이야기로 새롭게 만들어진다. 즉 오르페우스의 이야기에는 루시퍼에게 납치당한 하와를 구하러 지옥을 찾아가는 예수의 이야기가 숨어 있다는 것이다.

18~19세기가 되면서 지하세계 방문 모티프는 지하세계의 음울하고 무서운 면에 대한 관심보다도 그 기능과 의미에 더 무게가 주어진다. 많은 경우에서 지하세계 방문은 카타르시스의 기능을 갖는다. 예를 들어 괴테의 《타우리스의 이피게네이아》에서 오레스테스는 양심의 가책으로 광기에 시달리다가 환상 속에서 지하세계로 내려가 조상

들이 서로 화해하는 모습을 보고 자신의 가문에 내린 저주가 풀렸다고 느낀다. 파우스트가 죽은 헬레나를 데려오는 것도 일종의 심적인 갈등이나 고통을 무마하기 위해서였다.

20세기에는 심리학과 실존주의의 시대답게 지하세계 방문 모티프가 문학 작품에 더욱 활발하게 이용된다. 그것은 지하세계 방문이 이승과 지하세계의 경계를 열어 인간의 심리와 죽음을 다루기 때문일 것이다.

3. 지하세계 방문 유형

1) 자신의 용기를 증명하다

그리스 신화의 영웅은 지하세계의 힘과 싸워 자신의 용기와 힘을 보여 주려 한다. 따라서 영웅이 하데스의 나라로 들어가는 것은 동양의 종교나 기독교에서처럼 악의 세력에 대한 승리를 의미하는 것이 아니라 죽음의 법칙을 깨뜨리는 것을 의미했다. 이때 영웅이 하데스의 나라로 가는 것은 순전히 자신의 용기를 시험하기 위한 것으로 그는 그곳에서 죽은 자 혹은 하데스에게 잡혀 있는 자를 지상으로 데려온다.

헤라클레스는 열두 번째 과업으로 지하세계에 내려가 케르베로스를 지상으로 데려와 바보왕 에우리스테우스에게 보여 준 뒤 다시 하데스에게 데려다 준다. 이때 그는 하데스에게 잡혀 있는 테세우스를 구해 데려온다. 테세우스도 친구 페이리토오스와 함께 페르세포네를 납치하러 지하세계로

헤라클레스의 열두 번째 과업
헤라클레스는 테베가 공물을 바쳐야 하는 이웃 나라의 왕을 쓰러뜨려, 그 공으로 테베의 공주 메가라와 결혼한다. 그런데 몇 년 뒤 헤라클레스는 헤라의 저주로 미쳐, 자신의 아내와 자식들을 죽인다. 정신이 돌아온 그는 죄를 씻고 싶다며 신탁을 청하는데, 이때 신탁은 티린스 왕 에우리스테우스를 12년간 섬기며 그 명을 받들라 한다. 그래서 나온 것이 '열두 과업'인데, 저승을 지키는 개 케르베로스를 산 채로 잡는 것이 열두 번째 과업이었다. 기원전 520년경 도기.

갔다가 하데스에게 잡혀 의자에 앉은 채 죽음과도 같은 잠에 빠져 있었다.

2) 죽은 자를 데려오다

오르페우스와 에우리피데스의 이야기에서 만들어진 유형이다. 오르페우스는 죽은 아내를 데려오기 위해 지하세계를 방문한다. 헤라클레스는 남편 아드메토스를 위해 대신 죽은 알케스티스를 데려오기 위해 지하세계를 방문한다. 아리스토파네스의 희극 〈개구리〉에도 이 유형이 나타난다. 이 작품은 디오니소스 신이 죽은 자를 데려오기 위해 지하세계를 다녀온 이야기를 코믹하게 묘사하고 있다. 디오니소스는 펠로폰네소

스 전쟁으로 피폐해진 아테네의 극장을 부흥시키기 위한 묘책을 물어보기 위해 이미 죽은 그리스의 비극작가들 중 하나를 데리러 지하세계로 내려간다. 그는 우스꽝스럽게도 헤라클레스의 복장을 하고 종복 크산티아스를 데리고 헤라클레스가 이용한 적이 있는 길을 이용하여 지하세계로 내려간다. 지하세계에서 이미 고인이 된 아이스킬로스와 에우리피데스는 디오니소스로부터 사정을 전해 듣고 자기가 왜 지하세계를 나가야 하는지를 놓고 서로 논쟁을 벌이는데 디오니소스는 결국 아이스킬로스를 선택한다.

3) 미래를 알아보다

《오디세이아》 11권에는 오디세우스가 지하세계를 방문하는 얘기가 나온다. 하지만 그 의도가 이전과는 사뭇 다르다. 여기서는 자신의 용기를 시험하기 위한 것이 아니라 키르케의 충고로 이미 죽은 그리스 최고의 예언가 테이

시빌레의 인도를 받아 지하세계로 들어가는 아이네이아스
시빌레는 아폴론 신탁을 전하는 여사제를 가리킨다. 트로이 탈출 후 죽은 아버지 앙키세스를 만나기 위해 지하세계로 내려간 아이네이아스는 황금 가지를 든 시빌레의 인도를 받는다.

레시아스를 만나 자신의 미래를 알아보기 위해서다. 베르길리우스의 《아이네이스》에서 아이네이아스도 꿈에 나타난 죽은 아버지 앙키세스의 바람대로 지하세계로 내려간다. 그는 황금 가지를 든

시빌레 여신의 도움으로 지하세계로 들어가 아버지의 혼령에게 자신이 맞닥뜨리게 될 미래의 일을 물어본다.

제11권

오디세우스가 키르케의 충고로 지하세계를 방문하다

오디세우스가 고인이 된 테이레시아스에게 귀환에 필요한 충고를 듣다

키르케가 순풍을 불어 오디세우스를 지하세계의 출구로 안내한다. 오디세우스가 키르케가 일러 준 지점에 구덩이를 파고 제물의 목을 베어 피를 흥건히 붓는다. 혼령들이 에레보스에서 피 냄새를 맡고 다가온다. 테이레시아스 혼령이 제일 먼저 피를 마신 뒤 오디세우스에게 귀환에 필요한 사항들을 알려 준다. 오디세우스의 어머니 안티클레이아의 혼령이 피를 마시고 아들을 알아본다. 태고의 명망 있는 여인들의 혼령이 나타난다. 아가멤논의 혼령이 나타나 아내를 믿지 말라고 충고한다. 아킬레우스의 혼령이 지하세계의 통치자가 되느니 지상의 품팔이가 훨씬 낫다고 항변한다. 텔라몬의 아들 아이아스의 혼령이 자신을 제치고 아킬레우스의 무구武具를 차지한 오디세우스에게 원한을 보인다. 멀리서 혼령들을 심판하는 미노스가 보인다. 사냥하는 오리온과 타르타로스에서 극심한 고통을 당하는 티티오스, 탄탈로스, 시시포스가 보인다. 오디세우스가 헤라클레스의 혼령을 만난 후 지하세계를 떠난다.

우리는 모두 정말 착잡한 심정으로 배에 올랐습니다. 키르케가 우리 마음을 아는지 뒤에서 순풍을 보내 주었습니다. 배는 노를 젓지 않아도 돛을 잔뜩 부풀린 채 거침없이 쌩쌩 달리기 시작했습니다. 해가 지고 사방이 어둠에 싸일 때쯤 우리는 마침내 오케아노스●와 지하세계의 경계에 도달했습니다. 그곳은 킴메리오이 족이 사는 곳으로 사시사철 칠흑 같은 어둠이 드리워져 있어 헬리오스조차 밝게 비출 수 없었습니다. 우리는 그곳에 상륙하여 배를 끌어 올린 다음 제물들을 앞세운 채 키르케가 일러 준 바위를 찾았습니다.

저는 바위 옆에 재빨리 사방 1큐빗의 구덩이를 파고 처음에는 꿀과 우유를, 두 번째는 포도주를, 세 번째는 물을 부은 다음 그 위에 보릿가루를 뿌렸습니다. 이어 죽은 자들에게 제가 고향 이타케에 돌아가면

죽은 자의 혼령을 배에 태워 스틱스 강을 건네주는 뱃사공 카론
하데스의 궁전으로 들어가기 위해 건너야 하는 스틱스 강에는 죽은 자를 저승으로 건네주는 뱃사공 카론이 있다. 오디세우스는 키르케의 말대로 지하세계를 방문하지만 스틱스 강을 건너지는 않는다. 요아힘 파티니르(1480?~1524) 작 〈스틱스 강의 카론〉.

● **오케아노스** 고대 그리스 인이 평평한 원반형의 세상을 둘러싸고 있다고 생각한 강이나 바다. 따라서 오케아노스는 동서남북 방향으로 세상에서 가장 먼 세상의 끝자락을 감싸고 있었다. 따라서 이곳에 지하세계로 가는 길이 있다고 생각한 것은 당연하다. 신으로서의 오케아노스는 모든 강의 아버지다.

정성스런 제물을 바치겠다고 기도한 뒤 구덩이 위에서 제물의 목을 쳤습니다. 검붉은 피가 구덩이에 흘러내리자 갑자기 죽은 자들의 혼령이 피 냄새를 맡고 에레보스에서 모여들기 시작했습니다. 무시무시한 공포가 저를 사로잡았습니다. 저는 부하들에게 제물의 가죽을 벗기고 살점을 완전히 태우며 하데스와 페르세포네에게 기도하라고 명령한 뒤 다시 칼을 빼어 들고 그곳에 앉아 사자死者들이 피에 다가오지 못하도록 위협했습니다.

맨 처음 피 맛을 보기 위해 다가온 것은 엘페노르의 혼령이었습니다. 그는 제게 키르케의 궁전으로 돌아가거든 제발 자신을 매장해 달라고 애원했습니다. 우리가 서둘러 출발하는 바람에 그의 시체를 장사지내 주는 것을 그만 잊어버린 것이었습니다. 그는 자기가 쓰던 노를 무덤 위에 꽂아 달라는 말도 덧붙였습니다. 저는 꼭 그렇게 하겠다고 굳게 약속했습니다. 그와 이런저런 이야기를 나누는 사이 우리 어머니 안티클레이아의 혼백이 다가왔습니다. 어머니는 제가 트로이에 있는 동안 고인이 되신 것이었습니다. 저는 어머니를 보자 불쌍한 생각이 들었지만 그렇다고 테이레시아스가 오기 전에 어머니에게 피 맛을 보게 허락할 수는 없었습니다. 바로 그 순간 테이레시아스의 혼령이 황금 홀笏을 들고 나타나더니 칼을 치우라고 호령했습니다. 제가 구덩이에서 한발 물러서며 칼을 칼집에 꽂자 그는 검붉은 피를 마시고 나더니 제게 이렇게 말했습니다.

'오디세우스여, 너는 편히 귀향하기를 바라겠지만 포세이돈 신께서 네 귀향을 어렵게 하고 있다. 그분은 사랑하는 자기 아들을 눈멀게 한 네게 원한을 품고 있기 때문이다. 그러나 너는 온갖 고초를 당해도 부하들만 잘 단속한다면 고향에는 돌아갈 것이다. 특히 앞으로 트리나키아 섬에 도착하거든 그곳에서 풀을 뜯는 헬리오스 신의 소에 절대로 손대지 마라. 그렇게만 한다면 고생은 해도 고향 이타케에 쉽게 갈 수

오디세우스 앞에 나타난 테이레시아스의 혼령
예언자 테이레시아스의 혼령은 오디세우스가 바친 제물의 피를 마시고 그에게 귀향에 필요한 정보를 준다. 요한 하인리히 퓌슬리 (1741~1825) 작.

있을 것이다. 그러나 만약 소에 손을 댄다면 너는 목숨을 건지겠지만 배와 전우들은 파멸을 당할 것이다. 너는 결국 부하들을 모두 잃고 나중에 비참하게 남의 배를 얻어 타고 귀향할 것이며 집에 돌아가서도 고초를 당할 것이다. 오만불손한 구혼자들이 네 아내에게 치근대며 네 재물을 축낼 것이기 때문이다. 하지만 넌 귀향하자마자 그들에게도 통쾌하게 응징을 가하게 될 것이다. 구혼자들을 죽인 뒤에는 노櫓를 하나 어깨에 메고 소금기가 있는 음식을 먹지 않는 사람들이 사는 곳에 이를 때까지 길을 떠나라. 그곳에서 만난 사람이 네가 어깨에 곡식의 낟알을 떠는 도리깨를 메고 있다고 말하거든 그 자리에 노를 박고 포세이돈 신께 숫양, 수소, 수퇘지 각각 한 마리씩을 제물로 바쳐라. 그런 다음 다시 집에 돌아가서 모든 신에게 성대한 제물을 바쳐라. 그러면 너는 천수를 누리며 살게 될 것이다.'

테이레시아스가 이렇게 말하며 떠나려 하여 저는 그를 다급하게 붙잡으며 어머니의 혼령이 저를 알아보게 하려면 어떻게 해야 하는지 물어보았습니다. 그러자 테이레시아스는 제물의 피를 마시면 혼령이 생전의 의식을 회복하게 된다고 알려 주었습니다. 테이레시아스가 떠나고 제가 그 자리에 그대로 머물러 있자 마침내 어머니의 혼령이 구덩이로 다가왔습니다. 어머니는 피를 마시자마자 저를 금방 알아보더니 깜짝 놀라며 어떻게 해서 지하세계로 왔는지 물었습니다. 저는 어머니에게 전후 사정을 모두 얘기해 드리고 어떻게 돌아가셨는지, 그리고 아내 페넬로페는 어떻게 지내는지 물었습니다. 그러자 어머니는 집 안 사정을 아주 소상하게 말해 주었습니다.

'네 아내는 너에 대한 정절을 굳게 지키며 살고 있지만 하루하루를 눈물 속에서 보내고 있단다. 네 지위나 명예도 아직 다른 사람들이 차지하진 않았다. 텔레마코스도 아직까진 별 탈 없이 영지를 돌보며 원로회의에 참석하고 있단다. 모든 사람이 네 대신 그 아이를 초청하기 때문이지. 네 아버지는 시골 농장에 사시면서 도시 궁전으로는 오시지를 않는구나. 아버지는 침상도 이불도 담요도 없이, 겨울에는 하인들이 자는 모닥불 옆 땅바닥에서, 가을이면 낙엽 위에서 주무시며 남루한 옷만을 걸치고 계신단다. 그렇게 날마다 슬픔에 젖어 네가 돌아오기만을 학수고대하고 계시지. 네 아버지는 이미 연로하신 상태라 아주 걱정이란다. 나도 그렇게 쇠약해져서 죽었기 때문이다. 너에 대한 그리움이 내 명을 재촉했으면 몰라도 화살을 맞거나 병으로 죽은 것은 아니란다.'

애기를 듣던 저는 어머니를 한 번 안고 싶은 욕망에 사로잡혔습니다. 그래서 달려가 세 번이나 안으려 했지만 어머니는 그림자처럼 제 손에서 사라져 버렸습니다. 저는 괴로운 나머지 어머니에게 그 이유를 물었습니다. 어머니는 육체를 떠난 혼령은 눈에 그 모습은 보여도 실체는 손으로 잡을 수 없는 그림자에 지나지 않는다고 말해 주었습니다.

제가 이렇게 어머니와 이야기를 나누는 사이 오래전에 죽은 명망 있는 여인들의 혼령이 다가왔습니다. 저는 그들이 한꺼번에 몰려들지 않고 하나씩 와서 피를 맛보도록 질서를 잡아 주었습니다. 그리고 그들에게 가문과 이름을 물어보았습니다.

맨 먼저 다가온 것은 살모네우스의 딸 티로였습니다. 그녀는 아이올로스의 아들 크레테우스의 아내였습니다. 티로는 한때 강의 신 에니페우스에게 반해 강가로 놀러 다녔습니다. 하지만 우연히 포세이돈의 눈에 들어 쌍둥이 아들 펠리아스와 넬레우스를 낳았습니다.● 두 아들은 장성하여 각각 이올코스와 필로스의 지배자가 되었습니다. 티로는 나중에 크레테우스와 결혼하여 이아손의 아버지 아이손과 페레스와 아미타온도 낳았습니다.

다음은 아소포스의 딸 안티오페 차례였습니다. 그녀는 제우스의 사랑을 받고 두 아들 암피온●과 제토스를 낳았습니다. 이 두 아들은 테베

● 티로를 마음에 둔 포세이돈은 강의 신 에니페우스의 모습으로 티로에게 접근하여 쌍둥이 아들 펠리아스와 넬레우스를 보았다.

● **암피온** 이아소스의 아들 암피온과 동명이인이다.

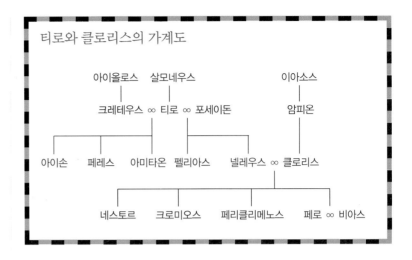

티로와 클로리스의 가계도

```
        아이올로스  살모네우스              이아소스
              |       |                      |
        크레테우스 ∞ 티로 ∞ 포세이돈        암피온
              |_____|                  |
              |                              |
              |           |     |     |      |      |
           아이손  페레스  아미타온 펠리아스 넬레우스 ∞ 클로리스
                                                    |_____|
                                                    |
                        네스토르  크로미오스  페리클리메노스  페로 ∞ 비아스
```

의 일곱 성문과 성벽을 세웠습니다.

　다음은 암피트리온의 아내로 제우스와의 사이에서 헤라클레스를 낳은 알크메네가 다가왔고, 이어 헤라클레스의 아내가 되는 크레온의 딸 메가라가 다가왔습니다.

　다음은 오이디포데스의 어머니 에피카스테가 다가왔습니다. 그녀는 영문도 모른 채 아들과 결혼했고 아들은 아버지를 살해했습니다. 이 사실을 알고 그녀는 목매 자살하고 아들은 고통스런 속죄의 삶을 살아야 했습니다.●

　다음은 넬레우스의 눈에 들어 수많은 선물을 받고 그와 결혼한 클로리스가 다가왔습니다. 그녀는 이아소스의 아들 암피온의 막내딸로 남편에게 세 아들 네스토르, 크로미오스, 페리클리메노스와 외동딸 페로를 낳아 주었습니다. 딸 페로는 나중에 이피클로스의 소 떼를 몰고 온 멜람푸스의 덕택으로 그의 형제 비아스의 아내가 됩니다.

　다음은 틴다레오스의 아내 레다가 다가왔습니다. 그녀는 말을 길들이는 데 명수인 틴다레오스와의 사이에 권투에 능한 폴리데우케스를 낳았습니다. 형제가 죽자 제우스의 피를 이어받은 폴리데우케스는 불

● 오이디포데스는 오이디푸스 신화의 초기 형태로, 에피카스테는 이오카스테와 동일 인물이다. 테베의 왕비 이오카스테는 아들을 낳으면 그 아들이 왕인 아버지를 죽이고 친어머니인 자신과 결혼하게 되리라는 신탁을 듣고 오이디푸스를 낳자마자 버린다. 하지만 오이디푸스는 사람의 눈에 띄어 코린토스의 왕자로 자랐고, 청년이 되어 생모가 들은 것과 같은 신탁을 듣는다. 그 신탁을 피하고자 방랑하던 오이디푸스는 우연히 생부인 줄 모르고 한 노인을 시비 끝에 죽인다. 또 테베의 골칫거리 스핑크스를 죽여 생모인 줄 모르고 왕비인 이오카스테와 결혼한 후에 신탁이 사실임이 드러나자 이오카스테는 자살하고 오이디푸스는 어머니의 시신에서 브로치를 빼어 스스로 두 눈을 실명시킨다. 그 후 오이디푸스는 참회하며 그리스 전역을 방랑하다가 콜로노스에서 평온한 죽음을 맞는다.

사不死의 몸이 되어 하늘로 불려 가고 카스토르는 지하세계로 내려갔
습니다. 폴리데우케스는 제우스에게 형제 카스토르가 지하세계에 남
아 있는 한 불사의 몸을 거부하겠다고 고집을 피웁니다. 제우스는 하
는 수 없이 형제를 하루씩 번갈아 가면서 하늘과 지하세계에서 살게
했습니다.

다음은 알로에우스의 아내 이피메데이아가 다가왔습니다. 그녀는
엄청나게 큰 거인 오토스와 에피알테스를 낳았는데 두 아들은 어느 날
하늘의 신들을 위협했습니다. 올림포스 산 위에 오사 산을, 오사 산 위
에 펠리온 산을 쌓아 올림포스 궁전을 깔아뭉개 버리겠다는 것이었습
니다. 결국 그들은 제우스의 번개를 맞고에 요절하고 말았습니다.

이 이외에도 파이드라, 프로크리스, 테세우스에게 버림을 받은 아
리아드네도 다가왔고, 마이라, 클리메네, 돈을 받고 남편을 판 에리필
레도 다가왔습니다."

오디세우스는 이렇게 말하고 자신이 만난 여인들 얘기를 다 하자면

백조로 변신한 제우스와 레다
레다는 백조와 함께 있는 모습으로 자
주 그려지는데, 이는 백조로 변한 제우
스와의 사이에서 알을 낳았다고 전해
지기 때문이다. 그 후 레다가 낳은 두
개의 백조의 알에서 헬레네, 카스토르,
폴리데우케스, 클리타임네스트라 등
네 자식이 태어났다. 귀스타브 모로의
1865~1875년 작.

밤이 새도 모자라다고 하며 밤이 깊었으니 오늘은 이만 하고
잠을 자고 싶다고 했다. 모두 그의 이야기에 한창 빠져 있던
터라 한동안 말이 없었다. 갑자기 아레테 왕비가 좌중을 보
며 말문을 열어 오디세우스에게 선물을 듬뿍 주어 귀향시키
자고 제안했다. 그러자 파이아케스 인 중 가장 연장자던 에
케네오스가 왕비의 말에 맞장구를 치며 자신도 같은 의견이
지만 우선 모든 것을 손에 쥔 알키노오스 왕의 뜻을 들어 보
자고 했다. 그러자 왕은 모두의 의견에 찬성하지만 자신은
오디세우스의 이야기를 더 듣고 싶다고 했다. 왕은 오디세우
스의 이야기가 마치 가인의 노래처럼 기품 있고 재미있다고 치켜세우
며 그에게 지하세계에서 혹시 트로이에서 함께 싸우다 죽은 전우는 만
나지 못했느냐고 물었다. 오디세우스는 한발 물러서며 왕이 원하신
다면 기꺼이 이야기를 계속하겠다고 하며 말을 다시 시작했다.

"여인들의 혼령이 모두 물러가자 이번에는 아트레우스의 아들 아가
멤논의 혼령이 다가왔습니다. 그의 주변에는 그와 함께 아이기스토스
의 손에 죽은 혼령들이 모여 있었습니다. 그는 검붉은 피를 마시고 나
서 저를 알아보더니 눈물을 흘렸습니다. 저는 그를 보자 불쌍한 생각
이 들어 어떻게 지하세계로 내려왔는지 물었습니다. 그러자 그는 아내
클리타임네스트라의 정부 아이기스토스의 손에 억울하게 죽은 이야기
를 쏟아 내며 이렇게 말했습니다.

'그러니 당신도 앞으로 아내를 너무 믿지 마시오. 아내에게 모든 것
을 알려 주지 마시고 어떤 것은 말하되 어떤 것은 숨기시오. 하지만 오
디세우스여, 당신은 아내 손에 죽지는 않을 것이오. 당신 아내 페넬로
페는 매우 지혜롭고 정숙하기 때문이오. 우리가 트로이로 떠날 때 당신
은 신혼이었지요. 그녀 품에 안겨 있던 어린아이는 벌써 성인이 되었겠

네요. 아버지가 돌아오시면 그 아이는 얼마나 행복할까요. 그런데 내 아내는 내가 아들을 보기 전에 나를 죽여 버렸소. 그래서 당신에게 물어볼 게 있소. 혹시 내 아들이 어디에 살아 있다는 얘기를 들은 적이 없소? 그 아이는 죽어 아직 지하로 내려오지 않았기 때문에 묻는 거요.'

저는 그에게 솔직하게 거기에 대해 아는 것이 하나도 없다고 대답했습니다. 그와 이런저런 이야기를 나누는 동안 이번에는 아킬레우스, 파트로클로스, 안틸로코스, 아이아스 등의 혼령이 다가왔습니다. 제일 먼저 아이아코스의 손자 아킬레우스가 저에게 안타깝다는 듯이 아무 의식이 없는 그림자들만 사는 지하세계에 내려온 이유를 물었습니다. 저는 고인이 된 테이레시아스에게 귀향할 수 있는 방법과 경로를 묻기 위해 왔다고 대답했습니다. 이어 살아 있을 때도 그리스 인의 존경을 한 몸에 받더니 죽어서도 사자死者들을 통치하는 제왕이 되었으니 행복하겠다고 그를 치켜세웠습니다. 그러자 그는 손사래를 치며 이렇게 말했습니다.

'오디세우스여, 나를 위로하려 들지 마시오. 나는 죽어 사자들의 나라를 통치하느니 차라리 시골에서 농토도 별로 없는 사람 집에서 머슴으로 살고 싶소. 그건 그렇고 혹시 당신은 내 아들의 소식을 아시오? 그 아이는 전쟁터에서 용감하게 싸웠소? 그리고 우리 아버님 펠레우스에 대해서도 아는 게 있으면 말해 주시오. 그분은 아직도 백성들의 존경을 받고 계시오, 아니면 그들에게 업신여김을 받고 계시오? 내 비록 전쟁터에서 수많은 트로이 군을 죽였지만 이제는 미약하기 짝이 없소. 아, 내가 옛날 무공武功을 날리던 모습으로 아버님을 찾아뵐 수만 있다면 얼마나 좋을까. 그렇다면 그분을 욕보이는 자들을 혼내 줄 수 있을 텐데!'

저는 펠레우스에 대해서는 잘 몰랐지만 아킬레우스에게 아들 네오프톨레모스에 대해서는 많은 것을 얘기할 수 있었습니다. 저는 그에게 네오프톨레모스를 신탁에 의해 스키로스에서 데려온 것, 네오프톨레모스가 회의에서 항상 올바른 얘기만 한 것, 트로이 군과 싸울 때 절대로 물러서지 않고 앞장서서 용감하게 싸운 것, 텔레포스의 아들 에우리필로스를 죽인 것, 에페이오스가 만든 목마에 들어가 트로이로 잠입하여 혁혁한 전공戰功을 세운 것, 그리고 마지막으로는 전쟁이 끝나서 당당하게 자기가 받을 전리품을 챙겨 무사히 귀향한 것 등을 얘기해 줬습니다. 아킬레우스는 얘기를 모두 듣고 나서 흐뭇해하며 사라졌습니다.

이렇게 많은 혼령이 제게 다가와 이야기를 나누었지만 유독 대 아이아스의 혼령만이 멀리 떨어져 제게 다가오지 않았습니다. 그는 아킬레우스의 갑옷을 놓고 저와 경합이 벌어졌을 때 제가 그를 이긴 것에 깊은 원한을 품고 있었습니다. 그는 그리스 군 중 아킬레우스 다음으로 용감한 인물이었습니다. 저는 그에게 다정한 목소리로 제게 분노가 남았으면 이제 풀고 가까이 다가와서 피를 맛보라고 권했습니다. 그러나 그는 한마디 말도 없이 다른 혼령들과 함께 에레보스로 사라져 버렸습니다.

이후 저는 그곳에서 제우스의 아들 미노스●가 황금 홀을 손에 쥐고 죽은 자들에게 판결을 내리는 것을 보았습니다. 오리온이 끔찍한 몽둥이를 들고 생전에 죽인 사냥감을 모는 장면도, 티티오스가 땅바닥에 누워 있고 독수리가 그의 간을 파먹고 있는 장면도 보였습니다. 티티오스는 레토를 함부로 욕보이려다 그런 형벌을 받고 있었습니다.

그칠 줄 모르는 허기와 갈증에 시달리며 고통에 신음하는 탄탈로스●도 보였습니다. 그는 물이 턱 밑까지 차오른 상태로 호수에 서 있었습니다. 그러나 목이 말라 물을 마시려고 허리를 굽히면 물은 순식간에 사라지고 땅이 드러나 끝없는 갈증으로 고통을 받고 있었습니다. 또 머리 위로는 배나무, 석류나무, 사과나무, 올리브나무, 무화과나무 등 온갖 과일나무가 탐스런 열매를 매단 채 가지를 드리우고 있었습니다. 그러나 과일을 따려고 손을 내밀면 바람이 가지를 그의 손이 닿지 않는 곳으로 밀어냈습니다.

●미노스 제우스가 납치한 소아시아의 공주 에우로페와의 사이에서 태어난 아들 중 하나. 크레테의 왕 미노스는 포세이돈이 나중에 자신에게 바치라고 준 황소를 차지하여 신의 분노를 샀다. 성난 포세이돈은 미노스의 아내가 황소를 사랑하게 하여 머리는 소이고 몸은 사람인 괴물 미노타우로스를 낳게 만들었다. 미노스는 그 괴물을 한 번 들어가면 절대 나올 수 없는 미로에 가두고 거친 성정을 달래기 위해 일 년에 한 번 아테네에서 조공으로 청춘남녀 각각 일곱 명씩을 받아 먹인다. 그러던 중 아버지를 찾아 아테네에 온 테세우스가 희생될 청년 중 하나로 자원하여 크레테에 와서 괴물을 처치하고 크레테의 공주 아리아드네의 도움으로 미궁을 무사히 빠져나온다.

●탄탈로스 탄탈로스가 끝없는 갈증과 허기의 고통을 받게 된 원인은 여러 가지로 전해지는데, 신들의 음식을 인간에게 전해 주었기 때문이라고도 하고, 신들의 비밀을 인간에게 이야기하였기 때문이라고도 하며, 신들을 시험했기 때문이라고도 한다.

　저는 또 시시포스가 커다란 바위를 산 위로 힘들게 굴리는 것도 보
았습니다. 그러나 그가 산 정상에 돌을 올려놓으면 돌은 다시 밑으로
굴러 내려 그는 성과도 없는 같은 일을 끝도 없이 반복해야 했습니다.

　마지막으로는 헤라클레스를 보았습니다. 지하에 있는 헤라클레스
는 복제품에 불과합니다. 그는 죽은 뒤 신이 되어 헤라의 딸 청춘의 여
신과 결혼하여 신들과 함께 하늘에 살고 있기 때문입니다. 그는 활시
위에 활을 얹고 당장이라도 쏠 듯한 자세를 취하고 있었습니다. 그는
저를 금세 알아보고 동병상련을 느꼈는지 예전에 자신이 바보왕 에우

타르타로스에서 높은 산 정상 위에 커다란 바위를 올려놓는 형벌을 받고 있는 시시포스
시시포스가 형벌을 받게 된 이유로는 제우스의 비밀을 인간에게 고자질하여 제우스의 노여움을 샀기 때문이라는 설도 있고, 그 고자질에 화가 난 제우스가 죽음의 정령 타나토스를 보냈을 때 그를 속이고 붙들어 놓은데다 죽은 뒤에도 하데스를 속여 지상으로 돌아갔기 때문이라는 설도 있다. 티치아노의 1548~1549년 작.

● **메두사** 고르고네스(단수형은 고르고)라는 세 마녀 자매의 막내로, 머리카락 한올 한올이 실뱀이고 아주 흉측한 모습으로 나타난다. 그녀와 눈이 마주친 사람은 너무 놀라 돌이 되어 버린다.

리스테우스의 명령을 받고 케르베로스를 데리러 지하세계에 왔던 것을 상기하며 저를 안타까워했습니다.

헤라클레스가 에레보스로 사라진 뒤 나는 테세우스나 그의 친구 페이리토오스 등 다른 영웅들이 나오지 않을까 기다렸습니다. 그런데 그 때 수많은 죽은 자들이 떼를 지어 고함을 치며 몰려왔습니다. 그 순간 저는 페르세포네가 혹시 고르고네스 메두사*를 보내지 않을까 하는 공포에 사로잡혔습니다. 그래서 즉시 배가 있는 곳으로 가서 부하들을 재촉하여 그곳을 재빨리 떠났습니다.

제12권

키르케가 오디세우스에게 항해 중 닥치게 될 위험을 일러 주다

헬리오스의 분노로 난파당한 오디세우스가 부하를 모두 잃다

오디세우스가 칼립소의 오기기아 섬으로 흘러 들어가다

오디세우스가 지하세계에서 바다로 빠져나와 아이아이아에 도착하여 엘페노르를 장사지내 준다. 키르케가 오디세우스에게 항해 중에 닥치게 될 위험을 예고한다. 키르케가 절묘한 노래로 선원들을 홀려 익사시키는 세이레네스가 사는 곳을 통과하는 방법을 알려 준다. 키르케가 오디세우스에게 서로 부딪히는 두 개의 바위 플랑크타이 그리고 스킬라와 카립디스 사이의 협곡 중 후자를 택하라고 충고한다. 키르케가 태양신 헬리오스의 섬 트리나키아의 암소에 손대지 말라고 경고한다. 오디세우스가 스킬라에게 부하 여섯을 잃는다. 오디세우스가 트리나키아 섬에 하룻밤 기항하는 사이 폭풍우가 일어나 출발하지 못하고 지체하다가 재고 식량이 바닥난다. 오디세우스의 부하들이 배고픔을 이기지 못하고 성스런 헬리오스의 암소를 잡아먹는다. 분노한 태양신이 출항한 오디세우스의 배를 난파시킨다. 배 파편에 몸을 의지하고 떠다니던 오디세우스가 칼립소의 오기기아 섬으로 흘러 들어간다.

오케아노스를 떠난 우리 배가 아이아이아 섬에 도착했을 때는 이미 야심夜深한 시각인지라 우리는 키르케의 궁전으로 가지 않고 바닷가에 내려 적당한 곳에 잠자리를 마련한 다음 잠을 청했습니다. 아침이 되어 저는 부하들을 키르케의 궁전으로 보내 엘페노르의 시신을 가져오게 했고 그와 약속한 대로 장례를 치러 주고 무덤 한가운데에 그의 노를 꽂아 주었습니다. 이어 키르케가 내일 아침 떠나기 전에 맘껏 마시며 휴식을 취하라고 시녀들을 대동하고 빵과 고기와 포도주를 가져왔습니다. 그래서 우리는 해가 질 때까지 고기와 술로 잔치를 벌였습니다. 밤이 깊어 모두 배 옆에서 자려고 눕자 키르케가 저를 그곳에서 멀리 떨어진 한적한 곳으로 데리고 가서 제게 다정하게 몸을 기대며 지하세계에서 보고 들은 것을 자세하게 묻더니 여행 중에 닥칠 일들을 이렇게 미리 알려 주었습니다.

'제 말을 명심해서 들으세요. 당신은 제일 먼저 세이레네스 자매가 사는 섬을 지나 갈 거예요. 누구든지 그들의 노랫소리를 들으면 목숨을 부지할 수가 없어요. 그들에게 더 가까이 가려다가 결국 바다에 빠져 죽기 때문이죠. 그들 주변에는 그렇게 죽어 간 선원들의 뼈가 산더미처럼 쌓여 있어요. 그러니 부하들에게는 그들의 노랫소리가 들리지 않도록 밀랍을 이겨 귀에 발라 주세요. 그러나 당신은 원한다면 목숨을 부지한 채 그들의 노랫소리를 들을 수 있어요. 우선 부하들을 시켜 돛대를 고정하는 나무에 당신 몸을 묶은 다음 당신이 세이레네스의 노랫소리를 듣고 몸부림치며 풀어 달라고 애원하면 더 세게 묶어 달라고 단단히 이르신다면 말이에요.

세이레네스를 통과한 다음에는 항로가 두 갈래로 나뉘어 있어요. 하나는 프랑크타이 바위라고 부르는데 그 옆을 지나가는 것은 무엇이든 서로 부딪혀서 가루를 내는 두 개의 바위이지요. 지금까지 어떤 배도 그곳을 지나가지 못했어요. 그러니 당신도 이 항로는 피해야 해요.

황금 양피를 탈취한 이아손의 아르고 호號만이 아이에테스 왕의 추격
을 당하다가 헤라 여신의 은총으로 그곳을 통과할 수 있었지요.

　다른 항로는 깎아지른 듯한 바위 두 개가 마주 보며 우뚝 솟아 있는
해협이에요. 그중 하나의 중간쯤에는 동굴이 하나 있는데 그 안에는
스킬라라는 괴물이 살고 있어요. 그녀는 발은 열두 개, 목과 머리는 여
섯 개나 되고 모든 입에는 이빨이 세 줄로 촘촘하게 줄지어 돋아나 있
어요. 그 괴물은 아랫도리를 동굴 안쪽에 깊게 뿌리내린 채 머리를 밖
으로 내어 사방으로 자유자재로 움직이면서 돌고래나 물개를 잡아먹
지요. 아직까지 배를 타고 그곳을 무사히 통과한 배는 없어요. 스킬라
가 눈 깜짝할 사이에 목을 빼들고 입 하나에 한 사람씩 선원들을 낚아
채 가기 때문이죠.

　또 다른 바위는 첫 번째 것보다 약간 작은데 그 맞은편에 있어요.
그곳에는 무화과나무가 한 그루 있는데 그 나무 밑에 카립디스라는

괴물이 살고 있어요. 그 괴물은 하루에 세 번씩 바닷물을 빨아들였다가 내뱉는 엄청나게 큰 소용돌이에요. 그러니까 그리로 가서는 안 돼요. 카립디스에게 한 번 빨리면 포세이돈 신이라도 당신을 구해 줄 수 없으니까요. 차라리 스킬라가 사는 동굴 쪽에 붙어서 그곳을 통과하세요. 한꺼번에 부하를 모두 잃느니 여섯 명만 잃는 것이 훨씬 나을 테니까요.'

저는 키르케의 말을 듣고 나서 그녀에게 스킬라로부터 내 부하들을 지킬 수 있는 방법이 없는지 물었습니다. 그러자 그녀는 약간 놀라며 인간은 불사의 몸인 스킬라를 막을 수 없으며 부하들을 스킬라가 낚아채는 순간 죽을힘을 다해 그곳을 벗어나라고 충고하며 말을 이었습니다.

'당신이 스킬라와 싸우기 위해 무장하고 그곳에 남아 있다가는 그녀가 다시 덤벼들어 같은 수의 부하들을 잡아갈까 두려워요. 다만 그곳을 통과하면서 스킬라의 어머니 크라타이이스를 부르면 스킬라가 다시 덤벼드는 것은 막아 줄 거예요. 그 뒤 당신은 트리나키아 섬에 도착할 거예요. 그곳에는 헬리오스의 암소와 양이 풀을 뜯고 있을 거예요. 소 떼와 양 떼는 각각 일곱인데 각 떼마다 그 수가 50이에요. 그것들은 헬리오스와 네아이라의 딸인 파에투사와 람페티에 요정이 돌보고 있지요. 당신이 그 가축들을 해치지 않는다면 고생은 해도 고향 이타케에 부하들을 데리고 무사히 가게 될 거예요. 그러나 그것들을 해친다면 당신의 배와 부하들은 파멸을 면치 못할 거예요. 당신은 죽음을 피할 수는 있어도 부하를 모두 잃고 비참하게 귀향할 거예요. 그러니 그 섬은 피해 가세요.'

키르케와 이야기를 나누는 동안 어느새 아침이 되었습니다. 키르케는 궁전으로 돌아가고 나는 배가 정박해 있는 곳으로 가 부하들을 재촉하여 얼른 그곳을 출발했습니다. 우리는 키르케가 순풍을 보내 주어

힘들게 노를 젓지 않아도 순항을 계속할 수 있었습니다. 기회를 보아 저는 부하들에게 우선 키르케가 세이레네스에 대해 한 말을 하나도 빠짐없이 전해 주었습니다.

그때 갑자기 바람이 잦아들었습니다. 우리 배가 드디어 세이레네스 자매가 사는 섬 근처에 도착한 것이었습니다. 부하들이 일어서서 돛을 내렸습니다. 그 사이 저는 얼른 밀랍을 녹여 부하들의 귀에 발라 주었습니다. 그들도 돛대를 고정하는 나무에 저를 묶고는 노를 젓기 시작했습니다. 세이레네스 자매는 우리 배에 사람의 고함 소리가 들릴 만한 거리가 되었을 때 우리를 향해 노래를 불렀습니다.

세이레네스가 사는 섬을 지나가는 오디세우스 일행
오디세우스는 스킬라의 조언에 따라 부하들의 귀는 밀랍으로 막고 자신은 돛대를 매는 기둥에 몸을 묶어 세이레네스 자매의 노래의 마력을 피해 갈 수 있었다. 낙담한 세이레네스 자매는 스스로 목숨을 끊었다고 한다. 허버트 제임스 드레이퍼의 1909년 작.

'오디세우스여, 자 이리 오세요. 배를 세우고 달콤한 우리 노랫소리를 한번 들어 보세요. 우리 입에서 흘러나오는 노랫소리를 제대로 듣지 않고 이곳을 통과한 배는 아직 한 척도 없어요. 우리 노랫소리를 들은 사람은 죽어서도 더 많은 것을 알고 가지요. 우리는 풍성한 대지 위에서 일어나는 일은 무엇이든 다 알고 있으니까요. 우리는 트로이에서 그리스 군과 트로이 군이 벌인 전쟁에 대해서도 아주 잘 알고 있어요.'

세이레네스 자매가 달콤한 목소리로 노래 부르자 저는 그들에게 가까이 다가가서 더 많이 듣고 싶은 강한 욕망에 사로잡혀 부하들에게 저를 풀어 달라고 명령했습니다. 그러나 그들은 아무 소리도 듣지 못한 듯 노를 젓기만 했습니다. 페리메데스와 에우릴로코스만 제 표정을 읽더니 저를 더 꽁꽁 묶어 버렸습니다. 부하들은 세이레네스의 노랫소리가 하나도 들리지 않게 되자 비로소 자신의 귀에 바른 밀랍을 떼어 내고 나도 밧줄에서 풀어 주었습니다.

세이레네스 섬을 지나고 얼마 지나지 않아 우리는 곧 너울과 물보라를 일으키며 노호怒號하는 바닷소리를 들었습니다. 바로 엄청난 소용돌이 카립디스였습니다. 저는 사전에 아무 정보도 주지 않았지만 부하들은 겁을 집어먹고 노 젓기를 그만 멈추고 말았습니다. 그래서 저는 배 안을 돌아다니며 부하들을 격려했습니다. 흉악한 폴리페모스의 동굴에서도 탈출했는데 이까짓 파도는 아무것도 아니라고 말입니다. 그러면서 저는 키잡이에게 카립디스가 아닌 스킬라가 사는 바위 옆에 바싹 붙어 항해하도록 유도했습니다. 그런데 아무리 눈을 부릅뜨고 바위를 살펴봐도 스킬라는 보이지 않았습니다. 부하들은 오히려 반대편 바위 주변에서 요동치는 카립디스에 정신이 팔려 있었습니다. 카립디스가 물을 내뿜을 때면 바닷물은 가마솥에서 끓는 물처럼 밑바닥에서부터 끓어올라 하늘 높이 물보라를 일으켰고, 다시 바닷물을 빨아들일 때는 소용돌이치며 바닥의 시커먼 모래땅을 드러냈습니다. 부하들은 공포에

스킬라와 카립디스
오디세우스 일행은 한쪽은 머리가 여섯 개 달린 괴물 스킬라, 한쪽은 바닷물을 빨아들였다 내뱉어 소용돌이를 만드는 괴물 카립디스 사이를 지나며 스킬라에게 부하 여섯을 잃는다. 요한 하인리히 퓌슬리(1741~1825) 작.

떨며 카립디스 쪽을 쳐다보고 있었습니다. 바로 그때 반대편 바위에서 스킬라가 갑자기 나타나 목을 쭉 내밀더니 부하 여섯을 낚아채 갔습니다. 스킬라는 낚시꾼이 미끼를 문 물고기를 물 밖으로 끌어낼 때처럼 버둥대는 부하들을 높이 들어 올려서는 동굴 입구에서 먹어 치웠습니다. 그것은 정말 지금까지 제가 본 가장 참혹한 광경이었습니다.

스킬라와 카립디스를 벗어나서 우리는 헬리오스의 섬에 도착했습니다. 상륙하기 전부터 섬에서 소 울음소리가 들려왔습니다. 저는 아이아이아 섬에서 키르케가 신신당부하던 말이 생각나서 부하들에게 그 섬을 피해 가자고 했습니다. 그러자 에우릴로코스가 부하들을 대표하여 저를 원망하며, 너무 지쳤으니 하룻밤만 묵고 가자고 애원했습니다. 저는 불길한 예감에 사로잡히며 그들에게 소 떼나 양 떼를 해치지 않겠다고 맹세하면 그렇게 하겠다고 약속했습니다. 그러자 부하들은 순순히 제 뜻에 따라 키르케가 싸 준 음식만 먹겠다고 맹세했습니다.

우리는 그 섬 바닷가에 내려 죽은 동료들을 추모하며 실컷 먹고 마신 다음 잠이 들었습니다. 그러나 한밤중이 되자 제우스 신은 무서운 폭풍을 일으켜 천지를 암흑으로 뒤덮더니 엄청난 비를 내리기 시작했습니다. 우리는 거처를 동굴로 옮기고 폭풍우가 그치기를 기다렸지만 비는 한 달 내내 내렸습니다. 부하들은 배에 있던 양식이 동나자 처음에는 맹세한 대로 소와 양에는 손을 대지 않고 주로 새나 물고기를 잡아먹었습니다. 그러던 어느 날 저는 부하들만 남겨 두고 섬의 한적한 곳으로 올라가 신들께 기도를 드리다가 그만 깜박 잠이 들고 말았습니다. 바로 그 틈을 이용하여 에우릴로코스가 허기에 시달리는 동료들을 꼬드기기 시작했습니다.

'여러분, 내 말을 좀 들어 보시오. 인간에게 가장 비참한 것은 굶어서 죽는 것이오. 옛말에 먹다 죽은 귀신은 때깔도 좋다는 말이 있지 않소. 자, 우리 이 섬에 있는 헬리오스의 소 가운데 가장 훌륭한 놈들을 골라 신들께 제물로 바치고 우리도 배불리 먹읍시다. 그 대가로 고향에 돌아가면 헬리오스 신께 훌륭한 신전을 지어 드립시다. 그래도 신들이 우리를 파멸시키시겠다면 나는 외딴 섬에서 허기에 질려 죽느니 차라리 바다에 빠져 죽는 게 낫겠소.'

에우릴로코스의 말에 다른 전우들이 모두 찬성했습니다. 그들은 곧장 가까운 풀밭으로 나가 가장 튼실한 소들을 몰고 와서 신들께 기도한 뒤 넓적다리 하나는 태워 바치고 나머지는 꼬챙이에 꿰어 실컷 구워 먹었습니다. 제가 잠에서 깨어 배로 다가갔을 때

는 고기 굽는 냄새가 주위에 진동했습니다. 저는 사태를 짐작하고 부하들을 시험하기 위해 저를 잠재운 신들을 원망했습니다. 그리고 부하들을 꾸짖었지만 그렇다고 죽은 소가 살아올 것도 아니고 이미 엎질러진 물이었습니다.

그 사이 소를 돌보던 요정 람페티에는 헬리오스에게 가 우리 부하들이 겁도 없이 소를 잡아먹었다는 사실을 알렸습니다. 분노한 헬리오스는 신들의 회의에서 오디세우스의 부하들에게 그에 상응하는 벌을 내리지 않으면 자신은 지상이 아닌 지하세계로 가서 죽은 자들 가운데서 빛을 비추겠다고 으름장을 놓았습니다. 그러자 제우스가 헬리오스에게 번개를 쳐서 오디세우스의 배를 바다 한가운데서 산산조각 낼 것이니 화를 풀라고 달랬습니다.

이어 곧바로 신들이 보내는 불길한 전조가 나타났습니다. 벗겨 낸 소가죽이 땅 위를 기어 다녔고 먹다 남은 꼬챙이의 살점들이 음매 하고 울었습니다. 부하들이 엿새 동안이나 소고기 잔치를 벌이고 일곱째

되는 날에야 비로소 폭풍우가 멎었습니다. 우리는 즉시 배에 올라 돛을 올렸습니다. 그런데 한참을 달려도 육지는 보이지 않고 하늘과 바다만 보이더니 갑자기 사방에 먹구름이 끼고 엄청난 돌풍이 일어 순식간에 돛대를 부러뜨렸습니다. 더구나 돛대는 쓰러지면서 키잡이의 머리를 쳐 절명시키고 말았습니다. 이어 천둥소리와 함께 번개가 일더니 우리 배를 산산조각으로 만들어 앙상한 용골龍骨만 남았습니다.

부하들은 요동치는 바다에 떨어져 모두 죽었고 저만 간신히 배의 용골을 잡고 바람에 떠밀려 다녔습니다. 그때 지금까지 돌풍을 일으키며 불던 서풍이 그치고 남풍이 불기 시작했습니다. 그런데 남풍은 끔찍하게도 저를 스킬라와 카립디스가 있는 곳으로 도로 데리고 갔습니다. 카립디스는 그때 마침 바닷물을 빨아들이고 있었습니다. 저는 순간 카립디스의 입 속으로 빨려 들어가는 용골을 손에서 놓고 훌쩍 뛰어올라 무화과나무 가지에 매달렸습니다. 뿌리는 아래를 향하고 가지는 허공으로 뻗어 있는 무화과나무에 매달린 저는 내려가지도 올라가지도 못한 채 아래를 보며 카립디스가 용골을 토해 내기를 기다렸습니다. 마침내 카립디스가 다시 물을 뿜어내면서 용골이 튀어 나왔고 저는 바로 그 위로 뛰어내려 사력을 다해 두 손으로 노를 젓기 시작했습니다. 다행스럽게도 그때 스킬라는 나타나지 않았습니다. 만약 그랬더라면 저는 거기서 살아 나오지 못했을 것입니다. 그렇게 바다 위를 열흘 동안이나 항해한 끝에 저는 마침내 칼립소가 사는 오기기아 섬에 도착했습니다. 어제 이미 말씀드렸듯이 칼립소는 저를 반갑게 맞아 주었고 정성으로 보살펴 주었습니다."

제13권

파이아케스 인들이 오디세우스가 잠든 사이 그를 이타케 해안에 내려놓다

아테나 여신이 오디세우스에게 구혼자들을 응징하기 위해 필요한 일을 일러 주고 그를 거지로 변신시키다

파이아케스 인들이 오디세우스를 배에 태워 오디세우스가 잠든 사이 그를 이타케의 포르키스 만에 내려놓는다. 분노한 포세이돈이 돌아가는 파이아케스의 배를 돌로 만들어 버린다. 오디세우스가 짙은 안개에 싸인 고향을 알아보지 못하고 양치기로 변신한 아테나 여신에게 어딘지 묻는다. 아테나 여신이 안개를 걷어 오디세우스에게 고향임을 확인시켜 주고 그가 받은 선물을 요정들이 사는 동굴에 숨겨 둔다. 아테나 여신이 오디세우스에게 구혼자들을 살해하기 위해 해야 할 일을 하나하나 일러 주고 그를 늙은 거지로 변신시킨다.

오디세우스의 긴 이야기가 전부 끝났지만 모두 아무 말이 없었다. 아직도 그의 이야기가 발산하는 마력에서 벗어나지 못했기 때문이다. 한참 만에 알키노오스 왕이 말문을 열었다. 그는 먼저 오디세우스에게 지금까지 갖은 고생을 했지만 자기 나라에 온 이상 이제 편안하게 귀향하게 될 것이라고 위로했고, 이어 원로들을 향해서는 오디세우스에게 세발솥과 가마솥도 하나씩 선물하자고 제안했다. 모두 그의 말에 찬성하며 집으로 돌아가 잠을 청했다.

아침이 되자 원로들은 솥을 하인의 손에 들린 채 오디세우스가 타고 갈 배로 가져와서 노 저을 때 방해가 되지 않도록 의자 밑에 넣어둔 다음 아침식사를 하기 위해 알키노오스의 궁전을 향했다. 그들은 우선 제우스 신께 황소 한 마리를 바친 후 가인 데모도코스의 연주와 노래가 울려 퍼지는 가운데 흥겨운 잔치를 벌였다. 하지만 오디세우스는 잔치에는 별 관심이 없이 자꾸만 해를 바라보며 해가 빨리 서쪽으로 넘어가기만을 고대했다. 저녁이 되면 배가 고향으로 출발하기로 되어 있었기 때문이다. 그의 모습은 마치 하루 종일 들판에서 일한 일꾼이 저녁식사를 고대하는 것과 같았다.

이윽고 해가 서산으로 뉘엿뉘엿 넘어가고 출발할 시간이 되자 오디세우스는 알키노오스 왕과 그곳에 함께한 모든 신하들에게 그동안 베풀어 준 친절에 대해 깊은 고마움을 표시하며 신의 축복을 기원했다. 오디세우스는 마지막으로 아레테 왕비에게 다가가 만수무강을 기원한 뒤 전령 폰토노오스의 안내를 받아 배로 향했다. 아레테는 하녀 둘에게 오디세우스가 받은 선물을 넣은 궤짝과 항해 도중 입을 옷을 들려 보냈다.

오디세우스가 바닷가에 도착했을 때 배에는 이미 항해 중 먹을 것과 마실 포도주와 물이 충분하게 실려 있었다. 선원들은 오디세우스를 위해 배의 후미後尾 갑판에 리넨 천을 깔아 잠자리를 만들어 주었다. 파이아케스의 선원들이 노를 젓기 시작하자 오디세우스는 그 잠자리에 누워 죽음과도 같은 깊은 잠으로 빠져 들어갔다. 배는 말 네 필이 끄는 마차처럼 선수船首를 약간 든 채 아주 빨리 나아갔다. 새 중에서 가장 빠른 매조차도 따라잡지 못할 것 같았다.

새벽의 여신의 등장을 알리는 샛별이 떠올랐을 때쯤 배는 이미 오디세우스의 고향 이타케 섬에 다가가고 있었다. 이타케에는 포르키스라는 포구가 있는데 양쪽으로 길고 가파른 곶이 돌출해 있어서 포구 밖의 파도를 막아 주었다. 따라서 포구는 밧줄을 매지 않고 정박해도 배가 전혀 흔들리지 않을 정도로 수면이 고요했다. 포구의 맨 안쪽에는 올리브나무 한 그루가 있고 그 옆에는 나이아 데스 요정에게 바친 동굴이 있었다. 파이아케스 선원들 은 그쪽으로 배를 몰아 정박했다. 어찌나 세게 몰았던지 선체의 반이 백사장 위로 올라왔다. 그들은 우선 리넨 천 전체를 들어 잠에 곯아떨어진 오디세우스를 모래밭에 누이고 나서 그가 받은 선물을 내렸다. 선물은 다시 무화과나무 옆으로 옮겨 가지런히 쌓아 놓았다. 길 가던 행인이 오디세우스가 깨기 전에 훔쳐 가는 것을 방지하기 위한 배려였다.

선원들은 임무를 끝마치자 다시 고향으로 출발했다. 그러나 바로 그 순간 포세이돈 신이 올림포스에서 신들과 함께 그들의 행동을 유심히 관찰하다가 제우스에게 불평을 털어놓았다. 자신은 제우스의 뜻을 받들어 오디세우스를 죽이지 않고 고향에 가게는 하겠다고 했지만 오디세우스에게 저렇게 많은 선물을 주는 것은 마음에 들지 않는다는 것이었다. 포세이돈은 괜히 심술이 나 파이아케스 족을 벌하고 싶은 것이었다. 제우스는 포세이돈의 의중을 알아차리고 그의 위신을 세워 주기 위해 그에게 하고 싶은 대로 하라고 했다. 그러자 포세이돈은 오디세우스를 호송하고 돌아오는 배를 파이아케스 인들이 보는 앞에서 부숴 버리고 그들의 도시 스케리아를 높은 산으로 둘러싸 버리겠다고 말했다. 그러자 제우스가 이렇게 중재안을 내놓았다.

나이아데스
나이아데스(단수형은 나이아스)는 물의 요정으로, 그들이 사는 샘이나 하천을 의인화한 존재다. 나이아데스와 관련해 유명한 이야기로는 샘에 물을 길러 간 미소년 힐라스가 그의 모습에 반한 나이아데스 페가이아에 의해 샘에 끌려 들어간 것이 있다. 존 윌리엄 워터하우스의 1893년경 습작.

"포세이돈이여, 이렇게 하는 게 어떻겠소. 파이아케스의 백성들이 오디세우스를 호송하고 돌아오는 배를 볼 때 그들이 모두 놀라도록 상륙하기 바로 직전에 돌로 바꿔 버리는 것이오. 그러면 당신이 그들의 도시를 큰 산으로 둘러싸는 셈이 되지 않겠소?"

포세이돈은 고개를 끄덕이며 서둘러 파이아케스인이 사는 스케리아로 갔다. 얼마지 않아 배가 빠른 속도로 항구를 향해 들어오자 배를 돌로 바꾸고 손바닥으로 쳐 바다에 깊이 박아 버렸다. 많은 사람이 누가 그렇게 만들었는지 영문을 몰라 했지만 알키노오스만은 옛날에 자신이 들은 신탁을 기억하고 이렇게 말했다.

"아아, 아버님이 말씀하시던 신탁이 이제 진짜 실현되었소. 아버님은 포세이돈 신이 우리에게 화를 내고 계시다고 말씀하셨소. 우리가 누구나 배에 태워 안전하게 원하는 곳으로 데려다 주기 때문이오. 아버님은 또 언젠가 우리 배가 호송을 마치고 돌아올 때 포세이돈 신이 배를 부숴 버리고 우리 도시를 큰 산으로 둘러싸실 거라고도 하셨소. 자, 그러니 모두 내가 하자는 대로 합시다. 포세이돈 신이 우리를 불쌍하게 여겨 우리 도시를 산으로 둘러싸지 않도록 그분에게 황소 열두 마리를 가장 좋은 것으로 골라 바칩시다."

파이아케스 인들이 모두 포세이돈 신에게 제물을 바치며 간절하게 기도하는 시간에 오디세우스는 잠에서 깨어났다. 그러나 그는 자신이 있는 곳이 고향임을 알아보지 못했다. 오랫동안 고향을 떠나 있었을 뿐 아니라 아테나 여신이 그의 주위에 짙은 안개를 풀어 놓았기 때문이다. 그것은 오디세우스가 구혼자들을 응징하기 전에는 아무도 그를

삼지창을 든 포세이돈
포세이돈은 파이아케스 족이 선물까지 듬뿍 주어 오디세우스를 고향 이타케로 데려다 주자 분기탱천하여 귀환하는 그들의 배를 돌로 만들어 버린다.

알아보지 못하게 하기 위해서였다. 오디세우스는 주변을 두리번거리다가 탄식하며 소리쳤다.

"아아, 슬프구나, 도대체 이번에는 어떤 나라에 왔단 말인가? 이곳 사람들은 어떤 사람들일까? 야만적이고 오만할까, 아니면 이방인에게 친절하고 신을 공경할까? 난 이제 이 많은 재물을 어디로 가져가며 또 어디로 가야 한단 말인가? 차라리 이 재물들을 파이아케스 인의 나라에 두고 왔더라면 좋았을 텐데! 그랬다면 나를 호송해 줄 다른 왕을 찾을 수 있었을 텐데. 아아, 나를 엉뚱한 곳에 데려다 놓다니 파이아케스 인들도 고약하군. 멀리서도 잘 보이는 이타케에 데려다 주겠다고 장담해 놓고 이런 곳에 두고 가다니! 제우스 신이시여 그들에게 벌을 내리소서! 혹시 그들이 떠나면서 내 재물을 훔쳐 가지나 않았는지 살펴보아야겠다."

오디세우스는 이렇게 중얼거리며 없어진 재물이 있나 살펴보았지만 모두 그대로였다. 오디세우스는 망연자실하여 바닷가로 가까이 가서 계속해서 흐느끼며 울었다. 바로 그때 아테나 여신이 양치기의 모습을 하고 나타났다. 오디세우스는 구세주를 만난 듯 그의 무릎을 부여잡고 자기를 구해 달라고 애원하며 이곳이 어디인지 물었다. 아테나 여신은 누구에게나 잘 알려진 이곳을 모르는 것을 보니 먼 데서 오신 것 같다고 하며 이곳은 바로 이타케라고 말해 주었다. 보통 사람 같았으면 고향이라는 얘기를 듣고 기뻐하며 자기 신분을 밝혔을 것이다. 그러나 영리한 오디세우스는 속으로는 아주 놀라면서도 짐짓 그런 기색을 감추며 자신의 출신을 지어내서 이렇게 말했다.

"이타케에 대해서는 저 멀리 크레테에서도 들었습니다. 저는 크레테에서 재물을 갖고 도망쳐 오는 길입니다. 이도메네우스의 아들 오르실로코스를 죽였기 때문입니다. 그는 내가 트로이에서 받은 전리품을 강제로 빼앗으려 했습니다. 그래서 전우 한 명과 길목에서 매복했다가 창으로 그를 살해했습니다. 나는 곧바로 많은 전리품을 주고 페니키아 인들에게 필로스나 엘리스로 데려가 달라고 부탁했습니다. 그러나 예상과는 달리 변덕스런 바람 때문에 결국 이쪽으로 오고 말았군요. 그들은 나와 내 재물을 내려놓고 여기서 하룻밤을 묵은 뒤 살기 좋다는 시돈으로 떠났습니다."

아테나 여신은 오디세우스의 말을 모두 듣더니 본래의 모습으로 변신해서는 지그시 미소를 띤 채 귀엽다는 듯이 그의 머리를 쓰다듬으며 이렇게 말했다.

"꾀돌이 오디세우스여, 신이라도 계략에서 너를 이기자면 아주 신경을 써야 할 것이다. 너는 고향에 돌아와서도 기만과 술수를 그만두지 않는구나. 자, 계략에는 우리 둘 다 능하니까 이제 그 얘기는 그만하자. 너는 조언과 언변이 인간 중에서 가장 뛰어나고 나는 전략과 전술이 신 중에서 가장 뛰어나니 말이다. 너는 알아차리지 못했지만 나는 그동안 너와 동행하며 내내 너를 지켜 주었다. 내가 지금 네 앞에 나타난 것도 구혼자들을 응징하기 위해 너와 함께 계략을 짜고, 네가 집에 가서도 얼마나 많은 고난을 겪어야 하는지 알려 주기 위해서다. 너는 어느 누구에게도 방랑하다가 돌아온 오디세우스라고 밝히면 안 된다. 그리고 구혼자들이 너에게 어떤 행패를 부려도 꾹 참고 견디어라."

아테나 여신의 말을 듣고 오디세우스는 그녀에게 무례에 대한 용서를 빌며 자신이 아무리 혜안慧眼이 있다고 해도 여신을 알아보는 것은 어렵다고 고백했다. 여러 모습으로 자유자재로 변신하는 여신의 모습을 어떻게 알아보겠냐는 것이었다. 이어 그는 아테나 여신이 베풀어 준 은총에 깊이 감사를 드린 다음 도대체 자기가 있는 곳이 진짜 이타케가 맞는지 물었다. 그는 이타케에 온 것이 아니라 아직도 낯선 나라에 있는 것 같았으며 여신이 이타케라고 얘기하는 것도 자신을 놀리기 위해 그러는 것 같았다. 여신은 오디세우스가 자신을 원망한다는 생각이 들었다. 그래서 그녀는 오디세우스에게 자신의 속내를 털어놓았다. 그의 귀향을 지체시키는 포세이돈의 훼방에 적극적으로 개입하지 않은 것은 아버지 제우스의 형제인 포세이돈과 싸우고 싶지 않았기 때문이며* 오디세우스가 부하들을 잃고서라도 결국 귀향하게되리라는 것을 알고 있었기 때문이라는 것이다. 이어 그녀는 오디세우스에게 상륙한 곳이 이타케라는 사실을 분명히 보여 주기 위해 안개를 흩어 버리며 말했다.

"자, 여기를 보아라. 여기 이곳이 포르키스 포구이고 맨 안쪽에 있는 것이 올리브나무다. 나무 옆에는 네가 나이아데스 요정에게 바친 동굴도 보인다. 네가 요정들에게 성대한 제물을 바치던 바로 그 동굴 말이다. 그리고 저기 보이는 산이 네리톤 산이다."

그제야 오디세우스는 고향임을 알아보고 땅에 입을 맞추더니 요정들에게 다시는 못 보는 줄 알았다며 아테나 여신께서 자신을 끝까지 보호해 주시면 다음에 성대한 제물을 바치겠다고 기도했다. 그러자 아테나 여신이 그 점은 아무 걱정하지 말라며 우선 재물을 안전하게 동굴로 옮겨 놓고 어떻게 할지 궁리해 보자고 제안했다.

그들은 재물을 동굴 깊숙이 넣고 동굴 입구를 돌로 막은 다음 올리브나무 옆에 앉았다. 먼저 아테나가 말문을 열어, 그의 아내 페넬로페가 구혼자들에게 언젠가 그들 중 하나를 남편으로 택할 것이라는 희망을 심어 주고 있지만 실은 오디세우스의 귀향을 학수고대하고 있다고 전했다. 그러자 오디세우스는 아테나 여신께서 자신이 어떤 일을 해도 자상하게 이끌어 주지 않았다면 자신은 아마 아트레우스의 아들 아가멤논처럼 비참하게 죽었을 것이라고 대답했다. 이어 오디세우스는 여신만 자기와 함께한다면 구혼자가 300명일지라도 아무 걱정 없다고 말하며 구혼자들을 응징할 수 있는 계책을 알려 달라고 간청했다. 그러자 아테나가 말했다.

●아테나는 포세이돈과의 치열한 경쟁을 거쳐 아테네의 수호신 지위를 획득했다. 두 신이 아테네를 놓고 신경전을 벌이자 시민들은 자신들에게 더 유용한 선물을 제시하는 신을 수호신으로 삼겠다고 했다. 그러자 포세이돈은 삼지창으로 땅을 찔러 샘이 솟게 했고, 아테나는 그 샘 옆에 올리브나무를 심었다. 아테네인들은 올리브 열매가 샘물보다 더 유용하다고 판결했고 이로써 아테나는 포세이돈을 물리치고 아테네의 수호신이 되었다.

"앞으로 나는 한순간도 너에게서 눈을 떼지 않을 것이다. 나는 우선 누구도 너를 알아보지 못하도록 만들 것이다. 네 고운 살갗을 쪼그라지게 할 것이고, 금발머리카락은 없앨 것이며, 눈도 흐릿하게 만들 것이고, 누더기로 네 몸을 감쌀 것이다. 구혼자들뿐 아니라 네 아내나 아들도 너를 보면 혐오감을 느낄 것이다. 그러면 너는 제일 먼저 돼지치기를 찾아가라. 그는 아직까지 너에게뿐 아니라 네 아들과 아내에게도 충성심을 잃지 않았다. 그의 집에 머물면서 그에게 모든 것을 물어보아라. 그러는 동안 나는 스파르타에 가서 네 아들 텔레마코스를 부를 것이다. 그 아이는 네 행방을 물어보기 위해 메넬라오스를 찾아갔다."

오디세우스는 아테나 여신의 말을 듣고 의아하게 생각했다. 자신에 대해 모든 것을 알고도 아들에게 자세하게 알려 주지 않고 그를 스파르타로 가게 내버려 두었기 때문이다. 그 이유를 묻자 아테나 여신은 텔레마코스에게 담력도 키워 주고 명예도 높여 주기 위해서 그랬다고 대답하며 그를 지팡이로 살짝 건드렸다. 그 순간 오디세우스는 누가 보아도 추하고 초라한 거지 모습으로 변했다.

제14권

오디세우스가 에우마이오스를 찾아가다
오디세우스가 에우마이오스의 충성심을 확인하고 감동하다

오디세우스가 아테나 여신의 지시대로 에우마이오스의 오두막을 찾아간다. 에우마이오스가 그를 반갑게 손님으로 맞이하고 새끼돼지 요리를 대접한다. 오디세우스가 신분을 밝히지 않고 그동안 자신이 겪은 일을 적당히 지어내어 얘기한다. 그가 오디세우스는 틀림없이 귀환할 것이라고 말하자 에우마이오스가 그 말을 믿지 않는다. 다른 돼지치기들이 돼지를 들판에서 몰고 돌아오자 에우마이오스가 그중 튼실한 것 한 마리를 잡아 저녁을 마련한다. 오디세우스가 에우마이오스의 충성심을 확인하고 감동한다.

오디세우스는 아테나 여신이 일러 준 대로 숲 속 오솔길을 따라 돼지치기 에우마이오스의 오두막을 찾아갔다. 오두막 앞쪽에는 넓은 마당이 펼쳐져 있었고 그 안에는 꽤 큰 돼지우리 열 개가 들어서 있었다. 우리 안에는 새끼를 낳는 암돼지가 50마리씩 갇혀 있었고 수돼지들은 바깥

마당에서 제멋대로 누워 잠을 자고 있었다. 수퇘지는 구혼자들이 잔치를 벌이며 계속해서 잡아먹었지만 아직도 360마리나 남아 있었다.

에우마이오스는 오두막에서 가죽으로 신발을 만들고 있었다. 다른 세 명의 돼지치기는 돼지를 몰고 각각 다른 방향으로 나가 먹이를 찾고 있었고, 또 다른 돼지치기 하나는 구혼자들이 잔치에 쓸 돼지를 몰고 시내로 가고 없었다. 오디세우스가 오두막 대문에 들어서자 돼지를 지키던 사나운 개 네 마리가 무섭게 짖으며 한꺼번에 달려들었다. 오디세우스는 공포에 질려 들고 있던 지팡이를 떨어뜨렸다.

바로 그때 에우마이오스가 오두막에서 재빨리 뛰쳐나와 개들을 제지했다. 그는 하마터면 큰일 날 뻔했다고 하며 오디세우스를 오두막으로 안내했다. 그리고 염소 가죽으로 만든 두툼한 방석도 제공했다. 오디세우스가 그의 친절에 감사를 표시하자 에우마이오스는 행색이 아무리 초라해도 집에 찾아온 손님을 박대하는 것은 도리가 아니며 자기가 모시던 주인이 알면 경을 칠 일이라고 대꾸했다. 이어 그는 트로이로 원정을 떠난 뒤 귀향하지 않는 인정 많던 주인을 그리워하는 말을 몇 마디 내뱉더니 서둘러 돼지우리로 가서 새끼돼지 두 마리를 가져와 제물로 바친 다음 그슬러서 잘게 썬 고기를 꼬챙이에 꿰어 구워 오디세우스 앞에 가져왔다. 그리고 오디세우스에게 물로 희석한 포도주를 권하며 말했다.

"노인이시여, 고기를 드셔 보십시오. 이건 새끼돼지입니다. 이것이 하인인 제가 노인에게 대접할 수 있는 최대한의 것입니다. 살찐 돼지는 오만하고 파렴치한 구혼자들이 먹어 치우는 통에 남아나질 않습니다. 남의 땅에 침입한 적도 전리품을 갖고 돌아갈 때면 신의 분노를 두려워하는 법입니다. 하지만 구혼자들은 전혀 신을 무서워하지 않는 것 같습니다. 집에 돌아가지도 않고 우리 주인집에 죽치고 앉아 아무 거리낌 없이 남의 재산을 축내고 있으니까요. 그들이 밤낮 잔치를 벌이며 하루에 먹는 돼지만도 한두 마리가 아니며 마셔 대는 포도주도 엄청납니다. 물론 우리 주인님의 재산은 말할 수 없이 많지요. 이타케 섬은 말할 것도 없고 본토에서도 그처럼 재산이 많은 분은 없습니다. 다른 사람 스무 명의 재산을 합쳐도 그분을 따라갈 수 없습니다. 본토에소 목장이 스무 개나 있고 양 목장이나 염소 목장도 그만큼 있습니다. 이타케에도 염소 목장이 전부 열한 개나 있는데 그 목장을 돌보는 목동이 매일 한 마리씩 가장 좋은 놈을 골라 구혼자에게 몰고 가고, 나는 여기서 돼지를 키우며 마찬가지로 매일 가장 좋은 놈으로 한 마리를 그들에게 갖다 준답니다.”

오디세우스는 아무 말 없이 고기를 먹고 포도주를 마셨지만 속으로는 구혼자들의 행패에 치를 떨며 그들을 응징할 방도를 궁리했다. 실컷 고기를 먹고 난 뒤 에우마이오스가 자신의 빈 잔을 다시 채워 주자 오디세우스는 짐짓 아무것도 모르는 듯 그에게 도대체 그렇게 부자이고 힘 있는 주인 이름이 뭐냐고 물었다. 자신도 많이 떠돌아다녔으니 혹시 보았을 수도 있다는 것이었다. 그러자 돼지치기는 자기 주인은 오디세우스로, 그처럼 하인에게 친절한 사람은 없었으며 그렇기 때문에 자신은 그를 깊이 존경한다고 말했다. 이어 자신은 주인님이 돌아오기만을 학수고대하고 있지만 아마 그는 이미 타향에서 죽어 앙상한 뼈만 남았을 것이라고 단정했다. 그러자 거지 차림을 한 오디세우스가 말했다.

“나의 친구시여, 당신이 그분이 고향으로 돌아오지 못할 것이라고 확신에 차서 얘기해서 말인데 내 장난이 아니라 진심으로 말하겠소. 그분은 꼭 돌아오실 거요. 나중에라도 만약 당신 주인이 돌아오신다면 그에 대한 보상으로 내게 외투와 옷을 주시오. 다시 한 번 제우스 신의 이름을 걸고 분명히 말하겠소. 그분은 일 년 안에 꼭 돌아오셔서 자신의 아내와 아들을 능욕한 구혼자들에게 통쾌하게 복수할 거외다.”

에우마이오스는 마음이 괴로웠다. 예전부터 그는 누군가가 주인 오디세우스를 상기시킬 때마다 그분에 대한 그리움이 사무쳐 어쩔 줄 몰랐다. 그는 오디세우스에게 주인은 돌아오지 못할 것이라고 다시 한 번 단정하며 그 얘기는 그만두자고 잘라 말했다. 그에게는 지금 그것보다 더 걱정스런 일이 있었다. 작은 주인 텔레마코스가 필로스로 간 사이 구혼자들이 그를 죽이려고 길목에서 기다리고 있었기 때문이다. 그는 아르키시오스 가문이 몰락의 위기에 처해 있다면서 텔레마코스를 걱정하다가 다시 슬픈 얘기는 그만하자고 말하더니 갑자기 생각난 듯 오디세우스에게 어디서 온 누구인지 물었다. 그러자 오디세우스가 자기 신분을 감추고 지어내서 말했다.

"나는 크레테 출신의 거부巨富 카스토르의 아들이오. 내게는 형이 여럿 있지만 형들은 적자嫡子였고 나는 첩의 자식이었소. 아버님은 나를 형들 못지않게 귀애하셨다오. 그러나 아버지가 돌아가시자 형들은 아버님의 재산을 마음대로 자기들끼리 나눠 갖고는 내게는 보잘것없는 것만 주었소.

그 후 나는 아주 부잣집 딸을 아내로 맞이했지요. 지금은 이렇게 초라해 보이지만 젊었을 땐 내가 용감한 전사였기 때문이오. 나는 적군과 싸울 때는 물러설 줄 몰랐으며 항상 맨 먼저 나가 싸웠소. 트로이 전에 참전하기 전에도 이미 아홉 번이나 함선을 이끌고 나가 싸워 혁혁한 전공을 세우고 많은 전리품을 받았지요. 그 후 내 재산은 급속히 늘어났고 나는 크레테 인의 존경을 한 몸에 받았다오.

트로이 전쟁이 일어나자 나와 이도메네우스●도 당연히 함선을 이끌고 참전했지요. 트로이에서 우리 아카이아 인들은 9년 동안 지루한 공방전을 벌이다가 10년째 되는 해 드디어 트로이를 몰락시키고 고향을 향해 함께 떠났소. 하지만 어떤 신의 저주로 각기 흩어져서 일부는 죽고 일부만 돌아올 수 있었소.

● 이도메네우스 크레테의 왕으로, 트로이 전쟁에 참여하여 두각을 나타냈다. 목마에 숨어 트로이에 들어간 용사 중 한 명이다.

다행히 나는 고향에 와서도 오래 있질 못했다오. 겨우 한 달 동안만 가족과 머물다가 아홉 척의 배를 마련하고 사람들을 모집하여 다시 이집트로 떠났기 때문이오. 배는 일사천리로 바다를 달려 5일 만에 이집트에 닿았소. 나는 이집트 강에 배를 정박하고는 부하들을 시켜 군대가 숙영할 장소를 알아보게 했소. 그런데 정탐하던 부하들이 근처에 있는 이집트 인의 마을을 약탈하여 부녀자와 아이들은 끌어 오고 남자들은 죽인 거요. 곧 그 소식이 근처 이집트 인들의 도시로 전해졌고 날이 새자마자 그들이 군사를 이끌고 와서 우리를 도륙하기 시작했소. 그들은 내 부하들을 일부는 짐승처럼 죽였고 일부는 노예로 쓰려고 산 채로 데려갔소.

전황을 살펴보던 나는 중과부적衆寡不敵인지라 어쩔 수 없이 항복하기로 결심했소. 그래서 투구를 벗고 창을 버린 다음 그들의 우두머리 앞에 가서 무릎을 꿇었소. 파죽지세로 달려오던 그들은 제우스 신의 지침을 받았는지 나를 보더니 금세 그 분노를 삭이고 내 목숨을 살려 주었소.

그 후 나는 7년 동안이나 이집트 인들과 함께 살며 재물을 모았다오. 그런데 8년째 되던 해 페니키아 인 하나가 그곳에 도착했소. 천부적인 사기꾼이던 그는 온갖 달콤한 말로 나를 구슬려 자기 나라로 데려가더니, 해가 바뀌자 리비아로 장사를 하러 간다며 같이 가자고 꼬드겼소. 그는 사실 나를 비싼 값에 팔아 버릴 작정이었던 거요. 불길한 예감이 들었지만 나는 그의 배에 올랐소.

배가 크레테 위쪽 망망대해를 달리는 동안 제우스 신이 그들의 파멸을 준비했소. 신은 배 위쪽 하늘에 검은 구름을 일으키더니 천둥과 벼락을 보내 배를 산산조각 내 버렸소. 선원들은 모두 익사했지만 나는 신의 은총으로 부러진 돛대를 잡고 목숨을 구할 수 있었다오. 그렇게 바다를 떠다니던 나는 테스프로토이 족이 사는 나라의 해안에 도착했소. 그리고 우연히 해안에 놀러온 페이돈 왕의 아들 눈에 띄어 왕궁에 들어가 좋은 옷도 입고 후한 대접을 받았다오.

나는 바로 그때 오디세우스의 소식을 들은 거요. 왕은 고향으로 돌아가다가 들른 오디세우스를 접대한 적이 있다며 그가 맡기고 간 재물을 보여 주었소. 그 재물은 양이 엄청나서 그의 13대 후손까지 쓰고도 남을 정도였소. 왕의 말에 의하면 오디세우스는 고향 이타케로 어떻게 돌아갈 것인지, 예를 들면 개선장군처럼 돌아갈 것인지 아니면 은밀히 돌아갈 것인지 고민하다가 제우스 신의 신탁을 물으러 도도네로 갔다오. 왕은 오디세우스가 돌아오면 그를 고향까지 호송할 배가 이미 출발 준비를 하고 있다고 했소.

왕은 내 처지를 듣고는 부하들에게 나를 먼저 호송해 주라고 명령했소. 마침 테스프로토이 족의 배 한 척이 둘리키움으로 출발하려고 했기 때문이지요. 하지만 배가 망망대해를 달리는 사이 왕의 부하들은 내가 입고 있던 좋은 옷을 벗기고 여기 보이는 이 누더기를 입혔소. 저녁때는 나를 밧줄로 꽁꽁 묶은 다음 배 안에 남겨 두고 이타케에 상륙하여 불을 피워 밥을 해 먹었소. 그 틈을 노려 나는 밧줄을 풀고 바다에 뛰어들었고 헤엄을 쳐서 바다를 건너 그들로부터 멀리 떨어진 섬의 해안 근처 덤불에 들어가 몸을 숨겼소. 이렇게 해서 나는 당신 농장까지 오게 된 것이오."

에우마이오스는 다 듣고 나서 감동적인 이야기라고 치켜세웠다. 그러나 아무리 생각해도 주인 오디세우스에 관한 이야기는 믿을 수가 없었다. 전에도 가끔 사람들이 주인님의 소식을 가져왔다고 해서 페넬로페를 홀린 적이 있었다. 그럴 때면 페넬로페는 그를 비롯하여 많은 지인知人들을 불러 오디세우스의 이야기를 들으며 그리움을 달랬다. 그러나 그것도 어떤 아이톨리아 사람이 와서 거짓말을 한 뒤로는 식상해진 지 오래였다. 그 사람은 이도메네우스가 다스리는 크레테에서 오디세우스가 배를 수리하는 것을 보았다고 주장했다. 그래서 오디세우스는 여름이나 초가을쯤 분명히 집에 돌아온다는 것이었다. 그러나 그때가 되어도 주인 오디세우스는 돌아오지 않았다. 그때부터 오디세우스의 가족이나 하인들은 그에 관한 소식을 전혀 믿지 않고 그가 죽었다고 생각했다. 에우마이오스는 이 일을 기억해 내며 환심을 사려고 괜한 거짓말을 하지 말라고 거지 노인을 조용히 타일렀다.

오디세우스는 답답했다. 그래서 그에게 올림포스의 신을 걸고 계약을 맺자고 제안했다. 오디세우스가 집에 돌아오면 자기에게 좋은 옷을 입혀 둘리키움으로 데려다 주고 그렇지 않으면 하인들을 시켜 절벽에서 자기를 떨어뜨려도 좋다는 것이다. 하지만 돼지치기는 손님을 접대하고서 죽게 한다면 손가락질을 받을 게 틀림없다며 그의 제안을 정중하게 거절했다.

두 사람이 이렇게 이야기를 나누는 동안 다른 돼지치기들이 돌아왔다. 그들이 돼지를 우리에 가두자 돼지들이 시끄러운 소리를 냈다. 돼지 울음소리를 듣고 에우마이오스가 그들에게 수돼지 중 튼실한 놈을 한 마리 끌고 오라고 외쳤다. 노인에게도 대접하고 그도 오랜만에 동료들과 고기 맛을 볼 참이었다. 동료들이 다섯 살배기 수돼지 한 마리를 끌고 오자 에우마이오스는 돼지 머리털을 불 속에 넣고는 신들에게 주인 오디세우스를 돌아오게 해 달라고 기도했다.

그런 다음 그는 참나무 몽둥이로 돼지를 후려치고 멱을 따서 잡은 다음 사지四肢에서 고기를 조금씩 떼어 불 속에 던진 뒤 보릿가루를 뿌렸다. 그는 신들께 바칠 것을 약간 떼어 둔 채 나머지 고기는 잘게 썰어 꼬챙이에 꿰어 구운 뒤 일곱 등분하여 요정들과 헤르메스에게 각각 하나씩을 바치고 나머지 다섯 개는 서로 나누었다. 그가 손님을 예우하는 차원에서 오디세우스에게 등심을 내밀자 오디세우스는 보잘것없는 자신에게 후한 대접을 하는 그에게 신의 축복을 기원했다.

그들은 포도주를 마시며 자기 앞에 놓인 고기와 빵을 실컷 먹었다. 빵은 돼지치기 중 메사울리오스가 타포스 인들에게서 사 놓은 것이었다. 밤이 이슥해지자 그들은 몸이 피곤한지라 서둘러 잠자리를 펴고 누웠다. 잠들기 전 오디세우스는 돼지치기를 시험해 보려고 이렇게 말했다.

"에우마이오스여 그리고 다른 동료들이여, 내 말을 한번 들어 보시오. 내 부탁이 하나 있어서 그러오. 술을 먹어서 그런지 주책없이 요구가 많구려. 예전에 나는 트로이에서 오디세우스, 메넬라오스와 함께 매복조를 이끈 적이 있소. 우리는 성벽에 도착해서 갈대밭과 늪지대에 무구武具로 우리 몸을 덮고는 누워 있었소. 어찌나 춥던지 방패는 온통 두꺼운 얼음으로 덮여 있었소. 그때 다른 사람들은 갖고 온 외투를 입고 방패를 덮어 춥지 않게 잘 수 있었지만 나는 실수로 그만 외투를 가져오지 못했소. 한밤중이 되어 나는 곁에 누운 오디세우스를 팔꿈치로

치며 나지막한 목소리로 추워 죽을 지경이라고 하소연을 했소. 그러자 오디세우스가 잠깐만 기다리라고 하더니 부하들을 향해, 함선으로 돌아가서 아트레우스의 아들 아가멤논에게 지원군을 더 보내 달라고 요청할 자가 있는지 물었소. 그러자 안드라이몬의 아들 토아스가 벌떡 일어나 외투를 벗어 놓고는 함선으로 뛰어갔소. 그래서 나는 그가 돌아온 새벽녘까지 그의 외투를 입고 누워 있었소. 아아, 내가 그때처럼 젊고 힘이 있다면 좋을 텐데. 그렇다면 당신들 중 누가 존경심에서 내게 외투를 벗어 줄 텐데. 그런데 내가 지금 몸에 누더기를 걸치고 있다고 무시하는 것 같소."

그러자 에우마이오스가 선뜻 그에게 외투는 물론이고 손님으로서 받아야 할 것은 무엇이든 내놓겠다고 했다. 물론 그는 조건을 제시했다. 외투는 오늘밤만 빌려 주겠다는 것이다. 모두 외투는 한 벌밖에 없었기 때문이다. 그는 그 대신 오디세우스의 아드님인 텔레마코스가 돌아오면 그에게 틀림없이 새 외투와 옷도 주고 원하는 곳에 데려다 줄 것이라고 말해 주었다. 그런 다음 일어나서 오디세우스를 위해 모닥불 옆에 염소 가죽과 양 가죽을 깔아 잠자리를 만들어 준 뒤 그가 그 위에 눕자 여벌로 마련해 둔 큼직한 외투를 가져다 덮어 주었다. 하지만 에우마이오스는 오디세우스와 같이 눕지 않았다. 그는 돼지들이 걱정된다고 중얼거리너니 칼을 메고 장을 집어 들고 외투와 모피를 든 채 밖으로 나갔다. 그는 돼지들과 함께 잘 심산이었다. 오디세우스는 주인이 없는데도 살림을 알뜰히 챙기는 그를 보고 마음이 흡족했다.

제15권

텔레마코스가 구혼자들이 쳐 놓은 덫을 피해 이타케로 향하다

이타케에 무사히 도착한 텔레마코스가 에우마이오스의 오두막을 향하다

텔레마코스가 아테나 여신의 명령을 받고 메넬라오스의 집을 떠나 귀향길에 오른다. 텔레마코스가 살인죄를 저지르고 쫓기는 예언가 테오클리메노스를 배에 태워 준다. 텔레마코스가 자신을 죽이려는 구혼자들을 피해 우회로를 택해 이타케로 향한다. 돼지치기 에우마이오스가 오디세우스에게 오르티기아 섬 근처 시리아의 왕자이던 자신이 페니키아 인들에게 유괴당해 라에르테스에게 팔려 온 과정을 이야기한다. 새벽녘에 텔레마코스가 이타케에 도착한다. 텔레마코스가 배는 동료들과 함께 도시로 보내고 자신은 에우마이오스의 오두막을 향한다.

스파르타에 도착한 아테나 여신은 텔레마코스와 네스토르의 아들이 메넬라오스 궁의 객사에서 자고 있는 것을 발견했다. 네스토르의 아들은 곤히 잠들어 있었으나 텔레마코스는 아버지에 대한 걱정으로 깊이 잠들지 못하고 있었다. 아테나 여신이 그에게 다가가 말했다.

"텔레마코스여, 모든 것을 오만불손한 구혼자들에게 맡긴 채 오랫동안 집을 비우는 것은 좋지 않다. 그들이 네 재산을 모조리 먹어 치우고 나누어 가질까 걱정이 되는구나. 자, 너는 이제 메넬라오스에게 빨리 집에 보내 달라고 부탁하라. 구혼자 중 에우리마코스가 엄청나게 많은 선물로 구애를 하는 바람에 네 외할아버지와 외삼촌들이 지금 어머니에게 그와 결혼하라고 설득하고 있다. 네 어머니가 네 뜻에 반해 그와 결혼해서 아버지의 재물을 가져가지 않을까 두렵구나. 여자의 마음이 어떤 것인지 너도 잘 알 것이다. 여자란 한 남자와 결혼하면 그의 재산을 늘리기 위해 애를 쓰지만, 일단 남편이 죽으면 전남편과의 사이에서 태어난 자식은 잊는 법이다. 그러니 얼른 집으로 돌아가서 하녀 중 가장 믿을 만한 자에게 집안 살림을 맡겨라.

또 명심해야 할 것이 있다. 구혼자들이 네가 고향에 도착하기 전에 너를 죽이려고 정예병을 조직하여 이타케와 사모스 섬 사이에 매복하고 있다. 그러니 너는 배를 그쪽으로 몰고 가서는 안 된다. 그리고 무사히 이타케 해안에 닿거든 배와 동료들은 도시로 보내고 너는 먼저 돼지치기에게 가거라. 그는 충성스런 종으로 믿음직하다. 그의 집에서 하룻밤을 보내고 다음 날 어머니에게 그를 보내 필로스에서 네가 돌아온 사실을 알려라."

아테나 여신이 이렇게 말하고 올림포스로 떠나자 텔레마코스는 네스토르의 아들 페이시스트라토스를 발꿈치로 깨워 지금 당장 출발 준비를 해 달라고 부탁했다. 그러자 그는 밤에 떠날 수는 없다고 곧 있으면 아침이니 메넬라오스에게 인사를 하고 출발하자고 말했다. 아침이 되자 메넬라오스가 일어나 객사로 그들을 찾아왔다. 인기척을 느낀 텔레마코스가 옷을 차려입고 그를 맞이했다. 그는 메넬라오스와 한참 동안 얘기를 나누다가 적당한 기회를 봐서 집에 가고 싶다고 속내를 털어놓았다. 그러자 메넬라오스가 말했다.

"텔레마코스여, 자네가 집에 돌아가기를 원하니 더 붙잡지는 않을 것이네. 과유불급過猶不及이라고 지나친 것은 미치지 못한 것과 같다고 하지 않았나. 난 너무 하인들을 좋아하는 주인도, 너무 싫어하는 주인도 딱 질색이네. 매사에 중용을 지키는 것이 가장 좋네. 더 있고 싶어하는 손님을 서둘러 돌려보내는 것이나, 서둘러 가려고 하는 손님을 붙드는 것은 모두 잘못이네. 머무는 손님은 환대하고, 가고 싶어하는 손님은 보내 주어야지. 하지만 내가 자네에게 줄 선물을 마차에 실을 때까지 잠깐만 기다리게. 또 시녀들에게는 궁전에서 점심을 준비하도록 시키겠네. 먼 길 떠나면서 점심은 든든하게 먹어야지. 하지만 자네가 마음을 바꾸어 이 근처에 있는 도시를 구경하고 싶다면 그리로 안내하겠네. 우리가 찾아가면 아마 어느 누구도 우리를 빈손으로 보내지 않을 걸세."

텔레마코스는 메넬라오스의 얘기를 듣고 자신은 지금 당장 떠나고 싶다고 말했다. 스파르타로 떠나오기 전 관리인을 지정하지 않아서 너무 오래 집을 비웠다가는 재산을 잃을까 두렵다는 것이었다. 메넬라오스는 이 말을 듣고 즉시 시녀들을 시켜 점심을 준비하게 하고 자신은 헬레네와 아들 메가펜테스를 데리고 창고로 내려갔다. 보물이 쌓여 있는 곳에 이르자 그는 손잡이가 둘 달린 잔 하나를 집더니 아들에게는 포도주를 희석하는 데 쓰는 은제 동이 하나를 집어 주었다. 헬레네는 함이 있는 곳에 서서 한참을 눈대중으로 고르더니 그중 하나를 들었다. 함 안에는 자신이 직접 만든 귀한 옷이 들어 있었다.

그들은 텔레마코스에게 다시 돌아와 선물들을 내밀었다. 메넬라오스는 그에게 은제 동이의 유래를 설명했다. 동이는 가장자리가 금으로 마감되어 있었는데 헤파이스토스의 작품으로 시돈의 왕 파이다모스가 그에게 준 것이었다. 헬레네도 함을 주며 안에 여자 옷이 들어 있으니

결혼식 날 신부에게 주라고 당부했다. 페이시스트라토스는 선물을 받아 마차에 실으면서 감탄을 금치 못했다.

곧이어 메넬라오스가 그들을 궁전으로 안내하여 안락의자에 앉혔다. 시녀 하나가 손 씻을 물 항아리를 가져와 은 대야에 물을 부어 주고 그들 앞에 식탁을 갖다 놓았다. 다른 시녀 하나가 빵이며 온갖 음식을 그 위에 올려놓자 보에토오스의 아들 에테오네우스는 그 옆에서 고기를 썰어 주었고 메넬라오스의 아들 메가펜테스는 포도주를 따라 주었다. 텔레마코스와 네스토르의 아들은 충분히 먹고 마신 뒤 마차에 올랐다. 메넬라오스기 그들을 배웅하며 필로스의 네스토르에게 안부를 전해 달라고 부탁했다.

바로 그때 독수리 한 마리가 그들 오른쪽 하늘에서 날아오더니 뜰에서 거위 한 마리를 낚아채 날아갔다. 사람들이 고함을 지르며 쫓아갔지만 독수리는 마차를 지나 곧 오른쪽으로 멀리 사라지고 말았다. 네스토르의 아들 페이시스트라토스가 그것을 보고 메넬라오스에게 제우스 신이 이 전조前兆를 자기 두 사람에게 보낸 것인지 아니면 그에게 보낸 것인지 물었다. 메넬라오스가 어떻게 대답할까 곰곰이 생각하는

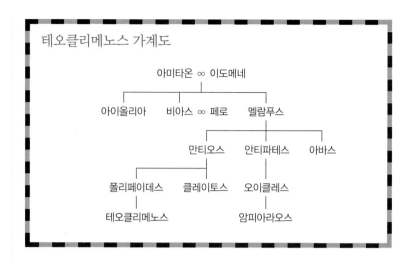

테오클리메노스 가계도

아미타온 ∞ 이도메네

아이올리아   비아스 ∞ 페로   멜람푸스

만티오스   안티파테스   아바스

폴리페이데스   클레이토스   오이클레스

테오클리메노스   암피아라오스

사이 헬레네가 나서서 말했다.

"제 말을 한번 들어 보세요. 나는 신들이 내게 명하신 대로 말씀드리겠어요. 저 독수리가 산에 있는 자기 둥지와 새끼들을 떠나 민가에 사는 거위를 낚아챘듯이 오디세우스도 많은 고생과 방랑 끝에 집에 돌아와 구혼자들에게 복수를 할 거예요. 어쩌면 벌써 돌아와 그 방법을 궁리하고 있는지도 모르죠."

그 말을 듣고 귀가 번쩍 뜨인 텔레마코스는 약간 들뜬 목소리로 그렇게만 된다면 집에 가서도 그녀를 신처럼 공경하겠다고 말했다. 그러고는 채찍을 휘두르며 말을 몰아 저녁에 파라이에 있는 오르실로코스의 아들 디오클레스의 집에 들렀다. 그는 그곳에서 하룻밤을 보내고 디오클레스가 주는 선물까지 챙겨서 다음 날 아침 다시 그곳을 출발했다. 얼마 지나지 않아 필로스가 멀리서 보이자 텔레마코스가 네스토르의 아들에게 왕궁 안으로 들어가기 전에 자기 배가 있는 곳에 데려다 달라고 부탁했다. 그러지 않으면 고집불통 네스토르 노인이 자기 뜻에 반해 그를 붙들지 몰랐기 때문이다. 텔레마코스는 될 수 있으면 빨리 집에 돌아가고 싶었다.

페이시스트라토스는 잠시 어떻게 할까 신중하게 고민하다가 결국 텔레마코스의 뜻대로 하는 것이 좋겠다고 생각했다. 그는 배가 정박해 있는 곳으로 마차를 몰아 텔레마코스가 받은 선물들을 내려 주며 서둘러 출발하라고 권했다. 그가 성을 향해 떠나자 텔레마코스는 부하들에게 빨리 배에 오르라고 독려했다. 텔레마코스가 출발 준비를 마치고 배 옆에서 아테나 여신께 기도를 드리는데 한 남자가 배 쪽으로 다가왔다.

그는 아르고스 출신의 예언가로 사람을 죽이고 도망치는 신세였다. 그는 다름 아닌 바로 멜람푸스의 후손 테오클리메노스였다. 멜람푸스는 타고난 예언가로 형제 비아스와 함께 숙부이자 필로스의 왕인 넬레우스의 집에 살았다. 비아스는 숙부의 딸 페로를 아내로 삼고 싶었지만 넬레우스는 필라카이의 지도자 필라코스의 가축을 가져와야 딸을 주겠다고 했다. 가축 떼를 데려올 능력이 없던 비아스는 형제 멜람푸스에게 부탁했다. 멜람푸스는 필로스를 떠난 지 일 년 만에 천신만고 끝에 가축 떼를 몰고 와서 동생에게 바라던 신부를 안겨 준 다음 자신은 아르고스로 떠났다. 그는 아르고스를 통치할 운명이었기 때문이다.

이후 멜람푸스는 아내를 얻어 안티파테스와 만티오스라는 아들을 두었다. 두 아들 중 안티파테스는 오이클레스를 낳았고, 오이클레스는 암피아라오스를 낳았다. 암피아라오스는 제우스와 아폴론의 보호를 받는 뛰어난 예언가였지만 테베 전쟁 때 요절하고 말았다. 또 만티오스는 폴리페이데스와 클레이토스를 낳았는데, 클레이토스는 잘생긴 얼굴 때문에 새벽의 여신 에오스가 낚아채 갔고 폴리페이데스는 아폴론의 사랑을 받으며 암피아라오스 이후 가장 뛰어난 예언가로 활동했다. 기도하는 텔레마코스에게 다가선 사람은 바로 폴리페이데스의 아들 테오클리메노스였다.

그는 텔레마코스에게 다가와 이름을 물어보고 그의 출신을 확인하

새벽의 여신 에오스
에오스는 전쟁의 신 아레스를 사랑하다가 아프로디테의 분노를 샀고, 그 때문에 항상 사랑에 빠져 있는 벌을 받게 되었다고 한다. 그녀는 아스트라이오스와의 사이에서 제피로스, 보레아스, 노토스 등 바람의 신들과 별들을 낳았다. 이블린 드 모건의 1895년 작 〈에오스〉.

더니 쫓기는 자신의 처지를 설명하며 배에 태워 달라고 부탁했다. 텔
레마코스는 흔쾌히 그를 배에 태우고 부하들을 독려해서 배를 출항시
켰다. 아테나 여신이 뒤에서 순풍을 보내 주자 배는 재빠르게 크루노
이, 칼키스, 페아이, 엘리스 옆을 지나 이타케를 향해 나아갔다.

한편 오디세우스는 돼지치기 일행과 실컷 먹고 마신 다음 그들의 마음을 떠보기 위해 이렇게 말했다.

"에우마이오스여, 제 말을 들어 보시오. 나는 당신과 당신의 동료들에게 짐이 되지 않기 위해 내일 아침 날이 밝는 대로 구걸을 하러 시내로 들어갈 참이오. 그러니 나에게 조언을 해 주시고 안내할 사람을 좀 붙여 주시오. 물론 일단 시내로 들어가면 혼자 돌아다니며 구걸을 하다가 오디세우스의 궁전에도 가 볼 것이오. 페넬로페에게 오디세우스의 소식을 전한 뒤 필요하다면 구혼자들에게도 음식을 구걸해 볼 생각이오. 나는 그들이 원하는 것은 무엇이든 다 할 수 있소. 장작을 패거나, 불을 지피거나, 고기를 썰어 나누어 주거나 포도주를 따르는 일에 아마 나를 능가하는 사람은 없을 것이오."

에우마이오스가 그의 말을 듣고 정색을 하며 그런 몰골을 하고 구혼자들을 찾아갔다가는 뼈도 못 추릴 것이라고 충고했다. 구혼자들에게 시중드는 하인들은 모두 잘 차려입고 머리에도 기름을 바르고 있다는 것이었다. 에우마이오스는 걱정이 되는 듯 오디세우스에게, 귀찮아할 사람은 아무도 없으니 시내로 가지 말고 제발 자기 오두막에 있으라고 애원하다시피 했다. 또 오디세우스의 아드님 텔레마코스가 돌아오면 틀림없이 외투와 옷을 줄 것이며 어디든지 원하는 대로 데려다 줄 것이라고 안심을 시키기도 했다. 거지 노인은 다시 한 번 그에게 제우스의 축복을 기원하며 오디세우스의 아버지와 어머니는 어떻게 되었는지 물었다. 그러자 에우마이오스가 대답했다.

"오디세우스 주인님의 아버지 라에르테스께서는 아직 살아 계시나 제우스 신께 날마다 데려가 달라고 기도합니다. 아내의 죽음이 그를 더욱 슬프게 만들어 삶의 의욕을 꺾어 버린 것이지요. 그리고 그분의 어머니는 아들 때문에 괴로워하시다가 비참하게 돌아가셨습니다. 그분은 어렸을 적 이곳에 팔려 온 나를 어머니처럼 손수 길러 주셨습니다. 화내는 법도 없이 제게 늘 친절하게 대해 주셨지요. 구혼자들 때문에 골머리를 썩어 늘 어두운 얼굴을 하고 있는 페넬로페 마님을 생각하면 웃음을 잃지 않으시던 그분이 그립습니다."

그러자 오디세우스는 에우마이오스에게 이곳으로 팔려 온 이유를 물었다. 살던 곳이 적군의 침입을 받아 노예로 끌려와 팔렸는지, 아니면 양 떼나 소 떼를 지키다가 유괴되어 팔려 왔는지 알고 싶다는 것이었다. 그러자 에우마이오스가 마음속 깊이 꽁꽁 담아 둔 이야기를 꺼내 차근차근 털어놓기 시작했다.

"당신도 들어 보았는지 모르겠지만 시리아라는 섬이 있습니다. 그 섬은 오르티기아 섬 위쪽에 있는데 인구는 그리 많지 않지만 비옥한 곳이라 소나 양도 많고 포도주와 곡식도 많이 나지요. 그곳은 아주 축복받은 섬으로 병이나 기근이 사람들을 괴롭힌 적도 없어서 주민들은 모두 천수를 누리다가 죽습니다. 그곳에는 도시 두 개가 있는데 모두 우리 아버지 오르메노스의 아들 크테시오스의 통치를 받고 있었습니다. 그러던 어느 날 페니키아 인들이 배에다 물건을 잔뜩 싣고 나타났습니다. 그런데 그들 중 하나가 우리 궁전의 시녀 하나와 눈이 맞아 동침을 했지요. 남자는 그녀가 페니키아 출신이라는 사실을 듣고 가문을 물었고, 그녀가 시돈 출신의 거부巨富 아리바스의 딸이라고 하자 집에 데려다 주겠다고 그녀를 꼬드겼습니다. 그녀는 그의 말을 듣고 기뻐하며 앞으로는 안전을 위해 자신을 만나도 아는 체하지 말라고 당부하며 가져온 물건을 모두 팔고 싣고 갈 물건을 모두 구입한 뒤 떠날 준비가 되면 기별해 달라고 했습니다. 그러면 뱃삯으로 궁전에 있는 황금도 가져가고 왕의 아들도 납치해 오겠다는 말도 잊지 않았고요. 그 후 일 년이 지나 페니키아 선원들은 떠날 만반의 준비를 갖춘 다음 그녀에게 알렸고, 그녀는 내 손을 잡고 객사客舍에 있는 손님상에서 황금 술잔 세 개를 훔쳐 몰래 숨겨 가져왔습니다. 페니키아 인들은 얼른 우리 일행을 태우고 순풍을 받아 바다를 달렸습니다. 그런데 13일째 되는 날 갑자기 페니키아 여인이 쓰러져 죽고 말았지요. 그러자 그들은 시신을 바다로 던져 물개와 물고기 밥이 되게 했고 이타케에 상륙하여 나를 라에르테스 노인에게 팔았습니다."

오디세우스는 에우마이오스의 말을 듣더니 그가 당한 불행은 가슴 아프지만 그래도 좋은 주인을 만난 것은 다행이라고 위로했다.

한편 텔레마코스 일행은 무사히 구혼자들의 매복을 피해 포구로 들어와 정박했다. 그들은 바닷가에 내려 점심을 준비하여 포도주와 함께 먹고 마셨다. 이윽고 충분히 먹었다는 생각이 들자 텔레마코스는 부하들에게 먼저 시내로 가 있으라고 했다. 자신은 돼지치기를 만나고 농토를 둘러본 다음 뒤쫓아 가겠다는 것이었다. 그러면서 내일 아침 적당한 보수를 주고 연회를 베풀어 주겠다는 말도 잊지 않았다. 그러자 도망자이자 예언가 테오클리메노스가 자신은 어디로 가야 하는지 물었다. 텔레마코스가 대답했다.

"예전 같았으면 나는 당신에게 우리 집에 가 있으라고 했을 것이오. 우리 집은 손님 접대에 한 치의 소홀함이 없었으니까 말이오. 하지만 지금은 상황이 많이 달라졌소. 나도 집에 없고 어머니도 당신을 만나려고 하지 않으실 것이오. 어머니는 구혼자들에게 신물이 나서 자주 모습을 드러내지 않고 이층 방에 틀어박혀 베를 짜고 계시오.

그러나 내가 당신이 찾아갈 만한 사람을 하나 추천하겠소. 폴리보스의 아들 에우리마코스라는 사람인데 그는 구혼자 중 가장 재력이 있고 머리도 뛰어나 어머니와 결혼할 가능성이 가장 큰 사람이오. 물론 제우스 신께서 결혼하기 전 그에게 죽음을 안겨 줄 것이 틀림없을 테지만 말이오."

바로 그 순간 독수리 한 마리가 텔레마코스의 오른쪽에 나타나더니

제우스와 그의 신조 독수리
테오클리메노스는 오른쪽으로 나타난 독수리를 텔레마코스 집안이 이타케를 영원히 통치하게 된다는 길조로 해석한다. 기원전 560년 무렵의 접시.

발톱 사이에 비둘기 한 마리를 차고는 그것을 뜯었다. 깃털이 땅 위뿐 아니라 배와 텔레마코스의 사이에 떨어졌다. 테오클리메노스가 그것을 보더니 텔레마코스에게 다가와 그의 손을 꼭 쥐고 말했다.

"텔레마코스여, 저 독수리는 신의 뜻이 아니었다면 당신 오른쪽으로 나타나지 않았을 것이오. 나는 저 독수리를 보자 금방 신이 보낸 사자使者임을 알았소. 독수리가 보인 행동은 앞으로도 당신 가문이 이타케를 영원히 통치하게 될 전조이오."

텔레마코스는 테오클리메노스의 말을 듣자 기분이 좋아졌다. 그래서 에우리마코스를 찾아가게 하려는 맘을 바꾸어서 자신에게 충실한 페이라이오스를 불러 자신이 돌아올 때까지 그를 맡아 달라고 부탁했다. 그가 텔레마코스에게 아무 걱정하지 말라고 대답하며 배에 먼저 오르자 동료들도 따라 올라가 서둘러 출발했다. 배가 강을 거슬러 강가에 있는 도시를 향해 떠나자 텔레마코스는 잰걸음으로 에우마이오스의 농장으로 향했다.

제16권

텔레마코스가 오디세우스를 알아보다

구혼자들이 텔레마코스가 백성들을 선동하기 전에 그를 암살하기로 모의하다

텔레마코스가 돼지치기 에우마이오스의 오두막에 도착한다. 에우마이오스가 페넬로페에게 텔레마코스의 무사귀환을 알리러 간다. 텔레마코스가 에우마이오스의 오두막에 와 있는 이방인이 아버지 오디세우스임을 알아본다. 오디세우스가 아들 텔레마코스에게 구혼자들을 몰살시킬 계획을 털어놓는다. 도시 항구에 텔레마코스의 동료들이 상륙하고 이어 텔레마코스의 암살대도 항구에 도착한다. 구혼자들이 텔레마코스가 회의를 소집하여 백성들을 선동하기 전에 그를 암살하기로 모의한다. 돼지치기 에우마이오스가 페넬로페를 만나고 돌아온다.

오디세우스와 돼지치기 에우마이오스는 날이 새자 오두막에 불을 피우고 아침을 준비했고 다른 돼지치기들은 여느 때처럼 돼지 떼를 몰고 밖으로 나갔다. 그때 텔레마코스가 오두막 마당으로 들어서자 개들이 짖지 않고 꼬리를 흔들며 반갑게 그를 맞이했다. 귀가 밝은 오디세우스가 오두막 안에서 인기척을 듣고 에우마이오스에게 누가 찾아온 것 같다고 말해 주었다. 그 말이 끝나기가 무섭게 텔레마코스가 오두막 문을 열었다. 에우마이오스는 그를 보더니 깜짝 놀라며 다가가 부둥켜안고 눈물을 흘리며 울었다. 그 모습이 마치 사랑하는 아들이 속을 무척이나 썩이다가 10년 만에 타향에서 돌아온 것을 반기는 아버지 같았다.

에우마이오스는 계속해서 텔레마코스를 얼싸안고 입을 맞추며 놓을 줄을 몰랐다. 그는 텔레마코스가 필로스로 떠난 뒤 다시는 보지 못할 줄 알았다. 텔레마코스는 구혼자들이 행패를 부리기 시작한 이래 자기를 찾아온 적도 없었다. 그는 아들 같은 텔레마코스의 얼굴을 찬찬히 뜯어보며 무슨 일로 왔는지 물었다. 텔레마코스는 어머니가 아직도 궁전 안에 계신지 아니면 구혼자 중 하나와 결혼하여 그 집으로 가셨는지를 알아보기 위해서 왔다고 대답했다. 그러자 에우마이오스는 페넬로페는 조금도 흔들리지 않고 궁전에 남아 있다고 말하며 그의 청동 창을 받아 들었다.

텔레마코스가 방 안으로 들어서자 오디세우스는 자리를 양보하려고 일어섰다. 하지만 텔레마코스가 그대로 앉아 있으라며 제지하여 도로 그 자리에 주저앉았다. 에우마이오스가 얼른 양가죽을 깔고 자리를 마련해 주자 텔레마코스가 그곳에 앉았다. 이어 에우마이오스는 전날 먹고 남은 고기와 빵을 접시에 담아 내오고 포도주를 물에 희석시켜 차려 놓은 다음 오디세우스 맞은편에 자리를 잡고 앉았다. 충분히 먹고 마셨다고 생각이 들었을 때 텔레마코스가 에우마이오스에게 동석한 거지 노인이 어디서 온 누구인지 물었다. 에우마이오스가 노인은 크레테 출신으로 세상 이곳저곳을 돌아다니다가 최근에는 테스프로토이 족이 모는 배에서 탈출하여 자신의 농장으로 찾아왔다고 하면서 이제는 그에게 맡길 테니 잘 보살펴 달라고 대답했다. 그러자 텔레마코스가 한숨을 내쉬며 말했다.

"에우마이오스여, 당신 말을 들으니 가슴이 아프오. 내가 어떻게 이 어른을 받아들일 수 있겠소. 나는 누가 행패를 부려도 대적하지 못할 정도로 아직 담력이 크지 못하오. 또 현재 어머님은 우리 궁전에 남아 있을 것인지 아니면 구혼자 중 누구를 따라가야 할지를 놓고 저울질하느라 정신이 없으시오. 그러나 이 어른이 일단 당신 집에 온 이상 난 이분에게 외투와 옷을 드리고 어디든 원하는 곳으로 호송해 드릴 것이오. 아니면 당신만 괜찮다면 당신이 이분을 당분간 집에 모시고 보살펴 드리시오. 그러면 내가 당신과 동료들에게 짐이 되지 않도록 이분이 이곳에 머무는 동안 필요한 옷과 양식을 보내겠소. 그러나 나는 이분이 구혼자들에게 가는 것은 반대하오. 오만불손한 그들은 분명 이분을 조롱할 것이오."

오디세우스는 이 말을 듣고 텔레마코스의 마음을 떠보고 싶었다. 그래서 그에게 왜 그렇게 무례한 구혼자들에게 소극적으로 구는지 물었다. 백성들이 구혼자들의 편이어서, 아니면 형제들이 같이 싸워 주지 않아서 그러냐는 것이다. 자기라면 구혼자들을 가만두지 않겠다는 말도 덧붙였다. 끝까지 싸우다 힘에 밀려 잡혀 죽을 망정 그들의 무례함을 그냥 두고 보고 싶시 않다고 했다.

텔레마코스는 이 말을 듣고 전혀 화를 내지 않았다. 그는 자기가 구혼자들에게 대들지 못하는 것은 백성들이 자기편이 아니어서도 아니고 형제들이 같이 싸워 주지 않아서도 아니라고 대답했다. 특히 자기 집안은 증조할아버지 아르키시오스 때부터 대대로 독자 집안이어서 같이 싸워 줄 형제도 없다고 했다.

텔레마코스는 여기까지 얘기하다 할 말이 없었는지 말꼬리를 흐렸다. 그는 구혼자들이 몰려와서 자기 가산을 축내다가 자신도 죽일지 모르지만 결국 모든 것은 신의 뜻에 달려 있지 않겠느냐고 얼버무리며 에우마이오스를 향해 어머니 페넬로페에게 자신이 필로스에서 돌아왔다는 소식을 전해 달라고 부탁했다. 그러자 에우마이오스가 이렇게 말했다.

"잘 알겠습니다. 그런데 하는 김에 도련님 할아버지 라에르테스 어르신에게도 소식을 전할까요? 어르신은 아들이 돌아오지 않아 마음이 괴로워도 일을 감독하고 식사도 하시고 그러셨습니다. 그러나 도련님이 필로스로 떠난 후로는 하인들을 감독도 안 하시고 식음도 전폐하셔서 피골이 상접할 정도로 마르셨다고 들었습니다."

텔레마코스는 에우마이오스의 물음에 지금은 할아버지께는 알리지 말고 어머니께만 알리고 난 뒤 즉시 돌아오라고 말했다. 할아버지께는 어머니가 나중에 시녀를 보내 알릴 수도 있다는 것이었다. 돼지치기 에우마이오스가 떠나자 아테나 여신이 수공예에 능한 여인의 모습을 하고 오두막 문 앞에 나타났다. 텔레마코스는 여신을 알아보지 못했으나 오디세우스는 그녀가 여신임을 알아차렸다. 개들도 그녀를 보고 꼬리를 내리며 오두막 뒤로 숨었다. 오디세우스가 아테나 여신의 손짓을 보고 밖으로 나오자 그녀는 이렇게 말했다.

"라에르테스의 아들 오디세우스여, 이제는 네 아들에게 네 신분을 말할 때가 되었다. 아들에게 모든 사실을 숨김없이 말한 뒤 너희 두 사람은 구혼자들을 혼내 줄 방도를 강구해서 도시로 가거라. 내가 너희와 항상 함께하겠다."

아테나 여신은 이렇게 말하고 황금 지팡이로 그를 살짝 건드렸다. 그러자 그는 좋은 옷을 입은 헌헌장부軒軒丈夫로 변신했다. 피부는 구릿빛이 되었고 두 볼은 팽팽해졌으며 턱 주위에는 수염이 덥수룩하게 덮였다. 아테나가 돌아간 뒤 오디세우스가 오두막에 들어서자 텔레마코스가 달라진 그의 모습에 깜짝 놀라며 그를 신으로 오인하고 제물을 풍성하게 바칠 테니 살려 달라고 애원했다. 그러자 오디세우스가 자신의 신분을 밝혔다.

"나는 신이 아니다. 왜 너는 나를 신으로 여기느냐? 나는 바로 네 아버지다. 이 못난 아버지 때문에 얼마나 많은 고생을 하고 구혼자들에게 얼마나 많은 행패를 당했느냐?"

오디세우스는 이렇게 말하고 아들의 볼에 입을 맞추며 그동안 꾹꾹 눌러온 울음을 터뜨렸다. 그러나 텔레마코스는 실감하지 못하고 여전히 그를 신으로 의심했다. 이 모든 것이 자신에게 더 많은 시련을 주려는 신의 장난이라는 것이었다. 그러자 오디세우스가 약간 역정을 내며 대답했다.

"텔레마코스야, 사랑하는 아버지가 집에 돌아왔는데도 지나치게 의심하는 것은 좋지 않은 행동이다. 나는 갖은 고생과 방랑 끝에 20년 만에 고향에 돌아온 바로 네 아버지 오디세우스가 틀림없다. 이 모든 것은 아테나 여신의 작품이다. 나를 볼품없는 거지 노인으로 변신시킨 것도 그분이시고 좋은 옷을 입은 헌헌장부로 변신시킨 것도 그분이시다."

오디세우스와 텔레마코스의 해후
텔레마코스는 헌헌장부이던 본래의 모습으로 돌아간 오디세우스를 보고는 신인 줄 알고 놀랐다가 아버지임을 알고는 부둥켜안고 감격의 눈물을 흘린다. 앙리 뤼생 두세(1856~1895) 작.

그제야 텔레마코스는 아버지의 목을 껴안고 울기 시작했다. 그렇게 그들은 서로 부둥켜안고 실컷 울었다. 두 사람은 갓 태어난 새끼를 잃은 독수리보다도 더 구슬프게 울었다. 그렇게 마음껏 울며 회포를 풀고 난 뒤 텔레마코스가 먼저 말문을 열어 아버지에게 어떻게 돌아올 수 있었는지 물었다. 그러자 오디세우스가 이렇게 대답했다.

"내 아들아, 나를 이타케로 데려다 준 것은 천부적인 뱃사람 파이아케스 족이다. 그들은 부탁을 받으면 누구든지 원하는 곳에 호송해 주지. 그들은 내가 잠든 사이 나를 배에 태워 이타케에 내려놓았다. 게다가 내게 황금과 청동 그리고 옷까지 선물로 주었다. 나는 아테나 여신의 지시대로 현재 그것을 동굴에 안전하게 숨겨 놓았다. 내가 이곳에 온 것은 아테나 여신의 명령 때문이다. 그분은 너를 만나 구혼자들을 응징할 방도를 찾아보라고 하셨다. 우선 내게 구혼자의 숫자와 그들이 어떤 자들인지 자세하게 말해 주거라. 그래야 그들을 응징할 계략을 짤 수 있을 것이다. 네 말을 듣고 나서 우리 두 사람의 힘만으로 그들을 상대해도 될지 아니면 다른 사람들의 도움을 청해야 될지 결정해야겠다."

텔레마코스는 아버지의 말을 듣고 놀라움을 금치 못했다. 예전부터 아버지의 용맹성은 익히 들어 잘 알고 있었지만 이렇게 대담하신 분인 줄은 몰랐기 때문이다. 하지만 그는 아버지에게 두 사람만으로 그들을 대적하기엔 역부족이라고 말씀드렸다. 구혼자가 일이십 명이 아니라 백 명이 넘었기 때문이다. 그는 아버지에게 각 섬에서 온 구혼자의 숫자를 자세하게 말씀드렸다. 둘리키움 섬에서는 쉰두 명의 구혼자와 여섯 명의 시종이, 사메 섬에서는 스물네 명의 구혼자가, 자킨토스 섬에서는 스무 명의 구혼자가, 이타케 섬 자체에서는 열두 명의 구혼자와 전령 메돈, 가인 데모도코스, 고기 써는 달인인 두 명의 시종이 와 있다는 것이었다. 그는 다시 한 번 아버지에게 자신과 아버지 둘이 그들을 대적하기에는 아무래도 위험 부담이 클 것이니 누구를 우리 편으로 끌어들일지 생각해 보시라고 권했다. 오디세우스는 108명이나 되는 구혼자의 숫자를 듣고 아들이 불안해하는 것은 당연하다고 생각했다. 우선 아들의 불안을 잠재우는 것이 필요했다. 그는 텔레마코스에게 아테나 여신과 제우스 신이 도와주시기로 약속했는데 또 다른 협력자가 필요하겠냐고 물었다. 그제야 텔레마코스는 기쁜 표정을 지으며 두 분만 도와주신다면 다른 협력자가 무슨 필요가 있겠냐고 대답했다. 오디세우스는 텔레마코스가 안심하는 모습을 보고서야 비로소 앞으로 할 일을 하나하나 지시하기 시작했다.

"우리가 궁전에서 구혼자들과 전투를 벌이게 되면 두 분은 틀림없이 우리를 도와주실 것이다. 너는 날이 밝는 대로 궁에 돌아가서 아무

일 없다는 듯이 구혼자들과 어울려라. 나는 나중에 돼지치기 에우마이오스와 함께 늙은 거지 모습을 하고 궁에 나타날 것이다. 너는 내가 구혼자들에게 모욕을 당해도 꾹 참아야 한다. 그들이 내 발을 잡고 나를 집 밖으로 끌어내도, 물건을 들어 나를 향해 던져도 참아야 한다. 또 하나 명심해야 할 일이 있다. 내가 아테나 여신의 지시를 받아 너에게 신호를 보내면 홀 안에 있는 무기를 몽땅 궁 안쪽으로 깊숙이 숨겨 놓거라. 구혼자들이 무기를 찾거든 고기를 굽는 통에 생기는 그을음을 피해 옮겨 놓았다고 말해라. 아니면 구혼자들이 술에 취해 말다툼을 벌이다 불상사가 일어날까 봐 다른 곳으로 치워 놓았다고 둘러대라. 하지만 우리 두 사람이 나중에 쓸 수 있도록 칼 두 자루와 창 두 자루와 방패는 남겨 놓아야 한다. 명심해야 할 것이 또 있다. 어느 누구도 내가 돌아왔다는 사실을 알아서는 안 된다. 네 할아버지나 어머니도 예외가 아니다. 그 사실은 오직 너와 나 단 둘만 알고 있다가 시녀들과 하인들의 충성심을 알아보자꾸나. 누가 우리를 무시하고 누가 우리에게 충실한지 말이다."

이렇게 둘이 이야기를 나누는 동안 텔레마코스가 필로스에서 타고 온 배는 강줄기를 따라 이타케 시내로 들어갔다. 텔레마코스의 동료들은 서둘러 배를 뭍으로 끌어올리고 텔레마코스가 받은 신물을 클리티오스의 집으로 나른 다음 페넬로페에게 아들의 무사귀환을 알리기 위해 궁전에 전령을 보냈다. 전령은 우연히 페넬로페에게 똑같은 소식을 전하러 가는 돼지치기 에우마이오스와 마주쳤다.

궁전에 도착하자 먼저 전령이 멀찍이 서서 페넬로페에게 아들이 무사히 도착했다는 말만 간단히 전하고 돌아갔다. 그 다음에 에우마이오스가 그녀에게 가까이 다가가 텔레마코스가 전하라고 한 것을 빠짐없이 전한 다음 잽싸게 궁전을 빠져나와 오두막을 향했다.

한편 구혼자들은 이미 텔레마코스가 자신들이 보낸 추격대를 피해 무사히 돌아왔다는 얘기를 듣고 풀이 죽어 홀에서 나와 궁전 밖에서 대책회의를 하고 있었다. 그들 중에서 폴리보스의 아들 에우리마코스가 나서며 놀랍게도 텔레마코스가 이번 여행을 무사히 마치고 돌아왔으니 빨리 그를 암살하러 떠났던 동료들을 데리러 배를 보내자고 제안했다. 바로 그때 앉은 자리에서 일어나 포구를 살피던 암피노모스가 방금 암살대가 돌아왔음을 알렸다. 구혼자들은 서둘러 우르르 포구로 몰려가더니 암살대와 합류하여 다시 회의장으로 향했다. 구혼자들은 다른 사람들은 누구도 들여보내지 않고 자기들끼리만 자리에 앉아 대책을 강구했다. 에우페이테스의 아들 안티노오스가 먼저 말문을 열었다.

"아마 신들이 텔레마코스를 구해 주신 것 같소. 우리는 텔레마코스를 잡아 죽이기 위해 낮에는 온종일 바람 부는 언덕에 앉아 물 샐 틈 없이 사주경계四周警戒를 섰고, 밤에는 배를 타고 바다로 나가 길목을 지켰소. 그런데도 우리가 그를 잡을 수 없었다면 신이 그를 도와주셨음에 틀림이 없소. 그러니 이제 우리 여기서 텔레마코스를 죽일 궁리를 합시다. 그가 살아 있는 한 우리는 과업을 이루지 못할 것이오. 텔레마코스는 아마 백성들의 회의를 소집하여 우리가 꾸민 계획을 폭로할지 모르오. 백성들도 우리의 악행을 듣고 나면 우리를 비난할지 모르오. 백성들은 우리에게 등을 돌린 지 오래이기 때문이오. 텔레마코스가 백성들의 힘을 업고 우리를 낯선 나라로 추방할지도 모를 일이오. 그러니 우리가 먼저 선수를 칩시다. 그가 잘 다니는 길목에 매복해 있다가 그를 잡아 죽입시다. 재산은 우리끼리 나누어 갖고 집은 그의 어머니와 그녀를 차지하는 구혼자에게 주는 걸로 합시다."

이렇게 말하자 모두 말이 없었다. 그때 침묵을 깨고 니소스의 아들 암피노모스가 일어나 텔레마코스를 죽이는 데 반대한다고 말했다. 왕가의 혈통을 끊어 버린다는 것은 인간으로서 할 짓이 아니라는 것이었다. 이어 그는 현명하신 제우스 신의 뜻을 물어보자고 제안했다. 제우스 신이 승인한다면 자신도 적극 찬성하겠다는 것이었다.

그는 둘리키움 섬에서 온 구혼자로 마음씨가 선해서 페넬로페가 마음에 들어 하던 자였다. 이렇게 암피노모스가 말하자 일리가 있는지라 모두 그의 말에 동조하며 다시 오디세우스의 궁전 홀로 들어와 앉았다. 바로 그때 페넬로페가 홀로 들어섰다. 좀처럼 모습을 드러내지 않던 페넬로페로서는 이례적인 일이었다. 그녀는 구혼자들이 아들을 죽이려고 한다는 말을 듣고 도저히 방 안에 그대로 앉아 있을 수 없었다.

페넬로페는 홀에 도착하자마자 안티노오스를 꾸짖었다. 안티노오스의 아버지는 한때 분노한 백성들을 피해 오디세우스를 찾아와 몸을 의탁했지만 이타케 백성들이 그를 달갑게 여기지 않았다. 그가 한때 타포스의 해적들과 돌아다니며 이타케의 우방友邦인 테스프로토이 족을 괴롭혔기 때문이다. 그래서 이타케 백성들은 그를 죽이기를 원했지만 오디세우스가 끝까지 변호해 줘 생명을 구할 수 있었다. 그녀는 그 사실을 상기시키면서 배은망덕도 유분수지 어떻게 그런 사람이 자기 아들을 죽일 계획을 세울 수 있냐고 비난했다.

그러자 폴리보스의 아들 에우리마코스가 일어나 그녀를 안심시켰다. 그는 오디세우스에게 큰 은혜를 입은 자신이 살아 있는 한 텔레마코스에게 손댈 사람은 아무도 없다고 맹세했다. 하지만 그의 말은 거짓이었다. 그는 누구보다도 텔레마코스를 죽이고 싶어 안달했기 때문이다. 페넬로페도 그의 속내를 알고 있었기 때문에 더는 홀에 머물지 못하고 방으로 돌아와 답답한 마음에 남편 오디세우스를 생각하며 목

남편 오디세우스 생각에 잠겨 있는 페넬로페
페넬로페는 오디세우스의 은혜를 원수로 갚으려는 구혼자 무리를 보고 답답한 마음에 남편을 그리워하며 눈물이 마를 날이 없었다.

놓아 울다 지쳐 잠이 들었다.

저녁때가 되자 에우마이오스가 돼지 농장으로 돌아왔다. 오디세우스와 텔레마코스는 한 살배기 돼지를 제물로 바치고 나서 막 저녁을 먹으려던 참이었다. 아테나 여신이 한발 앞서 재빨리 나타나 오디세우스를 황금 지팡이로 가볍게 치더니 다시 초라한 노인으로 변신시켰다. 에우마이오스가 오두막에 들어서자 텔레마코스는 그에게 자기를 죽이기 위해 길목에서 매복하던 구혼자들이 돌아왔는지 물었다.

그는 가는 도중 텔레마코스의 동료들이 보낸 전령을 만나 함께 페넬로페를 찾아가 텔레마코스의 소식을 전하자마자 곧장 돌아와 잘은 모른다고 대답했다. 하지만 시내 위 언덕길을 따라 오다가 배 한 척이 포구에 들어오는 것을 보았는데 배 안에는 남자들이 타고 있었고 무기들이 가득 차 있었다고 덧붙였다. 텔레마코스는 그의 말을 듣고 아버지를 쳐다보며 의미심장한 미소를 지어 보였다. 이어 저녁식사가 차려지고 셋은 실컷 먹고 마신 다음 깊은 잠에 빠졌다.

제17권

텔레마코스가 궁전에 도착해 어머니에게 아버지 오디세우스의 귀향을 비밀로 하다

에우마이오스가 늙은 거지 모습을 한 오디세우스를 집으로 안내하다

텔레마코스가 시내 궁전을 향한다. 텔레마코스가 어머니에게 여행 중 보고 들은 것을 이야기한다. 텔레마코스가 어머니에게 에우마이오스의 오두막에서 아버지를 만난 일을 비밀로 한다. 에우마이오스가 거지 차림을 한 오디세우스를 시내 궁전으로 안내한다. 길기리에서 만난 염소치기 멜란티오스가 그들을 조롱하며 급기야 오디세우스의 엉덩이를 걷어찬다. 오디세우스가 자신의 집에 들어서자 이제는 폭삭 늙어 버린 개 아르고스가 그를 알아보고 가볍게 꼬리를 흔들더니 이내 꼬꾸라져 죽는다. 오디세우스가 잔치를 벌이던 구혼자들에게 먹을 것을 간청한다. 안티노오스가 귀찮은 거지 노인을 데려왔다며 에우마이오스를 힐책한다. 안티노오스가 자신 앞에 와서 구걸하는 오디세우스를 발판으로 내친다. 페넬로페가 거지 노인을 불러 남편의 소식을 물어보려 한다. 오디세우스가 정중하게 거절하고 밤에 찾아가겠다고 말한다.

다음 날 아침 텔레마코스는 시내로 가려고 채비를 갖추었다. 그는 떠
나기 전 돼지치기에게 거지 노인을 시내로 데려 주라고 부탁했다. 솔
직히 말해 현재 자기 처지로서는 그를 직접 돌볼 수 없으니 자기가 떠
난 다음 노인을 시내로 안내해 주면 그가 이곳저곳을 돌아다니며 직접
먹을 것을 구걸할 수 있지 않겠느냐는 것이었다. 이 말을 듣고 오디세
우스가 자신도 오두막에 머무르고 싶지 않다고 대꾸했다. 농장 일을
하면서 누구의 지시를 받을 나이는 지났고, 구걸은 아무래도 시골보다
는 시내가 유리하다는 것이다. 그는 텔레마코스에게 밤사이 언 몸을
좀 녹인 다음에 시내로 뒤따라갈 테니 아무 걱정하지 말라고 말했다.

텔레마코스가 잰걸음으로 궁에 도착해서 내실로 들어서자 맨 먼저
유모 에우리클레이아가 그를 보고 눈물을 글썽이며 다가왔다. 이어 시
녀들이 그의 주위에 몰려들어 머리와 어깨에 입을 맞추며 그를 반겼
다. 소란한 소리를 듣고 페넬로페도 방에서 나왔다. 그녀는 사랑하는
아들을 발견하고 부둥켜안은 채 눈물을 흘리며 머리와 두 눈에 수없이
입을 맞추었다. 그녀는 흐느끼면서도 맨 먼저 남편 오디세우스의 소식
을 묻는 것을 잊지 않았다. 그러자 텔레마코스는 막 위험에서 벗어나
경황이 없으니 나중에 말씀드리겠다고 둘러대며 시녀들과 함께 제우
스 신께 무사귀환을 감사하는 기도나 드려 달라고 부탁했다. 그는 우
선 필로스를 떠날 때 배에 태워 준 예언가 테오클리메노스를 궁으로
데려올 참이었다. 그는 벌써 테오클리메노스를 맡긴 페이라이오스와

시내 광장에서 만나기로 약속했었다.

페넬로페가 하는 수 없이 기도를 하기 위해 이층 방으로 올라가자 텔레마코스는 창을 들고 나가 시내 광장을 향했다. 시내 광장에는 구혼자들이 이곳저곳에 무리지어 모여 있었다. 그는 구혼자들을 피해 아버지 때부터 친구로 지낸 멘토르와 안티포스와 할리테르세스가 있는 곳으로 가서 합석했다. 그들이 한참 이야기를 나누는데 마침 페이라이오스가 테오클리메노스를 데리고 나타났다. 먼저 페이라이오스가 텔레마코스에게 보관하고 있는 선물을 보낼 수 있도록 시녀들을 자기 집으로 보내 달라고 요청했다. 그러자 텔레마코스가 대답했다.

"페이라이오스여, 앞으로 상황이 어떻게 전개될지 알 수가 없소. 만약 파렴치한 구혼자들이 나를 죽이고 우리 재산을 저희끼리 나누어 가진다면 나는 그들보다도 당신이 그 선물을 차지하기를 바라오. 그러나 내가 저들을 응징하게 된다면 그때 내 선물을 돌려주시오. 그러면 내 기꺼이 받을 것이오."

이렇게 말하고 그는 페이라이오스와 작별인사를 하고 테오클리메노스를 데리고 궁으로 돌아와 우선 함께 목욕부터 했다. 그들이 욕조에 들어가자 시녀들이 목욕을 시켜 준 다음 올리브기름을 발라 주고 새 옷을 입혔다. 그들이 의자에 앉자 시녀 한 명이 물 항아리를 가져와 은 대야에 손 씻을 물을 부어 주고 식탁을 차렸다. 다른 시녀 하나는 식탁 위에 빵을 비롯하여 진수성찬을 올렸다. 그들 맞은편에서는 페넬로페가 안락의자에 앉아서 실을 잣고 있었다. 이윽고 그들이 충분히 먹고 마시고 나자 페넬로페가 아들 텔레마코스를 향해 자기는 이제 피곤해서 침실로 잠자러 가려고 하니 아버지에 대해 들은 게 있으면 좀 말해 달라고 부탁했다. 그러자 텔레마코스가 이야기하기 시작했다.

"어머니, 이제 모두 말씀드리겠어요. 제가 필로스로 네스토르를 찾아가자 그분은 저를 마치 여러 해 만에 객지에서 돌아온 아들처럼 대

원반을 던지기 위해 포즈를 취하고 있는 청년상
구혼자들은 오디세우스가 이타케에 와 있는 줄도 모르고 한가롭게 원반던지기와 창던지기를 하며 놀았다.

해 주셨어요. 하지만 그분은 아버지에 대해서는 전혀 들은 얘기가 없다고 하며 저를 아트레우스의 아들 메넬라오스에게 보내셨지요. 메넬라오스를 찾아가 그동안의 어수선한 집안 사정과 용건을 말했더니 그분은 구혼자들의 행패에 깊은 분노를 표하셨어요. 그리고 아버지가 그들에게 비참한 최후를 안겨 줄 것이라고 확신하셨어요. 구혼자들을 갓 태어난 새끼를 겁도 없이 사자의 은신처에 뉘어 놓았다가 나중에 돌아온 사자에게 비참한 최후를 맞이한 사슴과 비교하셨지요. 그분은 또 말씀하시길 아버지는 레스보스에서 필로멜레이데스와 레슬링 시합을 벌여 그를 통쾌하게 꺾던 때처럼 구혼자들을 가만두지 않을 것이라고도 하셨어요. 그런 다음 그는 바다의 노인 프로테우스에게 전해 들은 아버지에 관한 소식을 이야기해 주셨어요. 프로테우스에 따르면 아버지는 요정 칼립소가 섬에 붙들고 있어 고향에 돌아오시지 못하는 거예요. 아버지에게는 배도 없고 부하들도 없기 때문이랍니다.”

텔레마코스의 말을 가만히 듣고 있던 예언가 테오클리메노스가 모자母子의 대화에 끼어들었다. 그는 페넬로페에게 메넬라오스의 말은 확실하지 않으니 믿지 말고 지금부터 자기가 하는 예언을 명심하라고 당부하면서 배를 타고 오면서 본 새점(鳥占)을 말해 주었다. 그 점에 따르면 오디세우스는 이미 고향땅에 와 있고 모든 구혼자에게 죽음을 안겨 주기 위해 기회를 노리고 있다는 것이었다.

이들이 이렇게 이야기를 나누는 사이 구혼자들은 궁전 앞마당에서 원반던지기와 창던지기를 하며 거드름을 피우며 놀았다. 그러다 점심 때가 되어 사방에서 잔치 때 쓸 가축들이 도착하고 그들이 가장 좋아 하는 전령 메돈이 점심식사 시간임을 알리자 궁전 홀로 들어와 가축을 잡아 잔치 준비를 시작했다.

같은 시각 오디세우스와 에우마이오스는 돼지 농장에서 시내로 막 출발하려던 참이었다. 에우마이오스는 노인이 이곳에 남아 돼지 치는 일을 도와주었으면 했지만 그렇다고 작은 주인 텔레마코스의 명을 거역할 수가 없어 시내까지 길을 안내할 테니 떠나자고 했다. 그러자 노인은 길이 미끄러울 수 있으니 지팡이로 쓸 막대기 하나를 마련해 달라고 부탁했다.

그들이 출발하여 어떤 샘물 가까이 다가갔을 때 저쪽에서 염소를 몰고 오던 돌리오스의 아들 멜란티오스 일행이 나타났다. 그는 구혼자들의 잔치에 쓰기 위해 다른 두 동료와 함께 살찐 염소들을 골라 몰고 오는 중이었다. 그러다 에우마이오스를 보자 거친 말을 해대며 그를 조롱했다.

"거지가 거지를 데리고 가는 꼴이라니 정말 가관이다. 신은 인간을 항상 유유상종히게 만드신다니까. 재수 없는 돼지치기여, 그 성가신 거지를 어디로 데려가느냐? 네가 그자를 내게 주어 염소 농장을 돌보게 한다면 그자는 염소젖 찌꺼기라도 먹고 목숨을 부지할 수 있을 텐데. 하기야 그자 얼굴을 보아하니 배운 것이라고는 나쁜 짓뿐이어서 일은 하지 않고 구걸로 연명할 인상이긴 하다. 내가 분명히 말하지만 그자를 오디세우스의 집에 데려갔다가는 구혼자들이 가만 놔두지 않을 것이다. 그들은 분명 그자를 쫓아내기 위해 발판을 던져 그자의 갈비뼈를 부러뜨려 놓을 것이다."

이렇게 말하고 멜란티오스는 지나가면서 오디세우스의 엉덩이를

20년 만에 만난 주인 오디세우스를 반기는 개 아르고스
오디세우스가 기르던 개 아르고스는 거지 노인으로 변장한 주인을 알아보고 반가워하다 마침내 숨을 거둔다. 밀제티 궁홀 천장화.

발로 걷어찼다. 하지만 오디세우스는 밀려나지 않고 꼼짝 않은 채 버티고 서 있었다. 오디세우스는 그 자를 쫓아가서 몽둥이로 쳐서 죽일까 아니면 들어올려 땅바닥에 메다꽂을까 하고 한참을 망설이다가 꾹 참고 큰 소리로 기도했다.

"샘의 요정들이여, 오디세우스께서 당신들에게 제물을 드리는 데 인색하지 않았다면 제 소원을 들어주소서. 오디세우스가 하루 속히 돌아오셔서 주인의 은혜도 저버린 채 저렇게 비겁하게 구혼자들에게 빌붙어 사는 녀석들을 쓸어버리게 하소서."

멜란티오스는 그의 기도소리를 듣자 마음 한구석이 찔렸다. 그는 언젠가는 거지로 분장한 오디세우스를 이타케에서 멀리 떨어진 곳에 비싼 값을 주고 팔아 버리겠다고 엄포를 놓았다. 이어 빠른 걸음으로 궁에 도착해서는 그를 가장 아끼는 에우리마코스 맞은편에 앉았다. 그러자 시녀들이 고기와 빵을 그 앞에 갖다 놓았다.

오디세우스와 에우마이오스가 한참 후에 궁에 도착해서 대문 앞에 멈춰 섰다. 안에서 포르밍크스 소리가 들려왔다. 페미오스가 구혼자들을 위해 연주를 하며 노래하고 있었다. 오디세우스가 감회에 젖어 에우마이오스에게 짐짓 모르는 척 이게 오디세우스의 궁전이냐고 물었다. 에우마이오스가 무관심하게 그렇다고 대답하며 앞으로 어떻게 할 것인지 궁리를 해 보자고 제안했다.

두 사람은 의논 끝에 에우마이오스가 먼저 들어가고 오디세우스는 그 다음에 들어가기로 했다. 그때 갑자기 문 앞에 쌓인 가축의 분뇨 앞에 누워 있던 개 한 마리가 귀를 쫑긋 세웠다. 분뇨는 나중에 오디세우스의 영지에 거름으로 쓰기 위해 임시로 문 앞에 모아 둔 것이었다. 그 개는 전에 오디세우스가 기르던 아르고스로, 주인이 트로이로 떠난 뒤

로는 나이도 들고 돌보는 이가 없어 대문 앞 분뇨 근처에서 벌레투성
이가 된 채 누워서 혼자 지냈다. 아르고스는 꼬리를 흔들며 주인이 돌
아온 것을 알고 반가워했으나 다가올 힘이 없었다. 오디세우스는 에우
마이오스에게 들키지 않으려고 눈물을 애써 감춘 채 개의 시선을 피했
다. 그리고 그에게 아르고스가 어떤 개였는지 물었다. 에우마이오스는
아무것도 눈치 채지 못하고 주인 오디세우스가 살아 있었을 때는 이
개의 추격을 피할 수 있는 짐승은 하나도 없었다고 자랑을 늘어놓으며
궁전으로 먼저 들어갔다. 바로 그 순간 아르고스는 갑자기 꼬꾸라져서
절명하고 말았다.

텔레마코스는 계속해서 궁전 홀 문을 응시하다가 에우마이오스가
들어오는 것을 맨 먼저 알아차리고 눈짓을 했다. 에우마이오스는 주위
를 둘러보다가 의자 하나를 집어 들고 텔레마코스가 앉아 있는 식탁에
마주 앉았다. 그 의자는 구혼자들에게 고기를 썰어 주던 자가 앉던 것
이었다. 에우마이오스가 식탁에 앉자 하인이 그의 앞에 빵과 고기를
갖다 주었다.

이어 오디세우스가 홀 문으로 들어서더니 물푸레나무로 만든 문턱
에 걸터앉았다. 그는 보잘것없는 늙은 거지 모습을 하고 지팡이를 짚
고 있었다. 텔레마코스가 그를 발견하고 에우마이오스에게 빵과 고기
를 듬뿍 건네주며, 노인에게 갖다 주고 구혼자들을 일일이 찾아다니며
구걸을 하게 하라고 일렀다. 오디세우스는 아들이 건네는 빵과 고기를
받아들고 먹으며 가인이 연주와 노래를 끝마치자 시계 방향으로 돌며
구혼자들에게 구걸을 하기 시작했다.

구혼자들은 측은한 생각이 들어 그에게 먹을 것을 조금씩 나누어
주면서도 그의 출신이 궁금해 서로에게 물었다. 그러자 염소치기 멜란
티오스가 나서서 그 거지를 데려온 것은 돼지치기 에우마이오스가 분
명하지만 출신은 잘 모르겠다고 대답했다. 안티노오스가 그 말을 듣고

에우마이오스를 꾸짖었다. 여기에 몰려든 거지만도 넘쳐 귀찮아 죽겠는데 또 거지를 데려왔다는 것이다.

이에 에우마이오스가 안티노오스에게 잔칫집에 거지가 오는 것은 당연한 것이 아니냐고 반문하며 왜 자기에게 유독 까다롭게 구는지 모르겠다고 볼멘소리로 투덜거렸다. 텔레마코스가 대화에 끼어들어 안티노오스에게 자기 것 챙길 생각만 하지 말고 거지에게 좀 베풀어 보라고 타일렀다. 그러자 안티노오스가 텔레마코스에게 무슨 헛소리냐며 화를 냈다. 이어 그는 구혼자들이 자기만큼만 적선하면 저 거지는 석 달 동안은 이 집에 얼씬하지 않을 것이라고 외치며 갑자기 발을 올려놓는 발판을 집어 들어 오디세우스를 향해 던지는 시늉을 해 보이더니 다시 내려놓았다. 오디세우스는 이미 다른 구혼자들에게서 받은 음식물로 바랑이 가득 찬 상태라서 문턱으로 돌아가서 그 맛을 보려 하다가 안티노오스의 행동을 보고 마음이 상해 그의 앞으로 다가가 이렇게 말했다.

"친구여, 좀 주시오. 당신은 구혼자 중에서 가장 힘 있어 보이시니 다른 분들보다 더 많이 주셔야 하오. 나도 예전엔 나를 찾아온 손님에겐 부랑자일지라도 아주 후하게 베풀었소. 나는 수많은 하인뿐 아니라 없는 것이 없을 정도로 부자였소. 그러나 제우스 신께서 모든 것을 순식간에 빼앗아 가셨소. 그분이 나를 해적과 어울리게 하더니 이집트로 보내 파멸시키셨기 때문이오. 나는 그곳에 도착한 후 정찰대를 만들어 그곳을 정탐하게 했소. 그런데 이 정찰대가 주변 들판에서 원주민 마을을 발견하고 남자들은 죽이고 아이들과 여자들은 끌어 오는 잘못을 저질렀소. 이 소식은 이내 시내로 퍼지고 다음 날 적군이 시내에서 몰려와 들판은 순식간에 전장戰場으로 변해 버리고 말았소. 결국 적들은 중과부적인 우리를 제압하여 일부는 죽이고 나를 비롯하여 일부는 노예로 쓰기 위해 끌고 갔소. 그런데 나는 마침 그곳에 손님으로 와 있던

키프로스의 왕이자 이아소스의 아들 드메토르의 눈에 띄어 키프로스로 끌려갔다가 천신만고 끝에 이곳에 오게 된 것이오."

오디세우스의 말이 끝나자 안티노오스가 얼굴이 붉어지며 그에게 자기 식탁에서 멀리 꺼지라고 소리쳤다. 오디세우스는 겁을 집어먹은 듯 그의 식탁에서 물러나면서도 한마디 하는 것을 잊지 않았다. 먹을 것을 앞에 잔뜩 쌓아 두고도 조금도 집어 줄 용기가 없으니 보기보다는 소인배라고 조롱한 것이다.

안티노오스는 이 말을 듣고 더는 참을 수 없었다. 그는 자신을 모욕한 이상 이제 곱게 이 홀을 떠날 수는 없다고 소리치며 다시 발판을 들더니 오디세우스의 등을 향해 던졌다. 오디세우스는 등을 심하게 맞았는데도 바위처럼 흔들리지 않고 그 자리에 그대로 서서는 안티노오스가 불쌍하다는 듯이 고개를 가로젓더니 문턱으로 돌아가서 바랑을 내려놓은 다음 구혼자들을 향해 외쳤다.

"구혼자들이여, 내 말을 들어 보시오. 내 당신들에게 하고 싶은 말이 있소. 사람이 자기 재산을 위해 싸우다 얻어맞으면 고통이나 슬픔을 느끼지 못하는 법이오. 그러나 나는 굶주린 불쌍한 이 배 때문에 안티노오스에게 얻어맞았소. 그래서 나는 신들이나 복수의 여신이 거지들도 도와주신다면 안티노오스가 결혼하기 전에 그에게 죽음을 안겨 주시길 기원하오."

이제 안티노오스의 분노는 극에 달했다. 그는 오디세우스에게 조용히 구걸한 음식이나 먹거나 다른 곳으로 꺼지지 않으면 구혼자들과 함께 그의 손발을 잡고 궁전을 질질 끌고 돌아다니며 초주검을 만들어 놓겠다고 으름장을 놓았다. 일부 구혼자가 거지에게 발판을 던진 것은 너무 가혹한 처사라고 안티노오스를 비난하기도 했지만 그는 동료들의 말에 조금도 신경 쓰지 않았다.

텔레마코스는 아버지가 발판으로 맞는 것을 보고 마음이 아주 괴로웠으나 분노를 삭이며 꼭 복수하고 말겠다고 다짐했다. 페넬로페도 이층 자신의 방에서 거지 노인이 맞는 소리를 듣고 시녀들과 함께 안티노오스를 저주하더니 돼지치기를 불러 노인을 자기한테 데려와 달라고 부탁했다. 거지가 남편 오디세우스의 소식을 알고 있는지 물어보고 싶었기 때문이다. 페넬로페의 의중을 눈치 챈 돼지치기가 그녀에게 거지가 테스프로토이 족에게서 오디세우스 주인님에 관한 소문을 들었다고 주장한다고 말했다. 페넬로페는 돼지치기의 말을 듣고 그를 더욱 만나 보고 싶어 재차 그를 자신에게 데려다 달라고 부탁했다. 에우마이오스가 오디세우스에게 다가가 귀엣말로 페넬로페의 뜻을 전하자 그는 난색을 표명하며 이렇게 말했다.

"에우마이오스여, 나는 당장이라도 이카리오스의 따님이신 페넬로페 왕비를 만나 오디세우스의 소식을 전하고 싶소. 하지만 후안무치한 구혼자들이 두렵소. 조금 전에도 나는 아무 짓도 한 게 없는데 저자가 나에게 발판을 던져 나를 심하게 아프게 했소. 그런데 텔레마코스를 비롯해서 아무도 그를 말리지 않았소. 그러니 당신은 페넬로페에게 구혼자들이 모두 돌아간 밤까지 기다리라고 하시오. 그때 찾아뵙고 모든 것을 자세하게 말씀드리겠소."

페넬로페는 돼지치기가 혼자 오자 그 이유를 물었다. 돼지치기가 자초지종을 다 말해 주자 페넬로페는 고개를 끄덕이며 거지가 보통 사람이 아님을 직감했다. 돼지치기는 자신의 일이 끝나자 홀에 있는 텔레마코스를 찾아가 구혼자들이 엿듣지 못하도록 작은 목소리로 자신은 돼지가 걱정되어 가야겠다고 하며 부디 구혼자들에게 변을 당하지 않도록 항상 조심하라고 당부했다. 그러자 텔레마코스가 아무 걱정하지 말고 저녁을 먹고 가라며 그를 붙잡았다. 돼지치기는 못 이기는 체하고 도로 의자에 앉아 실컷 먹고 마신 뒤 잔치가 벌어지고 있는 홀을 뒤로 하고 돼지 농장을 향해 발걸음을 옮겼다.

아버지를 찾아서
—텔레마코스의 아버지 찾기

1. 왜 아버지를 찾는가?

아버지와 같이 살면서 그 권위에 복종해야 한다면 많은 갈등이 일어나지만 멀리 떨어져 있어 만날 수 없는 아버지는 아들의 마음에 동정심, 자부심, 동경을 일으킨다. 마침내 아버지를 이상화시킨 아들은 아버지를 찾아 나선다. 《오디세이아》에는 이런 아버지 찾기가 중심 모티프로 작용한다. 그걸 강조라도 하는 듯 작품은 아버지를 찾아나서는 아들 텔레마코스 이야기로 시작한다. 세계 각국 신화에는 아버지를 찾아가는 아들의 이야기가 많다.

신화에서 아들이 아버지를 찾아갈 때는 보통 신표信標를 들고 간다. 신표로 쓰이는 것은 반지나 팔찌가 대부분이지만 테세우스가 아테네 왕인 아버지 아이게우스를 찾아갈 때는 칼이 신표 역할을 한다. 아이게우스는 아내 메데이아의 간계로 아들에게 독배를 건네 죽일 뻔했으나 자신이

아이 어머니 아이트라에게 맡긴 신표인 칼로 아들을 알아보고 그를 위기에서 구한다.

우리나라 신화에서 고구려의 유리왕자도 아버지를 찾아갈 때 신표로 부러진 칼을 들고 간다. 그것은 유리가 태어나기 전 주몽이 유화부인에게 맡긴 것이었다.

특히 신화의 영향을 많이 받은 고대문학에서 아버지를 찾아 나선 아들은 만나는 사람마다 일대일 결투를 벌이다가 결국 자신의 적수 중 한 사람에게서 아버지를 찾는다. 이때 벌어지는 아버지와 아들의 싸움은 부자 갈등과 관계가 없다. 아들은 유명한 영웅과 알게 되어 그와 같아지려는 모험심에서 싸움을 시작한 것이며 결국 맞닥뜨리게 되는 아버지도 누구인지 모르고 만나기 때문이다. 그런데 그 아들과 아버지의 해후 장면이 비극적이다. 두 사람은 부자지간이라는 것을 너무 늦게 알게 된다. 이미 결투에서 두 사람 중 하나가 죽기 때문이다. 대부분 아버지가 아들을 죽인다.

아이게우스가 아들 테세우스의 신표를 알아보다
테세우스는 어머니 아이트라가 준 칼을 신표로 가지고 아버지 아이게우스를 찾아가면서 여러 가지 시련을 겪는다. 테세우스가 마침내 아테네에 도착해서 마라톤 평원을 짓밟는 황소를 잡아 신에게 제사를 지낼 때 그가 꺼내 든 칼을 보고서 아이게우스는 아들을 알아본다. 기원전 430년경 도기.

2. 아버지 없이 성장하는 이유

아버지를 찾아 나서는 아들은 성장과정에서 아버지를 만난 적이 없다. 그들이 아버지 없이 성장하는 데는 세 가지 이유가 있다.

첫째, 신이 인간 세상에 아들을 낳아 놓고 새로운 국가를 세우거나 새 가문을 일으키는 운명을 맡긴다.

둘째, 아들은 부모에게 버림을 받고 혼자 자란다. 그는 동물이나 보통 사람에 의해 길러지고 성장 후에는 부모, 특히 아버지를 찾기 위해 세상으로 나선다. 이제 아들은 신의 소생은 아니지만 엄청난 용기와 지혜를 갖고 있어 높은 가문 출신임을 암시한다.

셋째, 어떤 여인이 낯선 영웅과 사랑을 하여 아들을 낳는다. 영웅은 아들이 태어나기 바로 직전이나 태어난 직후 그 아이가 자신의 아들임을 알 수 있는 신표 하나를 남겨 두고 그 여인을 떠난다. 아이는 장성하여 어머니에게 자신의 출생에 관련된 비밀을 듣고, 그 신표를 들고 아버지를 찾아 나서거나 아니면 아버지를 살해한 자나 혹은 아버지를 추방한 자에게 복수하기 위해 길을 떠난다.

3. 아버지 찾기 유형

방랑하는 오디세우스에 관한 여러 판본은 아버지 찾기 모티프의 유형을 예시적으로 잘 보여 준다.

오디세우스 이야기는 이 모티프에서 나타날 수 있는 세 가지 변위를 모두 포함하고 있다.

행복한 결말을 맺다
호메로스의 《오디세이아》를 보면 오디세우스의 아들 텔레마코스는 아테나 여신의 명령을 받고 트로이에서 집으로 귀환하고 있을 아버지를 찾아 돕기 위해 집을 나서지만 허탕을 치고 돌아온다. 그 사이 오디세우스는 이미 고향으로 귀환했기 때문이다. 집으로 돌아와 뜻밖에 아버지를 만나게 된 텔레마코스는 그와 힘을 합해 어머니를 괴롭히는 구혼자들을 모두 죽이고 가정의 질서를 회복한다.

아들이 실수로 아버지를 죽이다
키레네의 에우감몬이 쓴 것으로 알려진 《텔레고

도망가는 키르케를 칼을 들고 쫓아가는 오디세우스
《텔레고니아》에 의하면 오디세우스와 키르케 사이에는 텔레고노스라는 아들이 있었다. 그는 성인이 된 후 이타케로 아버지를 찾아가지만 우연히 만난 오디세우스를 싸움 끝에 죽인다. 신원을 알게 된 후 슬퍼하던 텔레고노스는 오디세우스의 시신을 키르케에게 가져가고, 이때 키르케의 섬에 따라간 페넬로페와 결혼한다.

소포클레스
고대 그리스의 비극시인(기원전 496?~기원전 406). 《아이아스》《안티고네》《오이디푸스 왕》《엘렉트라》 등 100편이 넘는 작품을 썼다고 전해진다.

니아)라는 작품에는 키르케와 오디세우스 사이에서 태어난 아들 텔레고노스가 등장한다. 그는 아버지를 찾아 이타케로 오지만 자기에게 맞서는 오디세우스가 아버지인 줄 모르고 싸우다가 가오리 침으로 만든 창으로 찔러 죽인다.

아버지가 실수로 아들을 죽이다

소포클레스가 썼다고 전해지는 에우리알로스 전설은 오디세우스에 대한 또 다른 이야기를 전해 준다. 오디세우스가 에페이로스의 에우히페를 겁탈하여 낳은 에우리알로스는 존경하는 아버지를 찾아 이타케로 오지만 아무것도 모르는 오디세우스는 시기심에 사로잡힌 페넬로페의 충고로 자신의 아들을 죽인다.

그 외

이 외에도 아버지 찾기의 또 다른 변위로는 아들이 어머니를 죽이고 아버지도 죽이려 하는 경우를 들 수 있다. 아들은 일대일 대결에서 신표를 보고 자신을 알아본 아버지에게서 자신의 출생의 비밀을 전해 듣고 치욕감을 떨쳐 버리기 위해 먼저 어머니를 죽이고 잠들어 있는 아버지를 죽이려 한다. 하지만 아버지가 이를 눈치 채고 아들을 먼저 죽인다.

아들이 아니라 아버지가 아들을 찾을 수도 있다. 오랜 추방 끝에 돌아온 아버지는 그동안 장성한 아들과 조우하게 된다. 아들은 찾아온 아버지에게 자랑스럽게 자신의 이름을 댄다. 그는 정식 결혼으로 태어났으며 죽은 것으로 알고 있던 아버지를 자랑스럽게 여기고 있었기 때문이다.

살아 있는 아버지가 아니라 죽은 아버지를 찾는 것처럼 정신적인 아버지 찾기가 문제가 될 수 있다. 여기서 아버지 찾기는 정체성을 찾는 것과 일치한다. 이 경우 아들은 실제 현실에서 아버지를 찾는 것이 아니라 자신의 마음속에서 아버지를 찾는다.

제18권

오디세우스가 먹을 것을 놓고 진짜 거지 이로스와 권투 시합을 벌이다

거지 오디세우스와 에우리마코스 사이에 설전이 벌어지다

오디세우스가 진짜 거지 이로스와 먹을 것을 놓고 권투 시합을 벌여 이긴다. 오디세우스가 자신에게 호의를 보이는 암피노모스에게 이곳을 떠나라고 경고하지만 무시당한다. 페넬로페가 집에 온 손님을 소홀하게 대접하는 텔레마코스의 처사를 꾸짖는다. 페넬로페가 구혼자들이 자신의 가축을 몰고 와 신부 친척들을 위해 잔치를 베풀어 주던 옛 법을 들이대며 구혼자들을 비난한다. 구혼자들의 선물 공세가 이어진다. 페넬로페가 선물을 모두 받아들이자 구혼자들이 헛된 희망에 부푼다. 오디세우스가 시녀들에게 모욕을 당한다. 오디세우스와 에우리마코스 사이에 설전舌戰이 벌어진다. 에우리마코스가 오디세우스를 조롱하며 발판을 던진다. 구혼자들이 암피노모스의 제안으로 신들께 헌주를 드리고 각자의 집으로 돌아간다.

잔치가 한창 무르익고 있는 사이에 이타케 시내 잔칫집을 돌아다니며 구걸을 하던 거지 하나가 홀로 들어왔다. 그는 걸신들린 것으로 악명 높은 아르나이오스였는데 사람들은 부탁만 하면 심부름을 잘한다 하여 그를 이로스라고 불렀다. 그는 홀 문턱에 앉아 있는 오디세우스를 발견하고 그에게 자기 구역이니 꺼지지 않으면 가만두지 않겠다고 으름장을 놓았다. 그러자 오디세우스가 그를 노려보며 말했다.

"정말 이상한 사람도 다 보겠소. 나는 당신에게 해코지한 적도 없고 누가 당신에게 많이 집어 주더라도 시기하지도 않을 거요. 보아하니 나와 똑같은 신세이고 이 문턱도 우리 두 사람이 있기에 충분하니 같이 잘 지내 봅시다. 괜히 시비를 걸어 내 화를 돋우지 마시오. 내 비록 나이가 들긴 했어도 당신 하나쯤은 온몸을 피투성이로 만들 수 있소."

무지개 여신 이리스
무지개의 여신 이리스는 하늘과 땅을 연결하여 신의 뜻을 인간에게 전달하는 신의 사자使者 역할을 한다. 이로스는 이리스의 남성형 이름이다. 루카 조르다노의 1684~1686년 작.

그러자 화가 난 이로스가 그에게 어디 한번 덤벼 보라고 맞장을 떴다. 그는 멧돼지의 엄니를 뽑듯이 오디세우스의 이빨을 모조리 뽑아 놓겠다고 큰소리치며 금방이라도 달려들 태세를 취했다. 두 사람이 티격태격하는 것을 재미있다는 듯이 지켜보던 안티노오스가 구혼자들에게 이 두 사람을 대결시켜 보자고 제안했다.

"구혼자 여러분, 내 말을 들어 보시오. 우리는 지금 여기 장작불 위에 기름과 피를 가득 채운 염소 밥통 두 개를 익히고 있소. 저녁에 먹으려고 남겨 둔 것이지요. 둘이 싸워 이기는 자에게 이 밥통 중 하나를 골라 가지게 합시다. 또 승자에게는 우리와 항상 같이 먹을 수 있는 특권을 주고 패자에게는 우리에게 구걸을 하지 못하게 합시다.”

구혼자들이 모두 안티노오스의 제안에 찬성하자 오디세우스가 싸우는 것은 좋지만 조건이 있다고 말했다. 이로스가 아무리 불리해도 그를 도와주기 위해 구혼자들이 나서서는 안 된다는 것이었다. 그러자 텔레마코스가 나서서 그런 자가 있으면 가만두지 않겠다고 하며 구혼자들의 수장 격인 안티노오스와 에우리마코스가 그것을 보증할 것이라고 선수를 치자 모두 함성을 질러 그의 말에 찬동을 표시했다.

오디세우스는 함성이 끝나기가 무섭게 걸치고 있던 누더기 중 웃옷은 벗어 앉아 있던 자리에 접어 두고 바지는 말아 올렸다. 그러자 굵직한 넓적다리와 넓은 어깨와 가슴 그리고 우직한 팔이 드러났다. 아테나 여신은 남의 눈에 보이지 않게 그에게 가까이 다가가서 그의 사지에 힘을 더 불어넣었다. 구혼자들은 그의 체격을 보고 깜짝 놀라며 서로 수군댔다. 어떤 자는 오늘이 바로 이로스의 제삿날이 될 것이라고 예측하기도 했다.

이로스도 오디세우스의 우람한 몸을 보자 불안감을 감추지 못했다. 하인들의 안내를 받고 억지로 임시 링으로 나온 이로스의 사지가 벌벌 떨렸다. 안티노오스가 그런 이로스의 모습을 보고 허풍선이라고 꾸짖으며 만약 이 싸움에서 지면 코와 귀를 다 베어 버리고 남근은 잘라 개에게 던져 주고 국외로 추방해 버리겠다고 으름장을 놓았다. 그러자 이로스의 사지가 더욱 심하게 떨렸다. 이윽고 두 사람이 권투 시합을 위해 링 중앙에 들어섰을 때 오디세우스는 상대를 강하게 쳐서 절명시킬 것인지 아니면 가볍게 쳐서 바닥에 쓰러지게만 만들 것인지 궁리하다가 후자의 방법을 택하기로 결심했다. 자신의 정체가 드러나면 안되었기 때문이다.

바로 그때 두 사람이 동시에 손을 뻗어 이로스는 오디세우스의 오

**거지 이로스와 결투를 벌이는
오디세우스**

오디세우스를 자기 구역을 침범한 거
지라고 생각한 이로스는 구혼자들의
부추김에 오디세우스와 결투를 벌이
다 패배한다. 로비스 코린트의 1903
년 작.

른쪽 어깨를 쳤고 오디세우스는 이로스의 귀밑 목을 쳐서 뼈를 으스러
뜨렸다. 오디세우스는 아무렇지 않았지만 이로스는 입에서 검붉은 피
를 쏟으며 쓰러졌다. 이로스가 비명과 함께 이를 갈며 바닥에 쓰러지
자 구혼자들이 배꼽을 잡고 웃어 댔다. 오디세우스는 쓰러진 이로스의
발을 잡고 문간을 지나 질질 끌고 가서는 궁전 마당 성벽에 기대어 놓
고 이제 이곳에 앉아 개나 쫓으라고 비웃으며 자기 자리인 문턱으로
돌아가 앉았다.

구혼자들의 찬사 어린 인사가 이어졌다. 안티노오스가 기름조각과

피가 가득 채워진 염소 밥통을, 암피노모스가 광주리에서 빵 두 덩어리를 큰 것으로 골라 그 앞에 가져오더니 황금 잔을 건네며 축하인사를 했다. 오디세우스는 암피노모스를 보자 갑자기 할 말이 생각난 듯 그에게 말을 건넸다.

"암피노모스여, 당신은 아주 신중한 사람처럼 보이오. 당신이 둘리키움의 니소스의 아들이라니 당연한 일일 것이오. 나는 당신 아버지가 부유하지만 선하다는 얘기를 들었소. 그래서 말인데 내 말을 명심하시오. 지상의 생물 중에서 인간보다 더 나약한 것은 없소. 인간은 신의 은총으로 사지가 팔팔하게 움직이는 동안에는 재앙을 당하리라고는 꿈에도 생각하지 않소. 그러나 신들은 어느 날 갑자기 재앙을 내리는 법이오. 그러면 인간은 그 재앙을 아무 대책 없이 받아들일 수밖에 없소. 지상에서 인간이 어떻게 되느냐는 전적으로 신들의 의지에 달려 있다는 말이오. 나도 한때는 세상에서 잘나가는 사람이었소. 그러나 나는 아버지와 형제들을 등에 업고 내 완력에 의지한 채 못된 짓을 많이 저지르다 이런 꼴이 되고 말았소.

내가 이런 말을 하는 것은 구혼자들이 후안무치하게도 아주 못된 짓을 자행하고 있기 때문이오. 그들은 남의 재산을 탕진하고 있고 남의 아내를 탐내고 있소. 하지만 오디세우스는 아주 가까이 와 있소. 나는 그가 고향에 돌아왔을 때 당신이 그와 마주치지 않았으면 하는 바람이오. 그가 일단 집에 돌아오면 피비린내 나는 싸움이 벌어질 건 뻔하니까 말이오."

오디세우스는 이렇게 말한 다음 받은 포도주잔을 비우고 그에게 돌려주었다. 암피노모스는 포도주잔을 받아들고 불길한 예감에 사로잡혔다. 만약 그가 그 길로 집으로 돌아갔다면 그는 죽음을 피할 수 있었을 것이다. 그러나 그는 도로 자기 자리에 털썩 주저앉음으로써 자신의 운명을 피하지 못했다. 그는 결국 나중에 텔레마코스의 창에 죽기 때문이다.

바로 그때 아테나 여신이 페넬로페의 마음속에 한 가지 묘안이 떠오르게 했다. 구혼자들 앞에 나타나 그들을 헛된 희망에 들뜨게 하고 아들과 남편은 그녀를 더 신뢰하게 만드는 생각이었다. 그녀는 시녀 에우리노메를 불러 자신의 뜻을 전했다. 그러자 에우리노메는 몸을 씻고 화장을 하고 가라고 권했다. 그러나 페넬로페는 남편도 없는 년이 무슨 화장이냐며 수행할 시녀로 아우토노에와 힙포다메이아나 불러 달라고 부탁했다.

에우리노메가 시녀들을 부르러 가는 동안 아테나 여신은 페넬로페를 깊은 잠에 빠지게 했다. 그녀는 안락의자에 앉은 채 스르르 잠이 들었다. 그 사이 아테나 여신은 그녀의 얼굴을 카리테스 여신이 춤을 추러 갈 때면 씻던 불멸의 약수로 깨끗하게 씻어 주고 몸매는 더욱 풍만하고 피부는 백옥처럼 하얗게 만들어 주었다.

잠에서 깨어난 페넬로페는 시녀들을 대동하고 이층 방을 나와 구혼자들 앞에 나타났다. 구혼자들은 그녀를 보고 그 매력에 흠뻑 빠져 오금이 저렸으며 각자 그녀를 아내로 삼아 동침하기를 열망했다. 페넬로페는 우선 아들에게 다가가 이렇게 말했다.

"텔레마코스아, 넌 어려서부터 참으로 올곧았지. 그런데 이제 더는 그렇지 않구나. 어찌 우리 궁전에 온 손님이 저처럼 수치스런 대접을 받도록 내버려 둘 수 있느냐? 어찌 이런 일이 오디세우스의 궁전에서 일어날 수 있느냐? 손님이 우리 궁전에서 부당한 대접을 받고 변變이라도 당한다면 그 책임은 누구에게 돌아가겠느냐? 아마 너는 세상 사람들의 온갖 비난과 멸시를 면하기 힘들 것이다."

텔레마코스는 어머니의 말을 듣고 그 말이 옳다고 생각했다. 그래서 그는 어머니가 자신의 행동에 대해 못마땅해 하시는 것은 당연하다고 대답했다. 이어 뭐가 옳고 그른지는 알지만 도움을 받을 곳이 없는 상황에서 선뜻 나설 수 없어 답답하기만 하다고 하소연도 했다. 자기는 구혼자들을 거지 노인에게 당한 이로스처럼 만들고 싶지만 아직 생각만 할 뿐 구체적인 방법을 모르겠다는 말도 덧붙였다. 바로 그때 에우리마코스가 그들의 대화에 끼어들며 페넬로페의 미모를 격찬했다. 만약 그리스의 영웅들이 지금의 그녀 모습을 보면 구혼하기 위해 궁전에 몰려들 것이 분명하다는 것이었다. 그러자 페넬로페는 남편 오디세우스를 그리워하며 이렇게 말했다.

"에우리마코스여, 내 미모와 몸매는 내 남편 오디세우스가 트로이로 출병한 날부터 이미 망가지기 시작했어요. 혹시 그분이 돌아오셔서 나를 보살펴 주신다면 옛 전성기를 되찾겠지요. 하지만 지금은 아니에요. 온갖 불행이 꼬리에 꼬리를 물고 나를 괴롭히고 있으니까요. 그분은 고향을 떠나실 때 내 오른손 손목을 잡으며 이렇게 말씀하셨지요. '부인, 그리스 군이 모두 고향으로 돌아오지는 못할 것이오. 트로이 군도 훌륭한 전사들이라는 말을 들었기 때문이오. 그러니 나도 집으로 돌아오게 될지 혹은 트로이에서 최후를 맞이할지 알 수가 없소. 혹시 내가 돌아오지 못하면 이곳의 모든 일은 당신이 맡아서 해 주오. 아버님도 잘 부탁하오. 그러나 내 아들의 얼굴에 거뭇거뭇 수염이 나기 시작하거든 누구든지 당신이 원하는 구혼자와 결혼해서 이 집을 떠나시오.' 그분은 이렇게 말씀하셨는데 드디어 그날이 온 것 같아요. 이 저주받은 여인의 불행한 결혼이 임박했단 뜻이에요. 그러나 신경 쓰이는 일이 하나 있어요. 이런 식으로 여러분이 구혼하는 것은 옛 풍습에 맞지 않아요. 옛날 구혼자들은 예비신부의 집에 손수 자신의 가축을 몰고 와서 신부 친척들에게 잔치를 베풀고 선물을 주었지 당신들처럼 막무가내로 와서 남의 가산을 축내지는 않았어요!"

오디세우스는 페넬로페의 말을 들으며 그녀의 의중을 알아채고 빙그레 미소를 지었다. 페넬로페의 말이 끝나자 에우페이테스의 아들 안티노오스가 그녀에게 앞으로는 구혼자들이 선물을 하면 예전처럼 거절하지 말고 받아 달라고 응수했다. 페넬로페가 수락의 뜻으로 조용히 고개를 끄떡이자 즉각 구혼자들은 집으로 전령을 보내 페넬로페에게 줄 선물을 가져오게 했다. 안티노오스는 황금 브로치 열두 개가 달린 아름다운 옷 한 벌을, 에우리마코스는 황금 목걸이 하나를, 에우리다마스는 귀걸이 한 쌍을, 페이산드로스는 짧은 목걸이 하나를 가져왔으며 다른 구혼자들도 각각 선물을 하나씩 가져왔다. 페넬로페는 선물을 보더니 흡족한 마음으로 이층 방으로 올라갔고 나중에 시녀들이 선물을 그녀의 방으로 날라 주었다.

구혼자들은 페넬로페가 떠나자 춤을 추고 노래를 부르다가 저녁이 되자 조명용 화덕을 세 개 마련하게 하고 시녀들을 시켜 불을 돌보게 했다. 시녀들이 장작과 소나무 잔가지를 넣거나 불을 쑤석거리며 불이 꺼지지 않도록 애를 쓰고 있을 때 오디세우스는 시녀들을 떠보기 위해 불은 자기가 돌볼 테니 페넬로페 왕비를 도와주거나 말동무가 되어 주라고 권해 보았다. 그러자 시녀들이 세상 물정 모른다는 듯이 서로 의미심장한 웃음을 교환했으며 멜란토는 그에게 심한 욕설까지 퍼부었다. 그녀는 돌리오스의 딸로 자신을 돌보아 준 페넬로페의 은공을 잊어버리고 그녀를 위해 주기는 고사하고 에우리마코스와 동침同寢한 몹쓸 시녀였다. 그녀는 오디세우스에게 이렇게 말했다.

"당신은 정신이 나갔군요. 겁 없이 아무 말이나 해대고 있으니 말이에요. 아마 술을 먹어 정신이 돈 게 아니면 원래 그런 것이 틀림없어요. 세상 물정 모르고 허튼소리를 함부로 지껄여 대다니 정말 불쌍하군요. 혹시 거지 이로스를 이겼다고 우쭐해진 거 아니에요? 그렇다면 이로스보다 더 힘센 자가 나타나서 당신을 피투성이로 만들지 모르니 조심하세요."

오디세우스는 분노가 치밀었다. 그는 그녀를 개 같은 여자라고 비난하며 텔레마코스에게 일러바쳐 가만두지 않게 하겠다고 위협했다. 그녀를 죽이고 토막 내서 버리게 하겠다는 험담도 퍼부었다. 시녀들은 겁을 집어먹고 놀라 뿔뿔이 헤어졌다. 그들은 오디세우스의 말을 진짜라고 믿은 것이었다. 이제 혼자 남은 오디세우스는 불을 돌보며 구혼자들의 행태를 하나하나 관찰했다. 이때 구혼자들이 다시 오디세우스에게 모욕을 가하기 시작했다. 그것은 그에게 원한이 더 사무치게 만들려는 아테나 여신의 계획이었다.

에우리마코스가 먼저 말문을 열어 대머리인 노인을 조롱했다. 이렇게 밝은 것은 횃불 때문이 아니라 거지 노인의 대머리에서 엄청난 광채가 나기 때문이라는 것이었다. 이어 그는 오디세우스에게 삯은 줄 테니 자기 집에 와서 머슴으로 일할 생각은 없는지 물은 다음 곧이어, 배운 게 구걸뿐이니 일은 안 하고 계속 구걸이나 할 것이라고 자문자답해 버렸다. 그러자 오디세우스가 이렇게 말했다.

"에우리마코스여, 나는 당신과 일로 시합을 벌이고 싶소. 우거진 풀밭에서 낫을 하나씩 갖고 누가 지치지 않고 계속해서 풀을 벨 수 있는지 겨루고 싶소. 아니면 소로 쟁기를 가는 것도 해 볼 만하오. 그러면 당신은 누가 쉬지 않고 쟁기로 밭을 가는지 확인할 수 있을 것이오. 아니면 오늘이라도 어디에선가 전쟁이 일어나 내가 선두에 서서 물러나지 않는 모습을 보면 당신은 더는 나를 조롱하지 못할 것이오. 당신은 정말 교만하고 차가운 사람이오. 당신은 자신이 강하다고 생각하지만 그건 당신이 보잘것없는 사람들과 어울리기 때문이오. 만약 오디세우스가 고향에 돌아오기만 한다면 지금은 매우 넓어 보이는 저 문들이 도망치는 당신에게는 금세 좁아질 것이오."

에우리마코스는 속으로 화가 치밀어 올랐다. 그래서 오디세우스를 향해 허튼소리 그만하라고 외치며 발판을 들어 던졌다. 오디세우스는 얼른 암피노모스 쪽으로 몸을 피했다. 그러자 발판은 그에게 술 따르는 시종의 손목에 맞았고 그가 들고 있던 술병이 요란한 소리를 내며 바닥에 떨어졌다. 구혼자들이 이 돌발사태를 목격하고 웅성거렸다. 그들은 거지 노인 하나 때문에 잔치의 흥이 깨져 버렸다고 수군댔다. 사태를 수습하기 위해 텔레마코스가 모두 술을 많이 마셔 그런 것 같다며 오늘은 그만 각자의 집에 가서 자고 내일 다시 모이자고 제안했다. 그러자 암피노모스가 그의 말에 동조하며 이렇게 말했다.

"자, 모두 앞에 있는 잔에 차례로 술을 따릅시다. 이제 우리 신들께 헌주를 한 다음 집에 가서 눈을 좀 붙이고 내일 다시 모입시다. 그리고 저 노인은 텔레마코스의 손님이니 궁전에 남아 그가 돌보게 합시다."

이어 암피노모스의 시종 물리오스가 포도주를 가져와 각자에게 따라 주자 신들에게 헌주하고 마신 다음 모두 각자의 집으로 향했다.

제19권

오디세우스가 자신을 크레테 이도메네우스 왕의
동생으로 소개하며 페넬로페와 이야기를 나누다

오디세우스의 발을 씻겨 주던 유모
에우리클레이아가 흉터를 보고 그를 알아보다

텔레마코스가 아버지와 함께 홀 안에 있던 무기를 보이지 않는 곳으로 치운다. 페넬로페가 오디세우스와 이야기를 나눈다. 오디세우스가 자신을 크레테 이도메네우스 왕의 동생으로 소개한다. 페넬로페가 구혼자들 때문에 고초를 당하고 있는 자신의 신세를 한탄하며 남편 오디세우스를 그리워한다. 오디세우스가 남편이 틀림없이 돌아올 것이라고 말해 주지만 페넬로페는 그 말을 믿지 않는다. 유모 에우리클레이아가 오디세우스의 발을 씻겨 주다가 흉터를 발견하고 그를 알아본다. 유모가 기쁨을 감추지 못하며 페넬로페에게 그 사실을 알리려 하자 오디세우스가 제지한다. 페넬로페가 오디세우스에게 남편이 쓰던 활로 구혼자들에게 시합을 벌이게 하여 우승자를 남편감으로 선택하겠다는 결심을 밝힌다. 오디세우스가 좋은 생각이라고 치켜세우며 시합 중에 남편이 나타날 것이라고 예언하지만 페넬로페가 그 말을 흘려듣는다.

구혼자들이 모두 집으로 돌아가자 아들과 단 둘이 남은 오디세우스는 구혼자들을 응징할 수 있는 방법을 곰곰이 생각하다가 우선 홀 안의 무기를 치우는 것이 좋다고 생각했다. 그는 다시 한 번 아들 텔레마코스에게 무기를 치우라고 명한 뒤 구혼자들이 그 이유를 물어보면 둘러댈 대답도 다시 한 번 숙지시켰다. 무기가 녹이 너무 슬어 그을음이 없는 곳에 둘 필요가 있고 또 큰일을 앞두고 술에 취해 그 무기 때문에 불상사가 일어나는 것을 방지하기 위해 안전한 곳에 보관해 두었다고 하라는 것이다.

텔레마코스는 유모 에우리클레이아를 불러 무기를 치우는 동안 시녀들이 밖으로 나오지 못하게 해 달라고 부탁한 다음 아버지와 함께 투구와 방패와 창 등을 내실 안쪽으로 나르기 시작했다. 그들이 무기를 치우는 동안 아테나 여신이 곁에서 황금 등燈을 들고 환하게 길을 밝혀 주었다. 그래서 불이 없는데도 주변이 온통 대낮처럼 환했다. 텔레마코스가 그걸 보고 놀라며 아버지에게 신들이 자신들을 도와주고 있는 것 같다고 하자 오디세우스가 손을 입에 갖다 댔다. 신을 방해하지 말고 조용히 하라는 것이었다.

일이 끝나자 오디세우스는 아들에게 먼저 방에 들어가 잠을 자라고 한 뒤 홀에서 약속대로 페넬로페를 기다렸다. 이윽고 페넬로페가 나타났고 시녀들이 의자 하나를 갖다 놓자 그 위에 앉았다. 시녀들은 또 구혼자들이 먹던 잔칫상을 모두 치운 다음 화로에 장작을 새로 넣어 불빛이 타오르게 했다. 그때 시녀 멜란토가 오디세우스를 보더니 다시 욕설을 퍼붓기 시작했다. 그러자 오디세우스가 그녀를 노려보며 이렇게 대꾸했다.

"당신 정말 이상하오. 어째서 내게 이렇게 화를 내는 것이오? 내 모습이 추하고 내가 입은 옷이 지저분하기 때문이오? 아니면 내가 거지라서 그런 거요? 하지만 거지란 원래 그런 것이오. 나도 한때는 상당한 부자여서 우리 집을 찾아온 거지들에게 은전을 베풀었소. 그러나 제우스 신께서 어느 날 갑자기 그 모든 것을 앗아 가셨소. 그러니 당신도 조심하는 게 좋을 거요. 당신도 언제 그 자리를 잃을지 모르기 때문이오. 페넬로페 안주인이 당신을 언제 내칠지도 모르는 일이고 주인 오디세우스가 언제 돌아오실지도 모르오. 그가 돌아오지 못한다고 해도 그의 아들 텔레마코스가 있소. 텔레마코스도 이제 시녀가 궁전에서 못된 짓을 일삼는 것을 모를 나이는 아니오."

페넬로페도 오디세우스를 두둔하며 시녀 멜란토를 심하게 꾸짖었다. 자신이 주인의 소식을 묻기 위해 부른 손님에게 너무 무례하다는 것이었다. 이어 그녀는 에우리노메에게 의자 하나를 가져와 양모피를 깔게 한 다음 그 위에 오디세우스를 앉히고 그에게 이름과 출신지를 물었다. 그러자 오디세우스는 제발 그것만은 물어보지 말아 달라고 부탁했다. 하도 불행한 일을 많이 겪은 터라 고향을 생각하면 가슴이 아파 울음밖에 나오지 않는다는 것이었다. 그러자 페넬로페는 자기도 남편이 떠난 뒤 모든 것이 엉망이 되어 버렸다고 하며 신세를 한탄하기 시작했다.

"나도 요즘 너무 힘들어요. 남편이 트로이에서 돌아오지 않자 둘리키움과 사메와 자킨토스 등 이타케 주변 섬의 왕들이 나를 찾아와서 구혼을 하며 우리 가산을 탕진하고 있기 때문이에요. 그들이 하도 결혼을 재촉하기에 나는 기발한 계책 한 가지를 생각해 낸 적이 있어요. 나는 어느 날 구혼자들을 모아 놓고 시아버지의 수의를 다 짜면 그들 중 하나를 선택해 결혼하겠다고 선언했지요. 그런 다음 낮이면 베를 짰다가 밤이면 방 안에 횃불을 밝혀 놓고 그것을 다시 풀었어요. 이렇게 나는 3년 동안 구혼자들의 집요한 결혼 요구를 피했어요. 그러나 4년째 되던 어느 날 파렴치한 하녀들의 밀고로 결국 내 속임수가 구혼자들에게 발각되어 마지못해 수의를 완성하지 않을 수 없었어요. 이제

나는 결혼을 피할 수도 없게 되었어요. 부모님도 결혼하라고 성화시니
말이에요.”

페넬로페는 이렇게 말하며 그에게 다시 한 번 이름과 출신을 물었
다. 그러자 오디세우스는 고향을 생각하는 것 자체가 고통이지만 왕비
님이 정 원하시면 사실대로 모두 말씀드리겠다고 하며 자신의 출신을
지어내서 말하기 시작했다.

“저는 크레테 출신으로 제 아버지는 데우칼리온이고 할아버지는 크
노소스의 미노스 왕이십니다. 아버지는 저와 형, 두 형제를 두셨는데
제 이름은 아이톤이고 제 형 이름은 이도메네우스입니다. 제가 오디세
우스를 본 것은 바로 크레테에서였습니다. 오디세우스는 트로이로 항

해하다가 말레아에서 폭풍우를 만나는 바람에 항로에서 벗어나 엉뚱하게도 크레테로 밀려왔습니다. 그분은 상륙하더니 절친한 친구라며 이도메네우스를 찾았습니다. 하지만 형님은 트로이로 떠난 지 이미 열흘이 넘었을 때였습니다. 그래서 저는 그분을 형님 대신 정성껏 잘 대접하고 모자라는 물품도 실어 주었지요. 오디세우스는 폭풍우 때문에 크레테에 12일간을 머물다 13일째 되는 날 다시 트로이로 떠났습니다."

오디세우스가 그럴듯하게 거짓말을 늘어놓자 페넬로페는 남편에 대한 그리움으로 굵은 눈물을 억수같이 흘리기 시작했다. 눈물은 마치 계곡에서 봄눈이 녹아 아래로 콸콸 쏟아 내리는 것 같았다. 오디세우스도 눈가에 눈물이 고였지만 애써 참았다. 페넬로페는 한참을 그렇게 실컷 울고 나더니 갑자기 의심이 들었던지 남편이 입고 있던 옷과 동행한 부하에 대해 물었다. 그동안 많은 사람이 찾아와 몇 푼 얻어 볼 요량으로 거짓 오디세우스 소식을 전하는 통에 실망한 적이 한두 번이 아니었기 때문이다. 오디세우스는 하도 오래 되어서 기억이 잘 나지는 않지만 두 겹으로 된 두툼한 외투를 입고 있던 것 같으며 거기에 달린 황금 장식이 인상적이었다고 말해 주었다. 그 장식에는 사냥개 한 마리가 발아래서 버둥거리는 새끼 사슴을 노려보고 있었다는 말도 잊지 않았다. 그리고 부하 중 오디세우스가 가장 좋아한 사람은 에우리바테스라고 말하며 그의 인상착의를 자세하게 설명해 주었다.

페넬로페는 오디세우스가 떠날 때 자신이 챙겨 준 옷이 언급되자 더 슬픔이 복받쳐 올랐다. 그녀는 바로 그 옷을 자신이 보물 창고에서 가져와 그에게 주었으며 황금 장식도 직접 달아 주었다며 감격해 마지않았다. 하지만 기쁨도 잠시, 그녀는 이내 이제 남편 오디세우스를 다시는 볼 수 없을 것이라며 트로이라는 말만 들어도 이가 갈린다고 몸서리를 쳤다. 오디세우스는 그녀가 원망하는 말을 듣고 테스프로토이족의 왕 페이돈에게 들은 오디세우스에 관한 얘기를 하며 그녀를 위로

했다.

"오디세우스의 부인이시여, 제 말 좀 들어 보십시오. 테스프로토이 족의 왕 페이돈이 내게 말했습니다. 오디세우스는 트리나키아 섬에서 헬리오스의 소를 잡아먹고 신의 분노를 사서 배와 부하들을 잃었지만 간신히 자신의 목숨은 부지한 채 파이아케스 족의 나라에 상륙했습니다. 그들은 오디세우스를 고향으로 안전하게 호송해 주겠다고 자청했습니다. 오디세우스가 그때 출발했더라면 이미 고향에 왔을 겁니다. 그러나 오디세우스는 그것을 사양하고 파이아케스의 나라를 기점으로 수많은 재물을 모아 테스프로토이 족의 나라에 들른 것입니다. 페이돈 왕은 내게 오디세우스가 맡긴 재물을 보여 주었습니다. 그것은 그의 13대 후손까지 쓰고도 남을 정도였습니다. 오디세우스는 그 재물을 그곳에 맡기고 고향으로 출발하기 전 제우스의 신탁을 들으러 도도네로 갔다고 합니다. 고향에 돌아갈 때 공개적으로 가야 될지 아니면 은밀하게 가야 될지를 몰랐기 때문이지요. 저는 제우스와 오디세우스의 화로에 걸고 맹세합니다. 이달이 가고 다음 달이 되면 오디세우스는 틀림없이 돌아옵니다."

페넬로페는 만약 그렇게만 된다면 그에게 선물을 듬뿍 안겨 주겠다고 하면서도 여전히 그의 말을 믿지 못했다. 그녀는 다시 한 번 확신이라도 하듯 남편은 다시는 고향에 돌아오지 못할 것이라고 중얼거렸다. 이어 그를 고향에 데려다 주고 싶지만 집 안에 그럴 사람이 없어 죄송하다며 미안해했다. 그러더니 시녀들을 불러 그의 발을 씻겨 주고 이불을 펴 주고, 아침에는 목욕을 시키고 올리브기름도 발라 주라고 지시했다. 또 그에게 함부로 구는 자가 있으면 앞으로 가만두지 않을 것이며 식사도 이제 텔레마코스와 함께할 것이라고 했다.

그러자 오디세우스는 손사래를 치며 모든 것을 사양했다. 자신은 항해를 시작한 이래로 습관이 되어 좋은 잠자리는 딱 질색이며 발을 씻는 것도 인생을 아는 노파라면 몰라도 하녀들은 싫다는 것이었다. 페넬로페는 거지 노인의 말을 듣고 그에게 더욱 신뢰를 보이며 그럴 만한 노파가 있다며 유모 에우리클레이아를 불러 발을 씻겨 주라고 부탁했다. 그러자 에우리클레이아가 기쁘게 다가와 그에게 이렇게 말했다.

"당신이 시녀들에게 발 맡기는 것을 사양하신 이유를 알겠어요. 그들에게 모욕을 당하기 싫으신 거죠? 하지만 나는 페넬로페 마님의 명령을 받고 싶지가 않았어요. 나는 페넬로페 마님을 위해 그리고 당신을 위해 기꺼이 발을 씻어 드릴 거예요. 그런데 참 이상한 게 있습니다. 그동안 수많은 나그네와 거지들이 궁전을 다녀갔습니다만 체격과 목소리와 발이 당신처럼 그렇게 우리 주인님 오디세우스를 닮은 사람은 본 적이 없어요."

이 말을 듣자 오디세우스는 속으로 찔리는 데가 있어 얼른 자기와 오디세우스 두 사람을 모두 본 사람은 이구동성으로 그녀처럼 그렇게 이야기한다고 받아넘겼다. 그러자 노파는 옛날에 그의 발을 씻어 주던 대야를 가져와 먼저 찬물을 넣고 더운물을 탔다. 이때 오디세우스는 얼른 화덕에서 떨어져 앉으며 시선을 다른 쪽으로 향했다. 에우리클레이아가 발을 씻다가 흉터를 발견하고 자기 얼굴을 보면 모든 게 탄로 날까 두려웠기 때문이다. 그러나 우려는 곧 현실로 다가왔다. 그녀는 그의 발을 씻어 주다가 이내 그의 흉터를 발견했기 때문이다.

상처는 오디세우스가 외할아버지 아우톨리코스와 삼촌들을 만나러 파르나소스로 갔을 때 멧돼지의 엄니에 물려 생긴 것이었다. 아우톨리코스는 도둑질에서 타의 추종을 불허했는데 그건 그가 많은 제물을 바치고 경배한 헤르메스의 은총을 입어서였다. 그는 오디세우스가 갓난 아기였을 때 이타케에 있는 딸을 찾아온 적이 있었다. 그때 딸은 아버지의 무릎에 아들을 올려놓으며 이름을 지어 달라고 부탁했다. 그러자 아버지는 '화내는 자'라는 뜻을 지닌 오디세우스라는 이름을 주며 이 아이가 어른이 되거든 파르나소스로 보내 자기 재산의 일부를 상속받게 하라고 했다.

그래서 오디세우스는 어른이 되자 파르나소스의 외갓집을 찾아갔다. 아우톨리코스는 다섯 살배기 황소를 잡아 잔치를 벌이며 그를 환대했다. 다음 날 아침 외삼촌들이 개를 데리고 사냥을 떠나자 오디세우스도 호기심에서 사냥을 따라갔다. 그들이 파르나소스 산 사냥터에 도착하자 사냥개들이 앞장서 가고 외삼촌들이 그 뒤를 따르며 사냥이 시작되었다. 오디세우스도 삼촌들 틈에 섞여 창을 휘두르며 사냥개들을 바싹 뒤따랐다.

그런데 숲 속 짙은 덤불 속에 멧돼지 한 마리가 살고 있었다. 덤불은 바람이나 햇빛, 심지어 빗물조차도 통과할 수 없을 정도로 오밀조밀하고 튼튼했고 안에는 낙엽이 푹신하게 깔려 있었다. 멧돼지는 사냥개 소리와 사람 소리가 들리자 은신처에서 뛰쳐나와 눈에 쌍심지를 켜고 그들 앞에 버티고 섰다. 바로 그때 오디세우스가 창을 들고 맨 먼저 앞으로 나왔고, 나오자마자 멧돼지가 선수를 쳐서 그에게 덤벼들더니 엄니로 무릎 위 허벅지를 물어뜯었다. 하지만 절대 위기의 순간에도 오디세우스는 정신을 잃지 않고 창을 던져 멧돼지의 오른쪽 어깨를 맞추어 절명시켰다.

상처는 예상외로 깊지 않아 뼈가 드러나지 않았다. 응급조치를 하고 외갓집에 돌아온 오디세우스는 다시 외삼촌의 극진한 치료를 받은 다음 선물을 챙겨서 집으로 돌아왔다.

에우리클레이아는 바로 이 흉터를 한 손으로는 발을 들고 다른 한 손으로는 발을 씻기다가 감촉으로 알아본 것이었다. 그녀는 소스라치게 놀라며 발을 들고 있던 팔을 놓아 버렸고, 그러자 발이 떨어지며 대

흉터를 보고 오디세우스를 알아보는 에우리클레이아
유모 에우리클레이아는 거지 노인의 발을 씻기다가 상처를 발견하고 그가 오디세우스임을 알아챈다. 크리스티안 G. 하이네(1729~1812) 작.

야를 쳐서 물이 바닥에 엎질러졌다. 에우리클레이아는 기쁨과 고통 사이를 오락가락하여 눈물이 눈앞을 가렸으며 말문이 막히고 말았다. 간신히 정신을 가다듬은 그녀는 오디세우스의 손을 잡고 "주인님이시군요, 흉터를 만져 보기 전에는 전혀 알아볼 수가 없었답니다."라고 말하며 페넬로페 쪽으로 시선을 향했다.

그러나 페넬로페는 아테나 여신의 힘으로 시선이 다른 쪽을 향하고 있어 이쪽의 상황을 전혀 눈치 채지 못했다. 오디세우스는 얼른 노파를 가까이 끌어당겨서는 작은 목소리로 이 집 안에 있는 사람 어느 누구도 자신이 왔다는 것을 알아서는 안 되며, 만약 이 비밀을 누설하면 아무리 유모라도 나중에 시녀들을 단죄할 때 같이 죽음을 면하지 못할 것이라고 엄포를 놓았다. 그러자 에우리클레이아가 그런 일이라면 아무 걱정하지 말라며 다시 발 씻을 물을 가지러 나갔다. 그녀가 물을 가져와 발을 씻기고 목욕도 시키고 올리브기름을 발라 준 다음 오디세우스는 몸을 덥히려고 화로 가까이 다가갔다. 물론 그는 누더기로 흉터를 가리는 것을 잊지 않았다.

바로 이때 페넬로페가 오디세우스에게 질문이 있다며 말문을 열었다. 우선 그녀는 밤만 되면 잠이 오지 않는다고 하소연했다. 궁전에 남아 남편과 아들에게 절개를 지킬 것인지, 아니면 구혼자 중 하나를 택해 결혼을 해서 궁전을 떠날 것인지를 놓고 밤마다 심한 갈등에 빠져 잠을 이룰 수 없다는 것이었다. 이어 그녀는 최근에 자신이 꾼 꿈이 무슨 뜻인지를 물었다.

"꿈에서 나는 궁전에서 거위 스무 마리를 키우고 있었어요. 그런데 어느 날 갑자기 산에서 커다란 독수리 한 마리가 나타나더니 거위를 덮쳤어요. 독수리는 거위 목을 모두 분질러 죽이더니 멀리 날아가 버렸지요. 나는 꿈인데도 사랑하는 거위가 죽은 게 너무 슬퍼 소리 내어 엉엉 울었어요. 그러자 시녀들이 내 주위에 모여 슬픔을 같이했지요. 그런데 바로 그때 그 독수리가 다시 나타나 용마루에 앉더니 사람 목소리로 나를 이렇게 위로했어요. '이카리오스의 딸이여, 용기를 내시오. 죽은 거위들은 구혼자들이고 독수리는 당신 남편이오. 당신 남편은 반드시 돌아와서 구혼자들에게 거위처럼 비참한 종말을 안길 것이오. 이것은 꿈이 아니라 반드시 이루어질 현실이오.'"

그러자 오디세우스는 그 꿈은 그와 다르게 해몽할 수 없다고 잘라 말했다. 오디세우스가 나타나 모든 구혼자에게 파멸을 안겨 줄 것이라는 말이었다. 그러나 페넬로페는 뿔로 만들어진 문과 상아로 만들어진 문이 나오는 두 가지 꿈 중 상아 문으로 나오는 꿈은 실현되지 않지만 뿔 문으로 나온 꿈은 실현된다고 하는데 자기 꿈은 아마도 전자前者인 것 같다고 말했다. 즉 자기 꿈은 실현되지 않을 꿈이라는 것이다. 이렇게 말하며 그녀는 구혼자 중 하나를 선택할 때가 되었음을 암시하며 오디세우스에게 그 방법을 이렇게 설명했다.

"이제 곧 나를 오디세우스의 집에서 갈라놓을 사악한 아침이 밝아오고 있어요. 이제 나는 구혼자들에게 도끼를 이용하여 시합을 하나 시킬 거예요. 우리 남편 오디세우스는 열두 개나 되는 저 도끼를 배 만들 때 목재를 받치는 받침목처럼 일렬로 세워 놓고 멀찍이 떨어져서는 활로 쏘아 자루에 난 구멍 모두를 꿰뚫었지요. 나는 구혼자들에게 바로 그 시합을 시킬 작정입니다. 만약 구혼자 중 누구든지 화살을 날려 열두 개의 도끼 자루에 난 구멍을 모두 관통하는 사람이 있으면 나는 그 사람과 결혼할 거예요."

그러자 오디세우스는 좋은 생각이라고 치켜세우며 얼른 시합을 진행시키라고 권했다. 하지만 그는 구혼자들이 도끼 자루에 난 구멍을 꿰뚫기 전에 오디세우스는 틀림없이 돌아올 것이라고 다시 한 번 강조했다. 페넬로페에게 자기가 돌아왔다는 것을 암시하기 위해서였다. 그렇지만 페넬로페는 그의 말을 귓등으로 흘리며 오디세우스에게는 홀에서 자라고 하고 자신은 이층 침실로 올라갔다. 페넬로페는 시녀들과 함께 남편 오디세우스를 그리워하며 울다가 지쳐 잠이 들었다.

제20권

아테나 여신과 제우스 신이 오디세우스에게 용기를 북돋우다

예언가 테오클리메노스가 구혼자들에게 죽음을 예고하지만 무시당하다

오디세우스가 객사에서 잠을 이루지 못하고 몸을 뒤척이며 구혼자들을 몰살시킬 방도를 궁리한다. 그러다 밖에서 들려오는 하녀들의 웃음소리를 듣고 그들의 무례한 행동을 생각하며 분을 삭인다. 아테나 여신이 오디세우스에게 나타나 용기를 북돋운다. 오디세우스가 기도한 뒤 제우스 신이 천둥으로 화답하자 좋은 징조로 해석한다. 소몰이 필로이티오스가 잔치에 쓸 소를 몰고 와서 옛 주인 오디세우스에 대한 충성심을 토로한다. 독수리 한 마리가 비둘기 한 마리를 낚아채서 구혼자들의 왼쪽으로 날아온다. 암피노모스가 그것을 불길한 징조로 해석하고 구혼자들에게 텔레마코스를 죽이지 말자고 제안한다. 잔치가 벌어지고 크테시포스가 쇠다리를 하나 집어 비아냥거리며 오디세우스를 향해 던진다. 아테나 여신이 구혼자들이 먹는 고기에서 핏물이 떨어지게 하고 그들의 생각을 헷갈리게 만든다. 예언가 테오클리메노스가 구혼자들에게 죽음을 예고하지만 무시당한다.

오디세우스는 페넬로페의 권유에도 홀에서 자지 않고 홀 밖 객사에서 잠을 청했다. 그는 무두질하지 않은 쇠가죽 하나를 밑에 깔고 그 위에 양피를 몇 장 깔았다. 그가 그 위에 눕자 에우리노메가 외투를 덮어 주었다. 오디세우스는 잠자리에 누웠지만 구혼자들을 응징할 생각에 잠을 이루지 못하고 뒤척이고 있었다.

바로 그때 시녀들이 시시덕거리며 홀에서 나오는 소리가 들렸다. 아마 구혼자들과 몸을 섞으러 가는 것 같았다. 순간 오디세우스의 마음은 바로 뛰쳐나가 그들을 죽여 버릴지 아니면 마지막으로 구혼자들과 몸을 섞게 내버려 둘지를 놓고 두 갈래로 갈라졌다. 그러나 그는 결국 키클로페스 때의 일을 생각하고 참기로 했다. 폴리페모스가 눈앞에서 부하들을 잡아먹는 이보다 더 험한 꼴을 당했어도 참지 않았는가!

오디세우스는 그렇게 마음을 다잡고 몸을 뒤척이며 파렴치한 구혼자들을 어떻게 하면 혼내 줄까 궁리했다. 그는 마치 피와 비계로 가득 찬 동물의 밥통을 장작불 위에 올려 놓고 잘 익도록 이리저리 뒤집는 것처럼 그렇게 뒤척거렸다. 그때 하늘에서 아테나 여신이 내려와 그의 머리맡에 서서 이제 아들과 아내가 곁에 있는데 왜 잠을 이루지 못하는지 물었다. 그러자 오디세우스가 이렇게 대답했다.

"아테나 여신이여, 저 혼자서 어떻게 그 많은 구혼자를 상대할 수 있을지 걱정하는 중입니다. 또 하나 더 걱정되는 것은 제우스 신의 도움으로 제가 그들을 쳐 죽인다고 해도 도대체 저는 어디로 도망칠 수 있을까 하는 점입니다."

아테나는 이 말을 듣고 오디세우스의 용기를 북돋우었다. 인간도 신보다 열등한 동료를 믿고 싸우는데 하물며 여신인 자신이 그를 도와줄 텐데 무슨 걱정이냐는 것이다. 그녀는 숫자가 아무리 많아도 단숨에 해치울 수 있고 몸을 피신할 장소도 마련해 두었으니 아무 걱정하지 말고 눈을 붙이라고 오디세우스를 격려하고 돌아갔다.

한편 그의 아내 페넬로페는 꼭두새벽부터 잠에서 깨어 흐느껴 울며
아르테미스 여신에게 화살을 날려 자신을 죽여 달라고 기도했다. 또
북풍에게 판다레오스의 딸들을 채어가 복수의 여신 에리니에스에게
시녀로 준 것처럼 자신도 낚아채어 바다에 던져 주기를 기원했다. 오
디세우스보다 못한 자를 남편으로 삼는 것은 죽기보다 싫었던 것이다.

아침이 되어 오디세우스가 자리에서 일어나 홀로 들어오다가 안에
서 들려오는 아내의 울음소리를 들었다. 그는 가슴이 찡해지며 제우스
신에게 궁전 안에서는 누군가가 길조가 되는 말을 하게 해 주고, 바깥
에서는 다른 좋은 전조를 내려 달라고 기도했다. 제우스가 그의 기도
를 듣고 하늘에서 천둥으로 화답했다. 오디세우스는 몹시 기뻐하며 궁
전 안에서 무슨 말이 들리지 않나 귀를 기울였다. 그때 안에서 맷돌로
보릿가루와 밀가루를 만들던 시녀 열두 명 중 하나가 이렇게 말했다.

"신과 인간의 아버지 제우스 신이시여, 당신이 방금 하늘에서 천둥

을 치셨으나 하늘엔 구름 한 점 없는 것을 보아하니 이것은 분명 누구에게 좋은 전조를 보내는 것입니다. 부디 제 소원도 들어주소서! 제발 오늘이 구혼자들이 오디세우스의 궁전 홀에서 식사를 하는 마지막 날이 되게 하소서! 오늘이 제가 그들을 위해 보리와 밀을 가는 마지막 날이 되게 하소서!"

오디세우스는 제우스의 천둥소리에 이어 궁전 안에서 시녀의 푸념 소리가 들리자 크게 기뻐했다. 이제야말로 궁전 안에서 구혼자들을 응징할 때가 왔음을 직감했기 때문이다. 이러는 동안 궁전의 다른 시녀들이 방에서 나와 궁전 홀의 화로에 불을 지폈으며 텔레마코스도 자리에서 일어나 옷을 입고 칼을 차고 창을 집어 들더니 방문

번개를 들고 있는 제우스
구혼자를 처단하는 데 좋은 전조를 내려 달라는 오디세우스의 기도에 제우스 신은 천둥으로 긍정의 답을 표한다.

옆에 서서 에우리클레이아에게 어젯밤 거지 노인에 대한 대접이 소홀하지 않았는지 꼬치꼬치 캐물었다. 그런 다음 개 두 마리를 데리고 궁전 홀을 지나 원로원들이 모여 조례朝禮를 하는 회의장으로 갔다.

텔레마코스가 회의장으로 떠나자 에우리클레이아는 서둘러 아침 식사를 준비하기 시작했다. 그녀는 시녀들을 몇 팀으로 나누어서 홀을 정리하게도 하고, 설거지도 시키고, 물을 길러 보내기도 했다.

남자 하인들이 장작을 패는 사이 돼지치기가 살찐 돼지 세 마리를 끌고 궁으로 들어왔다. 그는 오디세우스를 보더니 밤새 아무 일도 없었냐며 안부를 물었다. 이어 염소치기 멜란티오스가 다른 동료 둘과 함께 염소 떼를 몰고 와서 한쪽에 묶어 두고는 오디세우스에게 아직도 궁에서 꺼지지 않았냐며 또 시비를 걸었다.

오디세우스가 그의 말에 아무런 대꾸도 하지 않고 꾹 참으며 나중에 혼내 줄 궁리를 하는 사이 소몰이 필로이티오스가 암소 한 마리와 살찐 염소들을 몰고 왔다. 그는 그것들을 한쪽에다 단단히 묶어 둔 다

음 돼지치기인 에우마이오스에게 도대체 거지 노인이 누구냐고 물었다. 보통 사람처럼 보이지 않고 왕처럼 보인다는 말도 덧붙였다. 이어 그는 오디세우스를 향해 인사를 건네며 가까이 다가가 말을 걸었다.

"당신을 보니 주인님 생각에 눈물이 납니다. 주인님도 살아 계신다면 당신처럼 이런 누더기를 걸치고 계실 테니까 말입니다. 그러나 그분이 이미 지하세계로 내려가셨다면 그분을 깊이 애도합니다. 그분은 어린 나에게 영지 안의 소 떼를 맡기셨습니다. 정말 소는 잘 자라고 있습니다. 세상에서 소가 이처럼 불어나는 곳은 없을 것입니다. 그런데 그 소들을 주인이 아닌 다른 사람들이 먹어 치우기 위해 가져오라고 명령하고 있습니다. 그들은 또 오랫동안 집을 비우고 계신 주인님의 재산도 나누어 가질 심산입니다. 그들은 주인님의 상속자도 무시하고 신도 전혀 두려워하지 않습니다. 나는 가끔 소 떼를 데리고 도망칠 생각도 해보았습니다. 이곳에 남아 다른 사람이 주인 행세를 하는 소 떼를 기른다는 것은 정말 고역입니다. 하지만 나는 주인님께서 언젠가 반드시 고향에 돌아오시어 구혼자들을 쓸어버릴 것이라고 생각합니다."

그러자 오디세우스는 소몰이에게 제우스와 오디세우스의 화로를 걸고 자신이 이곳에 있는 동안 오디세우스는 돌아올 것이고 구혼자들이 그의 손에 죽는 장면도 보게 될 것이라고 말해 주었다. 그러자 소몰이는 제우스 신이 그렇게만 해 주신다면 오디세우스에게 목숨을 바쳐 충성하겠다고 다짐했다. 그러자 곁에 있던 에우마이오스도 신들에게 오디세우스를 집에 보내 달라고 간절히 기도했다.

한편 구혼자들은 다른 곳에 모여 텔레마코스를 죽일 계획을 세우고 있었는데 그때 독수리 한 마리가 비둘기 한 마리를 발톱에 차고는 그들 왼쪽으로 날아왔다. 그러자 암피노모스가 텔레마코스를 죽이려는 계획이 수포로 돌아갈 것이라고 예언하며 그 생각을 접고 즐겁게 잔치나 벌이자고 제안했다. 모두 그의 말이 일리가 있다고 생각하여 궁전 홀로 돌아와 가축을 잡아 고기를 굽고 포도주를 물로 희석하며 잔치를 준비했다. 드디어 잔치가 시작되자 텔레마코스가 홀로 들어가는 문턱에 오디세우스를 데려다 앉히고는 조그마한 탁자 하나를 앞에 갖다 놓고 음식을 충분히 올려놓은 다음 모두 들도록 큰 소리로 외쳤다.

"노인이시여, 이제 이곳에 앉아 음식뿐 아니라 포도주도 마시십시오. 구혼자들이 당신에게 모욕적인 발언을 하거나 주먹다짐을 하면 이제는 내가 막아 주겠습니다. 이곳은 공적인 장소가 아니라 바로 우리 아버님 오디세우스의 궁이기 때문입니다. 그리고 구혼자들이여, 당신들은 싸움이 일어나지 않도록 욕설과 주먹다짐을 좀 삼가 주시오."

구혼자들은 텔레마코스의 당당한 태도를 보고 놀라움을 금치 못했다. 그들 중 안티노오스가 일어나 동료들에게 텔레마코스의 말이 좀 귀에 거슬리기는 하나 받아들이자고 제안했다. 일찍 죽을 목숨이었지만 신들의 은총을 받아 살아난 이상 무시할 수 없다는 것이었다. 잔치가 무르익자 아테나 여신은 텔레마코스의 담력을 키워 주기 위해 구혼자들을 시켜 텔레마코스에게 모욕을 가하게 했다.

구혼자 중에는 사메 출신의 크테시포스라는 자가 있었는데 그는 온갖 불법을 자행하는 자였다. 그가 구혼자들 사이에서 갑자기 일어나더니 거지 노인에게 자신도 선물을 하고 싶다고 하며 광주리에서 쇠다리 하나를 집어 들더니 오디세우스를 향해 힘껏 던졌다. 그러나 오디세우스가 머리를 돌려 그것을 피하자 쇠다리는 벽에 맞고 떨어졌다. 텔레마코스가 그 광경을 보고 크테시포스를 이렇게 꾸짖었다.

"크테시포스여, 잘 들으시오. 저 노인이 쇠다리에 맞지 않은 것이 천만다행이오. 만약 노인이 그 쇠다리에 맞았더라면 나는 내 창으로 당신 몸 한가운데를 꿰뚫었을 것이오. 그랬다면 당신 부친은 이 홀에서 결혼식이 아니라 장례식을 치르느라 바빴겠지. 그러니 앞으로는 누구도 내 집에서 저런 무례한 짓을 보이지 마시오. 난 이제 어린애가 아니라 옳고 그름을 가릴 수 있는 청년이 됐소. 하지만 당신네 구혼자들이 가축을 도살하고 포도주를 마셔 없애고 빵을 먹어 치우는 것은 꾹 참을 거요. 나 한 사람이 여럿을 상대하기는 역부족이기 때문이오. 자, 이제 나에게 더는 나쁜 짓을 저지르지 마시오. 그래도 나를 죽이기를 원한다면 죽이시오. 딩신들이 우리 궁전에서 벌이는 악행을 보느니 차라리 죽는 게 나을 것이오."

텔레마코스의 말이 끝났지만 아무도 대꾸를 하지 않았다. 한참 만에 다마스토르의 아들 아겔라오스가 일어나 텔레마코스의 말이 옳으니 거지 노인은 물론이고 오디세우스의 하인들도 그만 학대하자고 제안했다. 이어 그는 텔레마코스에게 할 말이 있다고 운을 뗀 뒤 아버지 오디세우스가 고향으로 돌아올 수 없는 이상 텔레마코스는 페넬로페가 이제 구혼자 중 하나와 결혼을 하도록 설득해야 한다고 요구했다. 그러자 텔레마코스는 그에게 대답했다.

"아겔라오스여, 제우스 신을 걸고 맹세하지만 나는 어머니의 결혼을 결코 늦춘 적이 없소. 나는 오히려 어머니가 원하시는 분과 결혼하기를 재촉하고 있으며 만약 그렇게 된다면 선물까지 얹어 드릴 생각이오. 그러나 그러지 않는다고 어머니를 강제로 궁에서 쫓을 수도 없지 않소?"

텔레마코스의 말이 끝나자 아테나 여신은 구혼자들 사이에서 계속 웃음이 일어나게 했고 그들의 생각을 헷갈리게 만들었다. 그들은 갑자기 찌푸린 얼굴로 웃기 시작했고 들고 있던 고깃덩어리에서는 핏물이 뚝뚝 떨어졌으며 눈에는 눈물이 글썽거렸고 마음은 슬픔으로 가득 찼다. 이것을 보고 텔레마코스가 배에 태우고 온 도망자이자 예언가인 테오클리메노스가 말했다.

"불쌍한 자들이여, 당신들은 무슨 일로 그렇게 괴로워하는가? 당신들 몸은 온통 어둠에 싸여 있고, 입은 비명 소리로 가득 차 있으며, 뺨은 눈물로 젖어 있고, 벽과 대들보는 피로 범벅이 되었구나. 현관과 마당도 지하세계의 에레보스로 달려가는 사자死者들의 그림자로 꽉 차 있고, 해는 하늘에서 사라진 채 사악한 안개가 세상을 뒤덮고 있구나.”

이렇게 테오클리메노스가 말하자 구혼자들은 그가 미쳤다고 생각하고 크게 웃었다. 참다못한 에우리마코스가 구혼자들을 향해 그를 광장으로 끌어내라고 소리치자 그는 혼자 갈 수 있다며 그들의 손을 뿌리치고 당당하게 홀 문을 걸어서 나갔다. 구혼자들은 서로를 쳐다보며 큰 소리로 웃으며 텔레마코스를 비웃기 시작했다. 그중에는 이렇게 말하는 사람이 있었다.

“텔레마코스여, 당신처럼 이상한 손님을 받는 사람도 없을 것이오. 당신이 돌보고 있는 거지 노인은 식량만 축낼 뿐 아무 짝에도 쓸모가 없고, 아까 그자는 예언을 한답시고 이해할 수 없는 말을 지껄여 대니 하는 말이오. 당신에게 충고하건대 이렇게 하는 것이 어떻겠소? 저 나그네들을 배에 태워 노예 상인에게 파시오. 그럼 몇 푼이라도 손에 쥘 수 있을 것이오.”

이렇게 구혼자들이 말했으나 텔레마코스는 그 말을 흘려듣고 아버지 쪽을 바라보았다. 아버지가 언제쯤 구혼자들을 응징할까 마음속으로 고대하고 있었던 것이다.

제21권

구혼자들이 활 시합을 벌이지만
아무도 활시위를 당기지 못하다

오디세우스가 활시위를 당겨 열두 개의
도끼 자루에 난 구멍을 모두 꿰뚫다

페넬로페가 구혼자들에게 활 시합으로 남편을 택하겠다고 공표한다. 에우마이오스가 페넬로페에게서 오디세우스의 활과 화살을 받아 구혼자들 앞에 갖다 놓는다. 텔레마코스가 제일 먼저 활시위를 당기려다가 오디세우스가 눈짓으로 제지하자 그만둔다. 레오데스를 시작으로 구혼자들이 차례로 활시위를 당겨 보지만 연달아 실패한다. 안티노오스의 제안으로 활을 불로 데우고 비계를 발라 부드럽게 해 보지만 구혼자 중 아무도 활시위를 당기지 못한다. 오디세우스가 돼지치기와 소몰이를 조용히 밖으로 데려가 자신의 정체를 밝힌다. 오디세우스가 그들에게 구혼자들이 도망가지 못하도록 문을 잠그라고 명령한다. 안티노오스가 아폴론에게 제물을 바치고 시합을 계속하자고 말한다. 오디세우스가 활시위를 한번 당겨 보게 해 달라고 간청하자 구혼자들이 마지못해 허락한다. 오디세우스가 마침내 활시위를 당겨 열두 개의 도끼 자루에 난 구멍을 모두 꿰뚫는다.

이카리오스의 딸 페넬로페는 구혼자들의 맞은편 의자에 앉아 홀에서 남자들이 하는 소리를 모두 듣고 있었다. 그녀는 아테나 여신의 계시를 받아 이제 궁전 홀에 오디세우스의 활과 화살을 갖다 놓고 구혼자들의 시합을 준비할 때가 되었다는 것을 직감했다. 그녀는 시녀들을 데리고 가장 멀리 떨어진 창고로 들어갔다. 거기에는 청동과 황금과 무쇠를 비롯하여 이피토스가 오디세우스에게 선물로 준 활과 화살을 비롯하여 많은 보물들이 보관되어 있었다.

오디세우스가 이피토스를 만난 곳은 메세네였다. 그 당시 오디세우스는 메세네의 젊은이들이 이타케에 와서 배에 싣고 가져가 버린 아버지의 양 300마리에 대한 빚을 받으러 갔고, 이피토스는 잃어버린 암말 열두 필을 찾으러 메세네로 헤라클레스를 만나러 갔었다. 그들은 메세네에 있는 오르실로코스의 집에서 우연히 만나 서로에게 반하여 친구가 되기로 맹세했다. 그 기념으로 이피토스는 아버지 에우리토스에게 받은 활과 화살을 오디세우스에게 주었고, 오디세우스는 날카로운 칼과 창을 이피토스에게 주었다. 오디세우스는 불행하게도 이피토스와 돈독한 우정을 나누지는 못했다. 이피토스가 암말을 찾으러 헤라클레스를 만나러 갔다가 그에게 살해당했기 때문이다. 하지만 오디세우스는 고향에서는 항상 그 활과 화살을 갖고 다니며 친구를 추억하다가 전쟁이 발발하자 그것을 창고에 보관해 두고 트로이로 출발한 것이었다.

그녀는 활과 화살을 보니 남편에 대한 그리움이 밀물처럼 밀려와 다시 울음을 터뜨렸다. 그렇게 실컷 운 다음 자신은 활과 화살 통을 들고 시녀들에게는 도끼가 들어 있는 상자를 들려 홀 안으로 들어서서는 호흡을 가다듬고 이렇게 말했다.

"구혼자들이여, 내 말을 들으시오. 당신들은 주인이 없는 사이 나와 결혼하고 싶다는 명분으로 아주 오랫동안 이곳에서 먹고 마시며 우리

**활을 구혼자들에게 건네주는
페넬로페**
페넬로페는 오디세우스가 이피토스에
게 받은 활을 구혼자들에게 내주며 그
활로 시합을 벌일 것을 제안한다. 파도
바니노의 1620년경 작.

집안을 괴롭혔소. 자, 구혼자들이여, 여기 활을 하나 내놓겠소. 누구든
지 가장 빨리 활시위를 당겨 화살로 열두 개의 도끼 자루에 난 구멍을
모두 꿰뚫으면 나는 그 사람을 남편으로 삼아 이 집을 떠날 것이오."

　이렇게 말하고 그녀는 에우마이오스를 불러 활과 도끼를 구혼자들
에게 갖다 주라고 했다. 에우마이오스가 눈물을 흘리며 그것을 받아 구
혼자들에게 갖다 주자 소몰이도 멀리서 주인의 무기를 보고 오열했다.
그 모습을 본 안티노오스가 밖에 나가 울라면서 그들을 꾸짖었다. 명분

은 페넬로페 왕비의 마음을 더 아프게 하지 말라는 것이었지만 사실은 그들 때문에 시합이 지체될까 봐 걱정되었기 때문이다. 그는 얼른 활시위를 당기고 싶었다. 바로 그때 텔레마코스가 큰 소리로 외쳤다.

"아아, 제우스 신께서 나를 바보로 만들어 버리셨나 보오. 우리 어머님께서 다른 남자를 따라가겠다고 하시는데도 웃으며 기뻐하고 있으니 말이오. 자, 구혼자들이여, 여기 시합 우승자에게 주는 상품이 나타났소. 이런 여자는 지금 그리스 땅에 없소. 필로스에도 아르고스에도 미케네에도 없고, 이타케에도 없소. 여러분도 모두 알고 있는 사실이니 그 이유를 설명할 필요는 없을 것이오. 그러니 여러분은 어서 지체 없이 활시위를 당겨 보시기 바라오. 나도 활시위를 한번 당겨 볼 것이오. 내가 만약 활시위를 당겨 열두 개의 도끼 자루에 난 구멍을 모두 꿰뚫을 수만 있다면 어머니께서 다른 남자를 따라가더라도 슬퍼하지 않겠소. 나는 이제 아버지의 무기를 계승할 수 있는 어엿한 사내대장부가 되었으니까 말이오."

이렇게 말하며 그는 외투를 벗고 칼도 내려 놓은 다음 도랑 하나를 길게 파서 도끼를 세우고 다시 흙으로 그 주위를 다졌다. 그러고 나서 멀리 떨어진 홀 문턱에 가서 활을 시험해 보았다. 그는 세 번이나 활을 구부리려고 애를 썼지만 세 번 모두 힘이 부쳤다. 그러나 네 번째는 힘껏 당겨 마침내 시위를 당겼을 법했지만 그만두라는 오디세우스의 눈짓을 받고 단념했다. 그는 자기는 도저히 안 될 것 같으니 어디 다른 힘 있는 분이 해 보라며 옷과 칼을 들고 의자에 가서 앉았다.

그러자 안티노오스가 일어나 포도주 따라 주는 시종부터 시작해서 오른쪽으로 돌아가면서 활을 시험해 보자고 제안했다. 모두 이에 찬성하자 오이놉스의 아들 레오데스가 첫 번째로 일어섰다. 그는 구혼자들의 예언자로 그들 중 유일하게 동료들의 무례한 행동을 못마땅하게 생각하고 있었다. 그러나 그는 활시위를 당길 수 없었다. 활시위가 미동도 하지 않자 그는 동료들에게 이 활의 시위를 당기다가는 자신들의 용기와 목숨만 상하겠다고 불평하며 자리에 가서 앉았다.

그러자 안티노오스가 그를 꾸짖었다. 자기가 할 수 없다고 해서 다른 사람의 용기와 목숨을 상하게 한다는 것은 말도 안 된다는 것이었다. 그는 염소치기 멜란티오스를 불러 홀에 불을 피우고 비계 덩어리 하나를 가져오라고 명령하였다. 활을 데우고 비계를 발라 부드럽게 한 다음 시험해 보자는 것이었다. 그러나 그렇게 하고 차례대로 시험을 해 보아도 활을 구부릴 수 있는 사람은 없었다.

이러는 동안 오디세우스는 돼지치기 에우마이오스와 소몰이 필로이티오스를 데리고 밖으로 나갔다. 그는 주변에 아무도 없는 것을 확인하고 만약 신의 도움으로 오디세우스가 고향에 돌아오면 어떻게 할 것인지 물었다. 두 사람은 이구동성으로 그렇게만 해 준다면 목숨을 바쳐 도울 것이라고 약속하며 주인이 돌아오기를 간절히 기도한다고 답했다. 두 사람의 진심을 확인하고서야 비로소 오디세우스는 자신의 정체를 밝혔다.

"너희 주인인 오디세우스는 벌써 집에 와 있다. 바로 내가 오디세우스다. 나는 천신만고 끝에 20년 만에 고향에 돌아왔다. 그리고 나는 내 하인 중 너희 둘만 내가 돌아오기를 학수고대했다는 것을 알고 있다. 어떤 다른 하인도 내가 돌아오기를 기도하는 것을 본 적이 없다. 나는 구혼자들을 물리친 다음 너희를 결혼시켜 주고, 너희에게 집도 주고, 재산도 줄 것이다. 그때면 너희는 더는 하인이 아니라 텔레마코스의 동료이자 형제가 될 것이다. 나는 너희가 확실하게 믿도록 내가 오디세우스라는 증거를 보여 주겠다. 자, 여기 흉터를 봐라. 이것은 내가 외삼촌들과 함께 파르나소스에서 사냥할 때 입은 상처가 아물어서 생긴 흉터다."

이렇게 말하며 그는 흉터에서 누더기를 걷었다. 그것을 보고 오디세우스임을 확인한 두 사람은 그를 부둥켜안고 감동의 눈물을 흘리며 그의 머리와 어깨에 입을 맞추었다. 오디세우스는 우는 그들을 제지했다. 홀에서 누가 나오다가 그들을 보고 구혼자들에게 고자질할지 모르기 때문이었다. 그는 그들의 흥분이 가라앉자 자신이 먼저 홀에 들어갈 테니 나중에 들어오라고 이르며 앞으로 할 일을 자세하게 지시했다.

"에우마이오스는 구혼자들이 모두 내게 활과 화살 통을 주려고 하지 않을 테니 적당히 기회를 보아 내게 갖다 주어라. 그리고 시녀들에게 방문을 잠그고 혹시 신음이나 함성이 들려도 문을 열어 보지 말라고 일러라. 필로이티오스는 바깥으로 통하는 궁전 대문의 빗장을 지르고 그것을 줄로 묶어라."

이렇게 말하고 그가 먼저 홀에 들어가 자리에 앉자 적당한 시간을 두고 돼지치기와 소몰이가 들어왔다. 바로 그때 에우리마코스가 불에 활을 이곳저곳 데우고 있었다. 하지만 그러고도 활시위를 당길 수 없자 한숨을 쉬며 침통한 표정을 지었다. 그는 활시위를 당기지 못해 페넬로페와 결혼할 수 없어서가 아니라 구혼자들이 힘에서 오디세우스보다 뒤진다는 사실에 비통함을 금치 못했다. 그러자 에우페이테스의 아들 안티노오스가 시합을 잠시 중단했다가 궁술의 신 아폴론에게 성대하게 제물을 바치고 나서 다시 시작하자고 제안했다. 오늘은 잔치나 벌여 맛있게 먹고 마신 다음 내일 아침 제물을 가져와 제사를 지낸 후 다시 시합을 시작하자는 것이었다. 이 말을 듣고 오디세우스가 나서서 말했다.

"제 말 좀 들어 보시오, 구혼자들이여! 하고 싶은 말이 있소이다. 나는 누구보다도 에우리마코스와 안티노오스에게 간청하는 바이오. 지금은 활을 쉬게 하자는 안티노오스의 말은 참 합리적이라고 생각하오. 내일 아침 제물을 바치고 나서 시합을 다시 시작하면 아폴론 신은 분명 승리자를 점지하실 것이오. 자, 그러니 막간을 이용해서 그 활을 제

켄타우로스 족과 라피타이 족의 싸움
에우리티온은 반인반마半人半馬인 켄타우로이(단수형은 켄타우로스) 족 중 한 명으로, 라피타이 족 페이리토오스의 결혼식에서 그의 신부 히포다메이아를 납치하려다 두 종족 간 전쟁을 불러일으켰다. 페이리토오스의 친구던 테세우스도 이 싸움에 참가하여 많은 켄타우로스 족을 죽였다. 세바스티아노 리치(1659~1734) 작.

게도 한번 건네주시오. 당신들 앞에서 저도 힘을 한번 시험해 보고 싶소. 젊었을 때의 힘이 아직도 남아 있는지, 아니면 오랜 방랑으로 바닥나 버렸는지 알고 싶소."

오디세우스의 말을 듣고 모두 극도로 흥분하며 화를 냈다. 한낱 거지 노인이 활시위를 당길까 봐 두려운 것이었다. 안티노오스는 다른 거지들과는 달리 자신들과 함께 스스럼없이 어울릴 수 있는 것도 모자라서 무슨 헛소리냐고 그를 꾸짖었다. 그는 오디세우스가 분명 술에 취해 망발을 했을 거라고 비난하며 한 번만 더 그런 욕심을 부렸다간 큰코다칠 거라고 위협했다. 그러면서 안티노오스는 술에 취해 페이리토오스의 결혼식장에서 행패를 부리다가 귀와 코가 잘린 채 추방당한 에우리티온을 예로 들었다.

그때 두 사람의 대화에 페넬로페가 끼어들어 오디세우스 편을 들었다. 그녀는 안티노오스에게 오디세우스가 활시위를 당기는 데 성공을 하면 거지 주제에 자신을 아내로 데려갈 것이라고 생각하느냐고 물었다. 그러자 안티노오스는 그렇게 생각하지는 않지만 사람들이 구혼자들을 손가락질하는 것이 두렵다고 대답했다. 사람들은 번듯한 영웅들도 하지 못하는 일을 일개 거지가 해냈다고 떠들며 돌아다닐 것이 뻔하다는 것이었다. 페넬로페는 남의 집에 무작정 들어와 재산을 축내는 자들이 별것을 다 수치로 여긴다고 하면서 오디세우스에게 활을 주라고 다시 채근했다. 심지어 그녀는 거지 노인이 성공하면 옷뿐 아니라 호신용 투창과 칼 한 자루를 줄 것이며 원하는 곳에 데려다 주기도 할 것이라고 약속했다.

바로 그때 텔레마코스가 어머니를 향해 아버지의 활에 가장 큰 권한을 갖고 있는 사람은 자기라고 주장하며 활은 자기가 알아서 할 테니 집에 들어가 하녀들과 집안일이나 하시라고 권했다. 자신이 아버지의 활을 거지 노인에게 주어 버려도 항의할 사람은 아무도 없다는 것이었다. 그러자 그녀는 아들의 거친 태도에 약간 놀라 방으로 올라가서 남편 오디세우스를 그리며 한없이 울다 지쳐 잠이 들었다.

돼지치기가 혼란한 틈을 이용하여 오디세우스에게 건네줄 기회를 노리며 활을 들고 홀 안을 서성거렸다. 구혼자들이 모두 그를 보고 활을 어디로 가져가느냐고 고함을 쳤다. 돼지치기가 놀라 활을 내려놓자 이번에는 텔레마코스가 그에게 자기 집에서 쫓겨나지 않으려면 계속 활을 들고 가라고 외치며 남의 집에 들어와 주인 행세를 하는 무례한 구혼자들을 쫓아내지 못하는 자신의 신세를 한탄했다. 구혼자들은 텔레마코스의 말을 듣고 모두 즐겁게 웃으며 그를 관대하게 생각했다.

이 틈을 노려 에우마이오스는 다시 활을 집어 들고 홀을 지나다가 그것을 오디세우스의 손에 쥐어 주었다. 그런 다음 유모 에우리클레이아에게 가서 텔레마코스의 명령이라며 시녀들의 방문을 잠그고 무슨 소리가 나도 밖으로 나오지 못하게 하라고 일렀다. 필로이티오스도 말

없이 대문으로 가서 빗장을 지르고 밧줄로 묶은 다음 자리에 돌아와 앉아 오디세우스를 쳐다보았다.

오디세우스는 활을 이리저리 꼼꼼하게 들여다보면서 혹시 벌레가 갉아 먹지 않는지 살폈다. 구혼자 중 한 사람이 그의 행동을 보고 옆의 동료에게 마치 활에 아주 정통한 사람 같다고 속삭였다. 오디세우스는 활을 꼼꼼히 살펴본 다음 마침내 포르밍크스에 정통한 가인이 현을 다루듯 능숙하게 시위를 당겨 보았다. 그러자 활시위에서 제비가 지저귀는 듯한 감미로운 소리가 났다.

구혼자들은 그 광경을 보고 두려움에 안색이 변했다. 제우스 신은 크게 천둥을 쳐 오디세우스를 응원해 주었다. 오디세우스는 제우스의 천둥소리를 듣고 기뻐하며 이미 화살 통에서 빼어 자기 식탁 옆에 놓아둔 화살 하나를 집어 들어 활시위에 얹고는 과녁을 겨누고 화살을 날렸다. 화살은 열두 개의 도끼 자루에 난 구멍을 모두 정확하게 꿰뚫었다. 화살이 목표물을 정확하게 뚫고 지나가는 것을 확인한 오디세우스는 의기양양하여 텔레마코스에게 눈으로 재빨리 신호를 보냈다. 그러자 텔레마코스가 칼을 메고 손에 창과 방패를 든 채 자리에서 벌떡 일어섰다.

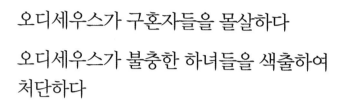

제22권

오디세우스가 구혼자들을 몰살하다
오디세우스가 불충한 하녀들을 색출하여 처단하다

오디세우스가 화살 통을 발 앞에 쏟은 다음 제일 먼저 구혼자들의 수장 안티노오스를 쏘아 죽인다. 오디세우스가 구혼자들에게 자신의 정체를 밝힌다. 에우리마코스가 오디세우스에게 목숨을 간청하지만 거절당한다. 텔레마코스가 오디세우스에게 무구를 갖다 준다. 오디세우스와 구혼자들 사이에 싸움이 벌어진다. 염소치기 멜란티오스가 무기를 숨겨 둔 방에 몰래 숨어든다. 돼지치기와 소몰이가 구혼자들의 무기를 찾아 손에 들고 나오는 그를 덮쳐 생포한다. 아테나가 처음에는 멘토르, 나중에는 제비의 모습을 하고 오디세우스를 격려한다. 오디세우스가 구혼자와 그 일당을 몰살한다. 가인 페미오스와 전령 메돈만 목숨을 건진다. 오디세우스가 에우리클레이아를 불러 불충한 하녀들을 색출하여 처단한다. 오디세우스가 피비린내 나는 홀을 유황으로 정화한다.

오디세우스는 열두 개의 도끼를 꿰뚫고 나서 텔레마코스에게 이제 시작이라는 눈짓을 보냈다. 그러고는 누더기를 벗어 버리고 화살을 모두 앞에 쏟은 다음 홀 문턱에 올라선 채 화살을 시위에 얹고 과녁을 찾았다. 맨 먼저 눈에 띈 것은 안티노오스였다. 그는 막 황금 잔을 들어올려 포도주를 마시려는 참이었다. 그도 그랬지만 어느 누구도 홀 안에서 이런 살인이 일어나리라고는 전혀 상상하지 못했다. 오디세우스는 안티노오스의 목을 향해 정조준하더니 화살을 날렸다. 화살이 목을 관통하자 그는 술잔을 떨어뜨리며 넘어졌다. 그가 콧구멍에서 검붉은 피를 쏟아 내며 식탁으로 꼬꾸라지는 바람에 식탁이 부서지며 음식이 사방으로 흩어졌다.

구혼자들이 홀 사방을 아무리 둘러보아도 그들이 잡을 무기는 어디에도 없었다. 그래서 그들은 오디세우스를 향해 이타케에서 가장 훌륭한 젊은이를 죽이다니 독수리 밥을 만들어 버리겠다고 고함을 쳤다. 그들은 아직 사태의 심각성을 파악하지 못하고 오디세우스가 실수로 안티노오스를 죽였다고 생각했다. 오디세우스는 그들을 노려보며 이렇게 말했다.

"개 같은 자들이여, 너희는 내가 트로이에서 다시는 돌아오지 못할 줄 알았더냐? 너희는 내가 살아 있는데도 내 가사을 탕진하고 내 궁전 시녀들과 동침하며 내 아내에게 구혼했다. 너희는 하늘의 신들도, 후손들의 비난도 두려워하지 않았다. 이제 너희는 파멸을 면치 못할 것이다."

구혼자들은 거지 노인이 다름 아닌 오디세우스임을 직감하고 공포에 사로잡혀 모두 얼굴이 창백해졌다. 그리고 말문이 막힌 채 도망갈 구멍만을 찾았다. 에우리마코스만이 그에게 진짜 오디세우스라면 이제 안티노오스가 죽었으니 화를 풀라고 대답했다. 에우리마코스는 모든 잘못을 안티노오스의 탓으로 돌리며 그는 결혼보다도 이타케의 권

**안티노오스에게 화살을 겨누는
오디세우스**

오디세우스는 맨 먼저 구혼자들의 수
장 안티노오스를 겨눈다. 화살을 맞은
안티노오스는 들고 있던 포도주 잔을
떨어뜨리며 고꾸라진다. 19세기 후반
간행된 《오디세이아》 삽화.

력에 더 욕심이 있었다고 주장했다. 이어
오디세우스의 궁에서 먹어 치운 것은 모
두 보상하겠다고 약속했다. 각자 소 스무
마리에 청동과 황금을 얹어 주겠다는 것
이었다. 그러자 오디세우스가 그를 노려
보며 외쳤다.

"에우리마코스여, 너희가 너희 아버지
의 재산을 다 준다 해도, 그리고 너희가
지금 갖고 있는 재산에다 더 많은 것을
얹어 준다고 해도 나는 심판의 화살을 멈
추지 않을 것이다. 이제 너희에게 남은
것은 도망치느냐 아니면 나와 맞서 싸우
느냐 양자택일밖에 없다. 그러나 할 수만
있다면 어디 한번 내 죽음의 화살을 피해
보라."

에우리마코스는 이 말을 듣고 태도를 돌변하여 구혼자들을 향해 칼
을 들고 식탁을 방패 삼아 오디세우스와 맞서 싸우자고 독려하더니 앉
은 자리에서 일어나 칼을 빼어 들고 오디세우스에게 달려들 태세를 취
했다. 그러나 바로 그 순간 오디세우스가 화살을 날려 그의 가슴을 뚫
자 그는 식탁 위에 꼬꾸라지면서 음식과 술잔을 땅바닥에 흩어 버렸
다. 이번에는 암피노모스가 오디세우스에게 달려들었지만 잽싸게 달
려온 텔레마코스의 창에 어깨를 맞고 절명하고 말았다.

오디세우스는 텔레마코스에게 화살이 떨어지기 전에 방패와 창 두
자루와 투구를 가져오라고 지시했다. 텔레마코스는 얼른 무기를 치워
둔 방에 가서 방패 네 벌과 창 여덟 자루 그리고 청동 투구 네 개를 들
고 재빨리 아버지 곁으로 돌아왔다. 그는 스스로 제일 먼저 무구武具를

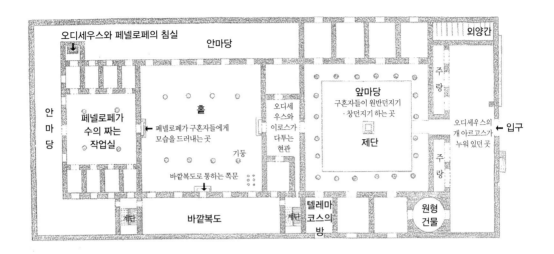

갖춘 뒤에 돼지치기와 소몰이에게도 무구를 나눠 주었다. 그리고 셋은 모두 오디세우스 옆에 섰다. 오디세우스도 남아 있는 화살이 다 떨어지자 방패를 메고 투구를 쓴 다음 양손에 창을 각각 하나씩 들었다.

그런데 오디세우스가 서 있는 문 옆 홀의 벽에는 바깥 복도로 통하는 조그마한 쪽문이 하나 있었다. 오디세우스는 누가 그곳으로 도망갈까 봐 걱정되어 돼지치기에게 그 문을 지키게 했다. 구혼자 중 아겔라오스가 누가 그 쪽문을 통해 바깥으로 빠져나가 구원병을 요청하자고 했지만 염소치기 멜란티오스가 반대했다. 쪽문이 오디세우스가 서 있는 문과 아주 가깝고 통과하기가 여간 좁은 게 아니라는 것이었다. 대신 멜란티오스는 궁전 안쪽으로 들어가서 무구를 가져오겠다고 자원했다.

멜란티오스는 궁전의 지리를 잘 아는지라 금방 오디세우스의 방으로 잠입해서 방패 열두 벌과 창과 투구를 가져와 구혼자들에게 건네주었다. 오디세우스는 구혼자들의 일부가 창을 휘두르는 것을 보고 그만 맥이 빠지고 말았다. 그래서 텔레마코스에게 누가 구혼자들에게 무기를 훔쳐다 주었는지 알아보라고 지시했다. 텔레마코스는 문단속을 하지 않은 자기의 불찰이라고 하며 에우마이오스를 불러 무기를 훔친 게 시녀들인지 아니면 염소치기 멜란티오스인지 알아보라고 명령했다.

이러는 사이 염소치기 멜란티오스가 무기를 가지러 그 방에 다시 잠입했다. 망을 보던 돼지치기가 그를 발견하고 오디세우스를 찾아가 그를 죽여야 할지 아니면 데려와야 할지를 물었다. 오디세우스는 소몰이와 같이 가서 그를 사로잡아 그 방 서까래에 매달아 놓으라고 대답했다. 돼지치기와 소몰이가 그 방에 가니 멜란티오스는 아무것도 모르고 무기를 고르고 있었다. 두 사람은 문에서 기다렸다가 무구를 한 아름 들고 나오는 그를 사로잡아 오디세우스가 말한 대로 무기를 치워 둔 방의 서까래에 매달았다.

두 사람은 무기가 있는 방의 문단속을 단단히 하고 다시 오디세우스의 곁으로 돌아왔다. 바로 그때 아테나 여신이 멘토르의 모습을 하고 나타났다. 오디세우스는 그가 아테나 여신임을 직감하고 오랜 친구임을 내세워 공격을 막아 달라고 부탁했다. 멘토르가 나타나자 구혼자들도 고함을 질렀다. 맨 먼저 아겔라오스가 멘토르에게 오디세우스를 도와주지 말라고 하며 만약 자기의 충고를 듣지 않으면 오디세우스를 제압한 뒤 목숨을 잃고 가족들도 무사하지 못할 것이라고 위협했다. 아테나 여신은 이 말을 듣고 오히려 오디세우스에게 역정을 냈다.

"오디세우스여, 당신은 이제 옛날처럼 용맹스럽지 않구려. 당신은 9년 동안 트로이 군과 싸우면서 수많은 적군을 죽였고, 트로이도 결국 당신의 계책으로 함락되었소. 그런데 고향에 돌아온 지금 무엇이 두려워 그 용기를 보이지 못한단 말이오. 이리 와서 알키모스의 아들 멘토르가 어떻게 적들을 물리치는지 보시오."

하지만 멘토르의 모습을 한 아테나는 아직은 오디세우스에게 결정적인 승리를 안겨 주지 않을 작정이었다. 한참을 싸우던 아테나는 이번에는 제비의 모습을 하고 천장에 올라가 싸움을 관망했다. 그러자 다마스토르의 아들 아겔라오스는 동료들을 부추겨 오디세우스 일행과 용감하게 맞서 싸우게 했다. 에우리노모스, 암피메돈, 데모프톨레모스, 폴릭토르의 아들 페이산드로스, 폴리보스도 아겔라오스처럼 용감하게 동료들을 격려했다.

특히 아겔라오스는 구혼자들에게 여섯 명씩 한꺼번에 오디세우스 일행을 향해 창을 던지게 했다. 그러나 창은 아테나 여신의 개입으로 모두 오디세우스를 비켜 가고 말았다. 어떤 것은 홀의 문설주를, 또 어떤 것은 문을 맞혔고, 또 다른 것은 벽에 꽂혔다. 구혼자들의 창이 빗나가자 이번에는 오디세우스 일행이 창을 던져 모두 목표물에 적중했다. 오디세우스는 데모프톨레모스를, 텔레마코스는 에우리아데스를, 돼지치기는 엘라토스를, 소몰이는 페이산드로스를 맞혔다.

구혼자들이 다시 그들을 향해 창을 던졌지만 이번에도 아테나 여신의 개입으로 모두 빗나가고 말았다. 다만 크테시포스의 창이 에우마이오스의 어깨를 스치고 지나 가벼운 상처를 입혔을 뿐이다. 반대로 오디세우스 일행은 창을 던져 모두 하나같이 목표물을 명중시켰다. 이번에는 오디세우스는 에우리다마스를, 텔레마코스는 암피메돈을, 돼지치기는 폴리보스를 맞히고, 소몰이는 크테시포스의 가슴을 맞혔다.

이후 접전이 벌어졌을 때도 오디세우스는 다마스토르의 아들을 찔렀고, 텔레마코스는 에우에노르의 아들 레오크리토스를 찔렀다. 이때 아테나 여신이 지붕에서 아이기스 방패를 높이 쳐들자 구혼자들의 마음은 산란해져서 홀 안에서 이리저리 흩어졌다. 구혼자들은 마치 쇠파리가 달려들면 흩어지는 암소 떼 같았지만 오디세우스를 비롯한 네 사람은 산에서 갑자기 내려와 작은 새들을 덮치는 독수리 같았다. 이때

레오데스가 달려와 오디세우스의 무릎을 부여잡고 애원했다.

"오디세우스여, 당신의 무릎을 부여잡고 애원합니다. 저를 불쌍히 여겨 주십시오. 저는 예언자로서 당신 궁전에서 여인들에게 못된 말이나 못된 짓을 해 본 적이 없습니다. 오히려 저는 그런 짓을 일삼는 다른 구혼자들을 말렸습니다. 내 말을 듣지 않던 그들이 비참한 최후를 맞이하는 것은 당연합니다. 그러나 저는 아무 잘못이 없습니다. 이대로 죽는다면 정말 억울합니다. 제발 살려 주십시오."

그러나 오디세우스는 그를 노려보더니 예언자였다면 더욱 살려 줄 수 없다며 아겔라오스가 죽을 때 버린 칼로 그의 목덜미를 쳤다. 그가 예언자였다면 오디세우스가 돌아오지 않을 경우 페넬로페와 동침하여 아이를 낳게 해 달라고 기도했음에 틀림없다는 것이었다.

한편 가인이자 테르피오스의 아들 페미오스는 포르밍크스를 들고 샛문 곁에서 홀 밖으로 빠져나가 제우스 신전에 몸을 숨길 것인지 아니면 오디세우스의 무릎을 부여잡고 용서를 빌 것인지를 두고 갈등하고 있었다. 그러다가 아무래도 오디세우스의 무릎을 붙잡는 것이 더 좋겠다고 생각했다. 그래서 포르밍크스를 내려놓고 오디세우스에게 다가가 그의 무릎을 잡고 빌기 시작했다.

"오디세우스여, 당신의 무릎을 잡고 용서를 빕니다. 저를 불쌍히 여겨 주십시오. 만약 당신이 신과 인간을 위해 노래하는 가인을 죽이신다면 당신 자신에게도 고통이 되실 겁니다. 제발 저의 목을 베지 말아 주십시오. 제가 구혼자들을 위해 노래한 것은 자진해서가 아니라 강압에 못 이겨서입니다. 당신의 아들 텔레마코스도 그것을 증언할 수 있을 것입니다."

바로 그 순간 텔레마코스가 그의 목소리를 알아듣고 칼을 내리치려는 아버지를 제지했다. 그는 페미오스는 아무 잘못이 없으며 전령 메돈도 소몰이 필로이티오스나 돼지치기 에우마이오스가 죽이지만 않았

구혼자들을 처단하는 오디세우스
오디세우스 일행은 아테나 여신의 도
움을 받아 구혼자 일행을 처단하기 시
작한다. 기원전 3세기경 도기.

다면 살려 줘야 한다고 주장했다. 이 소리를 듣고 의자 밑에 숨어 있던 메돈이 밖으로 나오며 살려 달라고 애원했다. 오디세우스는 아들 덕택에 목숨을 건졌으니 이제 안심하라고 위로하며 안마당으로 나가서 제우스 신의 제단 옆에 가서 피해 있으라고 말해 주었다.

오디세우스는 혹시 아직도 구혼자 중 일부가 집 안에 숨어 있는지 살펴보기 위해 집 안 곳곳을 이 잡듯이 뒤졌다. 그러나 아무도 살아남은 자는 없었다. 모두 피와 먼지투성이가 되어 바닥에 널브러져 있었다. 구혼자들은 마치 어부가 그물에 걸린 고기를 바닷가에 말릴 때처

림 그렇게 홀 안에 죽은 채 쓰러져 있었다.

오디세우스는 구혼자들이 모두 죽은 것을 확인한 다음 텔레마코스에게 유모 에우리클레이아를 불러 달라고 했다. 텔레마코스의 안내를 받아 홀에 들어온 에우리클레이아의 눈에 오디세우스는 마치 들판에서 소를 잡아먹고 피로 범벅이 되어 숲 속으로 돌아가는 사자 같았다. 그녀는 홀 안에 죽어 널브러져 있는 구혼자들을 보고 환호성을 지르려다가 오디세우스의 제지로 그만두었다. 그는 그녀에게 이렇게 말했다.

"에우리클레이아여, 마음속으로만 기뻐하시고 환호성을 지르지 마세요. 죽은 자들 앞에서 기뻐하는 것은 불경한 행동이오. 여기 쓰러져 있는 자들은 자업자득으로 이렇게 되었소. 그들은 자신을 찾아온 사람이 누구든 인간에 대한 최소한의 예의도 보이지 않은 자들이오. 그래서 이렇게 비참한 종말을 맞이한 것이오. 자, 당신은 우리 궁전에 있는 시녀들에 관해 말해 주시오. 그들 중 누가 나를 업신여겼고 그리고 누가 내게 충실했소?"

오디세우스의 질문에 에우리클레이아는 총 오십 명의 시녀 중 열두 명이 구혼자들과 부정한 짓을 저질렀다고 알려 주었다. 이어 그녀는 어서 곤히 주무시고 계신 마님께 가서 주인님이 돌아오신 것을 알려야겠다며 서둘렀다. 그러자 오디세우스가 아직 아내를 깨우지 말라고 그녀를 제지하며 우선 수치스런 짓을 한 시녀들을 이리 데려오라고 일렀다. 그녀가 불충한 시녀들을 데리러 가자 오디세우스는 텔레마코스와 소몰이와 돼지치기를 불러 놓고 말했다.

"너희는 구혼자들의 시신을 밖으로 치우고 불충한 시녀들이 오면 그들에게도 그 일을 거들라고 시켜라. 홀 안의 의자와 식탁도 깨끗이 닦게 해라. 그렇게 홀 안을 잘 정돈한 다음 시녀들을 원형 창고 건물과 담 사이 한적하고 좁은 곳으로 데리고 가서 모두 칼로 목을 베어라."

이렇게 이야기를 나누는 사이 문제의 시녀들이 후회의 눈물을 흘리면서 몰려왔다. 텔레마코스는 아버지가 시킨 대로 시녀들과 함께 홀 안을 깨끗이 치웠다. 홀 바닥에 스민 피를 없애기 위해 바닥의 땅도 일정 부분 깎아서 밖에 버리게 했다. 정리 정돈이 끝나자 텔레마코스는 돼지치기, 소몰이와 함께 시녀들을 데리고 원형 건물 쪽으로 갔다. 그러나 텔레마코스는 구혼자들과 잠자리를 같이하며 어머니와 자신에게 모욕을 가한 시녀들을 깨끗하게 죽일 수 없다고 생각했다.

그는 긴 동아줄에 올가미를 열두 개 만든 다음 시녀들의 목에 걸고 동아줄의 한 끝은 원형 건물 꼭대기에 묶고 다른 하나는 주랑柱廊의 큰 기둥에 감은 채 팽팽하게 잡아당겼다. 시녀들은 잠시 동안 버둥대더니 이내 사지를 늘어뜨리고 숨을 멈추었다. 그들은 마치 지빠귀나 비둘기가 덤불 속에 쳐 놓은 그물에 걸린 것처럼 한 줄로 대롱대롱 매달려 있었다.

시녀들을 처단한 뒤 그들은 밖에 쌓아 둔 시체를 뒤적이며 염소치기 멜란티오스의 시체를 찾아냈다. 그들은 개에게 줄 요량으로 그의 몸에서 코와 귀를 베고 남근을 떼어 낸 다음 그래도 성이 풀리지 않자 사지를 잘라 버렸다. 그들이 손을 깨끗이 씻고 오디세우스를 찾아가니 그는 에우리클레이아에게 막 이렇게 지시를 내리고 있었다.

"에우리클레이아어, 홀 안을 정화하기 위해 유황과 불을 좀 가져오시오. 홀 안을 유황으로 정화하려고 하오.● 그런 다음 내 아내 페넬로페에게 가서 시녀들과 함께 이리 오라고 하고, 다른 시녀들도 모두 이곳에 모이라고 하시오."

에우리클레이아가 유황을 가져오자 오디세우스는 불을 지펴 홀 구석구석을 정화했다. 그녀의 전갈을 받은 시녀들이 벌써 홀 안으로 몰려와 오디세우스를 둘러싸고 그의 머리와 두 어깨와 손을 잡으며 키스를 퍼부었다. 오디세우스는 울컥 하고 터져 나오려는 울음을 간신히 참았다.

● 고대 사람들은 황을 태워 그 연기로 소독을 했다. 황은 태울 경우 공기 중의 산소와 결합하여 이산화황을 배출하는데, 이산화황은 자극적인 냄새가 나고 독성이 강하다.

제23권

페넬로페가 오디세우스에게 침대에 얽힌 비밀을 듣고 남편임을 알아보다

오디세우스가 충복 돼지치기 그리고 소몰이와 함께 아버지의 농장을 향해 출발하다

페넬로페가 남편이 돌아왔다는 전갈을 받고 미심쩍은 표정으로 궁전의 홀로 향한다. 오디세우스가 자신의 손에 죽은 구혼자 가족들의 복수심을 자극하지 않기 위한 계책을 궁리한다. 오디세우스가 부하들과 시녀들에게 옷을 깨끗하게 갈아입은 후 음악을 연주하고 춤을 추도록 명령한다. 음악 소리를 들은 백성들은 페넬로페가 구혼자 중 하나와 결혼식을 거행한다고 믿는다. 페넬로페가 너무 달라진 오디세우스의 모습에 그를 구혼자 중 하나로 생각한다. 페넬로페가 오디세우스에게 침대에 얽힌 둘만의 비밀을 듣고서야 그가 남편임을 확신한다. 페넬로페와 오디세우스가 20년 만에 사랑을 나누기 전 그동안의 힘든 일들을 이야기하며 회포를 푼다. 아침이 되자 오디세우스가 아들 그리고 돼지치기와 소몰이를 데리고 아버지 라에르테스의 농장으로 향한다.

에우리클레이아는 페넬로페에게 오디세우스가 돌아왔다는 것을 알리기 위해 페넬로페의 이층 방으로 뛰어 들어가 흥분된 목소리로 외쳤다.

"페넬로페 마님, 일어나세요! 마님이 날마다 간절히 바라시던 일이 드디어 이루어졌으니 직접 확인해 보세요. 오디세우스 주인님께서 드디어 집에 돌아오셨어요. 더구나 그분은 자기 재산을 축내고 텔레마코스 도련님을 괴롭히던 구혼자들을 모두 처단하셨어요."

페넬로페는 유모가 미쳐도 단단히 미쳤다고 생각했다. 모두 오래전에 죽은 걸로 알고 있는 남편이 갑자기 돌아왔다니 말도 안 되는 소리였다. 그녀는 남편 오디세우스가 트로이로 떠난 뒤 한 번도 이렇게 단잠을 자 본 적이 없었는데 그런 일로 자신을 깨우다니 짜증이 났다. 그렇다고 노파인 그녀를 다른 시녀들처럼 혼낼 수도 없어서 조용히 그녀를 타이르며 농담 그만하고 자기 방으로 돌아가라고 일렀다. 그녀는 더 자고 싶었다. 그러나 에우리클레이아는 말을 듣지 않고 고집을 피웠다.

"절대로 마님을 놀리는 게 아니에요. 정말로 주인님께서 집에 돌아오셨다니까요. 궁전 홀에서 모든 구혼자들이 업신여기던 거지가 바로 그분이세요. 텔레마코스 도련님은 그분이 아버지라는 것을 이미 알고 있었지만 거만한 구혼자들을 응징할 때까지 아버지의 계획을 비밀로 하고 있던 거였어요."

유모가 이렇게 이야기하자 그제야 페넬로페는 반색을 하며 잠자리에서 벌떡 일어나 그녀를 안고 눈물을 흘렸다. 그러나 이내 의심이 들었는지 어떻게 남편 혼자서 그 많은 구혼자를 응징할 수 있었는지 알려 달라고 요구했다. 에우리클레이아는 자신은 보지도 못했으며 방 안에서 남자들의 신음 소리만을 들었다고 대답했다. 오디세우스 님께서 불러 가 보았더니 구혼자들이 모두 피투성이가 된 채 홀 바닥에 죽어 있었다는 것이다. 페넬로페는 그녀의 말을 듣고 피식 웃으며 이렇게 대답했다.

"그럼 오디세우스 님이 돌아오셨다고 유모가 한 말은 사실이 아니에요. 오디세우스가 아니라 어떤 신이 구혼자들의 악행과 교만에 분노하여 그만 그들을 죽이신 겁니다. 그들은 지금까지 누가 찾아와도 인간에 대한 최소한의 예의도 보이지 않았지요. 그들은 자신들의 못된 짓 때문에 그렇게 비참한 최후를 맞이한 거예요. 내 남편 오디세우스는 분명 멀리 타향에서 목숨을 잃으신 것이 틀림없어요."

잠자고 있는 페넬로페에게 오디세우스의 귀향을 알리는 에우리클레이아
오디세우스가 돌아와 구혼자들을 처단한 것을 보고 흥분한 유모 에우리클레이아가 오디세우스의 귀환 소식을 페넬로페에게 전한다. 밀제티 궁훀 천장화.

에우리클레이아는 답답했다. 지금 집 안에 와 계신 남편보고 돌아가셨다니 페넬로페의 의심하는 버릇이 심해도 너무 심했다. 에우리클레이아는 페넬로페에게 믿음을 주려면 더 명확한 증거물이 필요하다고 생각했다. 그래서 그녀는 페넬로페에게 오디세우스의 발을 씻다가 멧돼지 엄니에 받혀 생긴 흉터를 발견했다고 하며 자기 목숨을 걸겠다고 했다. 그래도 페넬로페는 그녀의 말을 믿지 못하는 눈치였다. 페넬로페는 아무리 나이가 많아도 에우리클레이아가 신의 뜻을 헤아리기는 어려울 것이라고 중얼거리며 일단 아들 텔레마코스를 만나 사정을 알아보기로 했다.

이층 방에서 내려 온 페넬로페가 홀 안으로 들어가 오디세우스의 맞은편에 앉았다. 하지만 어떻게 해야 할지 몰랐다. 오디세우스는 큰 기둥 옆에 앉아서 눈을 내리깔고 아내가 자신에게 무슨 말을 해 주기를 기다렸다. 그러나 그녀는 너무 실감이 나지 않아서 그런지 내내 그의 얼굴만 멀뚱멀뚱 쳐다보았다. 그녀는 누더기를 입고 있는 그를 여전히 남편으로 생각하고 있지 않는 것 같았다. 그러자 텔레마코스가 어머니를 질책하며 말했다.

"어머니는 너무 차가우세요. 어떻게 한마디 말도 없으세요? 아버님을 만나고도 아무 감흥도 없으신 거예요? 20년 만에 천신만고 끝에 돌아온 남편에게 이렇게 쌀쌀하게 구시는 분은 이 세상에 우리 어머님밖에 없으실 거예요. 어머님 마음은 정말 돌보다도 단단하세요."

아들이 이렇게 말하자 페넬로페는 하도 실감이 안 나서 얼굴을 쳐다볼 수도 무슨 말을 할 수도 없다면서 이렇게 대답했다.

"이분이 정말 내 남편 오디세우스시라면 우리는 그것이 사실인지 아닌지를 쉽게 확인할 수 있는 방법이 있단다. 우리에게는 다른 사람은 모르고 우리 둘만 아는 비밀이 있으니까."

오디세우스도 고개를 끄덕여 그녀의 말에 동조했다. 그리고 지금은 누더기를 걸쳐서 어머니가 자신을 알아보지 못하지만 곧 자신이 진짜 오디세우스임을 시인할 테니 좀 더 급한 문제부터 처리하자고 텔레마코스에게 제안했다. 구혼자들이 죽었다는 소식을 들으면 그 가족들이 가만히 있지 않을 텐데 앞으로 어떻게 하는 것이 좋겠냐는 것이었다. 텔레마코스가 아버지께서 모든 것을 알아서 해 주시라고 말하자 오디세우스가 이렇게 대꾸했다.

"그렇다면 내가 생각한 것을 너희에게 말할 테니 명심해라. 우리가 할아버지 라에르테스의 시골 목장으로 가기 전에 구혼자들이 죽었다는 소문이 시내에 퍼져서는 안 된다. 그러니 너희는 우선 목욕재계하고 좋은 옷으로 갈아입은 다음 가인의 포르밍크스와 노래에 맞추어 춤을 추거라. 그러면 행인이든 인근 백성이든 밖을 지나다가 그 소리를 듣는 사람은 아마 궁전에서 왕비의 결혼식이 벌어진다고 생각할 것이다. 그 다음 일은 그때 가서 궁리하기로 하자."

오디세우스가 이렇게 말하자 궁전의 모든 사람들이 그가 시킨 대로 했다. 춤추는 사람들의 발 구르는 소리에 궁전이 쿵쿵 울리기 시작했다. 궁전 밖에서 그 소리를 들은 사람들은 왕비님이 진짜 구혼자 중 누군가와 결혼식을 올린다고 착각하며 남편의 침상을 끝까지 지켜 내지 못한 것을 아쉬워했다.

한편 에우리노메는 오디세우스를 목욕시키고 올리브기름을 바른 다음 그에게 멋진 옷을 입혔다. 그러자 아테나 여신이 그의 고수머리가 마치 히아신스처럼 흘러내리게 하여 품위와 우아함이 넘쳐흐르도록 만들었다. 그는 목욕탕에서 나와 아내 맞은편 자기 의자에 앉아서 그녀를 원망했다. 천신만고 끝에 20년 만에 고향에 돌아온 남편에게 그렇게 무쇠처럼 무정하게 대할 수 있느냐는 것이었다.

그는 마음이 상한 듯 유모 에우리클레이아에게 혼자라도 잘 테니 아무 데나 침상을 깔아 달라고 부탁했다. 그러자 페넬로페는 유모에게 오디세우스가 손수 지은 신방 안에 있는 침상을 밖으로 내다가 그 위에 침구를 깔아 드리라고 일렀다. 이렇게 그녀가 오디세우스를 시험해 보자 오디세우스는 깜짝 놀라며 어떻게 침상을 옮길 수 있는지 물으며 말을 이었다.

"부인, 침상을 옮길 수 있다니 말도 안 되오. 내가 그것을 직접 만들었기 때문에 나는 그 사실을 잘 알고 있소. 원래 우리 집 마당에는 줄기가 기둥처럼 굵은 커다란 올리브나무 한 그루가 자라고 있었소. 나는 나무 둘레에다 벽돌을 쌓아 집을 지은 다음 올리브나무의 우듬지를 잘라 내고 곁가지를 다듬어 기둥으로 삼고 그 위에 침상을 만들었소."

페넬로페는 오디세우스가 명백한 증거를 보이자 흥분하여 무릎과 심장이 떨렸다. 그녀는 울면서 달려가 두 팔로 오디세우스의 목을 끌어안고 머리에 입 맞추며 말했다.

"오디세우스여, 내가 당신을 처음 본 순간 알아보지 못했다고 해서 내게 화내지 마세요. 나는 항상 사람들이 자신을 오디세우스라고 자처하며 나를 속이지는 않을까 염려하고 있었어요. 그동안 그런 식으로 나에게 사기를 치려는 사람이 한둘이 아니었지요. 그런데 이제 당신과 나 그리고 내가 당신에게 시집올 때 아버지가 주신 단 한 명의 시녀 에우리노메 말고는 그 누구도 본 적이 없는 증거를 대시니 그동안 경직

되고 긴장된 마음이 스르르 풀려 버리네요."

오디세우스는 아내의 애정 어린 말을 들으니 더욱 울고 싶은 마음이 간절해진 나머지 아내를 끌어안고 울기 시작했다. 페넬로페는 마치 난파당해 표류하다 구조된 선원이 가족을 끌어안고 있을 때처럼 너무 기쁜 나머지 남편의 목에서 손을 떼려고 하지 않았다. 그들이 그러는 동안 밤이 깊어 하마터면 날이 밝을 뻔했다. 하지만 아테나 여신이 그들의 해후를 좀 더 길게 하기 위해 기발한 생각을 해냈다. 즉 밤을 서쪽 끝에 계속 붙들어 두고, 새벽의 여신은 오케아노스에 붙들어 두어 그녀를 태우고 가던 말 람포스와 파에톤에게 멍에를 씌우지 못하게 했다. 그러는 동안 오디세우스가 아내에게 말했다.

오디세우스와 페넬로페의 해후
돌아온 오디세우스가 둘만의 비밀을 말하여 진짜임이 확인되자 페넬로페는 오디세우스의 목을 끌어안고 머리에 입을 맞춘다. 밀제티 궁훙 천장화.

"부인, 우리는 아직 많은 고난을 겪어야 하오. 앞으로도 헤아릴 수 없이 많은 고난이 닥쳐올 것이오. 나는 아무리 힘들어도 그것을 모두 완수해야만 하오. 내가 귀향하는 데 필요한 충고를 들으러 지하세계를 방문했을 때 테이레시아스의 혼령이 그렇게 말해 주었소. 자, 부인, 오늘은 그만하고 침상으로 가 누웁시다."

하지만 페넬로페는 오디세우스의 얘기를 마저 듣고 싶었다. 테이레시아스가 한 말이 갑자기 궁금해진 것이다. 그래서 사랑을 나누는 것은 앞으로도 얼마든지 할 수 있는 일이니 테이레시아스가 말한 고난이 무엇인지 말해 달라고 남편을 졸랐다. 그러자 오디세우스가 대답했다.

"내게 자꾸만 얘기하라고 채근하니 당신 정말 오늘 이상하오. 하지만 좋소. 아무것도 숨기지 않고 모두 말해 주리다. 그러나 들으면 별로 기분 좋지는 않을 거요. 테이레시아스는 나에게 손에 맞는 노 하나를 들고 바다를 전혀 모르고 소금기를 전혀 모르는 사람들을 만날 때까지 방랑하라고 말했기 때문이오. 그들은 또한 배도 모르고 노도 모르며 나와 마주치면 내 어깨에 곡식의 낟알을 떠는 도리깨를 메고 있다고 말한다고 했소. 테이레시아스는 내게 그들을 만나거든 바로 그 자리에 노를 박고 우선 포세이돈 신에게 숫양과 수소 그리고 수퇘지 각각 한 마리를 제물로 바친 뒤, 다시 고향에 돌아가서 모든 신께 차례로 풍성한 제물을 바치라고 말했소. 그러면 나는 천수를 누릴 것이고 백성들은 태평성대를 누린다는 것이오.”

이윽고 밤이 깊어지자 두 사람은 일어섰고, 에우리노메가 햇불을 비추며 그들을 침실로 안내했다. 두 사람은 그동안 하나도 달라지지 않은 침상 위에서 달콤한 사랑을 실컷 나눈 뒤 다시 환담을 나누었다. 페넬로페는 파렴치한 구혼자들을 보면서 겪어야 하던 애환을 자세하게 얘기했다. 오디세우스도 자신이 다른 인간에게 끼친 고통과 스스로 겪은 고난을 모두 자세하게 얘기했다.

그는 먼저 키코네스 족을 도륙한 일에서 출발하여 연꽃을 먹는 로토파고이 족의 나라에 부하 둘을 놓고 올 뻔한 일, 키클로페스 족 폴리페모스가 사는 섬에 가서 그의 눈을 멀게 한 일, 바람의 지배자 아이올로스를 화나게 한 일, 식인종 라이스트리고네스 족을 만나 배 열한 척을 잃고 자신의 배만 빠져나온 일, 키르케의 마법에 걸려 돼지로 변신한 부하들을 구한 일, 지하세계로 가 테이레시아스에게 귀향에 필요한 충고를 들은 일, 고통 속에서도 세이레네스 자매의 노래를 들어 본 일, 이아손만 통과했다는 프랑크타이 바위를 포기하고 엄청난 소용돌이 카립디스와 머리 여섯 개를 지닌 괴물 스킬라가 사는 협곡을 통과한 일, 헬리오스의 섬 트리나키아에서 소를 잡아먹고 신의 분노를 산 일, 오기기아 섬의 칼립소와 7년 동안 지낸 일, 그리고 마지막으로 혈혈단신이 되어 가까스로 파이아케스 인들의 섬에 도착한 일 등을 차근차근

오디세우스와 페넬로페
20년 만에 해후한 오디세우스와 페넬로페는 달콤한 사랑을 나누기 전 그간 겪은 일들을 서로 이야기한다. 프란체스코 프리마티초(1504?~1570) 작
〈오디세우스와 페넬로페〉.

이야기해 주었다. 이야기가 모두 끝나자 오디세우스는 갑자기 깊은 잠으로 빠져들었다.

아침이 되자 그는 계획대로 시골 농장에 계신 아버지 라에르테스를 찾아가려고 채비를 갖추었다. 그는 우선 아내 페넬로페에게 자신이 구혼자들을 홀에서 모두 죽였다는 소문이 나돌면 시녀들을 데리고 이층 방으로 올라가서 누가 찾아와도 절대로 나가지 말고 방문을 잠그고 가만히 있으라고 당부했다. 이어 그는 무구를 갖추고 소몰이와 돼지치기를 깨우더니 그들에게 무기를 잡으라고 명령한 뒤 앞장서서 밖으로 나와 아버지의 시골 농장으로 향했다.

제24권

오디세우스가 아버지 라에르테스와 눈물의 상봉을 하다

오디세우스 일행과 구혼자 가족의 싸움이 일어나지만 곧 해결되다

지하세계로 내려간 구혼자들의 혼령이 아킬레우스와 아가멤논이 환담을 나누는 것을 목격한다. 아가멤논이 절친한 친구 멜라네우스의 아들 암피메돈의 혼령이 다가오자 소스라치게 놀라며 지하세계에 오게 된 연유를 물어본다. 암피메돈이 아가멤논에게 자신을 비롯한 페넬로페의 구혼자들이 20년 만에 집에 돌아온 오디세우스에게 당한 일을 이야기해 준다. 아가멤논이 모든 역경을 이기고 귀환한 오디세우스의 행운을 부러워한다. 라에르테스가 아들 오디세우스를 알아보지 못한다. 오디세우스가 아버지에게 자신을 처음에는 이방인으로 소개하지만 금방 정체를 밝힌다. 오디세우스와 아버지 라에르테스가 서로 부둥켜안고 기쁨의 눈물을 흘린다. 구혼자들의 죽음이 알려지고 그 식구들이 오디세우스의 궁전으로 찾아와 시신을 찾아간다. 안티노오스의 아버지 에우페이테스가 구혼자의 가족들을 선동한다. 오디세우스와 구혼자 가족 간에 작은 싸움이 일어나지만 아테나 여신의 개입으로 평화적으로 해결된다.

헤르메스가 죽은 구혼자들의 혼령을 지하세계로 안내하자 혼령들은 찍찍거리며 그를 따라갔다. 그들은 마치 동굴 천장에 매달려 있다가 한 마리가 밑으로 떨어지면서 찍찍거리면 화답이라도 하듯 다함께 찍찍거리며 동굴 안을 날아다니는 박쥐 떼 같았다. 그들은 오케아노스와 레우카스 바위를 거쳐 헬리오스의 문과 꿈의 나라를 지나 혼령들이 사는 수선화가 피어 있는 풀밭에 도착했다. 바로 그곳에 트로이에서 죽은 아킬레우스 혼령이 있었고 그 주위에 파트로클로스, 안틸로코스, 아이아스 등의 혼령이 무리지어 있었다. 그때 아가멤논의 혼령이 그들에게로 다가왔는데 그 옆에는 그와 함께 아이기스토스의 집에서 죽은 다른 혼령들도 서 있었다. 아킬레우스의 혼령이 먼저 말문을 열었다.

"아가멤논이여, 우리는 당신이 제우스의 사랑을 가장 많이 받는 줄 알았소. 그러나 인간으로 태어난 이상 당신도 죽음의 그림자를 피할 수 없었구려. 아아, 당신이 트로이에서 그리스 군 총사령관 역할을 수행하다가 죽었더라면 전술 그리스 인이 당신을 위해 무덤도 만들어 주고 당신은 큰 명성을 얻었을 텐데! 그렇지만 당신은 비참하게 죽을 운명이었던 것 같소."

그러자 아가멤논의 혼령이 이렇게 대답했다.

"아킬레우스여, 당신은 트로이에서 죽었으니 정말 행복한 사람이오. 당신이 전사하자 우리는 당신의 시신을 가져오기 위해 많은 희생을 치렀소. 우리는 시신을 탈환해 함선으로 가져와서는 따뜻한 물과 향수로 당신의 살갗을 정성스레 닦고 머리털을 바치며 당신을 진심으로 애도했소. 당신의 어머니 테티스도 소식을 듣고 자매들을 데리고 바다에서 나왔소. 바다 위로 불가사의한 울음소리가 일어나자 그리스 군은 공포에 떨며 혼비백산하여 함선을 타고 도망치려 했소. 그리스 군의 존경을 한 몸에 받는 네스토르가 그건 바다의 여신 테티스가 죽은 아들을 보기 위해 자매들과 함께 바다에서 나오면서 내는 울음소리

라고 해명하자 비로소 혼란이 진정되었소. 당신 어머니의 자매들은 오열하며 당신에게 불멸의 옷을 입혀 주었고 무사이 여신들은 당신을 위해 만가輓歌를 불렀소. 그 당시 그 만가를 듣고 눈물을 흘리지 않은 그리스 인은 하나도 없었다오. 17일을 그렇게 애처롭게 울다가 18일째 되는 날 우리는 당신을 장작더미 위에 올려놓았소. 그리스 군이 무장한 채 일부는 마차를 타고 일부는 걸어서 당신 주위를 도니 큰 소음이 일었소. 우리는 이른 아침에 당신의 뼈를 수습하여 테티스 여신이 내민 황금 항아리에 넣었소. 그 항아리는 헤파이스토스의 작품으로 디오니소스 신의 선물이라고 하셨소. 파트로클로스의 뼈도 그 안에 함께 넣었소. 그 후 우리는 그 항아리를 헬레스폰토스 해의 한 곳에 묻고 큰 봉분을 쌓았소. 장례식이 끝나고 테티스 여신이 장례경기에 쓰라고 상품을 내놓으셨소. 당신도 장례경기에 많이 참석해 보았겠지만 만약 그 상품을 보았더라면 정말 감탄을 금치 못했을 것이오. 그런 상품을 테티스 여신은 아들을 위해 선뜻 내놓으신 것이었소. 이처럼 당신은

죽어서도 이름을 잃지 않고 명성을 누리고 있소. 그런데 나는 귀향하자마자 바람난 아내와 그의 정부 아이기스토스에게 목숨을 잃었으니 무슨 창피란 말이오."

이렇게 그들이 이야기를 나누는 사이 헤르메스가 구혼자들의 혼령을 데리고 다가왔다. 아가멤논은 그들 사이에서 이타케의 절친한 친구 멜라네우스의 아들 암피메돈을 발견하고 어떻게 해서 지하세계로 오게 되었는지 물었다. 아가멤논은 한때 그의 집에 손님으로 묵은 적이 있었다. 동생 메넬라오스와 함께 이타케에서 그의 집에 머물고 있던 오디세우스에게 트로이에 같이 참전하자고 설득하러 간 것이었다. 그는 그때를 상기시키며 도대체 왜 같은 또래의 젊은이들이 그렇게 한꺼번에 많이 죽었는지 물었다. 그러자 암피메돈의 혼령이 말했다.

"아가멤논이여, 나는 당신을 생생하게 기억하고 있소. 우리가 어떻게 해서 죽게 되었는지 솔직하게 털어놓겠소. 우리는 오랫동안 귀향하지 않은 오디세우스의 아내에게 구혼했소. 그녀는 구혼을 거절하지도 않고 승낙하지도 않으면서 그것을 지연시킬 계략을 하나 짜냈소. 그건 자기 방 안에 베틀을 하나 마련해 놓고 시아버지 라에르테스의 수의를 만들기 위해 베를 짠다고 하면서, 그 베가 완성되면 구혼자 중 하나를 골라 결혼하겠다는 것이었소. 우리는 당연히 그녀의 말에 동의했소. 그러나 그녀는 사실은 낮이면 베를 짰다가 밤이면 그것을 다시 풀었소. 그녀는 꼬박 3년 동안 구혼자들을 그렇게 감쪽같이 속였소. 그러나 4년째가 되자 시녀 중 하나가 그 사실을 우리에게 알려 왔고 우리는 그녀가 베를 풀고 있는 현장을 급습했소. 그리고 나자 그녀는 마음에도 없었지만 베를 완성하지 않을 수 없었소. 그런데 바로 그 즈음 오디세우스가 신의 도움으로 고향에 돌아와 돼지치기를 찾아간 것이오. 그리고 그의 아들 텔레마코스도 필로스에서 돌아와 그와 합류했소. 그들은 우리를 응징하기 위해 계획을 짠 뒤 아들이 먼저 시내로 오고, 누더기를 입은 오디세우스는 나중에 돼지치기의 안내를 받고 왔소. 오디세우스는 지팡이를 짚은 불쌍한 거지 꼴이어서 우리는 그를 전혀 알아볼 수 없었다오. 우리가 그에게 음식과 물건을 던져도 그는 꾹 참고 있었소. 그는 아들 텔레마코스와 함께 조용히 살육의 축제를 준비했던 거요. 그는 미리 무구를 한쪽으로 치우고 대문도 걸어 잠갔소. 그리고 아내를 시켜 자신의 활과 화살을 갖다 놓고 우리에게 시합을 시켰소. 그 활시위를 당겨 열두 개의 도끼 자루의 구멍을 모두 꿰뚫는 사람과 결혼하겠다는 것이었지요. 하지만 우리는 아무도 활시위를 당길 수 없었소. 그때 오디세우스가 자기도 한번 해 보겠다고 자청했소. 우리는 불길한 예감에 사로잡혀 그에게 활이 넘어가지 않도록 고함을 질렀으나 텔레마코스의 재촉으로 결국 그는 활을 손에 잡고 말았소. 이어 그는 단숨에 활시위를 당기더니 열두 개의 도끼 자루의 구멍을 꿰뚫고는 문턱에 앉아 우리를 향해 화살을 날리기 시작했소. 맨 먼저 그의 활에 희생당한 동료는 안티노오스 왕이었소. 그를 필두로 우리는 오디세우스의 화살을 맞고 무더기로 쓰러졌소. 분명 어떤 신이 오디세우스 무리를 도와주는 것 같았소. 나중에 접전이 벌어졌는데도 그들은 상처 하나 입지 않고 홀을 누비면서 닥치는 대로 우리를 죽였기 때문이오. 그렇게 우리는 몰살당했고 아직도 오디세우스의 홀 근처에 누워 있소. 사자死者를 장사지내 주는 것이 가족의 권리지만 우리 가족들은 아직 아무도 그 사실을 모르는 실정이오."

아가멤논은 얘기를 모두 듣고 나서 자기 아내와 오디세우스의 아내를 비교하며 절개 있는 아내를 둔 오디세우스를 부러워했다. 남편을 위해 끝까지 지조를 지킨 페넬로페를 위해서는 신들이 세상 여자들의 귀감이 되라고 노래를 지어 줄 것이지만 자기 아내 클리타임네스트라는 정부와 짜고 남편을 죽였으니 사람들의 조롱거리밖에 될 수 없다는 것이었다.

한편 오디세우스는 곧 아버지 라에르테스의 시골 농장에 도착했다. 그 농장은 라에르테스 혼자 일구어 낸 것으로 그 안에 그의 집이 세워져 있었으며 주위에는 하인들이 기거하는 오두막이 몇 채 있었다. 라에르테스를 극진히 보살피던 시켈리아 출신의 노파도 그곳에 살았다. 오디세우스는 데리고 간 하인들에게 자기 무기들을 건네주며 아버지 집에 들어가면 곧바로 점심식사용으로 돼지 한 마리를 잡으라고 이르고 아버지를 찾아 나섰다. 라에르테스 노인은 과일나무 근처에서 일을 하고 있었고 하인 돌리오스와 그의 아들들은 보이지 않았다. 그는 혼자서 과일나무 주변의 흙을 파 주고 있었다. 그는 헝겊으로 기운 남루한 옷을 입고 정강이에는 해지는 것을 막기 위해 쇠가죽 각반을 차고 가시에 찔리지 않으려고 장갑을 끼고 있었다. 오디세우스는 초라한 아버지의 모습을 보자 그만 울음이 터져 나오려는 것을 간신히 참았다. 그는 순간 아버지에게 달려가 얼싸안고 기쁨의 눈물을 쏟아 내며 그동안의 얘기를 풀어 놓을까 망설였다. 하지만 아무래도 신분을 감추고 한번 시험해 보는 것이 좋을 것 같아 다가가 말을 붙였다.

"노인 양반, 당신의 농장에는 잘 가꾸어 놓지 않은 것이 하나도 없는데 정작 당신 자신은 잘 가꾸지 않는 것 같소. 풍채를 보면 전혀 노예 같지 않고 귀한 분 같은데 어찌된 일이오? 당신은 도대체 누구의 정원을 돌보는 하인이오? 그리고 도중에 만난 사람 얘기로는 이곳이 이타케라는데 맞소? 그 사람이 약간 모자라 보여서 묻는 말이오. 이곳에 산다는 내 친구에 대해 물어봐도 잘 모르니 하는 말이오. 혹시 당신은 그 사람을 알지 모르겠소. 그는 언젠가 우리 집에 손님으로 묵은 적이 있어 친구가 된 사람이오. 그는 이타케 출신이라고 자랑했고 아르키시오스의 아들 라에르테스가 자기 아버지라고 했소. 나는 그를 정성껏 대접하고 많은 선물도 주었소."

그러자 라에르테스는 눈물을 글썽이며 이곳은 이타케가 맞지만 이제 파렴치한 사람들의 수중에 넘어갔다고 하며, 오디세우스만 살아 있어도 잘 접대해서 원하는 곳에 데려다 줄 텐데 그러지 못해 미안하다고 대답했다. 이어 그는 자신이 바로 오디세우스의 아버지 라에르테스이며, 아들은 이미 죽었겠지만 도대체 그를 만난 지는 얼마나 되었고, 어디 출신이고, 타고 온 배는 어디 있으며, 부모님은 계시는지 온갖 것을 꼬치꼬치 캐물었다.

아버지와 상봉하는 오디세우스
아들을 그리는 말을 쏟아 내는 아버지 라에르테스의 모습을 보던 오디세우스는 마침내 더는 참지 못하고 아버지와 눈물 겨운 상봉을 한다. 테오도르 반 튈더(1609~1669)의 《오디세이아》 삽화.

그러자 오디세우스는 자신은 알리바스 출신으로 아페이다스 왕의 아들 에페리토스라고 소개했다. 그리고 배는 도시에서 멀리 떨어진 시골에 정박해 있고 오디세우스를 만난 지는 벌써 5년이나 흘렀다고 적당하게 둘러댔다. 라에르테스는 그 말을 듣고 신음소리를 내며 두 손으로 시커먼 흙먼지를 움켜쥐더니 백발이 성성한 머리에 쏟아 부었다. 오디세우스는 그런 아버지를 보고 있자니 가슴이 아려 더 참지 못하고 달려가 부둥켜안고 입을 맞추며 이렇게 말했다.

"아버지, 접니다. 20년 만에 고향에 돌아온 아버지 아들 오디세우스입니다. 자, 이제 아무 걱정 마시고 울지도 마세요. 저는 이미 궁전에서 우리 가문을 욕되게 한 구혼자들을 죽이고 이리로 오는 길입니다."

라에르테스는 그 말을 듣고 놀라움을 금치 못하며 그럼 자기 아들이 분명하다는 징표를 보여 달라고 요구했다. 그러자 오디세우스는 멧돼지 엄니에 받힌 흉터와 어렸을 적 아버지에게 받은 나무 목록을 그 증거로 제시하였다. 그는 배나무 열세 그루, 사과나무 열 그루, 무화과나무 사십 그루, 포도나무 오십 줄[列]이라고 숫자까지 정확하게 기억해 냈다. 이 말을 듣고 라에르테스 노인은 그만 숨이 막혀 왔다. 그보다 더 확실한 자기 아들이라는 증거는 없었다. 그가 두 팔을 벌리고 아들을 안았을 때는 거의 숨이 넘어갈 뻔했다. 간신히 정신을 차린 라에르테스는 아버지답게 구혼자의 가족들이 아들에게 복수하지 않을지 몹시 걱정했다.

오디세우스는 대책을 다 세워 놓았으니 아무 걱정하지 말라며 우선 점심부터 하시자고 아버지를 집으로 모셨다. 집에서는 벌써 소몰이와 돼지치기가 돼지고기를 구워 잘게 썰어 놓고 포도주를 희석시키고 있었다. 그동안 시켈리아의 시녀는 라에르테스 노인을 목욕시키고 올리 브기름을 발라 준 다음 멋진 외투를 입혀 주었다. 아테나도 그의 사지에 힘을 불어넣어 주었다. 그가 욕실에서 나오자 모두 신 같은 그의 모습에 감탄을 금치 못했다. 노인은 사지에 힘이 솟는 것을 느끼며 오디세우스가 구혼자들을 죽일 때 과거에 자신이 네리코스를 함락시킬 때처럼 도와주지 못한 것을 아쉬워했다.

그들이 안락의자에 앉아 막 식사를 하려는 순간 돌리오스와 그의 아들들이 들에서 일을 하다가 안으로 들어왔다. 돌리오스의 아내인 시켈리아의 노파가 그들을 부른 것이었다. 그들은 오디세우스를 단박에 알아보고 놀란 나머지 그 자리에 그대로 말없이 서 있었다. 오디세우스가 자리에 앉아 식사부터 하자고 말하자 그제야 정신을 찾은 듯 그에게 달려와 부둥켜안고 손목에 입을 맞추며 기뻐했다.

이렇게 그들이 식사를 하는 동안 죽은 구혼자들에 대한 소문이 시내 곳곳에 퍼졌다. 가족들은 슬픔에 잠겨 오디세우스의 집에 와서 시신을 가져다 묻어 주었다. 장례를 마무리한 뒤 구혼자 가족들은 광장에 모여 대책회의를 했다. 오디세우스의 손에 맨 먼저 죽은 안티노오스의 아버지 에우페이테스가 눈물을 흘리며 일어나 좌중을 향해 말했다.

"여러분, 오디세우스는 실로 엄청난 범죄를 저질렀소이다. 전에는 수많은 뛰어난 젊은이를 함선에 태워 트로이로 데려가 모두 죽이고 혼자 살아남더니 이번에 집에 돌아와서는 피 같은 우리 아들들을 모두 죽였소이다. 그러니 자, 이제 그가 필로스나 엘리스로 도망하기 전에 우리가 몰려가서 자식들의 원수를 갚읍시다. 그러지 않으면 두고두고 수치가 될 것이오. 우리가 아들과 형제를 살해한 자에게 원수를 갚지 못한다면 후세에게도 창피한 일이 되기 때문이오."

그가 눈물을 흘리며 열변을 토하자 모두 감동으로 동요했다. 그 순간 오디세우스로부터 살아남은 전령 메돈과 가인이 나타나자 모두 경악을 금치 못했다. 모두 그들이 죽었다고 생각했기 때문이다. 메돈은 그들 앞에 나서서 오디세우스 곁에는 항상 어떤 신이 따라다니며 그를 격려하기도 하고 직접 나서서 도와준다고 말했다. 오디세우스가 구혼자들과 싸울 때 자신이 직접 두 눈으로 보았으며, 수적으로 우세한데도 구혼자들이 모두 쓰러진 것은 바로 그 때문이라는 것이었다. 모두 그의 이야기를 듣고 공포에 사로잡혔다.

바로 이때 노老 영웅이자 예언가인 할리테르세스가 일어나, 구혼자들은 오디세우스가 돌아오지 못할 것이라고 생각하여 그의 재산을 탕진하고 아내를 우롱했기에 죽음을 맞이한 것이 당연하니 오디세우스에게 몰려가지 말자고 제안했다. 그의 말을 듣고 대부분은 그 자리에 그대로 앉아 있었지만 일부 불만을 품은 구혼자 가족들이 벌떡 일어나 에우페이테스의 인솔 아래 오디세우스가 있는 아버지의 농장을 향했다.

아테나 여신은 이것을 보고 아버지 제우스에게 도대체 어떻게 할 작정인지 물었다. 그러자 제우스 신은 오디세우스가 돌아와 구혼자들에게 복수를 할 수 있게 한 것도 그녀의 생각이니 이 사건도 알아서 해결하라고 하면서도 오디세우스의 복수도 끝났으니 이제 그들에게 맹약을 맺게 하여 원한은 잊고 평화롭게 살게 하는 것이 좋겠다고 충고했다. 그 말을 듣고 아테나 여신이 올림포스 산 정상에서 아래로 훌쩍 뛰어내렸다.

한편 점심식사를 마친 오디세우스는 누가 나가서 구혼자의 가족들이 농장으로 몰려오는지 망을 보고 오라고 시켰다. 돌리오스의 아들

방패를 들고 있는 아테나 여신
오디세우스가 돌아오기까지 오디세우스와 텔레마코스를 지켜 주던 아테나 여신은 마지막까지 제우스 신의 뜻을 전하며 오디세우스가 그의 노여움을 사지 않도록 도와준다.

하나가 밖에 나가서 살펴보니 사람들이 농장으로 몰려오는 것이 보였다. 오디세우스는 재빨리 모두를 무장시키고 밖으로 나가 방어 태세를 갖추었다. 그들은 오디세우스 일행이 네 명, 돌리오스의 아들이 여섯 명, 그리고 돌리오스와 라에르테스 노인까지 합해 모두 열두 명이었다.

그때 아테나 여신이 멘토르의 모습을 하고 그들에게 다가왔다. 오디세우스가 그녀를 발견하고 사기가 충천하여 가문에 치욕을 안겨 주지 않도록 용감하게 싸우라고 텔레마코스를 격려했다. 그러자 텔레마코스는 가문에 절대로 누를 끼치지 않겠다고 맹세했다. 라에르테스는 아들과 손자의 대화를 들으며 흐뭇한 표정을 지었다. 이윽고 적들이 가까워 오자 아테나 여신이 라에르테스에게 다가와 아테나 여신과 제우스 신께 기도하고 창을 힘껏 던지라고 격려했다. 그가 시킨 대로 하자 창은 날쌔게 날아가 안티노오스의 아버지 에우페이테스의 청동 투구를 뚫었다. 그가 쿵 하고 쓰러지자 무구에 달린 장신들이 요란하게 울렸다. 이어 오디세우스와 그의 아들 텔레마코스가 선두에 서서 칼과 창으로 구혼자의 가족들을 쳤다. 만약 그들을 그대로 두었다면 두 사람은 아마 구혼자의 가족들을 몰살시켰을 것이다. 바로 그때 아테나 여신이 이렇게 소리쳐 가족들을 제지했다.

"이타케 인들이여, 너희는 끔찍한 전쟁을 중지하라. 이제 더는 피를 흘리지 말고 갈라서거라."

아테나 여신의 목소리를 듣고 구혼자의 가족들은 공포에 질려 무기를 버리고 시내를 향해 무작정 뛰어갔다. 그 틈을 노리고 오디세우스는 고함을 지르며 먹이를 쫓는 독수리처럼 그들을 쫓았다. 그 순간 제우스가 그들을 향해 번개를 던졌다. 번개는 멘토르로 변신한 아테나 여신 바로 앞에 떨어졌다. 마음이 다급해진 아테나 여신은 오디세우스에게 제우스 신이 노여워하지 않도록 이제 싸움을 중지하라고 명령했다. 오디세우스가 즉시 그녀의 말에 복종하자 멘토르의 모습을 한 아테나 여신은 이타케 인들에게 다시는 싸우지 않고 평화롭게 살겠다는 맹약을 맺게 했다.

그리고 그 후

테이레시아스의 예언에 따라

구혼자들을 응징한 오디세우스는 왕위와 가정의 평화를 되찾았지만 테이레시아스의 예언에 따라 노후를 편안하게 보내려면 아직도 해야 할 모험이 남아 있었다. 오디세우스가 왕권을 회복하고 난 후에 벌이는 또 다른 모험에 관한 이야기는 《텔레고니아》라는 서사시가 전해 준다. 일부가 단편적으로 남아 있는 그 책의 내용에 따르면 오디세우스는 본토의 엘리스로 가서 한동안 가축을 치다가 폴릭세노스 왕의 객으로 살았다.

그 후 그는 다시 이타케로 돌아와 테이레시아스가 알려 준 대로 하데스, 페르세포네 등에게 속죄제를 바친 다음 걸어서 에페이로스 산을 넘으며 노를 어깨에 메고 갔다. 신탁대로 포세이돈 신에게 속죄제를 바칠 곳을 물색하기 위해서였다. 마침내 테스프로토이에 도착하자 어떤 주민이 이렇게 물었다. "이방인이여, 당신은 왜 봄에 도리깨를 어깨에 메고 있소?" 그 말을 듣고 그는 발걸음을 멈추고 그곳에 제단을 쌓았다. 그리고 나서 포세이돈에게 숫양 한 마리, 황소 한 마리, 수퇘지 한 마리를 바치고 신의 용서를 받았다. 그러자 그곳의 여왕 칼리디케는 오디세우스에게 자기 왕국을 맡아 줄 것을 요청했다. 오디세우스는 그녀와 결혼하여 한동안 테스프로토이 왕국을 다스리면서 아레스 신의 도움으로 이웃나라를 정복하

지하세계에서 제물의 피를 마시고 오디세우스에게 예언하는 테이레시아스
지하세계에서 테이레시아스는 오디세우스에게 어깨에 노를 메고 가다가 왜 도리깨를 메고 있느냐는 질문을 받으면 그곳에서 포세이돈 신에게 속죄제를 올리라고 알려 준다. 오디세우스는 테이레시아스가 알려 준 대로 하여 신의 용서를 받는다. 왼쪽 아래 구석에 테이레시아스의 머리와 그 앞에 제물로 바친 양의 머리가 보인다. 400년경 도기

기도 했다. 칼리디케가 죽자 오디세우스는 자신과 그녀 사이에서 태어난 아들 폴리포이테스에게 왕위를 물려주고 고향 이타케로 돌아갔다. 그 당시 이타케는 페넬로페가 통치하고 있었고, 텔레마코스는 케팔레니아로 추방당해 있었다. 오디세우스가 자신의 아들 손에 죽을 것이라고 한 신탁 때문이었다. 하지만 오디세우스는 이타케에서 편안한 노후를 보내다가 텔레마코스가 아닌 다른 아들에 의해 죽음을 맞이한다.

또 다른 아들, 텔레고노스

오디세우스는 10년 동안 바다를 방랑하는 중에 만난 키르케와 사는 동안 텔레고노스라는 아들을 하나 두었다. 텔레고노스가 장성하자 키르케는 그에게 아버지의 고향을 알려 주고 그를 찾아 떠나라고 했다. 우여곡절 끝에 이타케에 도착한 텔레노고스는 그곳을 코르키라로 잘못 알고 부하들과 함께 상륙하여 닥치는 대로 약탈했다. 오디세우스가 노구老軀를 이끌고 출정하여 이들의 공격을 막아 냈지만 결국 해안에서 텔레고노스가 던진 창에 목숨을 잃고 만다. 그 창은 뾰족한 끝이 가오

판 신

목동과 가축의 신 판은 상반신은 뿔이
난 사람의 모습, 다리와 꼬리는 염소의
모습을 하고 있다. 판 신의 출생에 관
해서는 여러 가지 전승이 있는데, 그중
한 가지는 오디세우스의 부재 기간에
정절을 지키지 못한 페넬로페가 친정
으로 추방당하고 그곳에서 헤르메스와
결합하여 판을 낳았다고 한다. 미하일
알렉산드로비치 브루빌리(1856~
1910) 작.

리의 침으로 되어 있었다. 그래서 바다
쪽에서 온 죽음의 사자가 오디세우스를
데려갈 것이라는 테이레시아스의 예언
이 적중한 셈이다. 오디세우스의 가족
은 침입자의 정체를 파악하게 되자 그
를 용서해 주었을 뿐만 아니라 그를 따
라 키르케가 사는 섬으로 가서 오디세
우스의 시신을 장사지내 주었다. 그 후
페넬로페는 의붓아들 텔레고노스와 결
혼하였고 텔레마코스는 영원히 늙지 않
는 키르케와 결혼했다.

페넬로페의 이후 이야기

이 밖에도 호메로스의 《오디세이아》 이
야기를 계속 이어가거나 아니면 그것과
모순을 이루는 전승들이 꽤 있다. 어떤
전승에 따르면 페넬로페는 오디세우스가 방랑에서 돌아온 이후 그에
게 아쿠실라오스 혹은 프톨리포르테스라는 두 번째 아들을 낳아 주었
다. 또 다른 전승은 페넬로페가 지켰다는 전설적인 정조를 부인한다.
그에 따르면 그녀는 구혼자들과 차례로 몸을 섞었다. 또 페넬로페가
안티노오스나 혹은 암피노모스의 유혹을 받아 정조를 버렸다는 전승
도 있다. 오디세우스는 나중에 그 사실을 알고 그녀를 죽였다고 하거
나 아니면 장인 이카리오스가 있는 스파르타로 추방했다고 한다. 추방
당한 페넬로페는 아르카디아의 만티네이아로 가서 헤르메스와 사랑을
나누어 판 신을 낳았고 한다.

이탈리아로의 추방

또 다른 전승에 따르면 아테나 여신의 중재로 휴전을 했지만 그것으로 구혼자 가족들과 분쟁이 완전히 끝난 것은 아니었다. 그 후 오디세우스는 구혼자 가족들에 의해 고소를 당해 재판을 받는다. 그들은 재판장으로 에피루스의 앞쪽 섬을 통치하고 있던 아킬레우스의 아들 네오프톨레모스를 지명했다. 네오프톨레모스는 구혼자들의 가족에게는 아버지를 이어 왕이 된 텔레마코스에게 보상해 주라고 판결을 내리고, 오디세우스에게는 그의 통치 하에 있던 케팔레니아를 차지할 속셈으로 이탈리아로 추방령을 내렸다.

오디세우스가 이탈리아에서 행한 모험에 대해서는 많은 전승들이 있으나 단편적으로만 전해 온다. 어떤 전승에 따르면 오디세우스는 이탈리아에서 트로이의 유민을 이끌고 온 아이네이아스를 만나 화해했으며, 에트루리아의 티레니아에 정착하여 서른 개의 도시를 건설했다. 그 후 오디세우스는 자신이 세운 도시 중 하나인 고르티니아에서 텔레마코스와 키르케가 죽었다는 소식을 접하고 슬퍼하다가 죽었다. 또 다른 전승에 따르면 추방령이 내려지자 그는 자신과 함께 트로이 전쟁에 참가한 토아스가 다스리던 아이톨리아로 갔다. 그는 그곳에서 토아스의 딸과 결혼하여 그녀와의 사이에서 레온토포노스라는 아들을 두었다. 오디세우스는 아이톨리아에서 고령이 될 때까지 살다가 평화롭게 죽었다.

영웅의 모험에 등장하는 여성의 역할

유혹자로서의 여성

영웅의 모험에서 여성은 주로 부정적인 힘을 지니고 그들과 대결을 벌이거나 그들을 괴롭힌다. 하지만 영웅들은 많은 고통을 당하더라도 이들 여성이나 여성적인 힘을 결국 정복한다. 조지프 캠벨도 《천의 얼굴을 가진 영웅》(이윤기 옮김, 민음사, 1999)에서 영웅들에게 여성은 '유혹자'로 등장하지만 결국 영웅들은 그 유혹을 극복한다고 말한다. 이러한 사실은 영웅들이 남성적인 힘을 상징하는 것이기 때문에 남성들에 의해 길들여지는 여성적인 힘의 순화과정을 말해 주는 것이며, 또한 여신이 주도권을 잡던 모권제 사회가 점점 부권제 사회로 바뀌어 가는 과정을 보여 주는 것이기도 하다. 이에 대해 캠벨은 《신의 가면 3. 서양 신화》(정영목 옮김, 까치글방, 1999)에서 다음과 같이 말한다.

"신화에서 여성의 기능은 체계적으로 평가절하되었다. 상징적이고 우주론적인 의미에서만 그러한 것이 아니라, 개인적이고 심리적인 면에서도 그러하였다. …… 사실 서사시나 드라마, 로맨스의 여성 인물들이 단순한 객체로 축소되어 있는 것을 보면 놀랄 지경이다. 설사 주체로서 기능한다 하여도, 그들이 어떠한 행동을 주도할 때면 그들은 악마의 화신이나 남성 의지의 단순한 동맹자로만 묘사된다."

스티픈 앨 해리스와 글로리아 플래츠너는 《신화의 미로 찾기 1》(이영순 옮김, 도서출판 동인, 2000)에서 다른 영웅들과 달리 페르세우스만은 여성들에게 우호적인 입장을 취한다고 주장한다. 페르세우스는 안드로메다를 구해 주고 그녀와 행복한 나날을 보내다 부부 모두 별자리가 된다는 것이다. 더군다나 그들은 페르세우스가 사용하는 무기가 다른 영웅들과는 달리 여성적임을 강조한다. 그는 메두사의 머리를 자르기 위해 머리를 집어넣을 자루, 메두사를 직접 보지 않기 위해 사용할 거울, 비행화, 쓰면 몸이 보이지 않는 모자 등을 사용한다는 것이다.

그러나 페르세우스가 맨 처음 죽이는 괴물 메두사가 여성이라는 사실은 페르세우스도 결국 여성적인 힘과 대립 관계에 있다는 것을 입증해 준다. 메두사는 원래 포세이돈 신과 사랑에 빠질 정도로 아름다웠다. 그런데 어느 날 메두사는 포세이돈 신과 아크로폴리스의 아테나 여신 신전에서 사랑을 즐겼고, 분노한 여신은 이 아름다운 여인을 참혹한 괴물로 변신시켰다. 그녀는 입 밖으로 나올 정도로 긴 혀, 멧돼지의 어금니, 청동 손, 황금 날개, 올올이 실뱀으로 되어 있는 머리카락을 지닌 채 누구든 한 번 보기만 하면 돌로 변할 정도로 흉측하고 무서운 얼굴의 소유자가 되었다. 페르세우스는 이 메두사를 죽이고 메두사의 머리를 이용해 다른 적들을 물리친다.

결국 중요한 것은 페르세우스가 안드로메다와 행복한 결혼생활을 하는 것이나 사용하는 무기가 여성적이라는 것이 아니라, 페르세우스가 여성적인 것을 상징하는 메두사의 머리를 자르고, 그것을 순화시켜 이용함으로써 난관을 극복한다는 사실이다. 페르세우스는 또한 메두사의 머리를 자르는 방법을 그라이아이를 찾아가 알아낸다. 태어날 때부터 노파인 이들 세 자매는 한 개의 눈과 이를 서로 같이 사용하고 있었다. 페르세우스는 한 그라이아이가 다른 자매에게 눈을 빼서 줄 때 그것을 빼앗아 가지고 있다가 그 방법을 알려 주지 않으면 돌려주지 않겠다고 위협한다. 그러자 그라이아이는 즉시 그 방법을 알려 준다. 다시 말해 페르세우스는 여성적인 힘을 계속해서 다스리고 길들이는 것이다. 그렇기 때문에 그는 자신의 모험이 끝날 때까지 언제나 메두사의 머리를 자루에 넣고 다니며 위기에 몰릴 때마다 그것을 사용한다. 더 중요한 것은 메두사가 올림포스 이전 시기에는 대지의 여신 가이아의 수많은 손녀들 중 하나로 나무랄 데라곤 하나도 없는 완벽한 여인이었다는 점이다. 이것은 메두사라는 이름의 뜻이 원래 '여주인', '통치자', '여왕'이었다는 사실에서도 드러난다. 따라서 메두사가 제우스가 권력을 잡은 올림포스 시대 이후 악마의 화신이 된 것은 모권제 사회에서의 여신을 추락시키려는 부권제 사회의 의도가 숨어 있는 것이다.

그리스 신화 속 얼마나 많은 여신과 여성들이 제우스를 비롯한 남신들과 영웅들에 의해 강간당하는가? 그들에게 중요한 것은 섹스가 아니었다. 그들은 바로 남성이 여성보다 우월하다는 것을 과시하고 싶었던 것이다. 다만 페르세우스에게서 약간이나마 보이는 여성에 대한 우호적인 입장은 그가 그리스 신화에서 가장 초기의 영웅이기 때문에 드러나는 현상일 것이다. 그러나 정도의 차이는 있을지라도 페르세우스의 이야기에서도 다음 세대의 다른 영웅들의 이야기에서 나타나는 여성 경시 현상이 뚜렷하게 나타난다. 우선 페르세우스에게는 어머니보다 자신의 모험이 중요하다. 따라서 그는 메두사의 머리를 자르고서도 자신의 모험 욕구가 충족된 다음에야 비로소 폴리덱테스의 구혼에 시달리던 어머니를 구한다. 또한 페르세우스의 이야기에서 그의 장모 카시오페이아는 아주 허영심이 많은 여자로 묘사되어 있으며, 딸 안드로메다는 그녀의 잘못으로 괴물에게 제물로 바쳐진다. 아버지의 잘못으로 제물로 바쳐지는 이피게네이아를 연상시키지 않는가?

헤라클레스는 갓난아기 때 여신 헤라가 요람에 독사 두 마리를 집어넣어 죽을 뻔한다. 뱀은 여성적인 힘을 의미한다. 동물 중에서 자기의 신체를 대지의 여신과 가장 많이 접촉하며 살기 때문이다. 따라서 고대에는 뱀이 여신들과 함께 숭배의 대상이었다. 그러나 헤라클레스는 양손으로 뱀의 목을 졸라 죽인다. 이것은 여성적인 힘을 영웅이 제압하는 것을 의미한다. 이후 헤라클레스는 히드라라는 뱀도 죽여 그 독을 화살에 발라 사용한다. 이것은 앞서 언급한 페르세우스가 메두사를 죽여 그 머리를 이용하는 것과 같다.

헤라클레스가 아마조네스 족을 찾아가서 여왕 히폴리테의 허리띠를 빼앗아 오는 것에서도 영웅과 여성의 대립적인 구도가 잘 나타나 있다. 특히 여인들만 사는 아마조네스 족의 여왕 히폴리테를 영웅 헤라클레스가 죽인다는 사실은 영웅의 길에 여성이 얼마나 해로운 존재인지를 단적으로 보여 준다. 또한 헤라클레스는 데이아네이라를 아내로 맞이하여 잘 사는 듯하다. 하지만 그는 그녀의 실수로 결국 죽음을 맞이한다. 데이아네이라가 헤라클레스에게 켄타우로스 네소스의 피를 묻힌 옷을 줄 생각을 한 것도 이올레라는 여자 때문이다. 이렇듯 헤라클레스의 모험에서 여성은 그의 길에 방해가 되는 것으로 나타난다. 해리스와 플래트너는 같은 책에서 영웅과 여성의 관계를 다음과 같이 적절하게 요약하고 있다.

"영웅의 본질은 전사가 되는 것이므로, 영웅들에게 여성이란 존재들은 잘해 보았자 정신을 홀리는 유혹적 존재이거나 최악의 경우에는 영웅을 위협하는 위험스런 존재일 뿐이다. …… 따라서 영웅들은 여성들에 의해 길들여지거나 ─ 여성에게 길들여진다는 것은 영웅이 정신적으로 파괴되는 것에 다름 아니다 ─ 혹은 죽음을 당하지 않기 위하여 일평생 여성들을 거부하거나 아니면 영웅들 스스로가 여성을 길들이거나 어떤 경우에는 죽여 버릴 수 있어야 한다."

테세우스의 삶에서도 여성은 헤라클레스와 마찬가지로 대립적인 관계를 유지한다. 우선 그는 크레테 섬에 가서 괴물 미노타우로스를 죽일 때 크레테 왕 미노스의 딸 아리아드네의 도움으로 미궁을 빠져나온다. 하지만 그는 아테네로 돌아오는 길에 낙소스 섬에 잠든 그녀를 버리고 온다.

게다가 테세우스도 헤라클레스처럼 아마조네스 족을 정벌하여 여왕 안티오페를 포로로 잡아 온다. 또한 그는 여왕을 구하러 아테네를 기습한 아마조네스 족의 여전사들도 간단하게 퇴치한다. 테세우스는 그 후 안티오페와 결혼하여 아들 히폴리토스를 낳는다. 하지만 안티오페가 죽은 이후 새로 맞이한 아내 파이드라의 질투로 전처 소생인 아들 히폴리토스를 잃는 불행한 일을 당한다.

또한 테세우스는 친구 페이리토오스와 함께 제우스의 딸을 납치하자는 모의를 벌이는데, 그 사건으로 그들은 결국 하데스의 왕국에 갇히는 신세가 된다. 물론 테세우스는 나중에 헤라클레스의 도움으로 다시 아테네로 돌아오지만 그가 없는 사이 그의 왕국이 다른 사람의 손으로 넘어가 결국 비참한 노후를 보내게 된다.

오디세우스와 여성의 관계는 이들과는 약간 다른 것 같다. 그는 귀환하여 100여 명의 구혼자들을 물리치고 가정과 아내를 되찾기 때문이다. 더군다나 그의 아내 페넬로페는 그가 귀환하기만을 학수고대하며 20년 동안 곁눈질 한번 하지 않고 산다. 그러나 오디세우스가 하는 모험 속에서도 여성들은 그에게 방해가 되고, 그의 모험을 지연시키는 역할을 한다. 오디세우스는 키르케의 섬에 상륙해서 1년을 보냈고, 칼립소의 섬에 가서는 7년이나 그녀와 단꿈에 젖어 살았다. 그러니까 총 10년의 모험 기간 중 여자 두 명과 8년을 보낸 셈이다. 그만큼 여자들에 의해 오디세우스의 귀향은 지연된 것이다. 오디세우스가 그렇게 다른 여자들과 즐기는 동안 집에서 페넬로페는 온갖 유혹을 물리치고 수절하며 살고 있었다. 정말 모든 여인들의 모범이 되는 정결한 여자의 삶이라고 할 수 있다. 그러나 페넬로페의 삶은 우리에게 긍정적인 모습만을 보여 주는 것이 아니다. 그 이면에는 우리에게 보이지 않는 가부장제의 엄청난 억압 구조가 자리하고 있다. 남편은 밖에 나가 20년이 되도록 아무 소식이 없는데 아내는 그 남편을 기다리며 살아야 하는 슬프고도 기구한 여자의 운명과 또 그것을 여자의 가장 중요한 미덕이라고 강요하는 사회 구조를 보여 주고 있는 것이다.

여성은 추락한 여신의 축소판

그리스 신화 속 영웅과 여성의 관계는 남신과 여신과의 관계를 가늠할 수 있는 시금석이다. 따라서 그리스 신화에서는 여성뿐 아니라 여신도 추락의 길을 걷는다. 그것은 헤라 여신의 추락뿐 아니라, 그리스 반도에서 원래 제우스보다도 역사가 더 오래되었던 아테나 여신이 제우스의 머리에서 태어나는 것으로 변모되는 사실에서도 입증된다.

그리스 원주민들에게 위대하고 강력한 여신으로 추앙을 받던 헤라 여신은 그리스 신화에서는 제우스의 누이로, 더 나아가 시기심으로 가득 찬 그의 아내로 평가절하된다. 또 그녀는 제우스에 의해 강간당한 뒤 치욕에서 벗어나기 위해 어쩔 수 없이 그와 결혼해야 하는 여신으로 그려진다.

로버트 그레이브스의 《그리스 신화》에는 이와 관련하여 헤라에 대한 재미있는 일화 하나가 소개되어 있다. 그에 의하면 헤라는 결혼 초기에 제우스에게 자주 대들고 반항하였다. 제우스의 바람기에 진저리가 나 계획적으로 다른 신들 앞에서 자주 남편의 품위를 떨어뜨리기도 했다. 헤라가 보기에 남편 제우스는 자신에게 하찮은 비밀들을 털어놓기는 하지만 자신을 완전히 믿지 않고 중요한 비밀들은 숨겼다. 헤라는 오만하고 변덕스런 성격의 제우스가 언제 자신에게 손찌검을 할지 모른다고 생각했다. 제우스는 심사가 뒤틀리면 아내인 자신에게도 번개를 던질 인물이었기 때문이다. 그래서 그녀는 은밀히 제우스를 권좌에서 밀어낼 계획을 세워 두었다. 과거 강력했던 헤라의 옛 면모가 드러나는 대목이다.

헤라는 적당한 때가 되자 헤스티아를 제외한 포세이돈, 아폴론 그리고 다른 신들과 결탁해서 멋모르고 태평하게 자고 있던 제우스를 갑자기 덮쳐 가죽끈으로 꽁꽁 묶어 버린다. 졸지에 당한 터라 제우스는 손을 쓸 틈이 없었다. 게다가 자신을 묶은 매듭이 무려 100군데였으니 제우스는 이제 영락없이 그들의 포로가 된 것이다. 제우스는 그들을 가만두지 않겠다고 위협도 해 보지만 소용이 없었다. 그들은 이미 번개를 제우스의 손이 닿지 않는 먼 곳으로 치워 버리고 그를 조롱할 뿐이었다. 그러나 이들이 승리를 축하하며 후계자 자리를 놓고 싸움을 벌이는 동안, 바다의 여신 테티스가 제우스를 돕기 위해 발 벗고 나섰다. 그녀는 손이 100개 달린 브리아레우스를 찾아가서 도움을 청했다. 그러자 이 백수百手거인은 한달음에 달려와 제우스를 100개의 매듭에서 단숨에 풀어 주었다.

결박에서 풀려난 제우스는 주모자인 헤라를 잡아 황금 사슬로 팔목을 묶어 하늘에 매달았다. 그리고 양쪽 발목에는 모루를 달아 늘어뜨렸다. 헤라는 단말마의 고통으로 비명을 내질렀다. 다른 신들은 분노를 터뜨렸지만 감히 헤라를 돕지 못했다. 결국 제우스는 신들에게 다시는 모반을 일으키지 않겠다고 맹세하면 헤라를 풀어 주겠다고 했다. 그러자 신들은 잔인하게 고통받는 헤라를 더 두고 볼 수 없어 마지못해 그러겠다고 약속했다. 제우스는 다른 신들은 용서해 주었다. 그들이 어쩔 수 없이 모반에 가담했다고 생각했기 때문이다. 그러나 포세이돈과 아폴론에게만은 벌을 내려 라오메돈 왕의 종노릇을 하게 했다. 그들은 종살이 하는 동안 그 왕을 위해 트로이 성벽을 건설해야 했다.

이 이야기는 그저 재미있는 일화로 치부해 버리기에는 매우 중요한 사실을 함축하고 있다. 이것은 그리스 반도로 이주해 온 이민족인 인도유럽어족의 최고 신이자 가부장제의 화신 제우스가 원주민이 존경해 마지 않던 위대한 헤라 여신을 제압하고 복종시키는 과정을 상징적으로 보여 주고 있기 때문이다. 발목에 모루를 달고 하늘에 매달린 헤라의 모습은 그리스 반도의 원주민들이 숭배하던 여신들의 운명뿐 아니라, 이오니아 족, 아카이아 족, 도리아 족 등의 이민족이 그리스 반도에 쳐들어 온 이래 그리스의 여성들이 당할 비참한 운명을 암시한다. 어쨌든 헤라는 이 사건 이후로 제우스에게 절대로 대들지 않고, 다만 제우스와 사랑을 나눈 여인들이나 그들의 자식들만 괴롭히며 대리만족을 느낄 뿐이다. 헤라는 가부장제의 화신 남편 제우스에 의해 철저하게 억압당하고 순화되고 길들여진 것이다.

이런 사실은 헤라의 연고지던 올림피아가 제우스를 위한 스포츠경기가 벌어지는 장소로 탈바꿈하는 데에서도 드러난다. 올림피아에서 가장 오래된 신전은 헤라 신전이다. 그리고 올림피아는 원래 위대한 여신 헤라를 숭배하기 위한 성스런 장소였으며, 최고의 여사제를 뽑기 위해 여사제들 간의 경주가 벌어지는 곳이었다. 그런 곳이 제우스를 중심으로 한 올림포스 신족에 의해 어떻게 변하는가? 바로 최고의 신 제우스를 기념하는 올림픽 경기가 벌어져 여자들과 여전사들뿐 아니라 여자 관객도 얼씬도 하지 못하는 남자들만의 공간으로 탈바꿈 되는 것이다.

아테나 여신도 그리스의 원주민으로 알려진 펠라스고이 인들의 전설에 의하면 원래 리비아의 트리토니스 호숫가에서 태어나 염소 가죽 옷을 입은 세 명의 리비아 요정들이 발견해 길렀다. 소녀 시절에 그녀는 절친한 친구던 팔라스(트리톤의 딸)와 친선으로 벌인 창 시합에서 실수로 그만 그녀를 죽이고 만다. 그래서 아테나 여신은 친구를 잃은 슬픔을 잊지 않으려고 자신의 이름 앞에 팔라스란 이름을 붙였다고 한다. 그 후 그녀는 크레테를 거쳐 그리스로 들어와서 보이오티아 지방의 트리톤이라는 강가에 있었던 아테네 시에 살았다고 한다. 그런데 헤시오도스는 《신통기》에서 이러한 원래의 아테나에게서 어머니의 흔적을 지워 버리고, 그녀가 제우스의 머리에서 완전 무장을 하고 태어났다고 개작함으로써 철저히 아버지의 딸로 만들어 버린 것이다. 정말 아테나 여신은 그리스 신화에서 어떤 경우에도 아버지에게 대들거나 반항하지 않는 아버지의 충실한 신하로 복무한다.

여신들의 추락에 대한 일화는 이외에도 얼마든지 있다. 로버트 그레이브스는 메두사에 대해서도 숨겨진 새로운 사실을 우리에게 알려 준다. 그에 의하면 메두사는 원래 여신이었으며 흉측한 얼굴을 하지 않았다. 다만 여신 메두사는 그런 가면을 얼굴에 쓰고 있을 뿐이다. 그리고 메두사가 보는 사람이면 모두가 돌로 변해 버리는 끔찍한 가면을 쓴 것은 속인俗人들이 자신의 신전에 들어오는 것을 막기 위해서였다. 메두사는 그럴 정도로 무섭고 강력한 원주민들의 여신이었다는 것이다. 따라서 그런 여신을 흉측한 얼굴을 한 괴물로 변신시켜 '파괴자'라는 뜻을 지닌 이방 민족의 영웅 페르세우스가 죽이는 것으로 변형된 것은 초기에 그리스 반도로 이주해 온 이오니아 족이 토착 원주민들의 위대한 여신을 복속시키는 과정을 반영하고 있다는 것이다. 따라서 페르세우스가 메두사를 죽이는 것은 바빌론의 영웅 마르두크가 바다의 여신이자 괴물이었던 티아마트를 죽이는 것과 흡사한 행동이다.

왕뱀 피톤을 아폴론이 죽인 것도 마찬가지로 해석할 수 있다. 피톤은 원래 대지의 여신 가이아의 딸로 델포이의 신탁소를 지키고 있었다. 그런 피톤을 남신 아폴론이 죽이고 자신이 그 신탁소를 접수한다. 지혜와 불멸의 상징으로 여성적인 것을 대변하던 뱀이 남신에게 죽음을 당한 것이다. 피톤의 흔적은 아폴론이 사제로 임명한 피티아라는 이름에 남아 있다.

캠벨도 모계 중심적이고 평화스런 농경문화를 파괴적이며 가부장적이던 유목민 셈족과 인도유럽어족이 정복하는 과정에서 메소포타미아 신화와 그리스 신화가 생성했다고 설명하며, 그런 과정에서 여신은 추락하지 않을 수 없었다고 말한다.

"이 두 민족은 원래 수렵 민족입니다. 그래서 이들의 문화는 다분히 동물 지향적이지요. 수렵민은 죽이는 민족입니다. 왜냐? 이들은 끊임없이 움직이면서 만나는 문화는 모조리 정복해 버리는 유목민이기 때문입니다. 바로 이런 침략적인 민족에서 제우스나 야훼같이 벼락을 주무기로 쓰는 호전적인 신들이 나오는 겁니다. …… 제국주의적 국민의 특징은 침략한 나라의 지역 신을 우주의 어정쩡한 촌뜨기로 만들어 버린다는 거예요. 이렇게 하자면 먼저 거기에 있던 신과 여신을 없애 버려야겠지요. 바빌론에서 남신 마르두크가 득세하기 전에 있던 신은 '만물의 어머니 여신' 이었어요."

2007년 12월
김원익